F. Scott Fitzgerald

GATSBYS WELT

DIE BESTEN KURZGESCHICHTEN

(BAND3)

F. SCOTT FITZGERALD

GATSBYS WELT

DIE BESTEN KURZGESCHICHTEN

(BAND3)

Druck: Libri Plureos GmbH, Friedensallee 273, 22763 Hamburg

Bibliografische Information der Deutschen Nationalbibliothek: Die Deutsche Nationalbibliothek verzeichnet diese Publikation in der Deutschen Nationalbibliografie; detaillierte bibliografische Daten sind im Internet über http://dnb.dnb.de abrufbar.

F. Scott Fitzgerald

Gatsbys Welt – Die besten Kurzgeschichten (Band 3)

Übersetzung: Alexander Varell

Covergestaltung: Karl A. Fiedler

Aionas Verlag, Böhlaustr. 9, 99423 Weimar

1. Auflage, 2025

ISBN: 978-3-96545-085-1

Inhalt

Vorwort
Fitzgeralds Blick auf die Welt der Reichen

Kaum ein Schriftsteller hat das Leben der Schönen und Reichen so scharf beobachtet wie F. Scott Fitzgerald. Seine Werke sind von einer doppelten Faszination geprägt: Er bewunderte den Glanz der High Society, doch er durchschaute auch ihre innere Leere. Geld öffnet Türen, das verstand er, aber erfüllt keine Seelen, Luxus berauscht, macht aber nicht glücklich. In seinen Erzählungen begegnen wir einer Welt, die auf den ersten Blick glitzert wie die Partys des großen Gatsbys – doch hinter dem Schein lauert die Einsamkeit.

„Die Reichen sind anders als du und ich," schrieb Fitzgerald einst – ein Satz, den Ernest Hemingway mit der spitzen Bemerkung konterte: „Ja, sie haben mehr Geld." Doch Fitzgerald meinte weit mehr als das. Er sah, dass Reichtum nicht nur ein Privileg ist, sondern auch eine Bürde, dass jene, die scheinbar alles besitzen, oft an einer tieferen Leere leiden. Dieser Band versammelt zwölf Kurzgeschichten, die genau davon erzählen: vom Hochmut der Oberschicht, von ihrer Dekadenz, von ihren einsamen Herzen – und vom bitteren Erwachen, wenn der Glanz verblasst.

Im Roman „Der große Gatsby" erschafft sich Jay Gatsby eine schillernde Existenz, nur um am Ende zu begreifen, dass all der Reichtum ihn nicht zu Daisy zurückbringen kann. Sein Leben ist eine prachtvolle Kulisse ohne Fundament, eine Fassade, die am eigenen Anspruch zerbricht. Genau diese Thematik zieht sich wie ein roter Faden durch die Geschichten dieses Bandes: Menschen, die in einer Welt aus Gold und Champagner leben, aber feststellen, dass wahre Erfüllung nicht käuflich ist.

Hier finden sich Lebenskünstler, Erbinnen und Außenseiter, die sich im glitzernden Strom der High Society treiben lassen. Manche von ihnen sind Teil dieser Welt, andere kämpfen darum, in sie aufgenommen zu werden. Doch eines haben sie gemeinsam: Am Ende bleibt der Erfolg oft hohl, die Liebe unerreichbar, die Schönheit vergänglich.

„Der Offshore-Pirat" eröffnet den Band mit einer Geschichte, die zwischen romantischem Abenteuer und scharfer Gesellschaftssatire oszilliert. Die verwöhnte Erbin Ardita gerät in die Hände eines scheinbar verwegenen Piraten, der ihr eine Welt jenseits des gesellschaftlichen Korsetts zeigt. Doch ist er wirklich der Outlaw, für den sie ihn hält? Fitzgerald spielt mit den Erwartungen der High Society und zeigt, dass wahre Freiheit oft eine Illusion bleibt – egal, ob man auf einer Luxusyacht oder einem Piratenschiff sitzt.

„Die Babyparty" entlarvt auf beißend ironische Weise die Oberflächlichkeit der feinen Gesellschaft. Die junge Mutter Edith feiert das erste große Ereignis ihres Kindes und lädt ihre Freundinnen ein – doch statt Wärme und Zuneigung herrschen Gift, Galle und Verachtung. Zwischen herablassenden Bemerkungen, eifersüchtigen Blicken und versteckten Demütigungen offenbart sich, dass in dieser Welt selbst Mutterschaft kein Schutz vor Konkurrenz und Bosheit ist. Als die Feier in eine Katastrophe mündet, wird klar, dass hier nicht das Glück des Kindes, sondern der gesellschaftliche Status im Mittelpunkt steht.

„Magnetismus" führt in die kalte, manipulative Welt Hollywoods, in der Charme eine Waffe und Anziehungskraft eine Strategie ist. George Hannaford ist ein gefeierter Schauspieler, dem Menschen blind vertrauen, doch hinter seinem magnetischen Lächeln verbirgt sich eine Einsamkeit, die niemand sieht. Fitzgerald zeigt mit elegantem Zynismus, wie wenig Authentizität in einer Welt existiert, die sich von Projektionen und Illusionen ernährt – und wie selbst diejenigen, die den größten Einfluss auf andere haben, sich selbst am wenigsten kennen.

„Eine Frau mit Vergangenheit" erzählt von einer jungen Frau, die sich von ihrer alten Identität lösen will – oder vielleicht muss. Josephine, einst eine berüchtigte Skandalfigur, kehrt in die Gesellschaft zurück, um ein neues Leben zu beginnen. Doch während sie hofft, dass die Vergangenheit vergessen ist, lauert sie in jedem Lächeln, jedem Flüstern, jeder zufälligen Begegnung. Kann jemand, der einmal aus der Gesellschaft gefallen ist, jemals wirklich zurückkehren?

Fitzgerald seziert messerscharf die Regeln der High Society, die jede Verfehlung mit ewiger Stigmatisierung bestraft – es sei denn, man hat den richtigen Namen oder genug Geld.

„Die Schwimmer" ist eine der poetischsten und tiefgründigsten Geschichten in dieser Sammlung. Ein Mann schwimmt wortwörtlich durch das Leben, bewegt sich scheinbar mühelos durch die Pools der Reichen, von einem luxuriösen Anwesen zum nächsten – ein Symbol für die sozialen Strukturen, die ihn umgeben. Doch was wie ein endloser, eleganter Strom erscheint, wird schließlich zum Irrweg, aus dem es kein Entkommen gibt. Fitzgerald zeigt mit subtiler Melancholie, wie sich selbst die scheinbar Mächtigen und Erfolgreichen irgendwann von der Strömung treiben lassen müssen.

„Kopf und Schulter" ist eine brillante Satire über den ewigen Gegensatz zwischen Geist und Instinkt. Ein junger Gelehrter, dessen ganzes Leben von Disziplin und Intellekt bestimmt wird, trifft auf eine Tänzerin, die sich mühelos in der Welt bewegt, ohne sich je Gedanken über sie zu machen. Was als belustigendes Aufeinandertreffen zweier Gegensätze beginnt, wird zur Studie darüber, wie wenig Wissen über das Leben wirklich nützt, wenn es um Liebe, Glück und Überleben in einer Welt geht, die sich nicht an akademische Regeln hält.

„Zwei Falsche" erzählt von einer Ehe, die auf glänzenden Fassaden gebaut ist – einer Welt, in der Authentizität eine Schwäche und Schein wichtiger als Sein ist. Das Paar bewegt sich durch die exklusive Gesellschaft, spielt seine Rollen perfekt, doch mit jeder Lüge wird das Fundament ihrer Beziehung brüchiger. Fitzgerald zeichnet ein Bild der feinen Gesellschaft als Bühne, auf der jeder seine Rolle spielt – doch was passiert, wenn der Vorhang fällt?

„Gretchens Nickerchen" ist eine leise, fast unmerklich düstere Geschichte über die brutale Vergänglichkeit von Schönheit und gesellschaftlichem Status. Gretchen ist jung, strahlend und im Mittelpunkt der Aufmerksamkeit – bis sie sich eines Tages eine Pause erlaubt. Ihr kurzer Schlaf wird zur Metapher für das gnadenlose Tempo der Gesellschaft: Wer sich zu lange zurückzieht, wacht in einer Welt auf, die längst weitergezogen ist.

„Die Hochzeitsfeier" fängt mit berauschender Intensität eine Nacht ein, in der alles möglich scheint. Die Drinks fließen, die Musik schwebt in der Luft, und die Zukunft liegt offen – doch Fitzge-

rald weiß, dass hinter jeder ausgelassenen Feier ein Morgen wartet. Während die Figuren im Moment leben, ahnt der Leser bereits, dass dieser Rausch nicht ewig dauern kann. Es ist eine Geschichte über den Zauber der Jugend – und über das unausweichliche Erwachen danach.

„Der Eispalast" ist eines von Fitzgeralds großen Werken über den Kontrast zwischen Emotion und Kälte, zwischen Südstaaten-Romantik und nordischer Strenge. Die junge Sally Carrol sehnt sich nach einer Welt jenseits ihrer warmen, trägen Heimat und glaubt, dass sie in der kühlen, durchorganisierten Gesellschaft des Nordens ein neues, erfülltes Leben beginnen kann. Doch als sie sich buchstäblich in einem Eispalast verirrt, erkennt sie, dass die Kälte nicht nur in der Luft liegt, sondern auch in den Herzen der Menschen.

„Die Skandal-Detektive" nimmt das Spiel mit Klatsch und gesellschaftlicher Kontrolle aufs Korn. Eine Gruppe von Jugendlichen spielt sich als moralische Ordnungsmacht ihrer Stadt auf und jagt vermeintliche Skandale – bis sie selbst in die Mechanismen hineingeraten, die sie so eifrig bedienen. Fitzgerald zeigt hier mit beißendem Humor, wie die Gesellschaft ihre eigenen moralischen Fallstricke legt und wie schnell sich ein Jäger in ein Opfer verwandeln kann.

„Der seltsame Fall des Benjamin Button" schließt den Band mit einer Geschichte, die auf den ersten Blick fantastisch wirkt, aber eine tiefere Wahrheit über das Leben erzählt. Benjamin Button wird als alter Mann geboren und wird mit jedem Jahr jünger – ein Schicksal, das ihn von Anfang an zum Außenseiter macht. Während andere sich mit der Angst vor dem Alter plagen, erlebt er das Leben rückwärts, und doch stellt sich die gleiche Frage: Wie findet man seinen Platz in einer Welt, die sich nur in eine Richtung bewegt? Fitzgerald spielt mit der Vorstellung von Erfolg, Lebensglück und sozialer Zugehörigkeit – und zeigt, dass das wahre Dilemma nicht das Alter ist, sondern die Unmöglichkeit, dem Lauf der Zeit zu entkommen.

Diese zwölf Erzählungen öffnen ein Panorama der High Society – ein Universum voller Schönheit, Dekadenz, Glanz und Schatten. Es ist eine Welt, in der alles möglich scheint – und doch nichts von Dauer ist. Letztlich stehen die Schönen und Reichen vor den gleichen Fragen wie jeder andere Mensch: Was bedeutet Glück? Was bleibt, wenn der Glanz verblasst?

Fitzgerald war fasziniert von der Welt der Reichen – und erkannte ihre Tragik. Das macht ihn bis heute so einzigartig. In seinen Erzählungen sehen wir nicht nur das Amerika der 1920er Jahre, sondern auch unsere eigene Zeit: eine Gesellschaft, die nach Status strebt und sich in Inszenierungen verliert, während viele Menschen oft erst viel zu spät erkennen, dass wahre Erfüllung ein ganz anderes Antlitz hat.

Der Offshore-Pirat

Diese ungewöhnliche Geschichte beginnt auf einem Meer, das wie ein blauer Traum schimmerte –prächtig wie himmelblaue Seidenstrümpfe unter einem strahlend blauen Horizont, der an die leuchtenden Augen von Kindern erinnerte. Von der westlichen Himmelshälfte warf die Sonne kleine goldene Scheiben auf das Wasser, die von Welle zu Welle sprangen bis sie in einem breiten Ring aus goldenen Münzen landeten. Dieser schimmernde Kranz sammelte sich etwa eine halbe Meile entfernt und kündigte einen prachtvollen Sonnenuntergang an. Zwischen der Küste Floridas und diesem goldenen Kranz lag eine elegante, schneeweiße Dampfjacht vor Anker. Unter einem blau-weißen Sonnensegel am Heck lehnte ein Mädchen mit goldblondem Haar entspannt in einem Korbstuhl und las Der Aufstand der Engel von Anatole France.

Sie war etwa neunzehn Jahre alt, schlank und geschmeidig, mit einem verwöhnten, verführerischen Mund und lebhaften grauen Augen, in denen Neugier funkelte. Ihre baren Füße, geschmückt von blauen Satinschuhen, die lässig von ihren Zehen baumelten, ruhten auf der Armlehne eines benachbarten Sessels. Während sie las, nahm sie gelegentlich einen flüchtigen Bissen von einer halben Zitrone, die sie in der Hand hielt. Die andere Hälfte, bereits ausgesaugt, lag zu ihren Füßen auf dem Deck und bewegte sich leicht im sanften Rhythmus der Wellen.

Die zweite Zitronenhälfte war nahezu trocken, und der goldene Ring am Horizont hatte eine beachtliche Breite erreicht, als die schläfrige Stille, die die Jacht umgab, plötzlich von schweren Schritten durchbrochen wurde. Ein älterer Mann mit ordentlich gescheiteltem grauem Haar und einem weißen Flanellanzug erschien am oberen Ende der Treppe. Einen Moment lang blieb er dort stehen, bis sich seine Augen an das Sonnenlicht gewöhnt hatten. Als er das

Mädchen unter dem Sonnensegel erblickte, entfuhr ihm ein langgezogener, missbilligender Laut.

Falls er damit eine Reaktion hervorrufen wollte, wurde er enttäuscht. Das Mädchen blätterte ruhig zwei Seiten um, dann eine wieder zurück, führte die Zitrone mechanisch an ihre Lippen und gähnte schließlich leise, aber hörbar.

„Ardita!", sagte der Mann streng.

Ardita machte ein kleines, nichts bedeutendes Geräusch.

„Ardita!", wiederholte er. „Ardita!"

Ohne aufzusehen hob sie die Zitrone an und ließ drei Worte heraus, bevor sie ihre Lippen erreichte: „Halt doch den Mund."

„Ardita!"

„Was denn?"

„Hörst du mir zu oder soll ich einen Diener holen, der dich festhält, während ich rede?"

Die Zitrone senkte sich langsam, mit unverhohlenem Spott.

„Schreib's auf."

„Kannst du wohl so höflich sein, dieses abscheuliche Buch zuzuklappen und die verdammte Zitrone für zwei Minuten wegzulegen?"

„Oh, kannst du mich nicht mal für eine Sekunde in Ruhe lassen?"

„Ardita, ich habe gerade eine Telefonnachricht vom Festland erhalten —"

„Telefon?" Zum ersten Mal zeigte sie ein schwaches Interesse.

„Ja, es war —"

„Willst du mir sagen", unterbrach sie ihn erstaunt, „dass sie dir erlaubt haben, eine Leitung hierher zu legen?"

„Ja, und eben —"

„Stoßen andere Boote nicht dagegen?"

„Nein. Die Leitung verläuft auf dem Meeresgrund. Fünf Minuten —"

„Na sowas! Donnerwetter! Die Wissenschaft ist echt golden oder so – nicht wahr?"

„Lässt du mich jetzt sagen, was ich wollte?"

„Raus damit!"

„Nun, es scheint... also, ich bin hier oben..." Er zögerte und schluckte mehrmals abwesend. „Ach ja. Junge Dame, Colonel Moreland hat erneut angerufen und mich dringend gebeten, dich zum Abendessen mitzubringen. Sein Sohn Toby ist extra aus New York angereist, um dich kennenzulernen, und er hat noch ein paar andere junge Leute eingeladen. Willst du nicht ein einziges Mal —"

„Nein", sagte Ardita scharf. „Nein, will ich nicht. Ich bin nur auf diese verdammte Kreuzfahrt mitgekommen, um nach Palm Beach zu fahren, und das wusstest du genau. Ich habe absolut keine Lust, irgendeinen Colonel, irgendeinen Toby oder sonst wen kennenzulernen, geschweige denn auch nur einen Fuß in irgendeine Stadt in diesem absurden Bundesstaat zu setzen. Also bring mich nach Palm Beach oder halt den Mund und lass mich in Ruhe."

„Sehr gut. Das ist der Gipfel. In deinem Wahn für diesen Mann – einen Mann, der für seine Eskapaden berüchtigt ist – ziehst du es vor, die Gesellschaft, in der du aufgewachsen bist, hinter dir zu lassen, um dich an diesen Halbweltler zu hängen. Von jetzt an —"

„Ich weiß", unterbrach Ardita spöttisch. „Von jetzt an gehst du deinen Weg und ich gehe meinen. Die alte Leier kenne ich schon. Weißt du was? Das wäre mir mehr als recht."

„Von jetzt an", verkündete er dramatisch, „bist du nicht mehr meine Nichte. Ich —"

„O-o-o-oh!", Ein theatralischer Schrei entfuhr Ardita, voller gespielter Qual. „Hör auf, mich zu langweilen! Geh weg! Spring über Bord und ertrink! Oder willst du, dass ich dir dieses Buch an den Kopf werfe?"

„Wenn du es wagst, auch nur —"

Klatsch! Der Aufstand der Engel flog durch die Luft, verfehlte sein Ziel nur knapp und polterte fröhlich die Treppe hinunter.

Der grauhaarige Mann trat instinktiv einen Schritt zurück, dann vorsichtig zwei Schritte nach vorn. Ardita sprang auf, ihre schlanke Gestalt nur 1,62 Meter groß, und funkelte ihn mit ihren lodernden grauen Augen an.

„Bleib weg!"

„Wie kannst du es wagen!", rief er empört.

„Weil ich verdammt noch mal will!"

„Du bist unerträglich geworden! Dein Charakter —"

„Den hast du so gemacht! Kein Kind hat von Natur aus einen schlechten Charakter – die Erwachsenen verderben es! Was auch immer ich bin, das hast du aus mir gemacht."

Murrend wandte sich ihr Onkel ab, ging nach vorn und rief laut nach dem Beiboot. Dann kehrte er unter das Sonnensegel zurück, wo Ardita bereits wieder Platz genommen hatte, ihre Aufmerksamkeit erneut der Zitrone zugewandt.

„Ich gehe an Land", sagte er langsam. „Ich bin heute Abend um neun zurück. Wenn ich wiederkomme, fahren wir nach New York. Dort übergebe ich dich deiner Tante – für den Rest deines natürlichen oder, besser gesagt, unnatürlichen Lebens." Er hielt inne und sah sie prüfend an. Doch plötzlich schien etwas in ihrer kindlichen Schönheit seinen Ärger wie Luft aus einem Ballon entweichen zu lassen. Unsicher und völlig aus dem Konzept gebracht, fuhr er leiser fort:

„Ardita", sagte er beinahe freundlich, „ich bin kein Dummkopf. Ich habe einiges erlebt. Ich kenne Männer. Und, Kind, eingefleischte Lebemänner ändern sich nicht – jedenfalls nicht, bevor sie es satthaben. Und dann bleibt nichts von ihnen übrig, außer einer leeren Hülle." Er sah sie an, erwartungsvoll, doch sie schwieg und schaute ihn nicht an. Also sprach er weiter: „Vielleicht liebt dieser Mann dich – das mag sein. Aber er hat viele Frauen geliebt und wird noch viele weitere lieben. Vor weniger als einem Monat, Ardita, war er in eine Affäre mit dieser rothaarigen Frau, Mimi Merril, verwickelt. Er versprach ihr das Diamantarmband, das der Zar von Russland seiner Mutter geschenkt hatte. Du weißt das – du liest doch die Zeitungen."

„Skandalöse Enthüllungen eines besorgten Onkels", gähnte Ardita gelangweilt. „Das klingt nach einem Filmstoff. Böser Lebemann wirft schmachtende Blicke auf tugendhafte Flapperin. Tugendhafte Flapperin wird unwiderstehlich von seiner düsteren Vergangenheit verführt. Pläne, ihn in Palm Beach zu treffen, werden vom besorgten Onkel vereitelt."

„Willst du mir mal verraten, warum zum Teufel du ihn heiraten willst?"

„Keine Ahnung", antwortete Ardita kurz. „Vielleicht, weil er der einzige Mann ist, den ich kenne – ob gut oder schlecht –, der Fantasie hat und den Mut, zu seinen Überzeugungen zu stehen. Vielleicht, um diesen dummen jungen Kerlen zu entkommen, die ihre Zeit damit verbringen, mir durchs ganze Land nachzulaufen. Und was das berühmte russische Armband betrifft – keine Sorge. Er wird es mir in Palm Beach geben, vorausgesetzt, du zeigst ein bisschen Verstand."

„Und was ist mit der... rothaarigen Frau?"

„Er hat sie seit sechs Monaten nicht gesehen", entgegnete Ardita verärgert. „Glaubst du wirklich, ich habe nicht genug Stolz, um so etwas sicherzustellen? Hast du immer noch nicht begriffen, dass ich mit jedem Mann machen kann, was ich will?"

Sie hob ihr Kinn stolz, wie eine Statue der „Erwachten Frankreichs", doch zerstörte sie die erhabene Pose, als sie die Zitrone wieder entschlossen kampfbereit hob.

„Ist es das russische Armband, das dich so fasziniert?"

„Nein, ich versuche nur, dir ein Argument zu liefern, das deine beschränkte Intelligenz anspricht. Und jetzt wünsche ich mir, dass du einfach verschwindest", brauste sie auf, während ihre Wut erneut aufflammte. „Du weißt genau, dass ich meine Meinung nie ändere. Seit drei Tagen langweilst du mich dermaßen, dass ich fast den Verstand verliere. Ich werde nicht an Land gehen! Nicht! Hast du gehört? Nicht!"

„Sehr gut", erwiderte er kühl. „Und du wirst auch nicht nach Palm Beach gehen. Von allen selbstsüchtigen, verzogenen, unkontrollierbaren und unmöglichen Mädchen, die ich jemals—"

Platsch! Die halbe Zitrone traf ihn direkt am Hals. Gleichzeitig erklang eine Stimme von der Seite.

„Das Boot ist bereit, Mr. Farnam."

Zu wütend, um zu sprechen, warf Mr. Farnam seiner Nichte einen vernichtenden Blick zu, drehte sich abrupt um und verschwand rasch die Leiter hinunter.

II

Der Abend näherte sich langsam. Die Sonne rollte sich vom Himmel herab, um lautlos ins Meer einzutauchen. Der goldene Kragen am Horizont hatte sich zu einer glitzernden Insel ausgedehnt und eine sanfte Brise, die zuvor spielerisch die Ränder des Sonnensegels streifte und Arditas baumelnden blauen Slipper hin- und herschaukeln ließ, wurde plötzlich von einem unerwarteten Klang erfüllt. Es war ein Männerchor, der in perfekter Harmonie sang, begleitet vom rhythmischen Eintauchen von Rudern ins blaue Wasser.

Ardita hob den Kopf und lauschte.

„Karotten und Erbsen,
Bohnen auf den Knien,
Schweine im Meer,
Glückliche Kerle!
Weh uns eine Brise,
Weh uns eine Brise,
Weh uns eine Brise,
Mit deinem Blasebalg."

Ihre Stirn zog sich überrascht zusammen. Sie blieb reglos sitzen, die Ohren gespannt, als die Männer eine zweite Strophe anstimmten.

„Zwiebeln und Bohnen,
Marshalls und Deans,
Goldbergs und Greens
Und Costellos.
Weh uns eine Brise,
Weh uns eine Brise,
Weh uns eine Brise,
Mit deinem Blasebalg."

Mit einem überraschten Ausruf warf sie ihr Buch auf das Deck, wo es in einer merkwürdigen Verrenkung liegen blieb, und eilte zur Reling. Etwa fünfzig Fuß entfernt näherte sich ein großes Ruderboot mit sieben Männern. Sechs von ihnen ruderten kräftig, während einer am Heck stand und mit einem Dirigentenstab den Takt des Liedes vorgab.

„Austern und Felsen,
Sägespäne und Socken,
Wer könnte Uhren
Aus Cellos machen?"

Die Augen des Anführers fanden Ardita, die sich neugierig über die Reling beugte und von der Szene völlig gefesselt war. Mit einer schnellen Bewegung ließ er den Gesang verstummen, indem er seinen Dirigentenstab hob. Ardita bemerkte, dass er der einzige Weiße im Boot war, während die sechs Ruderer Schwarze waren.

„Narziss ahoy!", rief er höflich.

„Was ist das für ein Quatsch?", fragte Ardita belustigt. „Ist das das Ruderteam der Universität einer örtlichen Nervenheilanstalt?"

Inzwischen hatte das Boot die Flanke der Jacht erreicht. Ein großer, muskulöser Schwarzer am Bug packte die Leiter. Noch ehe Ardita begriff, was geschah, war der Anführer die Leiter hinaufgestiegen und stand atemlos vor ihr auf dem Deck.

„Frauen und Kinder werden verschont!", verkündete er mit Nachdruck. „Alle schreienden Babys werden sofort ertränkt und alle Männer werden gefesselt!"

Ardita, sprachlos vor Überraschung, wühlte nervös mit den Händen in den Taschen ihres Kleides. Der junge Mann hatte einen spöttischen Mund, strahlend blaue Augen wie ein gesundes Baby und ein Gesicht, das dunkel und empfindsam wirkte. Sein tiefschwarzes, feuchtes, lockiges Haar erinnerte an das einer griechischen Statue, nur mit einem Hauch moderner Eleganz. Schlank und geschmeidig, strahlte er die Anmut eines wendigen Quarterbacks aus, gekleidet in stilvolle, wenn auch ungewöhnlich unpassende Eleganz.

„Na, ich werd' verrückt!", murmelte sie benommen.

Sie musterten sich eine Weile schweigend, jeder mit kühl kalkulierendem Blick.

„Übergeben Sie das Schiff?"

„Ist das ein Scherz?", fragte Ardita trocken. „Sind Sie ein Idiot – oder haben Sie sich gerade einem Geheimbund angeschlossen?"

„Ich habe gefragt, ob Sie das Schiff übergeben."

„Ich dachte, das Land sei trocken", sagte Ardita abfällig. „Haben Sie etwa Nagellack getrunken? Sie sollten besser von dieser Jacht verschwinden!"

„Was?" Der Ton des jungen Mannes war eine Mischung aus Unglauben und Amüsement.

„Verschwinden Sie von der Jacht! Haben Sie mich nicht gehört?"

Einen Moment lang betrachtete er sie, als würde er ihre Worte abwägen.

„Nein", sagte er schließlich mit spöttischer Gelassenheit, „nein, ich werde nicht von der Jacht verschwinden. Sie können gehen, wenn Sie möchten."

Er trat zur Reling, gab ein knappes Kommando und sofort begann seine Mannschaft, die Leiter hinaufzuklettern. In einer Reihe vor ihm stehend, präsentierten sich die sechs Männer: ein kohlrabenschwarzer Riese an einem Ende und ein winziger am anderen, kaum 1,50 Meter groß. Sie trugen alle eine Art blaue Uniform, die mit Staub, Flicken und Schmutz übersät war. Über ihren Schultern hingen kleine, offensichtlich schwere weiße Säcke, und unter den Armen balancierten sie schwarze Kisten, die Musikinstrumente zu enthalten schienen.

„Achtung!", rief der junge Mann und ließ dabei die eigenen Hacken scharf zusammenknallen. „Rechts um! Vor! Tritt vor, Babe!"

Der kleinste der Männer trat vor und salutierte.

„Übernimm das Kommando, geh nach unten, schnapp dir die Besatzung und fessle sie – außer den Ingenieur. Bring ihn zu mir. Ach, und stapelt die Säcke da an der Reling."

„Jawohl, Sir!"

Babe salutierte erneut, drehte sich um und führte die anderen nach einer kurzen Beratung die Treppe hinunter.

„Und jetzt", sagte der junge Mann fröhlich zu Ardita, die die Szene in stummer Empörung beobachtete, „wenn Sie mir auf Ihr Ehrenwort als Flapper – das vermutlich nicht viel wert ist – versprechen, für 48 Stunden den Mund zu halten, können Sie sich mit unserem Ruderboot ans Ufer rudern lassen."

„Und wenn nicht?"

„Dann bleiben Sie an Bord und gehen mit dem Schiff auf See."

Mit einem kleinen Seufzer, als hätte er eine besonders komplizierte Aufgabe zufriedenstellend gelöst, ließ sich der junge Mann in den Sessel sinken, den Ardita gerade erst verlassen hatte. Entspannt streckte er die Arme aus und ließ seinen Blick genüsslich über das Deck gleiten: das gestreifte Sonnensegel, das glänzende Messing, die luxuriöse Ausstattung. Schließlich fiel sein Blick auf das Buch und die halbe ausgelaugte Zitrone.

„Hm," murmelte er, „Stonewall Jackson hat behauptet, Zitronensaft würde seinen Kopf klären. Fühlt sich dein Kopf klarer an?"

Ardita hielt es nicht für ihre Würde, darauf zu antworten.

„Denn in spätestens fünf Minuten musst du eine klare Entscheidung treffen – ob du bleibst oder gehst."

Er hob das Buch auf, schlug es auf und betrachtete neugierig den Titel.

„Der Aufstand der Engel. Klingt interessant. Französisch, oder?“ Er warf ihr einen neugierigen Blick zu. „Bist du Französin?“

„Nein.“

„Wie heißt du?“

„Farnam.“

„Farnam wie?“

„Ardita Farnam.“

„Also gut, Ardita, es hat keinen Zweck, da zu stehen und die Innenseiten deines Mundes zu zerbeißen. Solche nervösen Angewohnheiten solltest du dir abgewöhnen, solange du noch jung bist. Komm her und setz dich.“

Ardita zog ein kleines, kunstvoll geschnitztes Jadekästchen aus ihrer Tasche, nahm eine Zigarette heraus und zündete sie mit betonter Gelassenheit an, auch wenn ihre Hand leicht zitterte. Mit ihrem geschmeidigen, schwingenden Gang überquerte sie das Deck, ließ sich in den gegenüberliegenden Sessel fallen und stieß einen perfekten Rauchring in Richtung des Sonnensegels.

„Du kriegst mich nicht von dieser Jacht“, sagte sie ruhig. „Und du bist nicht besonders klug, wenn du glaubst, dass du weit mit ihr kommst. Mein Onkel wird bis halb sieben Funknachrichten über den ganzen Ozean jagen.“

„Hm.“

Sie warf ihm einen schnellen Blick zu und bemerkte eine Spur von Unruhe in der kleinen Senkung seiner Mundwinkel.

„Mir ist das egal“, fuhr sie gelassen fort und zuckte die Schultern. „Es ist nicht meine Jacht. Ich habe nichts dagegen, ein paar Stunden umherzukreuzen. Ich leihe dir sogar dieses Buch, damit du auf der Fähre, die dich nach Sing Sing bringt, etwas zu lesen hast.“

Er lachte leise und spöttisch.

„Wenn das ein Ratschlag sein soll, kannst du dir die Mühe sparen. Das hier ist nur ein kleiner Teil eines Plans, der schon lange feststand, bevor ich überhaupt wusste, dass diese Jacht existiert. Wäre es nicht diese gewesen, dann eine andere.“

„Wer bist du?“, fragte Ardita unvermittelt. „Und was bist du?“

„Hast du dich entschieden, nicht an Land zu gehen?“

„Ich habe nicht einmal darüber nachgedacht.“

„Wir sind allgemein bekannt", sagte er ruhig, „alle sieben von uns, als Curtis Carlyle und seine sechs schwarzen Kumpel. Bis vor Kurzem waren wir in Winter Garden aktiv und bei der Midnight Frolic."

„Ihr seid also Sänger?"

„Bis heute waren wir das. Ab sofort, dank der weißen Säcke dort drüben, sind wir Flüchtige. Und wenn ich mich nicht täusche, liegt die Belohnung für unsere Ergreifung jetzt 20.000 Dollar."

„Was ist in den Säcken?", fragte Ardita neugierig.

„Nun", sagte er mit einem ironischen Lächeln, „für den Moment nennen wir es... Schlamm – Floridaschlamm."

III

Zehn Minuten nach Curtis Carlyles kurzem Gespräch mit einem sichtlich eingeschüchterten Ingenieur war die Jacht Narcissus auf Kurs, dampfend durch eine laue, tropische Dämmerung nach Süden. Babe, der kleine Schwarze, dem Carlyle offenbar vollkommen vertraute, hatte das Kommando übernommen und die Situation fest im Griff. Mr. Farnams Diener und der Koch, die einzigen anderen Besatzungsmitglieder außer dem Ingenieur, hatten zwar Widerstand geleistet, doch sie lagen nun sicher gefesselt in ihren Kojen.

Trombone Mose, der größte der schwarzen Männer, war unterdessen mit einem Farbtopf beschäftigt, um den Namen Narcissus am Bug zu überstreichen und durch Hula Hula zu ersetzen. Die restlichen Männer hatten sich achtern versammelt und widmeten sich mit offensichtlicher Begeisterung einem Würfelspiel.

Nachdem Carlyle Anweisungen für ein Abendessen gegeben hatte, das um halb acht auf Deck serviert werden sollte, kehrte er zu Ardita zurück. Er ließ sich in seinen Sessel fallen. Halb schlossen sich seine Augen und er fiel in eine tiefe Nachdenklichkeit.

Ardita beobachtete ihn aufmerksam. Sie klassifizierte ihn instinktiv als eine romantische Figur – eine, die von überwältigendem Selbstbewusstsein geprägt war, das jedoch auf einer brüchigen Grundlage zu ruhen schien. Bei jeder seiner Entscheidungen erkannte sie eine leichte Zögerlichkeit, die im Gegensatz zu der selbstbewussten Arroganz seiner Haltung stand.

„Er ist nicht wie ich“, dachte sie. „Irgendwo gibt es einen Unterschied.“

Ardita, deren Egoismus sie oft dazu brachte, über sich selbst nachzudenken, tat dies auch jetzt mit der Selbstverständlichkeit einer Person, die nie ernsthaft infrage gestellt worden war. Ihre ausgeprägte Selbstbezogenheit minderte jedoch nicht ihren unbestreitbaren Charme. Mit ihren neunzehn Jahren wirkte sie wie ein energisches, frühreifes Kind – an der Schwelle zur Erwachsenenwelt, doch fest entschlossen, diese nach ihren eigenen Regeln zu betreten.

In ihrer Jugend und Schönheit hatte sie alle Männer und Frauen, die sie bisher getroffen hatte, wie Treibholz auf den Wellen ihres Temperaments treiben lassen. Andere Egoisten hatten sie nicht abgeschreckt – im Gegenteil, selbstlose Menschen langweilten sie eher. Doch keiner war bisher ihrem Willen entkommen. Niemand, den sie nicht schließlich zu ihren Füßen gesehen hätte.

Doch dieser Mann im Sessel – dieser Curtis Carlyle – war anders. Zwar erkannte sie auch in ihm einen Egoisten, aber anstelle der üblichen Gedankenspiele, die sie zu ihrer Verteidigung bereitstellte, fühlte sie instinktiv, dass dieser Mann auf eine Weise angreifbar und wehrlos war, die sie nicht verstand.

Wenn Ardita gegen Konventionen rebellierte – eine ihrer liebsten Beschäftigungen in letzter Zeit –, dann aus einem tiefen Verlangen heraus, ganz sie selbst zu sein. Dieser Mann hingegen schien von einer anderen Art von Rebellion getrieben zu sein, einer, die mehr mit einer Besessenheit als mit Freiheit zu tun hatte.

Sie war viel mehr an ihm interessiert als an ihrer eigenen Situation, die ihr nur wie die beiläufige Aufregung einer Nachmittagsvorstellung erschien – ein flüchtiges Vergnügen, wie es ein Kind erleben könnte. Mit unerschütterlichem Selbstvertrauen glaubte sie, sich in jeder Lage behaupten zu können.

Die Nacht senkte sich tiefer herab. Ein junger, blasser Mond lächelte verschleiert auf das Meer hinab. Die Küste verblasste langsam, während dunkle Wolken wie Blätter über den fernen Horizont trieben. Ein breiter Lichtschein des Mondes hüllte die Jacht in silbrigen Glanz und ließ ihren Weg über das Wasser wie eine funkelnde Spur erscheinen. Hin und wieder flackerte das Licht eines Streichholzes auf, wenn einer von ihnen eine Zigarette anzündete. Abgesehen vom leisen Pulsieren der Motoren und dem stetigen Rauschen der Wellen war die Jacht so still wie ein Traumschiff, das durch den sternbedeckten Himmel segelte. Der Duft der nächtlichen See, erfüllt von tiefer Ruhe, umgab sie wie ein unsichtbarer Schleier.

Schließlich durchbrach Carlyle die Stille.

„Glückliches Mädchen", seufzte er. „Ich wollte immer reich sein, um mir all diese Schönheit kaufen zu können."

Ardita gähnte. „Ich wäre lieber du", sagte sie offen.

„Das wärst du – für einen Tag. Aber für eine Flapperin scheinst du ziemlich viel Nervenstärke zu haben."

„Ich wünschte, du würdest mich nicht so nennen."

„Entschuldigung."

„Was die Nerven betrifft", fuhr sie langsam fort, „sie sind mein einziges wirklich gutes Merkmal. Ich habe vor nichts Angst – weder im Himmel noch auf der Erde."

„Hm, ich schon."

„Um Angst zu haben", erklärte Ardita, „muss man entweder sehr groß und stark oder ein Feigling sein. Ich bin weder das eine noch das andere." Sie hielt inne. Ein Anflug von Eifer schlich sich in ihre Stimme. „Aber ich will über dich reden. Was in aller Welt hast du angestellt – und wie hast du es gemacht?"

„Warum?", fragte er zynisch. „Willst du ein Drehbuch über mich schreiben?"

„Erzähl", drängte sie. „Lüg mich an im Mondschein. Erzähl mir eine fantastische Geschichte."

Ein Schwarzer erschien, schaltete eine Lichterkette unter dem Sonnensegel an und begann, den Korbtisch fürs Abendessen zu decken. Während sie kaltes Hühnchen, Salat, Artischocken und Erdbeermarmelade aus der reichhaltigen Vorratskammer genossen, begann Carlyle zu erzählen – anfangs zögerlich, und als er merkte, mit zunehmender Lebhaftigkeit, wie sehr sie interessiert war.

Ardita aß kaum, während sie sein dunkles, jugendliches Gesicht studierte – gutaussehend, ironisch und doch mit einer leichten, unvollkommenen Härte.

Er begann als armer Junge in einer Stadt in Tennessee, erzählte er. So arm, dass seine Familie die einzige weiße in ihrer Straße war. Weiße Kinder, so erinnerte er sich, hatte er kaum gekannt – aber es gab immer ein Dutzend schwarzer Kinder, die ihm folgten, fasziniert von seiner lebhaften Fantasie und seinen Streichen. Diese Verbindungen hatten offenbar ein bemerkenswertes musikalisches Talent in eine ungewöhnliche Richtung gelenkt.

Da war eine farbige Frau namens Belle Pope Calhoun, die auf Feiern für wohlhabende weiße Kinder Klavier spielte – für Kinder, die ihn nur mit verächtlichen Blicken würdigten. Doch der zerlumpte „arme Weiße" saß stundenlang neben ihrem Klavier, bemühte sich, mit einem Kazoo eine zweite Stimme zu spielen, und sog jede Note auf.

Mit dreizehn verdiente er seinen Lebensunterhalt, indem er in kleinen Cafés in Nashville Ragtime auf einer abgenutzten Geige spielte. Acht Jahre später, als die Ragtime-Welle das Land überrollte, tourte er mit sechs Schwarzen durch den Orpheum-Zirkel. Fünf von ihnen waren Freunde aus seiner Kindheit; der sechste war Babe Divine, ein kleiner Schwarzer aus New York, der einst auf Bermuda als Plantagenarbeiter gedient hatte – bis er seinem Meister ein acht Zoll langes Stilett in den Rücken gestoßen hatte.

Kaum hatte Carlyle sein Glück realisiert, stand er bereits auf dem Broadway – mit Engagements von allen Seiten und mehr Geld, als er sich je erträumt hatte.

Doch etwa zu dieser Zeit begann sich seine gesamte Einstellung zu verändern. Eine seltsame, bittere Wandlung setzte ein, als ihm bewusst wurde, dass er die besten Jahre seines Lebens damit verbrachte, auf einer Bühne mit einer Gruppe schwarzer Männer zu tanzen. Sein Auftritt war außergewöhnlich – drei Posaunen, drei Saxophone und Carlyles Flöte, getragen von seinem einzigartigen Rhythmusgefühl. Doch je länger er auftrat, desto mehr wurde ihm die Sache zuwider.

Obwohl sie immense Summen verdienten – jeder neue Vertrag brachte noch mehr ein –, wuchs Carlyles Abscheu. Als er Managern erklärte, er wolle das Sextett verlassen und als klassischer Pianist auftreten, lachten sie ihn aus. „Das wäre künstlerischer Selbstmord", sagten sie. Carlyle lachte später selbst über diesen Ausdruck – jeder von ihnen hatte ihn benutzt.

Ein halbes Dutzend Mal spielten sie bei privaten Tänzen, für 3.000 Dollar pro Nacht, doch gerade diese Auftritte brachten seine ganze Abneigung gegen sein Leben hervor. Sie fanden in Clubs und Häusern statt, die er tagsüber niemals hätte betreten dürfen. Letztlich war er nicht mehr als ein „ewiger Affe", ein verfeinerter Chorist.

Er hasste den Geruch des Theaters, das Puder, das Rouge, das sinnlose Geplapper in den Garderoben und die gönnerhafte Zustimmung aus den Logen. Der Gedanke, dass er sich nur langsam dem Luxus nähern konnte, den er sich erträumte, machte ihn wahnsinnig.

Natürlich arbeitete er darauf hin, doch es fühlte sich an, als würde er ein köstliches Eis so langsam essen, dass er nichts davon schmeckte. Er wollte mehr als Geld – er wollte Zeit, um zu lesen und Musik zu machen und die Gesellschaft von Menschen, die ihn wahrscheinlich nur mit Verachtung bedacht hätten. Kurz gesagt, er wollte eine Art von „Aristokratie", die sich mit fast jedem Geld kaufen ließ, nur nicht mit dem, das er verdiente.

Mit fünfundzwanzig Jahren, ohne Familie, ohne Bildung und ohne Chancen in der Geschäftswelt, begann er, verzweifelt zu spekulieren. Innerhalb von drei Wochen hatte er alles verloren, was er gespart hatte.

Dann kam der Krieg. Er meldete sich in Plattsburgh, doch selbst dort holte ihn seine Vergangenheit ein. Ein Brigadegeneral rief ihn ins Hauptquartier und erklärte ihm, er könne seinem Land am besten als Kapellmeister dienen. Also verbrachte er den Krieg damit, hinter der Front berühmte Persönlichkeiten mit einer Big-Band zu unterhalten. Es war nicht das Schlimmste – doch während die Infanteristen aus den Schützengräben zurückkehrten, wollte er einer von ihnen sein. Der Schweiß und der Schlamm, die sie trugen, schienen ihm Symbole einer Art von Adel zu sein, der ihm für immer verwehrt blieb.

„Es waren die privaten Engagements, die den letzten Ausschlag gaben", sagte er schließlich. „Nach dem Krieg begann der alte Trott wieder. Wir bekamen ein Angebot von einer Hotelkette in Florida. Es war nur eine Frage der Zeit."

Er hielt inne und Ardita sah ihn erwartungsvoll an. Doch er schüttelte den Kopf.

„Nein", sagte er. „Ich werde es dir nicht erzählen. Ich genieße es zu sehr, und ich fürchte, ich würde diesen Genuss verlieren, wenn ich ihn mit jemandem teile. Ich möchte diese wenigen atemberaubenden, heroischen Momente für mich behalten – die Augenblicke, in denen ich vor ihnen allen stand und ihnen bewies, dass ich mehr war als ein plappernder Clown."

Plötzlich erklang von vorn ein leises Singen. Die Schwarzen hatten sich auf dem Deck versammelt und ihre Stimmen erhoben sich zu einer melancholischen Melodie, deren sehnsuchtsvolle Harmonien sich zum Mond hinaufzogen.

Ardita lauschte, verzaubert.

„Oh hinab—
oh hinab,
Mammi will mich hinab zur Milchstraße führen,
Oh hinab,
oh hinab,
Papi sagt mo-o-o-o-rgen,
Doch Mammi sagt heu-te,
Ja—Mammi sagt heu-te!"

Carlyle seufzte, blickte zu den glitzernden Sternen am warmen Nachthimmel hinauf und schwieg einen Moment. Das Lied der Schwarzen war zu einem sanften Summen verklungen und die Stille ringsum schien mit jeder Minute tiefer zu werden. Die Helligkeit des Mondes legte sich wie ein Schleier über das Meer, bis es fast so schien, als könne man das geheimnisvolle Ritual der Meerjungfrauen hören – wie sie ihre silbernen, tropfnassen Locken kämmten und einander von den feinen Wracks erzählten, in denen sie auf den schimmernden, opalgrünen Alleen der Tiefe lebten.

„Weißt du", sagte Carlyle leise, „es ist die Schönheit, die ich will. Schönheit muss atemberaubend sein, überwältigend – sie muss dich überfallen wie ein Traum, wie die hinreißenden Augen eines Mädchens."

Er drehte sich zu Ardita um, doch sie schwieg.

„Du verstehst, oder, Anita – ich meine, Ardita?"

Aber wieder antwortete sie nicht. Sie war schon seit einiger Zeit fest eingeschlafen.

IV

Am nächsten Tag, in der drückenden Mittagshitze unter einem grellen Sonnenhimmel, tauchte vor ihnen ein Punkt im Meer auf, der sich bald zu einer grün-grauen Insel formte. Eine große Granitklippe markierte das nördliche Ende, während die Insel sich nach Süden über eine Meile aus üppigem Buschwerk und Gras erstreckte, bis zu einem weißen Sandstrand, der sanft in die Brandung mündete.

Ardita, die an ihrem Lieblingsplatz saß und gerade die letzte Seite von Der Aufstand der Engel zu Ende gelesen hatte, klappte das Buch mit einem lauten Geräusch zu. Sie hob den Kopf, entdeckte die Insel und stieß einen kleinen Freudenschrei aus.

„Ist das der Ort?", rief sie und wandte sich an Carlyle, der nachdenklich an der Reling stand. „Ist das dein Ziel?"

Carlyle zuckte gleichgültig mit den Schultern.

„Keine Ahnung." Er hob die Stimme: „Hey, Babe, ist das deine Insel?"

Der kleine Kopf des Schwarzen tauchte um die Ecke des Deckhauses auf.

„Ja, Sir! Das ist sie."

Carlyle trat zu Ardita.

„Sieht ziemlich abenteuerlich aus, oder?"

„Ja", stimmte sie zu. „Aber sie wirkt nicht groß genugfür ein gutes Versteck."

„Glaubst du immer noch an die Funknachrichten, die dein Onkel überall verbreiten wollte?"

„Nein", sagte Ardita offen. „Ich bin ganz auf deiner Seite. Ich würde wirklich gerne sehen, wie du entkommst."

Er lachte.

„Du bist unser Glücksbringer. Ich schätze, wir müssen dich als Maskottchen behalten."

„Ihr könntet mich auch kaum bitten, zurückzuschwimmen", sagte sie trocken. „Wenn ihr das tut, fange ich an, Groschenromane über die endlose Geschichte deines Lebens zu schreiben, die du mir letzte Nacht erzählt hast."

Carlyle errötete leicht und richtete sich auf.

„Es tut mir leid, wenn ich dich gelangweilt habe."

„Oh, hast du nicht – jedenfalls nicht bis zu dem Teil, wo du dich darüber aufregst, dass du nicht mit den Damen tanzen konntest, für die du Musik gemacht hast."

Er stand abrupt auf, Ärger in seinem Blick.

„Du hast eine verdammt spitze kleine Zunge."

„Entschuldige", sagte sie und brach in schallendes Gelächter aus. „Aber ich bin es nicht gewohnt, dass Männer mich mit Geschichten über ihre Lebensträume unterhalten – besonders wenn diese Träume so sterbenslangweilig und platonisch sind."

„Warum? Womit unterhalten dich Männer normalerweise?"

„Oh, sie reden über mich", gähnte sie. „Sie sagen mir, ich sei der Inbegriff von Jugend und Schönheit."

„Und was sagst du ihnen?"

„Oh, ich stimme still zu."

„Erklärt dir jeder Mann, den du triffst, seine Liebe?"

Ardita nickte.

„Warum sollte er nicht? Das ganze Leben ist doch nur ein Fortschreiten zu und ein Zurückweichen von einem einzigen Satz: ‚Ich liebe dich.'"

Carlyle lachte, setzte sich wieder und sah sie mit neuem Interesse an.

„Das ist sehr wahr. Das – das ist gar nicht schlecht. Hast du dir das ausgedacht?"

„Ja – oder vielmehr habe ich es herausgefunden. Es bedeutet nicht besonders viel. Es ist nur clever."

„Das ist die Art von Bemerkung", sagte er ernst, „die typisch für deine Klasse ist."

„Oh", unterbrach Ardita ungeduldig, „fang nicht wieder mit dieser Vorlesung über Aristokratie an! Ich misstraue Leuten, die um diese Uhrzeit ernsthaft sein können. Das ist eine milde Form von Wahnsinn – wie ein Rausch von Frühstücksflocken. Der Morgen ist dazu da, zu schlafen, zu schwimmen und unbeschwert zu sein."

***

Zehn Minuten später hatte die Jacht einen weiten Bogen gemacht, als wolle sie die Insel von Norden ansteuern.

„Da steckt ein Trick dahinter", bemerkte Ardita nachdenklich. „Er kann doch nicht einfach vor dieser Klippe ankern wollen."

Die Jacht steuerte direkt auf den massiven Felsen zu, der sich gut dreißig Meter hoch über das Wasser erhob. Erst als sie nur noch fünfzig Meter entfernt waren, erkannte Ardita ihr Ziel und klatschte begeistert in die Hände.

Es gab eine schmale Öffnung in der Klippe, die durch eine ungewöhnliche Überlappung des Gesteins vollständig verborgen war. Die Jacht glitt durch diese Lücke und fuhr langsam einen schmalen Kanal mit kristallklarem Wasser entlang, flankiert von hohen grauen Wänden. Schließlich ankerten sie in einer winzigen, abgeschiedenen Welt aus Grün und Gold – eine vergoldete Bucht, glatt wie Glas und umrahmt von kleinen Palmen. Die Szenerie wirkte wie eine kindliche Fantasie, ein Spiegelbild aus Wasser und Armen, wie Kinder sie in Sandburgen errichten.

„Gar nicht so schlecht!“, rief Carlyle begeistert.

„Ich glaube, dieser kleine Kerl kennt sich hier in dieser Ecke des Atlantiks wirklich aus.“

Seine Euphorie war ansteckend und auch Ardita konnte sich der Stimmung nicht entziehen.

„Das ist ein absolut sicheres Versteck!“

„Verdammt, ja! Das ist die Art von Insel, über die man in Büchern liest.“

Das Ruderboot wurde in die goldene Bucht hinabgelassen und sie ruderten zum Ufer.

„Komm schon“, sagte Carlyle, als sie den schlammigen Sand erreichten, „wir gehen auf Erkundung.“

Der Saum aus Palmen war von einer flachen, sandigen Ebene umgeben, die sich über eine runde Meile erstreckte. Nachdem sie diesem Streifen gefolgt waren und durch ein weiteres Stück dichter tropischer Vegetation getreten waren, stießen sie auf einen perlgrauen, unberührten Strand.

Ardita zog ihre braunen Golfschuhe aus – Strümpfe schien sie endgültig aufgegeben zu haben – und watete barfuß ins Wasser.

Später kehrten sie zur Jacht zurück, wo der unermüdliche Babe das Mittagessen für sie vorbereitet hatte. Er hatte einen Wachposten auf der hohen Klippe im Norden platziert, um das Meer auf beiden Seiten zu beobachten, auch wenn er bezweifelte, dass der Eingang in die Klippe allgemein bekannt war.

„Wie heißt sie eigentlich?“, fragte Ardita. „Die Insel, meine ich?“

„Hat keinen Namen“, kicherte Babe. „Reckon, sie ist einfach ’ne Insel, das ist alles.“

***

Am späten Nachmittag saßen sie auf dem höchsten Punkt der Klippe mit dem Rücken gegen große Felsbrocken gelehnt, während Carlyle ihr seine vagen Pläne skizzierte.

Er war sich sicher, dass man ihn inzwischen verfolgte. Die Gesamteinnahmen seines Coups – über den er sich immer noch weigerte, Ardita aufzuklären – schätzte er auf knapp eine Million Dollar.

Er plante, mehrere Wochen auf der Insel zu bleiben und dann südwärts aufzubrechen, weit außerhalb der üblichen Schifffahrtsrouten. Sein Ziel war es, das Kap Hoorn zu umrunden und Callao in Peru zu erreichen. Die Details zur Kohle- und Proviantversorgung überließ er Babe, der offenbar jede erdenkliche Position auf diesen Gewässern innegehabt hatte – vom Kabinenjungen auf einem Kaffeehandelsschiff bis hin zum faktischen Ersten Offizier eines brasilianischen Piratenschiffs, dessen Kapitän inzwischen gehängt worden war.

„Wenn er weiß wäre, wäre er längst König von Südamerika", sagte Carlyle nachdrücklich. „Was Intelligenz angeht, lässt er Booker T. Washington wie einen Schwachkopf aussehen. Er hat die List aller Rassen und Nationalitäten, die in seinem Blut zusammenkommen – und das sind mindestens ein halbes Dutzend, oder ich lüge. Er vergöttert mich, weil ich der einzige Mensch auf der Welt bin, der besseren Ragtime spielen kann als er. Früher saßen wir unten an den Kais der New Yorker Waterfront – er mit einem Fagott, ich mit einer Oboe – und wir mischten Molltonarten in uralte afrikanische Harmonien, bis die Ratten die Pfosten hochkrochen und sich um uns scharten, stöhnten und quietschten wie Hunde vor einem Grammophon."

Ardita brach in schallendes Gelächter aus.

„Wie du dir das ausdenkst!"

Carlyle grinste. „Ich schwöre, das ist die gan——"

„Was willst du tun, wenn du in Callao ankommst?", unterbrach sie ihn.

„Ein Schiff nach Indien nehmen. Ich will ein Rajah werden. Ernsthaft. Mein Plan ist, mir irgendwo in Afghanistan einen Palast und einen Ruf zu kaufen und dann nach etwa fünf Jahren in England aufzutauchen – mit einem ausländischen Akzent und einer mysteriösen Vergangenheit. Aber zuerst Indien. Wusstest du, dass man sagt, das ganze Gold der Welt kehrt langsam nach Indien zurück? Das finde ich faszinierend. Und ich möchte endlich Zeit haben, um zu lesen – eine Menge zu lesen.“

„Und was kommt danach?“

„Dann“, sagte er trotzig, „kommt die Aristokratie. Lach ruhig, wenn du willst – aber du musst doch zugeben, dass ich weiß, was ich will. Das ist mehr, als man von dir behaupten kann, nehme ich an.“

„Im Gegenteil“, widersprach Ardita und griff in ihre Tasche nach ihrem Zigarettenetui. „Als ich dich traf, war ich gerade mitten in einem großen Aufruhr meiner Freunde und Verwandten, weil ich genau wusste, was ich wollte.“

„Und was war das?“

„Einen Mann.“

Er fuhr überrascht zusammen.

„Du bist verlobt?“

„In gewisser Weise. Wenn du nicht an Bord gekommen wärst, hätte ich gestern Abend – es scheint schon so lange her – vorgehabt, an Land zu schleichen, um ihn in Palm Beach zu treffen. Er wartet dort auf mich mit einem Armband, das einst Katharina von Russland gehörte. Und sag jetzt nichts über Aristokratie“, fügte sie schnell hinzu. „Ich mochte ihn einfach, weil er Fantasie hatte und den Mut, zu seinen Überzeugungen zu stehen.“

„Aber deine Familie war dagegen, nicht wahr?“

„Was von ihr übrig ist – nur ein dummer Onkel und eine noch dümmere Tante. Angeblich war er in irgendeinen Skandal mit einer rothaarigen Frau namens Mimi verwickelt. Es war alles übertrieben, sagte er. Und Männer lügen nicht zu mir. Außerdem war mir egal, was er getan hatte; die Zukunft zählt. Und darum würde ich mich kümmern. Wenn ein Mann in mich verliebt ist, interessiert er sich nicht mehr für andere Vergnügungen. Ich habe ihm gesagt, er solle sie fallen lassen wie eine heiße Kartoffel, und das hat er getan.“

„Ich fühle mich ziemlich eifersüchtig“, sagte Carlyle stirnrunzelnd – und lachte dann. „Ich schätze, ich werde dich einfach mitnehmen, bis wir in Callao ankommen. Dann leihe ich dir genug Geld, um in die Staaten zurückzukehren. Bis dahin hattest du Zeit, diesen Gentleman noch einmal zu überdenken.“

„Sprich nicht so mit mir!“, brauste Ardita auf. „Ich werde diese väterliche Haltung von niemandem tolerieren! Verstehst du mich?“

Carlyle kicherte, aber als ihr kalter Zorn ihn wie ein Mantel einhüllte, verstummte er schnell und spürte, wie ihm ein eisiger Schauer über den Rücken lief.

„Es tut mir leid", bot er unsicher an.

„Oh, entschuldige dich nicht! Ich kann Männer nicht ausstehen, die ‚Es tut mir leid' in diesem männlich-reservierten Tonfall sagen. Halt einfach den Mund!"

Eine Pause folgte – für Carlyle leicht unangenehm, für Ardita jedoch offenbar völlig entspannt. Sie saß zufrieden da, genoss ihre Zigarette und ließ ihren Blick über das glitzernde Meer schweifen. Nach einer Minute kroch sie auf den Felsen hinaus und legte sich mit dem Gesicht über die Kante, um hinunterzuschauen.

Carlyle beobachtete sie und dachte darüber nach, wie unmöglich es für sie schien, eine ungraziöse Haltung einzunehmen.

„Oh, sieh mal", rief sie. „Da unten gibt es jede Menge Vorsprünge. Breite in unterschiedlichen Höhen. Heute Nacht gehen wir schwimmen!", sagte sie aufgeregt. „Im Mondschein."

„Wäre dir der Strand am anderen Ende nicht lieber?"

„Keine Chance. Ich mag es zu tauchen. Du kannst den Badeanzug meines Onkels benutzen, aber der wird dir passen wie ein Kartoffelsack, weil er ein ziemlich speckiger Mann ist. Ich habe einen Einteiler, der die Einheimischen entlang der gesamten Atlantikküste von Biddeford Pool bis St. Augustine geschockt hat."

„Ich nehme an, du bist ein richtiger Hai."

„Ja, ich bin ziemlich gut. Und ich sehe dabei auch noch süß aus. Ein Bildhauer in Rye meinte letzten Sommer, meine Waden wären 500 Dollar wert."

Darauf schien Carlyle keine passende Antwort zu finden. Stattdessen schwieg er und erlaubte sich nur ein diskretes, inneres Lächeln.

V

Als die Nacht in schattigem Blau und Silber herabsank, glitten sie mit dem Ruderboot durch den funkelnden Kanal. Sie banden es an einem Vorsprung der Klippe fest und begannen gemeinsam, die Felsen hinaufzuklettern. Die erste Terrasse, drei Meter über dem Wasser, war breit und bot eine natürliche Plattform zum Tauchen. Dort setzten sie sich ins helle Mondlicht und beobachteten den sanften, unaufhörlichen Rhythmus der Wellen, die sich mit der ablaufenden Flut seewärts zurückzogen.

„Bist du glücklich?", fragte Carlyle plötzlich.

Ardita nickte. „Am Meer immer. Weißt du", begann sie nachdenklich, „ich habe den ganzen Tag gedacht, dass du und ich uns in gewisser Weise ähnlich sind. Wir sind beide Rebellen – nur aus unterschiedlichen Gründen. Vor zwei Jahren, als ich gerade achtzehn war und du..."

„Fünfundzwanzig."

„... nun ja, waren wir beide konventionelle Gewinner. Ich war eine absolut umwerfende Debütantin und du warst ein erfolgreicher Musiker, gerade ins Heer berufen..."

„Ein Gentleman per Gesetz des Kongresses", warf er ironisch ein.

„Wie auch immer – wir passten beide ins Bild. Wenn unsere Ecken nicht abgeschliffen waren, so doch zumindest eingezogen. Aber tief in uns beiden war etwas, das mehr zum Glücklichsein erforderte. Ich wusste nicht, was ich wollte. Ich sprang von Mann zu Mann, rastlos, ungeduldig, Monat für Monat weniger nachgiebig und immer unzufriedener. Manchmal saß ich einfach da, kaute auf der Innenseite meiner Wange und dachte, ich werde verrückt. Es war ein entsetzliches Gefühl der Vergänglichkeit. Ich wollte Dinge sofort – sofort – sofort! Hier war ich – wunderschön – oder?"

„Ja", stimmte Carlyle zögernd zu.

Plötzlich stand Ardita auf. „Warte einen Moment. Ich will dieses einladende Meer ausprobieren."

Sie ging zum Rand der Plattform, sprang hinaus, krümmte sich in der Luft zusammen und streckte sich dann in einem perfekten Bogen wie ein Pfeil ins Wasser.

Eine Minute später trieb ihre Stimme zu ihm hinauf. „Weißt du, ich habe früher den ganzen Tag und die halbe Nacht gelesen. Ich begann, die Gesellschaft zu verachten..."

„Komm wieder hoch", unterbrach er sie. „Was treibst du da unten?"

„Ich lasse mich nur auf dem Rücken treiben. Ich komme gleich. Lass mich weiterreden. Das Einzige, was mir wirklich Spaß machte, war, die Leute zu schockieren – etwas völlig Unmögliches und zugleich Charmantes auf einer Kostümparty zu tragen, mit den berüchtigtsten Männern New Yorks auszugehen und in die unglaublichsten Schlamassel zu geraten."

Das Geräusch von Wasserspritzern mischte sich mit ihren Worten und bald hörte er ihr hastiges Atmen, als sie begann, die Felswand wieder hinaufzuklettern.

„Spring rein!", rief sie.

Gehorsam stand Carlyle auf und tauchte ins Wasser. Als er wieder auftauchte und die Kletterpartie hinter sich brachte, stellte er fest, dass sie nicht mehr auf der Plattform war. Einen Moment lang war er erschrocken, bis er ihr leises Lachen von einer anderen Terrasse hörte, die drei Meter höher lag. Dort fand er sie und setzte sich neben sie. Beide saßen schweigend da, die Arme um die Knie geschlungen, noch außer Atem vom Aufstieg.

„Die Familie war außer sich", begann sie plötzlich. „Sie haben versucht, mich zu verheiraten. Und als ich schon anfing zu denken, dass das Leben kaum lebenswert sei, habe ich etwas gefunden." Ihre Augen richteten sich triumphierend zum Himmel. „Ich habe etwas gefunden!"

Carlyle wartete geduldig, bis ihre Worte wie ein Sturzbach hervorschossen.

„Mut – einfach das. Mut als Lebensregel und etwas, woran man sich immer festhalten kann. Ich begann, diesen enormen Glauben an mich selbst aufzubauen. Ich erkannte, dass in all meinen früheren Idolen irgendeine Form von Mut das war, was mich unbewusst angezogen hatte. Ich begann, Mut von allen anderen Dingen im Leben zu trennen. Alle möglichen Arten von Mut – der geschlagene, blutige Preisboxer, der wieder aufsteht. Ich ließ mich von Männern zu Preisboxkämpfen mitnehmen. Die dekadente Frau, die durch ein Nest aus Klatschtanten marschiert und sie ansieht, als wären sie Dreck unter ihren Füßen. Immer zu mögen, was man mag. Die völlige Missachtung der Meinungen anderer – einfach so zu leben, wie ich es wollte, und auf meine eigene Weise zu sterben…"

Sie hielt inne und sah ihn fragend an.

„Hast du die Zigaretten mitgebracht?"

Carlyle reichte ihr eine Zigarette und hielt ihr sanft ein Streichholz hin.

„Trotzdem", fuhr Ardita fort, „sammelten sich die Männer weiter – alte Männer und junge Männer, geistig und körperlich meine Unterlegenen, die meisten jedenfalls, aber alle brannten darauf, mich zu besitzen – diese ziemlich großartige, stolze Etikette, die ich um mich aufgebaut hatte. Verstehst du das?"

„Einigermaßen. Du wurdest nie geschlagen und hast dich nie entschuldigt."

„Nie!"

Sie sprang an den Rand des Felsvorsprungs, verharrte für einen Moment wie eine gekreuzigte Figur vor dem Himmel und beschrieb dann eine lautlose Parabel, die zwischen zwei silbern glitzernden Wellenkämmen zwanzig Fuß tiefer eintauchte.

Ihre Stimme stieg wieder zu ihm hinauf.

„Und Mut bedeutete für mich, durch diesen grauen Nebel zu pflügen, der sich auf das Leben legt – nicht nur Menschen und Umstände zu überwinden, sondern auch die Trostlosigkeit des Lebens selbst. Eine Art Beharren auf den Wert des Lebens und der Bedeutung flüchtiger Dinge."

Während sie sprach, kletterte sie wieder hoch, ihr Kopf erschien auf seiner Höhe, das nasse, goldene Haar symmetrisch zurückgestrichen.

„Alles schön und gut", wandte Carlyle ein. „Du kannst es Mut nennen, aber dein Mut basiert letztendlich auf deinem Stolz und deiner Herkunft. Du wurdest zu dieser trotzigen Haltung erzogen. An meinen grauen Tagen ist selbst Mut nur etwas Graues und Lebloses."

Sie setzte sich nahe am Rand der Klippe, umklammerte ihre Knie und starrte gedankenverloren zum Mond, der wie ein grotesker Gott in einer Felsspalte am Horizont gefangen war.

„Ich will nicht wie Pollyanna klingen", begann sie, „aber du hast mich noch nicht verstanden. Mein Mut ist Glaube – der Glaube an die ewige Widerstandskraft in mir. Dass Freude zurückkommt, Hoffnung und Spontaneität. Und ich fühle, dass ich, bis es soweit ist, die Lippen geschlossen, das Kinn hoch und die Augen weit offenhalten muss – nicht unbedingt mit einem albernen Lächeln. Oh, ich war oft in der Hölle, ohne ein einziges Mal zu jammern – und die Hölle der Frauen ist tödlicher als die der Männer."

„Aber was, wenn", warf Carlyle vor, „die Freude und Hoffnung nicht mehr zurückkehren, weil der Vorhang endgültig für dich fällt?"

Ardita stand auf und kletterte mit einiger Mühe auf eine höhere Felsplatte, zehn oder fünfzehn Fuß über ihnen.

„Nun", rief sie zurück, „dann hätte ich gewonnen!"

Er lehnte sich vor, um sie zu sehen.

„Spring lieber nicht von da oben! Du brichst dir das Rückgrat", rief er schnell.

Sie lachte.

„Ich? Ganz bestimmt nicht!"

Langsam breitete sie die Arme aus, stand da wie ein Schwan und strahlte einen Stolz auf ihre jugendliche Perfektion aus, der Carlyles Herz warm aufglühen ließ.

„Wir werden durch die schwarze Luft fliegen, mit den Armen weit ausgebreitet und den Füßen wie ein Delfinschwanz nach hinten gestreckt, und wir werden denken, wir würden das Silber dort unten nie erreichen, bis es plötzlich ganz warm um uns ist, voller kleiner, küssender, streichelnder Wellen."

Dann sprang sie. Carlyle hielt unwillkürlich den Atem an. Ihm war nicht bewusst gewesen, dass der Sprung fast zwölf Meter betrug. Es schien eine Ewigkeit zu vergehen, bis er das kompakte, schnelle Geräusch hörte, als sie das Meer erreichte.

Mit einem erleichterten Seufzer hörte er ihr leichtes, nasses Lachen, das die Klippe hinaufklang. In diesem Moment wusste er, dass er sie liebte.

VI

Die Zeit, die keinen Vorteil daraus zog, schenkte ihnen drei Tage voller strahlender Nachmittage. Jeden Morgen, sobald die Sonne durch das Bullauge ihrer Kabine schien, stand Ardita fröhlich auf, zog ihren Badeanzug an und ging an Deck. Die Schwarzen unterbrachen ihre Arbeit, sobald sie sie sahen, und versammelten sich lachend und plappernd an der Reling, um zuzusehen, wie sie wie ein wendiges Fischlein durch das klare Wasser schwamm, tauchte und wieder auftauchte.

Auch am kühlen Nachmittag schwamm sie – oder lag mit Carlyle auf der Klippe, rauchte und plauderte. Manchmal lagen sie am südlichen Strand im Sand, sprachen kaum, sahen aber zu, wie der

Tag sich in die bunte, tragische Schönheit eines tropischen Abends auflöste.

Mit den langen, sonnigen Stunden ließ Ardita allmählich den Gedanken los, dieses Abenteuer sei nur ein wahnsinniges Zwischenspiel – ein kleiner Zweig Romantik in einer endlosen Wüste der Realität. Sie fürchtete den Moment, in dem Carlyle südwärts aufbrechen würde; sie fürchtete all die Eventualitäten, die sich in ihrem Kopf formten. Gedanken wurden lästig, Entscheidungen widerwärtig. Wäre in den heidnischen Ritualen ihrer Seele Platz für Gebete gewesen, hätte sie das Leben nur um eines gebeten: sie in Ruhe zu lassen. Sie war faul und willig, Carlyles lebhaften, naiven Ideen zuzustimmen – seiner jungenhaften Fantasie, seiner Monomanie, die quer durch sein Temperament verlief und jede seiner Handlungen färbte.

Dies ist keine Geschichte von zwei Menschen auf einer Insel, auch keine primäre Erzählung über eine Liebe, die aus Isolation entsteht. Es ist eine Darstellung zweier Persönlichkeiten und das idyllische Setting unter den Palmen des Golfstroms ist nur zufällig. Die meisten von uns begnügen sich damit, zu existieren, sich fortzupflanzen und um das Recht zu kämpfen, beides zu tun. Das Streben, sein eigenes Schicksal zu kontrollieren, bleibt nur wenigen vorbehalten. Was an Ardita fasziniert, ist der Mut, der untrennbar mit ihrer Schönheit und Jugend verbunden ist und mit ihnen verblassen wird.

„Nimm mich mit", sagte sie spät in einer Nacht, während sie träge im Gras unter den Schatten ausladender Palmen saßen. Die Schwarzen hatten ihre Instrumente an Land gebracht und ein seltsamer, melancholischer Ragtime schwebte auf der warmen Nachtluft zu ihnen herüber.

„Ich würde gerne in zehn Jahren als fabulös reiche, hochkastige indische Dame wieder auftauchen", fuhr sie fort.

Carlyle sah sie schnell an. „Das könntest du, weißt du."

Sie lachte. „Ist das ein Heiratsantrag? Extra! Ardita Farnam wird Piratenbraut. Gesellschaftsdame von Ragtime-Bankräuber entführt."

„Es war keine Bank."

„Was war es dann? Warum willst du es mir nicht sagen?"

„Ich will nicht deine Illusionen zerstören."

„Mein lieber Mann, ich habe keine Illusionen über dich."

„Ich meine deine Illusionen über dich selbst."

Sie sah überrascht auf. „Über mich selbst? Was um alles in der Welt habe ich mit irgendwelchen Verbrechen zu tun, die du begangen hast?"

„Das wird sich zeigen."

Ardita griff nach seiner Hand und tätschelte sie leicht.

„Lieber Mr. Curtis Carlyle", sagte sie sanft, „bist du in mich verliebt?"

„Als ob das eine Rolle spielt."

„Aber das tut es – weil ich glaube, dass ich in dich verliebt bin."

Er sah sie ironisch an. „Das erhöht deine Januarliste auf ein halbes Dutzend, nehme ich an", bemerkte er. „Was, wenn ich deinen Bluff durchschaue und dich frage, ob du mit mir nach Indien kommen willst?"

„Soll ich?"

Er zuckte mit den Schultern. „Wir können in Callao heiraten."

„Was für ein Leben kannst du mir bieten? Ich meine das nicht unfreundlich, sondern ernsthaft. Was würde aus mir werden, wenn die Leute, die diese 20.000-Dollar-Belohnung wollen, dich jemals einholen?"

„Ich dachte, du hättest keine Angst."

„Habe ich nie – aber ich werde mein Leben nicht wegwerfen, nur um einem Mann zu zeigen, dass ich keine habe."

„Ich wünschte, du wärst arm gewesen. Nur ein kleines, armes Mädchen, das an einem Zaun in einem warmen Kuhland träumt."

„Wäre das nicht schön gewesen?"

„Ich hätte es genossen, dich zu überraschen – zu sehen, wie deine Augen sich öffnen. Wenn du dir nur Dinge gewünscht hättest! Verstehst du?"

„Ich weiß – wie Mädchen, die in die Schaufenster von Juweliergeschäften starren."

„Ja – und die große rechteckige Platinuhr mit Diamanten rundherum haben wollen. Nur um sich dann zu entscheiden, dass sie zu teuer ist, und eine aus Weißgold für hundert Dollar zu wählen. Dann würde ich sagen: ‚Zu teuer? Ganz und gar nicht!' Und wir würden in den Laden gehen und bald würde die Platinuhr an deinem Handgelenk glitzern."

„Das klingt so herrlich vulgär – und lustig, oder?", murmelte Ardita.

„Nicht wahr? Kannst du uns sehen, wie wir herumreisen, Geld nach links und rechts ausgeben und von Hotelpagen und Kellnern angebetet werden? Selig sind die einfältig Reichen, denn sie erben die Erde!"

„Ich wünschte ehrlich, wir wären so."

„Ich liebe dich, Ardita", sagte er leise.

Ihr Gesicht verlor für einen Moment den kindlichen Ausdruck und wurde seltsam ernst.

„Ich liebe es, mit dir zusammen zu sein", sagte sie. „Mehr als mit jedem anderen Mann, den ich je getroffen habe. Und ich mag dein Aussehen, dein dunkles Haar und die Art, wie du über die Reling steigst, wenn wir an Land gehen. Tatsächlich mag ich alles, was du tust, wenn du ganz natürlich bist. Ich denke, du hast Nerven, und du weißt, wie ich dazu stehe. Manchmal, wenn du in der Nähe bist, habe ich den Impuls, dich plötzlich zu küssen und dir zu sagen, dass du nur ein idealistischer Junge mit einer Menge Klassen-Nonsens im Kopf bist. Vielleicht, wenn ich ein bisschen älter wäre und ein bisschen gelangweilter, würde ich mit dir gehen. So wie es ist, glaube ich, werde ich zurückgehen und – diesen anderen Mann heiraten."

Drüben über dem silbernen See bewegten sich die Figuren der Schwarzen im Mondlicht wie Akrobaten, die vor überschüssiger Energie förmlich überschäumen. In einer Reihe marschierten sie, tanzten in konzentrischen Kreisen, warfen die Köpfe zurück oder beugten sich über ihre Instrumente wie Panflötenspieler. Aus Posaunen und Saxophonen erklang eine verschmelzende Melodie – mal ausgelassen und jubelnd, mal klagend und sehnsüchtig, wie ein Totentanz aus dem Herzen des Kongo.

„Lass uns tanzen", rief Ardita. „Ich kann nicht still sitzen bei diesem perfekten Jazz."

Er nahm ihre Hand und führte sie hinaus auf eine breite Fläche harten Sandbodens, die im hellen Mondlicht leuchtete. Sie glitten wie schwebende Motten über den Boden und während die fantastische Symphonie heulte, jubelte und zitterte, ließ Ardita ihren letzten Realitätssinn fallen. Sie gab sich ganz den träumerischen Düften tropischer Blumen und der endlosen Weite des sternenklaren Himmels hin, fühlend, dass sie, wenn sie die Augen öffnete, entdecken würde, dass sie mit einem Geist tanzte – in einem Land, das ihrer eigenen Fantasie entsprungen war.

„Das hier könnte man als exklusiven Privatball bezeichnen“, flüsterte Carlyle.

„Ich fühle mich ganz verrückt – aber auf wundervolle Weise verrückt!“

„Wir sind verzaubert. Die Geister unzähliger Generationen von Kannibalen schauen uns von den Klippen da oben zu.“

„Und ich wette, die Kannibalinnen sagen, wir tanzen zu nah, und dass es wenig bescheiden von mir war, ohne meinen Nasenring zu kommen.“

Beide lachten leise, doch ihr Lachen erstarb, als sie plötzlich hörten, wie die Posaunen mitten in einem Takt verstummten und die Saxophone ein erschrockenes Stöhnen von sich gaben, bevor auch sie verklangen.

„Was ist los?“, rief Carlyle.

Nach einem Moment der Stille sahen sie die dunkle Gestalt eines Mannes, der am silbernen See entlang auf sie zulief. Als er näherkam, erkannten sie Babe, der sichtlich aufgeregt war. Er blieb vor ihnen stehen und stieß in einem Atemzug hervor: „Ein Schiff, suh! Liegt ’n halbe Meile draußen vor Anker.“

„Ein Schiff? Was für eins?“, fragte Carlyle angespannt.

Bestürzung lag in seiner Stimme und Ardita spürte, wie sich ihr Herz schmerzhaft zusammenzog, als sie sah, wie seine ganze Haltung erschlaffte.

„Mose, der auf Wache war, sagt, er weiß es nicht, suh.“

„Setzt ein Boot aus?“

„Nein, suh.“

„Wir gehen nach oben“, sagte Carlyle.

Schweigend stiegen sie den Hügel hinauf, Arditas Hand noch immer in Carlyles, wie sie es war, als sie mit dem Tanzen aufgehört hatten. Von Zeit zu Zeit spürte sie, wie sich seine Hand nervös verkrampfte, als wäre ihm die Berührung nicht bewusst. Obwohl er ihr wehtat, zog sie ihre Hand nicht weg. Der Aufstieg schien eine Ewigkeit zu dauern, bevor sie den Gipfel erreichten und vorsichtig über das silhouettenhafte Plateau zur Kante der Klippe krochen.

Nach einem kurzen Blick entfuhr Carlyle ein kleiner Schrei. Vor ihnen lag eine Zollboot mit sechs-Zoll-Geschützen vorne und hinten.

„Sie wissen es!", sagte er mit einem kurzen Atemzug. „Sie wissen es! Irgendwo haben sie die Spur aufgenommen."

„Bist du sicher, dass sie von dem Kanal wissen? Vielleicht warten sie nur darauf, die Insel am Morgen zu inspizieren. Von dort aus können sie die Öffnung in der Klippe nicht sehen."

„Mit Ferngläsern könnten sie es", sagte Carlyle hoffnungslos und warf einen Blick auf seine Armbanduhr. „Es ist fast zwei. Sie werden bis zum Morgengrauen nichts unternehmen, das ist sicher. Natürlich gibt es immer die geringe Möglichkeit, dass sie auf ein anderes Schiff warten oder auf einen Kohletanker."

„Ich denke, wir können genauso gut hierbleiben."

Die Stunde verging, während sie nebeneinander lagen, ganz still, das Kinn in die Hände gestützt wie träumende Kinder. Hinter ihnen hockten die Schwarzen, geduldig, resigniert, und kündigten mit gelegentlichen Schnarchern an, dass selbst die Anwesenheit von Gefahr ihren unerschütterlichen Drang nach Schlaf nicht unterdrücken konnte.

Kurz vor fünf Uhr trat Babe an Carlyle heran. Es gab ein halbes Dutzend Gewehre an Bord der Narcissus, erzählte er. War entschieden worden, keinen Widerstand zu leisten? Es könnte ein erfolgreicher Kampf geführt werden, meinte er, wenn sie sich einen Plan überlegten.

Carlyle lachte trocken und schüttelte den Kopf.

„Das da draußen ist keine einheimische Söldnertruppe, Babe. Das ist ein Zollboot. Es wäre, als wollte man mit Pfeil und Bogen gegen ein Maschinengewehr kämpfen. Wenn du die Taschen irgendwo vergraben willst, in der Hoffnung, sie später wiederzubekommen, dann mach das. Aber es wird nichts bringen – sie würden diese Insel von einem Ende zum anderen durchsuchen. Es ist eine verlorene Schlacht, Babe."

Babe neigte stumm den Kopf und wandte sich ab. Carlyles Stimme klang heiser, als er sich an Ardita wandte.

„Das ist der beste Freund, den ich je hatte. Er würde für mich sterben – und wäre stolz darauf, wenn ich es zuließe."

„Du hast aufgegeben?"

„Ich habe keine Wahl. Natürlich gibt es immer einen Ausweg – den sicheren Weg –, aber das kann warten. Ich würde meinen Prozess um nichts in der Welt verpassen – es wird ein interessantes

Experiment in Berühmtheit. ‚Miss Farnam sagt aus, dass der Pirat ihr gegenüber jederzeit wie ein Gentleman auftrat.'"

„Hör auf damit", sagte sie leise. „Das tut mir schrecklich leid."

Als die Farben des Himmels verblassten und das glanzlose Blau einem bleiernen Grau wich, war auf dem Deck des Schiffes Bewegung zu erkennen. Sie konnten eine Gruppe von Offizieren in weißen Anzügen nahe der Reling ausmachen, die mit Ferngläsern die kleine Insel inspizierten.

„Das war's dann", sagte Carlyle grimmig.

„Verdammt", flüsterte Ardita, während ihr Tränen in die Augen stiegen.

„Wir gehen zurück zur Jacht", sagte er. „Das ist mir lieber, als hier oben wie ein Opossum aufgespürt zu werden."

Sie verließen das Plateau, stiegen den Hügel hinab und erreichten den See, wo die stummen Schwarzen sie zum Schiff ruderten. Blass und erschöpft ließen sie sich in die Sessel sinken und warteten.

Eine halbe Stunde später erschien in dem trüben, grauen Licht die Bugspitze des Zollbootes im Kanal und stoppte, offenbar aus Sorge, die Bucht könnte zu flach sein. Vom friedlichen Anblick der Jacht, der beiden in den Sesseln sitzenden Personen und der neugierig an der Reling lehnenden Schwarzen schlossen sie offenbar, dass kein Widerstand zu erwarten war.

Zwei Boote wurden lässig über die Seite herabgelassen: Eines mit einem Offizier und sechs Matrosen, das andere mit vier Ruderern und zwei grauhaarigen Männern in Jachtanzügen im Heck.

Ardita und Carlyle erhoben sich und bewegten sich fast unbewusst aufeinander zu. Plötzlich hielt Carlyle inne, griff in seine Tasche und zog einen runden, glitzernden Gegenstand hervor, den er ihr hinhielt.

„Was ist das?", fragte sie verwundert.

„Ich bin mir nicht ganz sicher, aber ich denke, laut der russischen Inschrift innen ist es das versprochene Armband."

„Wo – wo um alles in der Welt…?"

„Es war in einem dieser Beutel. Weißt du, Curtis Carlyle und seine sechs schwarzen Kumpane haben mitten in ihrer Vorstellung im Teeraum des Hotels in Palm Beach ihre Instrumente gegen Pistolen getauscht und die Menge überfallen. Dieses Armband habe ich von einer hübschen, übermäßig geschminkten Frau mit roten Haaren genommen.“

Ardita runzelte die Stirn, doch dann lächelte sie.

„Also, das hast du gemacht! Du hast wirklich Nerven!“

Er verbeugte sich leicht.

„Eine berüchtigte bürgerliche Eigenschaft“, entgegnete er.

Die Morgendämmerung warf ihre ersten Strahlen über das Deck, verdrängte die Schatten in graue Ecken und ließ den Tau als goldenen Nebel aufsteigen, zart wie ein Traum. Dieser umhüllte sie, bis sie selbst wie flüchtige Relikte der Nacht erschienen, vergänglich und bereits verblassend. Für einen Moment schienen Meer und Himmel den Atem anzuhalten, während die Dämmerung mit rosigen Fingern den jungen Mund des Lebens berührte. Dann ertönte aus der Ferne das Klagen eines Ruderbootes, begleitet vom rhythmischen Plätschern der Ruder.

Plötzlich verschmolzen ihre beiden schlanken Silhouetten im goldenen Schein des Ostens zu einer einzigen. Er küsste ihren verwöhnten jungen Mund.

„Das ist eine Art von Glorie“, murmelte er nach einem Moment.

Sie lächelte zu ihm auf.

„Bist du glücklich?“

Ihr leises Seufzen klang wie ein Segen – eine ekstatische Gewissheit, dass sie in diesem Augenblick die Verkörperung von Jugend und Schönheit war. Noch ein Atemzug und das Leben war strahlend, die Zeit ein Phantom, ihre Kraft grenzenlos – bis das dumpfe Kratzen und Schaben des anlegenden Ruderbootes sie zurückholte.

Die beiden grauhaarigen Männer kletterten die Leiter empor, gefolgt von einem Offizier und zwei Matrosen mit gezogenen Revolvern. Mr. Farnam verschränkte die Arme und musterte seine Nichte.

„So“, sagte er langsam und nickte ihr zu.

Arditas Arme lösten sich mit einem Seufzen von Carlyles Hals. Ihr Blick, verklärt und weit entfernt, glitt über die Männer, die an Bord kamen. Farnam bemerkte, wie sich ihre Oberlippe zu dem arroganten Schmollmund wölbte, den er nur zu gut kannte.

„So“, wiederholte er schärfer. „Das ist also deine Vorstellung von Romantik – eine Affäre auf hoher See mit einem Piraten.“

Ardita warf ihm einen gleichgültigen Blick zu.

„Was für ein alter Narr du bist“, sagte sie leise.

„Das ist das Beste, was du zu sagen hast?"

„Nein", antwortete sie nachdenklich. „Da gibt es noch etwas: den Satz, mit dem ich die meisten unserer Gespräche in den letzten Jahren beendet habe – ‚Halt den Mund.'"

Mit diesen Worten wandte sie sich ab, schenkte den beiden grauhaarigen Männern, dem Offizier und den Matrosen einen knappen, verächtlichen Blick und schritt mit erhobenem Kopf die Treppe hinunter.

Hätte sie einen Augenblick länger gezögert, hätte sie ein Geräusch vernommen, das bei ihren Gesprächen mit ihrem Onkel äußerst selten vorkam – ein herzhaftes, amüsiertes Lachen. Der zweite grauhaarige Mann stimmte mit ein und wandte sich dann rasch Carlyle zu, der das Geschehen mit einem Anflug von rätselhafter Belustigung beobachtet hatte.

„Also, Toby", sagte er freundlich, „du unverbesserlicher, romantischer Träumer, hast du gefunden, wonach du gesucht hast?"

Carlyle lächelte selbstsicher.

„Natürlich", sagte er. „Ich wusste es, seit ich das erste Mal von ihrer wilden Karriere gehört habe. Deshalb ließ ich Babe letzte Nacht die Rakete abschießen."

„Das freut mich", sagte Colonel Moreland ernst. „Wir waren euch nah auf den Fersen, falls es Ärger mit diesen sechs merkwürdigen Gestalten gegeben hätte. Und wir hatten gehofft, euch beide in einer solchen kompromittierenden Lage zu finden." Er seufzte. „Nun, es ist, als hätte man einen Spinner gefangen."

„Dein Vater und ich haben die ganze Nacht gewacht und das Beste gehofft – oder das Schlimmste. Gott weiß, sie gehört dir, mein Junge. Sie hat mich in den Wahnsinn getrieben. Hast du ihr das russische Armband gegeben, das mein Detektiv von dieser Mimi-Frau bekommen hat?"

Carlyle nickte.

„Psst!", sagte er. „Sie kommt an Deck."

Ardita erschien oben an der Niedergangstreppe und warf einen schnellen, unwillkürlichen Blick auf Carlyles Handgelenke. Ein Schatten von Verwirrung huschte über ihr Gesicht. Am Heck begannen die Männer zu singen und der kühle Morgen des Sees hallte fröhlich von ihren sanften Stimmen wider.

„Ardita", begann Carlyle unsicher.

Sie machte einen Schritt auf ihn zu.

„Ardita", wiederholte er, diesmal atemlos, „ich muss dir die Wahrheit sagen. Das war alles nur eine Lüge, Ardita. Mein Name ist nicht Carlyle. Ich heiße Moreland, Toby Moreland. Die Geschichte – alles war erfunden, aus dem Nichts Floridas zusammengewebt."

Verwirrung und Erstaunen malten sich auf ihrem Gesicht, Unglauben und Wut folgten in schnellen, flüchtigen Wellen. Die drei Männer hielten den Atem an. Moreland Senior trat vorsichtig einen Schritt auf sie zu, während Mr. Farnams Mund leicht offenstand, bereit, den Sturm zu erwarten. Doch der erwartete Ausbruch blieb aus.

Arditas Gesicht erhellte sich plötzlich und mit einem leichten Lachen ging sie rasch auf den jungen Moreland zu. Sie blickte zu ihm auf, ihre grauen Augen frei von jedem Anflug von Zorn.

„Wollen Sie schwören", fragte sie leise, „dass das alles nur ein Produkt Ihres eigenen Geistes war?"

„Ich schwöre", antwortete Toby Moreland eifrig.

Sie zog seinen Kopf zu sich hinunter und küsste ihn sanft.

„Was für eine Vorstellungskraft!", sagte sie leise, fast neidisch. „Ich möchte, dass du mich für den Rest meines Lebens so süß anlügst, wie du es kannst."

Aus der Ferne drangen die schläfrigen Stimmen der Männer zurück, vermischt mit einer Melodie, die sie zuvor von ihnen gehört hatte:

„Die Zeit ist ein Dieb.
Freude und Kummer
klammern sich an das Ziffernblatt,
wenn es gelb wird –"

„Was war in den Taschen?", fragte sie sanft.

„Florida-Schlamm", erwiderte er. „Das war eine der beiden wahren Dinge, die ich dir gesagt habe."

„Vielleicht kann ich die andere erraten", sagte sie, stellte sich auf die Zehenspitzen und küsste ihn erneut – sanft, wie eine zarte Erinnerung an etwas Ewiges.

Der Eispalast

Das Sonnenlicht floss über das Haus wie goldene Farbe, die über ein kunstvolles Gefäß gegossen wird. Die sommersprossigen Schatten hier und da betonten nur die Kraft des Lichtbads. Die Häuser der Butterworths und Larkins waren hinter großen, massigen Bäumen verborgen; nur das Happer-Haus stand in voller Sonne, den ganzen Tag über geduldig und freundlich der staubigen Straße zugewandt. So präsentierte sich die Stadt Tarleton im südlichsten Teil von Georgia an einem Nachmittag im September.

Oben in ihrem Schlafzimmerfenster stützte Sally Carrol Happer ihr neunzehnjähriges Kinn auf eine Fensterbank, die bereits seit zweiundfünfzig Jahren Wind und Wetter ausgesetzt war, und beobachtete, wie Clark Darrows alter Ford um die Ecke bog. Der Wagen, der aus einer Mischung aus Metall und Holz bestand, hatte die Hitze des Tages aufgenommen und schien diese kaum abgeben zu können. Clark Darrow, der kerzengerade hinter dem Steuer saß, wirkte gequält, fast als sähe er sich selbst als Ersatzteil, das jeden Moment ausfallen könnte. Mit Mühe überquerte er zwei staubige Spurrillen; die Reifen quietschten protestierend, bevor er mit entschlossener Miene ein letztes Mal das Lenkrad drehte und schließlich vor den Stufen des Happer-Hauses zum Stehen kam. Ein rasselndes Keuchen erklang, gefolgt von einer kurzen Stille, bevor die Luft plötzlich von einem scharfen Pfeifen zerrissen wurde.

Sally Carrol schaute schläfrig aus dem Fenster. Sie wollte gähnen, hielt jedoch inne, als sie merkte, dass sie dafür ihr Kinn vom Fensterbrett heben müsste. Stattdessen beobachtete sie das Auto weiter, dessen Besitzer, scheinbar in perfekter, wenn auch oberflächlicher

Haltung, auf eine Reaktion wartete. Nach einem Moment erklang das Pfeifen erneut.

„Guten Morgen.“

Mit Mühe drehte Clark seinen großen Körper und warf einen missmutigen Blick nach oben.

„Das ist kein Morgen, Sally Carrol.“

„Ist es nicht fast einer?“

„Was machst du da?“

„Einen Apfel essen.“

„Komm schwimmen – willst du?“

„Ich denke schon.“

„Wie wär's, wenn wir uns beeilen?“

„Natürlich.“

Sally Carrol seufzte und erhob sich widerwillig vom Boden, wo sie abwechselnd Stücke eines grünen Apfels gekaut und Papierpuppen für ihre jüngere Schwester bemalt hatte. Sie trat an einen Spiegel, betrachtete ihr Gesicht mit einer Mischung aus Zufriedenheit und träger Selbstgefälligkeit, tupfte etwas Rouge auf ihre Lippen und ein wenig Puder auf ihre Nase. Anschließend setzte sie ihren mit Rosen bedruckten Sonnenhut über ihr maisfarbenes Bubikopfhaar. Das Malwasser, das sie zum Bemalen verwendet hatte, verschüttete sie, murmelte ein leises „Oh, verdammt!“, ließ den Fleck jedoch ungerührt zurück und verließ das Zimmer.

„Wie geht's, Clark?“, fragte sie, als sie eine Minute später geschickt über die Seite des Autos rutschte.

„Sehr gut, Sally Carrol.“

„Wo gehen wir schwimmen?“

„Raus zu Walley's Pool. Ich habe Marylyn Bescheid gesagt, dass wir sie und Joe Ewing abholen.“

Clark war schlank und dunkel, mit einer leichten Neigung, sich beim Gehen nach vorne zu beugen. Sein Blick war häufig ernst, sein Gesichtsausdruck leicht gereizt, es sei denn, ein Lächeln durchbrach diese Schwere gelegentlich, was ihm eine ungeahnte Leichtigkeit verlieh. Clark hatte ein kleines Einkommen – gerade genug, um ein angenehmes Leben zu führen und seinen Wagen zu betanken. Seit seinem Abschluss am Georgia Tech vor zwei Jahren verbrachte er seine Tage damit, durch die trägen Straßen seiner Heimatstadt zu streifen und zu überlegen, wie er sein Kapital am besten anlegen könnte, um schnell reich zu werden.

Das gemächliche Leben fiel ihm nicht schwer; eine Schar herangewachsener Mädchen bot ihm Gesellschaft, allen voran die faszinierende Sally Carrol. Sie liebten es, gemeinsam schwimmen zu gehen, zu tanzen und an warmen Sommerabenden zu flirten. Besonders Clark war bei allen beliebt. Wurde ihm die Gesellschaft der Frauen zu eintönig, gab es immer ein halbes Dutzend anderer junger Männer, die bereit waren, mit ihm Golf zu spielen, eine Partie Billard zu wagen oder einen Liter selbstgebrannten „Hard Yella Licker" zu teilen.

Gelegentlich verabschiedete sich einer aus ihrem Kreis, um in New York, Philadelphia oder Pittsburgh Karriere zu machen, doch die meisten blieben in diesem trägen Paradies. Die verträumten Himmel, die Abende voller Glühwürmchen, ausgelassene Straßenfeste und anmutige Mädchen mit weichen Stimmen, die von Erinnerungen statt von Geld geprägt waren, hielten sie hier – und auch Clark blieb.

Der Ford schien zum Leben erwacht, ein ruheloses, knarrendes Leben voller unterschwelliger Beschwerden. Klappernd und ratternd fuhren Clark und Sally Carrol die Valley Avenue hinunter, bis die staubige Straße in der Jefferson Street in einen Bürgersteig überging. Vorbei ging es am Opiat-Millicent-Platz, wo ein halbes Dutzend stattlicher Villen in reicher Zurückhaltung stand, und weiter in die Innenstadt. Autofahren war hier ein Abenteuer – es war Einkaufszeit und die Bewohner schlenderten gemächlich durch die Straßen. Eine Herde Ochsen trottete stöhnend vor einer still vor sich hin klappernden Straßenbahn her. Selbst die Geschäfte wirkten schläfrig, ihre Türen halb geöffnet, während ihre Fenster lethargisch im Sonnenlicht blinzelten, als stünden sie kurz davor, in einen endgültigen Dämmerzustand zu verfallen.

„Sally Carrol", sagte Clark plötzlich, „ist es wahr, dass du verlobt bist?"

Sie sah ihn verdutzt an.

„Wo hast du das gehört?"

„Bist du es oder nicht?"

„Was für eine Frage!"

„Man hat mir erzählt, du hättest dich mit einem Yankee verlobt, den du letzten Sommer in Asheville kennengelernt hast.“

Sally Carrol seufzte tief.

„Ich habe noch nie eine Stadt gesehen, in der die Leute so gern Gerüchte verbreiten.“

„Heirate keinen Yankee, Sally Carrol. Wir brauchen dich hier.“

Für einen Moment war sie still, dann fragte sie plötzlich: „Clark, wen in aller Welt soll ich heiraten?“

„Ich biete mich an.“

„Lieber Freund, du könntest keine Frau ernähren“, erwiderte sie heiter. „Außerdem kenne ich dich zu gut, um mich in dich zu verlieben.“

„Aber das bedeutet nicht, dass du einen Yankee heiraten solltest“, beharrte er.

„Und was, wenn ich ihn liebe?“

Er schüttelte ernst den Kopf.

„Das könntest du nicht. Er wäre in jeder Hinsicht anders als wir.“

Clark schwieg, als er den Wagen vor einem alten, halb verfallenen Haus anhielt. Marylyn Wade und Joe Ewing traten aus der Tür.

„Hi, Sally Carrol!“

„Hallo! Wie geht es euch allen?“

„Sally Carrol“, fragte Marylyn, als der Wagen wieder anrollte, „stimmt es, dass du verlobt bist?“

„Gott, wo hat das angefangen? Kann ich nicht einmal einen Mann anschauen, ohne dass mich die ganze Stadt gleich verlobt?“

Clark starrte unverwandt auf einen Bolzen an der klappernden Windschutzscheibe.

„Sally Carrol“, sagte er mit einer unerwarteten Intensität, „mögen Sie uns nicht?“

„Was?“

„Uns hier unten – mögen Sie uns nicht?“

„Aber Clark, natürlich mag ich euch. Ich vergöttere euch alle.“

„Warum willst du dann einen Yankee heiraten?“

„Clark, ich weiß es nicht. Ich bin mir nicht sicher, was ich tun werde. Aber – ich möchte die Welt sehen, Orte besuchen, Menschen treffen. Ich möchte meinen Horizont erweitern. Ich möchte dort leben, wo große Dinge passieren.“

„Was meinst du?“

„Oh, Clark, ich liebe dich und Joe hier und Ben Arrot und euch alle, aber ihr werdet – ihr werdet –“

„Werden wir alle Versager sein?“

„Ja. Ich meine nicht nur finanziell, sondern einfach irgendwie – ineffektiv und traurig und – wie soll ich es sagen?“

„Du meinst, weil wir in Tarleton bleiben?“

„Ja, Clark. Weil es dir gefällt, weil du nie etwas ändern, nie weiterziehen willst.“

Clark nickte nachdenklich und Sally Carrol streckte die Hand aus, um seine kurz zu drücken.

„Clark“, sagte sie leise, „ich würde dich um nichts in der Welt eintauschen. Du bist wunderbar, genauso, wie du bist. Die Dinge, die dich manchmal scheitern lassen, sind genau die, die ich an dir liebe – dein Leben in der Vergangenheit, die trägen Tage und Nächte, die du genießt, und all deine unbeschwerte Großzügigkeit.“

„Aber du gehst weg?“

„Ja – weil ich dich niemals heiraten könnte. Du hast einen festen Platz in meinem Herzen, den niemand einnehmen kann. Aber hier festzusitzen, würde mich ruhelos machen. Es wäre, als würde ich mich selbst verschwenden. Ich habe zwei Seiten, verstehst du? Die schläfrige, alte Seite, die du liebst, und eine andere – eine Art Energie, die mich antreibt, wilde Dinge zu tun. Das ist der Teil von mir, der irgendwo nützlich sein könnte, der bleibt, wenn meine Schönheit verblasst.“

Plötzlich verstummte sie, ganz typisch für ihre wechselhafte Art, und seufzte: „Oh, süßes Örtchen!“, während sich ihre Stimmung änderte.

Sie schloss die Augen halb und legte den Kopf zurück, bis er auf der Rückenlehne ruhte. Die würzige Brise strich über ihr Gesicht, kräuselte die flauschigen Locken ihres Bubikopfes und kühlte ihre Wangen. Sie fuhren jetzt durch die offene Landschaft, vorbei an wirrem Gestrüpp, leuchtend grünem Gras und hohen Bäumen, deren Blätter wie ein kühles Willkommen über die Straße ragten. Hin und wieder tauchte eine alte, heruntergekommene Hütte auf, vor der ein weißhaariger Bewohner im Türrahmen saß, mit einer Maiskolbenpfeife im Mund. Kinder in zerlumpter Kleidung spielten mit ausgemusterten Puppen auf dem unebenen Gras davor. Weiter draußen erstreckten sich träge Baumwollfelder, die Arbeiter darin kaum mehr als flüchtige Schatten, als ob die Sonne selbst sie der Erde geliehen hätte, nicht um zu arbeiten, sondern um eine uralte Tradition inmitten der goldenen Septemberfelder weiterleben zu lassen. Über all dem lag die sanfte Wärme des Südens – nie drückend, sondern tröstlich, wie der wohlige Schoß einer Mutter, der die junge Erde umarmte.

„Sally Carrol, wir sind da!"

„Das arme Kind schläft wohl."

„Bist du vor lauter Faulheit gestorben?"

„Wasser, Sally Carrol! Kühles Wasser wartet auf dich!"

Ihre Augen öffneten sich langsam, schläfrig, doch ein Lächeln spielte um ihre Lippen.

„Hi!", murmelte sie.

II

Im November kam Harry Bellamy, groß, breitschultrig und lebhaft, aus seiner Stadt im Norden, um ein paar Tage zu bleiben. Er wollte eine Angelegenheit klären, die seit ihrem Kennenlernen im Sommer in Asheville, North Carolina, unausgesprochen geblieben war. Es brauchte nur einen ruhigen Nachmittag und einen Abend vor einem lodernden Kaminfeuer, um Klarheit zu schaffen. Harry Bellamy besaß alles, was Sally Carrol suchte – und sie liebte ihn. Sie liebte ihn mit jener Seite von sich, die sie speziell für die Liebe reserviert hatte. Sally Carrol hatte, wie sie selbst wusste, mehrere klar voneinander getrennte Seiten.

An seinem letzten Nachmittag gingen sie spazieren und ohne es zu bemerken, führten ihre Schritte sie zu einem ihrer Lieblingsorte – dem Friedhof. Als die schlichte, grauweiße Anlage, von goldgrünem Licht der späten Sonne durchflutet, in Sicht kam, zögerte sie am Eisentor.

„Bist du von Natur aus traurig, Harry?", fragte sie mit einem schwachen Lächeln.

„Traurig? Nein, überhaupt nicht."

„Dann lass uns reingehen. Manche finden Friedhöfe bedrückend, aber mir geben sie Frieden."

Gemeinsam betraten sie das Tor und folgten einem gewundenen Pfad durch das hügelige Tal der Gräber. Die Grabsteine erzählten Geschichten aus vergangenen Jahrzehnten – staubig und moosbedeckt aus den Fünfzigern, merkwürdig geschmückt mit Blumen aus den Siebzigern und schließlich reich verziert und überladen aus den Neunzigern. Dicke Engel aus Marmor lagen auf steinernen Kissen, als würden sie in ewigen Träumen verweilen, während massive Granitblumen seltsam und unfassbar geformt in die Höhe ragten.

Gelegentlich sahen sie eine kniende Gestalt, die Blumen niederlegte, doch über den meisten Gräbern lagen Schweigen und verwelkte Blätter, deren Duft nur die Erinnerung an vergangene Leben in den Gedanken der Lebenden wachrief.

Sie erreichten die Spitze eines sanften Hügels, wo ein großer, runder Grabstein stand. Dunkle Feuchtigkeitsflecken bedeckten ihn und Weinranken hatten die untere Hälfte fast vollständig überwuchert.

„Margery Lee", las Sally Carrol vor. „1844–1873. War sie nicht wundervoll? Sie starb mit neunundzwanzig. Liebe Margery Lee", fügte sie leise hinzu. „Kannst du sie nicht sehen, Harry?"

„Ja, Sally Carrol."

Er spürte, wie ihre kleine Hand in seine glitt.

„Sie war bestimmt dunkelhaarig und ich stelle mir vor, sie trug immer eine Schleife im Haar und wunderschöne Reifröcke in Alice-Blau und Altrosa."

„Ja."

„Oh, sie muss süß gewesen sein, Harry! Sie war bestimmt die Art von Mädchen, die auf einer großen Veranda mit Säulen stand und alle mit einem Lächeln begrüßte. Ich glaube, viele Männer sind in den Krieg gezogen, um zu ihr zurückzukehren – aber vielleicht hat es keiner von ihnen geschafft."

Harry beugte sich vor, um den Stein genauer zu betrachten, suchte nach einem Hinweis auf eine mögliche Heirat.

„Da steht nichts weiter."

„Natürlich nicht. Was könnte schöner sein als einfach ‚Margery Lee' und dieses wortlose Datum?"

Sally Carrol trat näher und als ihr blondes Haar leicht seine Wange streifte, bekam er plötzlich einen Kloß im Hals.

„Du kannst dir vorstellen, wie sie war, nicht wahr, Harry?"

„Ja", stimmte er sanft zu. „Ich sehe sie durch deine Augen. Du bist jetzt wunderschön, also muss sie es auch gewesen sein."

Schweigend standen sie da, dicht beieinander, während eine sanfte Brise den Hügel hinaufwehte und die Krempe ihres Schlapphutes in Bewegung setzte.

„Lass uns hinuntergehen!"

Sie zeigte auf eine ebene Fläche am Fuß des Hügels, wo sich unzählige grauweiße Kreuze in endlosen Reihen über den grünen Rasen erstreckten, wie die Wappen eines Bataillons, das zur Parade aufgestellt war.

„Das sind die toten Konföderierten", sagte sie schlicht.

Sie gingen weiter, lasen die Inschriften – meist nur ein Name und ein Datum, manchmal kaum mehr als ein Schatten von Bedeutung.

„Die letzte Reihe ist die traurigste", erklärte sie. „Siehst du? Ganz hinten, da steht auf jedem Kreuz nur ein Datum und das Wort ‚Unbekannt'."

Sie sah ihn an und ihre Augen glänzten vor Tränen.

„Ich kann dir nicht erklären, wie real das für mich ist, Liebling – wenn du es nicht selbst spürst."

„Ich finde es wunderbar, wie du darüber denkst."

„Nein, nein, es geht nicht um mich, sondern um sie – um die Vergangenheit, die ich lebendig halten wollte. Diese Männer waren wahrscheinlich unbedeutend, sonst wären sie nicht ‚unbekannt' geblieben. Aber sie starben für etwas Schönes – für den toten Süden. Verstehst du?" Ihre Stimme war heiser und Tränen schimmerten in ihren Augen. „Menschen hängen ihre Träume an Dinge und ich bin mit diesem Traum aufgewachsen. Es war so leicht, weil alles tot war und ich keine Enttäuschungen erlebte. Ich habe immer versucht, diesen alten Idealen gerecht zu werden – noblesse oblige, weißt du? Aber es gibt nur noch die letzten Überbleibsel davon, wie die Rosen eines längst verblühten Gartens. Hier und da erkennst du noch Spuren davon – seltsame Höflichkeit, ein Anflug von Ritterlichkeit in einigen Jungs, Geschichten von einem alten konföderierten Soldaten, der nebenan wohnte, und von ein paar alten Dienern. Oh, Harry, da war etwas, etwas, das ich dir nie richtig erklären kann. Aber es war da."

„Ich verstehe", versicherte er ihr leise.

Sally Carrol lächelte, zog ein Taschentuch aus seiner Brusttasche und tupfte sich die Augen trocken.

„Du fühlst dich nicht bedrückt, oder? Selbst wenn ich hier weine, bin ich glücklich. Es gibt mir eine seltsame Kraft."

Hand in Hand gingen sie langsam weiter. Als sie auf eine weiche Grasfläche stießen, zog sie ihn mit sich. Sie ließen sich nieder, ihre Rücken lehnten an den zerfallenen Überresten einer niedrigen Mauer, während die stille, schläfrige Wärme des Nachmittags sie umgab.

„Ich wünschte, die drei alten Frauen würden verschwinden", murmelte er ungeduldig. „Ich möchte dich küssen, Sally Carrol."

„Ich auch."

Sie warteten, bis die gebeugten Gestalten langsam außer Sicht waren, und dann küsste er sie, lange und innig, bis die Welt um sie herum zu verblassen schien und alle Gedanken, Lächeln und Tränen in einer zeitlosen Ekstase verschwanden.

Anschließend schlenderten sie Hand in Hand zurück, während die Dämmerung an den Ecken des Tages wie ein schläfriges, schwarz-weißes Damespiel wirkte.

„Sie werden etwa Mitte Januar hier sein", sagte er, „und du musst mindestens einen Monat bleiben. Es wird großartig. Es gibt einen Winterkarneval und wenn du noch nie Schnee gesehen hast, wird es wie ein Märchenland wirken. Es gibt Schlittschuhlaufen, Skifahren, Rodeln, Fackelumzüge auf Schneeschuhen – alles, was du dir vorstellen kannst. Sie machen es dieses Jahr besonders groß."

„Wird mir kalt sein, Harry?", fragte sie plötzlich.

„Nicht wirklich. Vielleicht frierst du dir die Nase ein, aber dir wird nicht kalt sein. Es ist trocken und klar, weißt du."

„Ich schätze, ich bin ein Sommerkind. Ich habe die Kälte nie besonders gemocht."

Sie verstummte und beide schwiegen einen Moment.

„Sally Carrol", sagte er schließlich, sehr langsam, „was sagst du zu – März?"

„Ich sage, ich liebe dich."

„März?"

„März, Harry."

III

Die ganze Nacht war es im Pullman bitterkalt. Sie klingelte nach dem Portier und bat um eine zusätzliche Decke, doch als er keine bringen konnte, rollte sie sich in ihrer Koje zusammen, zog die Bettdecke so fest wie möglich um sich und versuchte vergeblich, ein paar Stunden Schlaf zu finden. Sie wollte am Morgen frisch aussehen.

Um sechs Uhr stand sie auf, zog sich unbeholfen an und stolperte ins Restaurant, wo sie eine Tasse Kaffee trank. Der Schnee hatte sich in den Vorräumen des Zuges gesammelt. Die Tür war von einer glatten Schicht bedeckt. Diese Kälte faszinierte sie, sie drang überall hinein. Ihr Atem war sichtbar und sie pustete ihn spielerisch in die Luft. Während sie aus dem Fenster auf die weiße Landschaft blickte, sah sie Hügel und Täler, durchsetzt mit verstreuten Kiefern, deren Äste aussahen, als wären sie für ein frostiges Festmahl gedeckt.

Hin und wieder tauchte ein einsames Bauernhaus auf, grau und trostlos in der endlosen weißen Wüste. Jedes Mal fühlte sie einen kurzen Stich von Mitleid für die Seelen, die in dieser Einsamkeit lebten und auf den Frühling warteten.

Als sie das Restaurant verließ und zurück ins Pullman-Abteil wankte, spürte sie plötzlich einen Energieschub. Vielleicht war es die belebende Luft, von der Harry gesprochen hatte. Dies war der Norden – der Norden, ihr neues Zuhause.

„Dann weht, ihr Winde, heighho!

Auf Wanderschaft werde ich gehen", sang sie triumphierend vor sich hin.

„Alles in Ordnung?", fragte der Portier höflich.

„Ich sagte: ,Lass mich abblitzen.'"

Die langen Reihen der Telegrafenmasten verdoppelten sich. Mehr Gleise liefen neben dem Zug her. Zwei, drei, vier – dann kam eine Reihe von Häusern mit weißen Dächern in Sicht. Ein Straßenbahnwagen mit Milchglasfenstern huschte vorbei und weitere Straßen tauchten auf – die Stadt.

Benommen stand sie einen Moment im frostigen Bahnhof, bis sie drei Gestalten in Pelzen auf sich zukommen sah.

„Da ist sie!"

„Oh, Sally Carrol!"

Mit einem Lächeln ließ sie ihre Tasche fallen.

„Hallo!“

Ein ihr seltsam vertrautes, von der Kälte gerötetes Gesicht küsste sie und plötzlich fand sie sich inmitten einer Gruppe von Gesichtern wieder, die von Rauch umgeben zu sein schienen – alle bliesen große Wolken von Zigarettenrauch in die Luft. Sie schüttelte Hände. Da war Gordon, ein kleiner, eifriger Mann von etwa dreißig Jahren, der Harry in Miniaturformat zu ähneln schien, und seine Frau Myra, eine blasse, träge Dame mit flachsblondem Haar, das unter einer eleganten Pelzmütze hervorschaute. Sally Carrol empfand die beiden fast sofort als skandinavisch, ohne genau zu wissen, warum.

Ein gut gelaunter Chauffeur nahm ihre Tasche entgegen und unter einem Schwall aus Halbsätzen, höflichen Bemerkungen und einem gleichgültigen „meine Liebe“ von Myra wurden sie aus dem Bahnhof gewirbelt. Kurz darauf fuhren sie in einer Limousine durch die verschneiten Straßen, vorbei an Dutzenden von Jungen, die ihre Schlitten hinter Autos und Einkaufswagen herzogen.

„Oh!“, rief Sally Carrol. „Das will ich machen! Können wir, Harry?“

„Das ist für Kinder“, entgegnete er, „aber wir könnten –“

„Es sieht aus wie ein Zirkus!“, sagte sie bedauernd.

Ihr Ziel war ein großes Fachwerkhaus, das auf einer weißen Schneefläche thronte. Dort traf sie Harrys Eltern – einen großen, grauhaarigen Mann, den sie sofort sympathisch fand, und eine Dame, die mit ihrem runden Gesicht an ein Ei erinnerte und sie herzlich begrüßte.

Die nächste Stunde war ein Wirbel aus Selbstvorstellungen, heißem Wasser, Eiern und Speck und einem allgemeinen Gefühl der Verwirrung. Schließlich fand sie sich mit Harry allein in der Bibliothek wieder und fragte ihn zögernd, ob sie dort rauchen dürfe.

Der Raum war groß und beeindruckend. Eine Madonna hing über dem Kamin und die Wände waren von oben bis unten mit Bücherregalen bedeckt. Die Buchrücken schimmerten in hellgoldenem, dunkelgoldenem und sattem Rot. Kleine Spitzenquadrate zierten die Rückenlehnen der Stühle und das Sofa wirkte bequem, wenn auch schlicht. Doch die Atmosphäre des Raumes rührte Sally Carrol nicht an. Sie dachte unwillkürlich an die chaotische Bibliothek zu Hause, mit den verstaubten medizinischen Wälzern ihres Vaters, den Ölporträts ihrer Großonkel und dem alten, durchgesessenen Sofa, das seit Jahrzehnten repariert wurde und trotzdem immer noch perfekt zum

Träumen war. Diese Bibliothek hier schien lediglich eine Sammlung teurer Dinge zu sein, deren Glanz durch ihr Alter leicht verblasst war.

„Wie gefällt es dir hier oben?", fragte Harry eifrig. „Überrascht es dich? Ist es das, was du erwartet hast?"

„Du bist hier, Harry", sagte sie leise und streckte ihm die Arme entgegen.

Doch obwohl er sie küsste, spürte sie, dass er auf mehr Begeisterung hoffte.

„Ich meine die Stadt. Gefällt sie dir? Spürst du die Energie in der Luft?"

„Oh, Harry", lachte sie, „gib mir Zeit. Du kannst mich nicht mit Fragen bombardieren."

Sie zog genüsslich an ihrer Zigarette und lehnte sich zurück.

„Etwas möchte ich dich fragen", begann er vorsichtig. „Ihr Südstaatler legt viel Wert auf Familie und Tradition, oder? Ich meine, das ist natürlich vollkommen in Ordnung, aber hier oben ist es ein bisschen anders. Du wirst vielleicht Dinge bemerken, die dir anfangs vulgär oder protzig erscheinen."

„Was meinst du?", fragte sie verwirrt.

„Nun, viele Familien hier stammen von Leuten ab, die unsere Stadt aufgebaut haben. Manche von ihnen mussten dabei ziemlich ungewöhnliche Berufe ausüben. Zum Beispiel gibt es hier eine Frau, die derzeit der soziale Mittelpunkt der Stadt ist. Ihr Vater war der erste Müllmann."

„Warum denkst du, dass ich darüber urteilen würde?", fragte sie mit aufblitzender Empörung.

„Oh, ich entschuldige mich nicht", sagte Harry schnell. „Es ist nur so – letzten Sommer war ein Mädchen aus dem Süden hier, und sie hat einige unschöne Dinge gesagt. Ich wollte nur, dass du es weißt."

Sally Carrol fühlte sich zu Unrecht angegriffen, doch Harry schien das Thema bereits abgehakt zu haben und sprach mit Enthusiasmus weiter.

„Es ist Karnevalszeit! Zum ersten Mal seit zehn Jahren. Sie bauen gerade einen neuen Eispalast – den ersten seit 1985. Er wird riesig und aus den klarsten Eisblöcken gebaut, die sie finden konnten."

Sally Carrol stand auf, ging zum Fenster und schob die schweren Vorhänge beiseite.

„Oh!“, rief sie plötzlich. „Da draußen bauen zwei kleine Jungen einen Schneemann! Harry, meinst du, ich kann rausgehen und ihnen helfen?“

„Du träumst wohl! Komm her und küss mich.“

Widerwillig ließ sie das Fenster los und drehte sich zu ihm um.

„Ich glaube nicht, dass dieses Klima besonders küssenswert ist“, sagte sie scherzhaft. „Es ist mehr so eines, bei dem man einfach nicht stillsitzen will.“

„Das werden wir nicht tun. Ich habe in der ersten Woche, in der du hier bist, Urlaub, und heute Abend gibt es ein Tanzdinner.“

„Oh, Harry“, seufzte sie und ließ sich halb auf seinen Schoß, halb in die Kissen sinken, „ich bin wirklich durcheinander. Ich weiß nicht, ob es mir hier gefallen wird oder nicht, und ich habe keine Ahnung, was die Leute von mir erwarten. Du musst mir helfen, Liebling.“

„Ich werde dir alles erklären“, sagte er leise, „wenn du mir nur sagst, dass du froh bist, hier zu sein.“

„Froh – furchtbar froh!“, flüsterte sie und schmiegte sich mit ihrer typischen Zärtlichkeit in seine Arme. „Wo du bist, ist mein Zuhause, Harry.“

Doch als sie diese Worte sprach, fühlte sie zum ersten Mal in ihrem Leben, als würde sie eine Rolle spielen.

Am Abend, bei einem Dinner im Kerzenschein, stellte sie fest, dass sie sich trotz Harrys Anwesenheit an ihrer Seite nicht wirklich zu Hause fühlte. Die Männer führten das Gespräch, während die Frauen, elegant und distanziert, wie kostspielige Ornamente dasaßen.

„Das sind beeindruckende Leute, findest du nicht?“, fragte Harry und zeigte dezent auf die Gäste. „Schau dir Spud Hubbard an, er war letztes Jahr Tackle in Princeton. Oder Junie Morton – er und der rothaarige Kerl neben ihm waren Hockey-Kapitäne in Yale. Die besten Athleten kommen aus diesen Staaten hier. Das ist ein Männerland, das sage ich dir. Und da drüben ist John J. Fishburn!“

„Wer ist das?“, fragte Sally Carrol höflich.

„Weißt du es nicht?“

„Ich habe den Namen schon mal gehört.“

„Der größte Weizenhändler im Nordwesten und einer der erfolgreichsten Finanziers des Landes.“

Plötzlich drehte sie sich zu einer Stimme zu ihrer Rechten um.

„Ich schätze, sie haben vergessen, uns vorzustellen. Mein Name ist Roger Patton.“

„Sally Carrol Happer“, sagte sie höflich.

„Ja, ich weiß. Harry hat mir erzählt, dass Sie kommen.“

„Sind Sie ein Verwandter?“

„Nein, ich bin Professor.“

„Oh“, lachte sie überrascht.

„Ich unterrichte an der Uni. Sie kommen doch aus dem Süden, oder?“

„Ja, Tarleton, Georgia.“

Sally Carrol mochte ihn sofort. Sein rotbrauner Schnurrbart und die wässrig blauen Augen strahlten eine Wärme aus, die ihr angenehm war – etwas, das sie bei den anderen Gästen vermisste. Während des Essens tauschten sie gelegentlich Sätze aus, und sie beschloss, ihn besser kennenzulernen.

Nach dem Kaffee wurde sie mehreren gutaussehenden jungen Männern vorgestellt, die mit betont korrekten Bewegungen tanzten. Doch sie schienen sie weniger als Person zu betrachten und mehr als „Harrys Verlobte“.

„Himmel“, dachte sie, „sie behandeln mich, als wäre ich eine alte Dame oder etwas Heiliges.“

Im Süden war es selbstverständlich, dass auch verlobte Frauen oder junge Ehefrauen mit Schmeicheleien und spielerischem Flirten bedacht wurden. Hier hingegen schien das streng verpönt zu sein. Ein junger Mann, der ihre Augen bewunderte und ihr versicherte, dass sie ihn schon beim Betreten des Raumes in ihren Bann gezogen habe, wirkte wie erstarrt, als er erfuhr, dass sie mit den Bellamys zu Gast war – und Harrys Verlobte dazu. Er wurde plötzlich förmlich und zog sich so schnell wie möglich zurück.

Sie war erleichtert, als Roger Patton erneut auf sie zukam.

„Na, wie geht es Carmen aus dem Süden?“, fragte er mit einem fröhlichen Blinzeln.

„Sehr gut“, entgegnete sie und lächelte. „Und wie steht es mit Dangerous Dan McGrew? Tut mir leid, aber er ist der einzige Nordstaatler, über den ich wirklich Bescheid weiß.“

Er lachte leise.

„Ich sollte als Literaturprofessor vielleicht nicht zugeben, dass ich Dangerous Dan McGrew gelesen habe.“

„Sind Sie hier aus der Gegend?“

„Nein, ich komme aus Philadelphia. Ich bin von Harvard hierhergekommen, um Französisch zu unterrichten, und bin nun seit zehn Jahren hier.“

„Neun Jahre und 364 Tage länger als ich.“

„Gefällt es dir hier?“

„Äh – ja, natürlich!“

„Wirklich?“

„Warum nicht? Sieht es nicht so aus, als hätte ich Spaß?“

Ihr Lächeln hielt für einen Moment, doch innerlich fragte sie sich, ob sie sich selbst überzeugen wollte.

„Ich habe gesehen, wie Sie vorhin aus dem Fenster geschaut haben – und gezittert haben.“

„Das ist bloß Einbildung“, lachte Sally Carrol leise. „Ich bin es gewohnt, dass draußen alles ruhig ist. Manchmal schaue ich hinaus, sehe ein Schneegestöber und es fühlt sich an, als würde sich etwas Totes bewegen.“

Roger Patton nickte nachdenklich.

„Waren Sie schon mal im Norden?“

„Ich habe zwei Julis in Asheville, North Carolina, verbracht.“

„Sieht aus wie eine nette Truppe, nicht wahr?“, fragte er und deutete auf die Tanzenden.

Sally Carrol hielt kurz inne. Das war exakt Harrys Bemerkung gewesen.

„Das sind sie, ganz sicher! Sie sind – Hunde.“

„Was?“

Sie errötete leicht.

„Entschuldigung, das klang schlimmer, als ich es meinte. Wissen Sie, ich denke immer, dass Menschen entweder katzen- oder hundeartig sind, unabhängig vom Geschlecht.“

„Und wer sind Sie?“

„Ich bin eine Katze. Sie auch. Und die meisten Männer aus dem Süden – und die meisten Mädchen hier.“

„Und Harry?“

„Harry ist eindeutig ein Hund. Eigentlich scheinen alle Männer, die ich heute Abend getroffen habe, Hunde zu sein.“

„Was bedeutet hundeartig?“, fragte Roger mit Interesse. „Bewusste Männlichkeit statt subtiler Raffinesse?“

„Wahrscheinlich. Ich habe das nie analysiert. Ich sehe einfach jemanden an und denke sofort ‚Hund‘ oder ‚Katze‘. Ziemlich albern, oder?“

„Überhaupt nicht. Es ist faszinierend. Ich hatte einmal eine Theorie über diese Leute hier. Ich glaube, sie erstarren.“

„Erstarren?“

„Ja, sie wachsen auf wie die Schweden – ibsenartig, wenn Sie so wollen. Langsam werden sie düster und melancholisch. Das kommt von den langen Wintern. Haben Sie je Ibsen gelesen?“

Sally Carrol schüttelte den Kopf.

„Seine Charaktere sind oft grüblerisch, rechtschaffen und freudlos. Sie haben keine großen Ausschläge – weder in der Freude noch in der Trauer.“

„Kein Lächeln und keine Tränen?“

„Genau. Das ist meine Theorie. Es gibt hier oben viele Schweden. Sie kamen vermutlich, weil das Klima ihrem ähnelt, und mit der Zeit hat sich alles vermischt. Heute Abend sind vielleicht nicht einmal ein halbes Dutzend hier, aber – wissen Sie, wir hatten vier schwedische Gouverneure.“

Er hielt inne, sah sie an und lächelte.

„Langweile ich Sie?“

„Überhaupt nicht. Ich finde es faszinierend.“

„Ihre zukünftige Schwägerin ist Halbschwedin“, fuhr er fort. „Ich mag sie, aber meine Theorie ist, dass die Schweden uns oft schlecht verstehen. Sie haben die höchste Selbstmordrate der Welt.“

„Warum leben Sie dann hier, wenn es so deprimierend ist?“

„Oh, das berührt mich nicht. Ich bin ziemlich abgeschottet. Bücher bedeuten mir ohnehin mehr als Menschen.“

Sally Carrol lachte leicht.

„Aber alle Schriftsteller sagen, dass der Süden tragisch sei – spanische Señoritas, schwarze Haare, Dolche und diese eindringliche Musik.“

Roger schüttelte entschieden den Kopf.

„Nein. Die nördlichen Rassen sind die wirklich tragischen. Sie gönnen sich nicht den aufheiternden Luxus der Tränen.“

Sally Carrol dachte an den Friedhof in ihrer Heimat. Vielleicht war das genau das, was sie meinte, wenn sie sagte, dass er sie nicht deprimierte.

„Die Italiener sind wahrscheinlich das fröhlichste Volk der Welt“, sagte Roger schließlich mit einem leichten Lächeln, „aber das ist ein langweiliges Thema.“ Er zögerte kurz und fügte hinzu: „Jedenfalls wollte ich Ihnen sagen, dass Sie einen wirklich großartigen Mann heiraten.“

Sally Carrol fühlte einen Hauch von Zuversicht, der sie aufrichtete und ihr kurz das Gefühl gab, am richtigen Ort zu sein.

„Ich weiß. Ich bin die Art von Person, die ab einem gewissen Punkt umsorgt werden möchte, und ich bin sicher, dass das auch so sein wird.“

„Wollen wir tanzen?“, fragte Roger. „Wissen Sie“, fuhr er fort, als sie aufstanden, „es ist ermutigend, ein Mädchen zu treffen, das weiß, warum sie heiratet. Neun von zehn denken, es sei wie ein Spaziergang in den Sonnenuntergang – wie in einem Film.“

Sally Carrol lachte und mochte ihn umso mehr.

***

Zwei Stunden später, auf dem Heimweg, während sie auf dem Rücksitz der Limousine saßen, schmiegte sie sich an Harry.

„Oh, Harry“, flüsterte sie, „es ist so kalt!“

„Aber hier drinnen ist es warm, mutiges Mädchen.“

„Aber draußen – oh, dieser heulende Wind!“

Sie vergrub ihr Gesicht tief in seinen Pelzmantel, zitterte unwillkürlich, als seine kalten Lippen sanft ihre Ohrspitze berührten.

IV

Die erste Woche ihres Besuchs verging wie im Flug. Sie unternahm die versprochene Schlittenfahrt, eingehüllt in dicke Pelze, während die Januardämmerung die Landschaft in ein zartes Blau tauchte. Einen Vormittag verbrachte sie auf dem Hügel des Country Clubs beim Rodeln und sie wagte sich sogar auf Skier – erlebte für einen herrlichen Moment das Gefühl des Fliegens, bevor sie als verhedderter, lachender Haufen in einer Schneewehe landete.

Sie genoss die Wintersportarten, bis auf einen Nachmittag, den sie auf Schneeschuhen über eine grelle, unendliche Ebene unter blass-

62

gelber Sonne verbrachte. Bald jedoch erkannte sie, dass diese Aktivitäten vor allem für Kinder waren – und dass man sie nur ihretwegen unternahm. Die Freude, die sie umgab, fühlte sich wie ein Echo ihrer eigenen an.

Die Familie Bellamy verwirrte sie. Die Männer fand sie zuverlässig und sympathisch – besonders Harrys Vater mit seinem eisgrauen Haar und seiner würdevollen Erscheinung. Als sie erfuhr, dass er in Kentucky geboren war, fühlte sie eine unerwartete Verbindung, eine Brücke zwischen ihrer vertrauten Welt und dieser neuen.

Doch die Frauen der Familie empfand sie als feindselig. Myra, ihre zukünftige Schwägerin, erschien ihr oberflächlich und ohne jede Substanz. Ihre Gespräche waren so nichtssagend, dass Sally Carrol, die aus einer Welt stammte, in der Charme und Selbstbewusstsein von Frauen erwartet wurden, dazu neigte, sie zu verachten.

„Wenn diese Frauen nicht schön sind", dachte sie, „dann sind sie nichts. Sie sind wie verherrlichte Hausangestellte. Männer sind der Mittelpunkt jeder gemischten Gruppe."

Am meisten störte sie jedoch Mrs. Bellamy, Harrys Mutter. Der Eindruck, den sie am ersten Tag von ihr hatte – die Assoziation mit einem Ei – hatte sich nur verstärkt. Ihre Stimme klang brüchig und unfreundlich und ihre Haltung war so plump, dass Sally Carrol sich vorstellte, sie würde, wenn sie fiele, einfach wieder auf allen Vieren krabbeln. Mrs. Bellamy hatte eine fast feindliche Haltung gegenüber Fremden und nannte sie ständig „Sally", als sei ihr Doppelname ein bedeutungsloser Spitzname. Für Sally Carrol fühlte sich das an, als würde sie der Öffentlichkeit halb bekleidet präsentiert.

Auch wusste sie, dass Mrs. Bellamy ihre Bubikopffrisur missbilligte, und sie hatte sich seit jenem ersten Tag, als die ältere Frau mit einem lauten Schnaufen in die Bibliothek geplatzt war, nicht mehr getraut, unten zu rauchen.

Von allen Menschen, die sie traf, mochte sie Roger Patton am liebsten. Er war oft zu Besuch und sprach nie wieder von seiner „ibsenartigen Theorie", doch eines Tages, als er sie über Peer Gynt gebeugt auf dem Sofa fand, lachte er und sagte ihr, sie solle vergessen, was er gesagt habe – es sei Unsinn gewesen.

Eines Nachmittags, auf einem Spaziergang zwischen hohen Schneehaufen, sah sie ein kleines Mädchen, das in graue Wolle eingewickelt war und wie ein Teddybär aussah. Sally Carrol konnte sich einen Seufzer mütterlicher Zuneigung nicht verkneifen.

„Schau, Harry!"

„Was ist?"

„Das kleine Mädchen – hast du ihr Gesicht gesehen?"

„Ja, warum?"

„Es war rot wie eine Erdbeere. Oh, sie war so süß!"

„Na, dein eigenes Gesicht ist ja fast genauso rot! Hier oben sind wir alle gesund. Sobald wir laufen können, sind wir draußen in der Kälte. Herrliches Klima!"

Sie sah ihn an und musste ihm zustimmen. Er sah unglaublich vital aus, genauso wie sein Bruder. Und auch sie hatte am Morgen bemerkt, wie rosig ihre eigenen Wangen geworden waren.

Plötzlich wurden ihre Blicke von der Straßenecke vor ihnen angezogen. Dort stand ein Mann, die Knie leicht gebeugt, der Blick angespannt nach oben gerichtet, als stünde er kurz davor, sich in den frostigen Himmel zu katapultieren. Einen Moment lang starrten sie verwundert, dann brachen sie in lautes Gelächter aus. Als sie näherkamen, wurde ihnen klar, dass es nur eine absurde Täuschung gewesen war, hervorgerufen durch die ungewöhnlich weite Hose des Mannes.

„Ich schätze, das geht auf unsere Kappe", lachte sie.

„Nach der Hose zu urteilen, kommt er sicher aus dem Süden", bemerkte Harry schelmisch.

„Harry!"

Ihr überraschter Blick ließ ihn innehalten.

„Diese verdammten Südstaatler!"

Sally Carrols Augen funkelten vor Empörung.

„Nenn sie nicht so."

„Entschuldige, Liebling", sagte Harry in einem boshaft entschuldigenden Ton, „aber du weißt, wie ich über sie denke. Sie sind irgendwie... degeneriert – überhaupt nicht wie die alten Südstaatler. Sie haben so lange da unten mit den Farbigen gelebt, dass sie faul und träge geworden sind."

„Halt den Mund, Harry!", rief sie wütend. „Das stimmt nicht! Vielleicht sind sie bequem – das wäre jeder bei diesem Klima – aber sie sind meine besten Freunde, und ich will nicht, dass du sie so herabwürdigend behandelst. Manche von ihnen sind die besten Menschen, die ich kenne.“

„Oh, ich weiß“, antwortete er. „Diejenigen, die zum College in den Norden kommen, sind in Ordnung, aber von allen heruntergekommenen, schlecht gekleideten Leuten, die ich je gesehen habe, sind Südstaatler aus den Kleinstädten die schlimmsten!“

Sally Carrol ballte die behandschuhten Hände und biss sich auf die Lippe, um nicht zu explodieren.

„Weißt du“, fuhr Harry fort, „da war einer in meiner Klasse in New Haven. Alle hielten ihn für den Inbegriff eines echten Südstaaten-Aristokraten. Am Ende stellte sich heraus, dass er gar keiner war – nur der Sohn eines Nordstaatlers, der die ganze Baumwolle um Mobile kontrollierte.“

„Ein echter Südstaatler würde nicht so reden wie du“, sagte sie leise.

„Die haben gar nicht die Energie dafür!“

„Oder irgendetwas anderes.“

„Es tut mir leid, Sally Carrol, aber ich habe dich selbst sagen hören, dass du niemals heiraten würdest –“

„Das ist etwas ganz anderes“, unterbrach sie ihn scharf. „Ich habe gesagt, dass ich nicht vorhabe, mein Leben mit einem der Jungs aus Tarleton zu verbringen, aber ich habe nie irgendwelche pauschalen Behauptungen aufgestellt.“

Eine Weile gingen sie schweigend nebeneinander her.

„Wahrscheinlich habe ich es übertrieben, Sally Carrol. Das tut mir leid.“

Sie nickte, sagte aber nichts.

Fünf Minuten später, als sie im Flur standen, umarmte sie ihn plötzlich.

„Oh, Harry“, rief sie mit zitternder Stimme, und ihre Augen füllten sich mit Tränen. „Lass uns nächste Woche heiraten. Ich habe Angst vor diesem ganzen Theater. Ich habe Angst, Harry. Wenn wir verheiratet wären, wäre alles einfacher.“

Doch Harry war noch immer verärgert, weil er im Unrecht gewesen war.

„Das wäre unsinnig. Wir haben uns auf März geeinigt.“

Die Tränen in Sally Carrols Augen verschwanden und ihr Gesicht wurde kühl und verschlossen.

„Schon gut", sagte sie leise. „Das hätte ich nicht sagen sollen."

Harry schmolz bei ihrem Ausdruck der Verletztheit.

„Du kleine Verrückte!", rief er. „Komm her, küss mich und lass uns das vergessen."

Noch am selben Abend spielte das Orchester am Ende einer Varieté-Aufführung „Dixie". In Sally Carrol regte sich etwas Tiefes und Unvergängliches, das die Tränen und Lächeln des Tages überdauerte. Sie lehnte sich vor und klammerte sich an die Armlehnen ihres Stuhls, bis ihr Gesicht dunkelrot wurde.

„Alles in Ordnung, Liebling?", flüsterte Harry.

Aber sie hörte ihn nicht. Zum sanften Dröhnen der Geigen und dem kraftvollen Rhythmus der Pauken marschierten ihre alten Geister in ihrem Inneren auf, vorbei und weiter in die Dunkelheit. Und als die Querflöten in der Zugabe leise pfiffen und seufzten, fühlte sie, wie sie sich immer weiter entfernten, bis sie ihnen am liebsten zum Abschied gewunken hätte.

„Weg, weg, weg,
runter in den Süden von Dixie!
Weg, weg, weg,
runter in den Süden von Dixie!"

V

Die Nacht war besonders kalt. Ein plötzliches Tauwetter hatte die Straßen tagsüber beinahe vom Schnee befreit, doch jetzt lagen sie wieder unter einer dünnen, pulvrigen Decke, die der Wind in welligen Bahnen vor sich hertrieb und die Luft mit einem feinen, schwebenden Nebel erfüllte. Der Himmel war verschwunden, ersetzt durch ein dunkles, drohendes Zelt, das sich über die Stadt spannte – in Wahrheit eine riesige, heranrollende Armee aus Schneeflocken. Der Nordwind wehte unerbittlich, vertrieb jeden Trost, den das warmgelbe Licht aus den Fenstern der Häuser spenden konnte, und verschluckte das gleichmäßige Klappern der Pferdehufe, die Schlitten durch die Straßen zogen. Es war eine trostlose Stadt, dachte sie. Trostlos.

Manchmal erschien es ihr nachts, als ob niemand mehr hier lebte – als hätten die Menschen diesen Ort vor langer Zeit verlassen und nur erleuchtete Häuser zurückgelassen, die langsam unter Schneewehen begraben wurden. Sie stellte sich vor, wie Schnee auf ihrem Grab läge, dicke Schichten den ganzen Winter über, sodass sogar der Grabstein kaum mehr als ein Schatten unter Schatten wäre. Dabei sollte ihr Grab mit Blumen bedeckt sein, vom Sonnenschein gewärmt und vom Regen gereinigt.

Ihr Gedanke wanderte zu den einsamen Landhäusern, an denen ihr Zug vorbeigefahren war, und sie stellte sich das Leben dort während der langen Winter vor – das unaufhörlich grelle Licht durch die Fenster, die harte Kruste auf den Schneewehen, das langsame, freudlose Schmelzen und schließlich den rauen Frühling, von dem Roger Patton ihr erzählt hatte. Ihr Frühling – sie würde ihn verlieren, mit seinen Fliederblüten und dieser trägen Süße, die in ihr Herz strömte. Aber sie legte diesen Frühling beiseite. Später würde sie auch diese Süße ablegen.

Der Sturm gewann allmählich an Intensität. Sally Carrol spürte, wie Schneeflocken auf ihren Wimpern schmolzen, und Harry streckte die Hand aus, um ihre kompliziert verzierte Flanellmütze tiefer zu ziehen. Bald wirbelten die Flocken in Scharmützellinien über sie hinweg und das Pferd senkte geduldig den Kopf, während sich ein durchsichtiger weißer Schleier für einen Augenblick auf sein Fell legte.

„Oh, ihm ist kalt, Harry", sagte sie schnell.

„Wem? Dem Pferd? Ach was, dem macht das nichts aus! Er mag das sogar."

Nach weiteren zehn Minuten bogen sie um eine Ecke und ihr Ziel kam in Sicht. Auf einem Hügel, der in leuchtendem Grün gegen den winterlichen Himmel abhob, thronte der Eispalast. Er war drei Stockwerke hoch, mit Zinnen, Schießscharten und schmalen Fenstern, deren Rahmen von langen Eiszapfen gesäumt waren. Unzählige elektrische Lichter in seinem Inneren ließen die große zentrale Halle strahlen und machten den Palast fast vollständig transparent. Sally Carrol drückte Harrys Hand unter ihrem Pelzmantel.

„Es ist wunderschön!", rief er begeistert. „Meine Güte, es ist einfach atemberaubend, nicht wahr? Seit 1985 haben sie keinen mehr gebaut!"

Der Gedanke, dass seit 1985 kein solcher Palast mehr errichtet worden war, bedrückte sie. Eis war für sie wie ein Gespenst und dieser Ort schien bevölkert von den Schatten jener Zeit – blasse Gesichter, überzogen mit schneeweißem Haar, flimmerten vor ihrem inneren Auge.

„Komm schon, Liebling", sagte Harry.

Sie stieg aus dem Schlitten und wartete, während er das Pferd festmachte. Eine andere Gruppe – Gordon, Myra, Roger Patton und ein weiteres Mädchen – kam unter lautem Glockengeläut neben ihnen zum Stehen. Eine Menge Menschen war bereits da, in dicke Pelze und Schaffelle gehüllt, einander zurufend und lachend, während sie durch den immer dichter werdenden Schnee stapften. Der Sturm hatte sich so verstärkt, dass man nur noch wenige Meter weit sehen konnte.

„Er ist 170 Fuß hoch", sagte Harry zu einer vermummten Gestalt neben ihm, während sie auf den Eingang zugingen. „Und umfasst 6.000 Quadratmeter."

Sie fing Gesprächsfetzen auf: „Eine Haupthalle" – „Wände zwanzig bis vierzig Zoll dick" – „und die Eishöhle erstreckt sich fast über eine Meile" – „dieser Kanadier, der sie gebaut hat..."

Sie fanden den Eingang und traten ein. Gebannt von der Magie der großen Kristallwände, murmelte Sally Carrol immer wieder zwei Zeilen aus Kubla Khan:

„Es war ein Wunder seltener Bauart,
ein sonniger Lustpalast mit Höhlen aus Eis!"

In der großen, glitzernden Halle, verborgen vor der Dunkelheit draußen, setzte sie sich auf eine Holzbank. Die bedrückende Schwere des Abends ließ langsam nach. Harry hatte recht – es war wunderschön. Ihr Blick wanderte über die glatte Oberfläche der Wände, deren klare Blöcke mit Sorgfalt ausgewählt worden waren, um diesen opaleszierenden, durchscheinenden Effekt zu erzielen.

„Seht mal! Jetzt geht's los – oh Junge!", rief Harry.

Eine Band in einer entfernten Ecke begann „Hail, Hail, the Gang's All Here!", zu spielen. Die Musik hallte in einer wilden, verzerrten Akustik durch die Halle und plötzlich gingen die Lichter aus. Stille schien die eisigen Wände hinunterzufließen, wie eine unsichtbare Woge, die alles umhüllte. Sally Carrol konnte noch immer ihren Atem in der Dunkelheit sehen, weiß und flüchtig, und auf der anderen Seite der Halle eine undeutliche Reihe blasser Gesichter.

Die Musik wandelte sich in ein sanftes, klagendes Seufzen. Von draußen drang der dumpfe Gesang einer Marschkolonne herein, zunächst leise, dann immer lauter, wie der Choral eines Wikingerstammes, der durch eine uralte Wildnis zieht. Der Gesang schwoll an, die Geräusche kamen näher und schließlich flammte eine Reihe von Fackeln auf. Eine lange Kolonne grau gekleideter Gestalten marschierte im Takt ihrer Schneeschuhe in die Halle, die Fackeln hoch erhoben. Die lodernden Lichter warfen unruhige Schatten an die eisigen Wände, während ihre Stimmen die gewaltigen Mauern hinaufstiegen.

Die graue Kolonne endete und eine weitere folgte, diesmal in roten Toboggan-Mützen und leuchtend purpurfarbenen Mackinaw-Jacken. Ihre Farben strahlten im Licht der Fackeln. Sie stimmten einen neuen Refrain an. Danach kam ein endloser Zug in Blau und Weiß, in Grün, in Braun und Gelb.

„Die Weißen sind vom Wacouta Club", flüsterte Harry eifrig. „Das sind die Männer, die du bei den Tänzen getroffen hast."

Die Stimmen wurden immer lauter, die ganze Höhle verwandelte sich in eine Phantasmagorie aus flackernden Fackeln, leuchtenden Farben und dem sanften Rhythmus lederner Schritte. Die erste Kolonne drehte sich um und hielt an. Einer nach dem anderen reihten sich die Züge hintereinander auf, bis die gesamte Prozession wie eine riesige, brennende Flammenfahne erschien. Dann erscholl aus tausenden Kehlen ein mächtiger Schrei, der wie ein Donnerschlag die Luft erfüllte und die Fackeln erzittern ließ.

Für Sally Carrol war es ein überwältigender Moment – es fühlte sich an, als brächte der Norden auf einem gewaltigen Altar ein Opfer für den grauen, heidnischen Gott des Schnees. Der Schrei verklang und die Band setzte erneut ein, gefolgt von weiteren Gesängen und den jubelnden Rufen der verschiedenen Clubs. Sally Carrol saß still da, lauschte und ließ den Moment auf sich wirken, während das Stakkato der Rufe die Stille zerriss.

Plötzlich ließ sie einen kleinen Aufschrei hören, als eine Reihe von Explosionen durch die Halle dröhnte. Dichte Rauchwolken stiegen hier und dort auf – die Blitzlichtfotografen waren bei der Arbeit. Die Versammlung war vorbei. Mit der Kapelle an der Spitze formierten sich die Clubs erneut und marschierten in einer langen Kolonne hinaus, ihre Rufe hallten noch lange nach.

„Kommt schon!", rief Harry. „Wir wollen die Labyrinthe unten sehen, bevor sie die Lichter ausmachen!"

Sie erhoben sich und gingen zur Rutsche, Harry und Sally Carrol an der Spitze. Ihre kleine, behandschuhte Hand war in seinem großen Pelzhandschuh vergraben. Am Ende der Rutsche fanden sie einen langen, leeren Raum aus Eis, dessen Decke so niedrig war, dass sie sich bücken mussten. Ihre Hände berührten die glatte Oberfläche der Wände.

Bevor Sally Carrol realisierte, was geschah, war Harry schon in einen der sechs glitzernden Gänge gerannt, die von dort abgingen. Sein Schatten wurde kleiner und verschwand schließlich im grünen Schimmer.

„Harry!", rief sie ihm hinterher.

„Komm schon!", rief er zurück.

Sie sah sich in dem leeren Raum um. Der Rest der Gruppe war offenbar schon gegangen und irgendwo draußen im tosenden Schnee verschwunden. Einen Moment lang zögerte sie, dann lief sie hinter Harry her.

„Harry!", rief sie.

Sie erreichte eine Biegung etwa zehn Meter weiter, hörte links eine schwache, gedämpfte Antwort und rannte von einem Anflug von Panik getrieben in diese Richtung. An einer weiteren Abzweigung vorbei, dann an zwei weiteren, die sich wie klaffende Gassen in die Dunkelheit erstreckten.

„Harry!"

Keine Antwort. Sie begann, geradeaus zu laufen, drehte sich dann abrupt um, erfasst von plötzlicher, eisiger Angst, und rannte den Weg zurück, den sie gekommen war.

Sie kam an eine Biegung – war es hier? –, bog nach links ab und erreichte das, was der Ausgang in den langen, niedrigen Raum hätte sein sollen. Doch es war nur ein weiterer schimmernder Gang, der in Dunkelheit mündete. Sie rief erneut, aber die Wände warfen nur ein flaches, lebloses Echo zurück. Schnell kehrte sie um und bog in einen anderen Korridor, diesmal breiter. Es war, als würde sie einen grünen, schimmernden Weg zwischen den geteilten Wassern des Roten Meeres entlanglaufen, ein feuchtes Gewölbe, das leere Gräber verband.

Beim Gehen begann sie zu rutschen; an den Sohlen ihrer Überschuhe hatte sich Eis gebildet. Sie tastete mit ihren Handschuhen an den halb rutschigen, halb klebrigen Wänden entlang, um das Gleichgewicht zu halten.

„Harry!"

Wieder keine Antwort. Ihr Ruf hallte spöttisch durch den Gang und verlor sich in der Ferne.

Plötzlich gingen die Lichter aus und absolute Dunkelheit umfing sie. Ein kleiner, erschrockener Schrei entrang sich ihrer Kehle. Sie sank zu einem kalten, hilflosen Haufen auf das Eis. Beim Sturz spürte sie, wie ihr linkes Knie nachgab, aber sie schenkte dem kaum Beachtung. Eine tiefere Angst überkam sie, weit größer als die vor dem Verlorensein. Sie war allein mit einer unsichtbaren Präsenz, die aus dem Norden kam – eine trostlose, kalte Einsamkeit, die wie ein eisiger Hauch aus den Tiefen der arktischen Meere herüberwehte, aus rauchlosen, weglosen Wüsten, wo die weißen Knochen vergangener Abenteuer lagen. Es war der Atem des Todes, der über das Land strich, um sie zu packen.

Mit wütender, verzweifelter Energie richtete sie sich auf und begann blindlings durch die Dunkelheit zu laufen. Sie musste hier raus. Sie könnte tagelang in diesem eisigen Labyrinth verloren sein, hier erfrieren und liegen bleiben wie die perfekt konservierten Leichen in den Geschichten, die sie gelesen hatte, eingefroren, bis ein Gletscher irgendwann schmelzen würde. Harry glaubte wahrscheinlich, sie sei mit den anderen gegangen. Er war längst fort. Niemand würde etwas bis zum nächsten Tag bemerken.

Mit zitternden Händen tastete sie die Wand ab. Vierzig Zoll dick, hatten sie gesagt – vierzig Zoll dick! Auf beiden Seiten der eisigen Mauern glaubte sie, Bewegungen zu spüren, schleichende, feuchte Schatten, die diesen Palast, diese Stadt, diesen unbarmherzigen Norden heimsuchten.

„Oh, bitte, schickt jemanden – jemanden!", rief sie laut.

Sie dachte an Clark Darrow – er würde sie verstehen. Oder an Joe Ewing. Man konnte sie nicht hierlassen, umherirrend und mit Herz, Körper und Seele zu erfrieren. Das war sie doch nicht – das war nicht Sally Carrol. Sie war ein fröhliches Wesen, ein glückliches kleines Mädchen. Sie liebte Wärme, Sommer, Dixie. Diese kalten, grausamen Dinge waren ihr fremd.

„Du weinst nicht", sagte etwas in ihrem Kopf. „Du wirst nie mehr weinen. Deine Tränen würden hier gefrieren. Alles gefriert hier."

Sie lag ausgestreckt auf dem Eis.

„Oh Gott!", flüsterte sie mit bebenden Lippen.

Minuten vergingen, eine nach der anderen, während eine schwere Müdigkeit sie überkam. Ihre Augen begannen zuzufallen. Schließlich spürte sie eine Wärme, eine tröstliche Nähe, als ob jemand neben ihr säße und ihr Gesicht in weiche, warme Hände legte. Dankbar blickte sie auf.

„Aber, es ist Margery Lee", murmelte sie leise. „Ich wusste, dass du kommen würdest."

Es war wirklich Margery Lee. Genauso, wie Sally Carrol sie sich vorgestellt hatte: mit einer jungen, glatten Stirn, großen, einladenden Augen und einem weichen Reifrock, der so bequem aussah, dass man sich darauf ausruhen wollte.

„Margery Lee."

Es wurde immer dunkler. Die Grabsteine hätten dringend einen neuen Anstrich gebraucht, doch das hätte ihren ursprünglichen Charme zerstört. Dennoch – man sollte sie sehen können.

Nach einigen Augenblicken, die erst wie im Flug vergingen und dann schier endlos wirkten, schien sich die Zeit selbst in Strahlen aufzulösen, die auf eine blassgelbe Sonne zusteuerten. Plötzlich wurde die Stille von einem lauten, knackenden Geräusch durchbrochen, das ihre benommene Reglosigkeit zerriss.

Es war die Sonne. Nein, es war ein Licht – eine Fackel und dahinter noch eine und noch eine. Stimmen drangen durch die Dunkelheit. Unter einer der Fackeln formte sich ein Gesicht. Starke Arme hoben sie hoch und sie spürte etwas Kaltes, Nasses auf ihrer Wange. Jemand rieb ihr das Gesicht mit Schnee ein. Schnee! Wie absurd – Schnee!

„Sally Carrol! Sally Carrol!"

Es war Dangerous Dan McGrew, begleitet von zwei weiteren Männern, deren Gesichter sie nicht kannte.

„Kind, Kind! Wir haben dich zwei Stunden lang gesucht! Harry ist halb verrückt vor Sorge!"

Langsam ordnete sich alles in ihrem Kopf: der Gesang, die Fackeln, das Geschrei der Marschclubs. Sie wand sich in Pattons Armen, während ein leiser, verzweifelter Schrei über ihre Lippen kam.

„Oh, ich will hier raus! Ich will nach Hause. Bring mich nach Hause!"

Ihre Stimme überschlug sich, steigerte sich zu einem gequälten Schrei, der Harry durch Mark und Bein ging, als er atemlos in den Gang rannte.

„Morgen!", rief sie, von einer wilden, ungezähmten Leidenschaft getrieben. „Morgen! Morgen! Morgen!"

VI

Das goldene Sonnenlicht fiel in einer Mischung aus nervtötender und zugleich wohltuender Wärme auf das Haus, das den ganzen Tag lang die staubige Straße überblickte. Zwei Vögel vergnügten sich in einem schattigen Astwerk eines Baumes nebenan, während weiter unten auf der Straße eine farbige Frau ihre Erdbeeren mit einer melodischen Stimme anpries. Es war ein Nachmittag im April.

Sally Carrol Happer stützte ihr Kinn auf ihren Arm, der auf einer alten Fensterbank ruhte, und blickte schläfrig auf den glitzernden Staub hinab. Zum ersten Mal in diesem Frühjahr stiegen flimmernde Hitzewellen von der Straße auf. Sie beobachtete einen altersschwachen Ford, der klappernd und ächzend um eine gefährliche Kurve bog und am Ende der Straße schließlich stehenblieb. Der Motor verstummte und eine Minute später durchbrach ein schrilles, vertrautes Pfeifen die Luft. Sally Carrol lächelte und blinzelte.

„Guten Morgen."

Unter dem Autodach erschien langsam ein Kopf, der sich ihr zuwandte.

„Das ist kein Morgen, Sally Carrol."

„Natürlich!", erwiderte sie mit gespielter Überraschung. „Vielleicht hast du recht."

„Was machst du?"

„Ich esse einen grünen Pfirsich. Ich rechne damit, jeden Moment zu sterben."

Clark schüttelte den Kopf, drehte sich aber noch einmal um, um einen letzten Blick auf ihr Gesicht zu erhaschen.

„Das Wasser ist so warm wie ein Kesseldampf, Sally Carrol. Kommst du schwimmen?"

Sally Carrol seufzte träge.

„Ich hasse es, mich umzuziehen", murmelte sie, „aber ich glaube, ich komme mit."

Die Babyparty

Als John Andros sich alt fühlte, fand er Trost in dem Gedanken, sein Leben fahre durch sein Kind fort. Die düsteren Schatten des Vergessens traten in den Hintergrund, wenn er die kleinen Füße seines Kindes hörte oder seine Stimme am Telefon vernahm, die ihm jeden Nachmittag um drei mit wirren, kindlichen Sätzen begegnete. Das war die Zeit, wenn seine Frau vom Land aus im Büro anrief – ein Moment, auf den er sich freute, eine der lebendigsten Minuten seines Tages.

Obwohl John körperlich nicht alt war, fühlte er sich mit 38 Jahren von den Herausforderungen seines Lebens ausgelaugt. Der lange Kampf gegen Krankheit und Armut lag hinter ihm Er trug weniger Illusionen mit sich als die meisten anderen. Selbst seine Gefühle für seine kleine Tochter waren nicht ungetrübt. Sie hatte die leidenschaftliche Beziehung zu seiner Frau unterbrochen und war der Grund dafür, dass sie nun in einer Vorstadt lebten – ein Kompromiss, der sie die frische Landluft mit unzähligen Problemen im Haushalt und der ermüdenden Routine des Pendelns bezahlen ließ.

Es war vor allem die jugendliche Lebendigkeit der kleinen Ede, die ihn faszinierte. Er liebte es, sie auf den Schoß zu nehmen, ihre flaumige, duftende Kopfhaut zu betrachten und in ihre blauen Iris zu blicken, die an den Morgenhimmel erinnerten. Sobald aber dieses Ritual vorbei war, ließ er die Amme das Kind wieder übernehmen. Ihre unerschöpfliche Energie begann ihn nach wenigen Minuten zu nerven. Und er verlor schnell die Fassung, wenn etwas zu Bruch ging. Einmal, an einem Sonntag, hatte sie ein Kartenspiel gestört, indem sie das Pik-Ass verschwinden ließ – eine Szene, die seine Frau zu Tränen rührte und ihn beschämt zurückließ.

Er wusste, dass solche Momente unvermeidlich waren. Die kleine Ede konnte nicht ständig im Kinderzimmer bleiben. Wie ihre Mutter betonte, wurde sie jeden Tag mehr zu einer „richtigen Person". Heute Nachmittag, zum Beispiel, wollte sie zu einer Babyparty gehen. Edith, seine Frau, hatte ihm dies telefonisch mitgeteilt und die kleine Ede bestätigte es auf ihre Weise, indem sie in sein Ohr rief: „Ich gehe zu eine Panty!"

„Komm doch nachher zu den Markeys", schlug Edith vor. „Ede wird ganz schick sein in ihrem neuen rosa Kleid –"

Das Gespräch wurde von einem Krachen abrupt unterbrochen, das vermuten ließ, dass der Telefonhörer auf den Boden gefallen war. John lachte und entschied sich, einen früheren Zug nach Hause zu nehmen. Die Aussicht auf eine Babyparty im Haus der Nachbarn belustigte ihn.

„Was für ein heilloses Durcheinander!", dachte er amüsiert. „Ein Dutzend Mütter, jede fixiert auf ihr eigenes Kind. Alle Kinder machen Dinge kaputt, schnappen nach Kuchen und jede Mutter geht nach Hause, überzeugt von der Großartigkeit ihres eigenen Sprösslings."

An diesem Tag war John in guter Stimmung – sein Leben verlief besser als je zuvor. Als er am Bahnhof ausstieg, winkte er einen aufdringlichen Taxifahrer ab und ging den langen Hügel hinauf zu seinem Haus. Es war sechs Uhr. Der Mond schien mit stolzem Glanz auf den schneeüberzogenen Rasen. Während er durch die klare Dezemberluft lief, wuchs seine Vorfreude auf die Party. Er fragte sich, wie Ede im Vergleich zu anderen Kindern aussehen würde und ob das rosa Kleid, das sie tragen sollte, tatsächlich so beeindruckend war.

Als er sein Haus erreichte, gingen die Lichter des abgestorbenen Weihnachtsbaums im Fenster an. Doch er lief weiter zum Nachbarhaus, wo die Party stattfand. Auf der Ziegeltreppe angekommen, hörte er Stimmen – keine Kinderstimmen, sondern laute, erregte Erwachsenengespräche. Eine Stimme, die in ein hysterisches Schluchzen überging, erkannte er sofort: Es war Edith.

„Da stimmt etwas nicht", dachte er alarmiert. Er drückte die Tür, die unverschlossen war, und trat ein.

* * *

Die Babyparty hatte um halb fünf begonnen, doch Edith hatte geplant, erst später mit Ede zu erscheinen, damit das neue Kleid inmitten der schon zerknitterten Garderoben besonders auffiel. Als sie ankamen, war das Fest in vollem Gange. Vier Mädchen und neun Jungen, sorgfältig herausgeputzt, tanzten zur Musik eines Grammophons. Obwohl nie mehr als zwei oder drei gleichzeitig tanzten, war die unaufhörliche Bewegung der Kinder zwischen Tanzfläche und ihren Müttern ein lebendiges Schauspiel.

Als Edith und ihre Tochter eintraten, wurde die Musik von einem anhaltenden Chor übertönt, der vor allem aus dem Wort „süß" bestand. Alle bewunderten die kleine Ede, die schüchtern umherschaute und nervös an den Rändern ihres rosa Kleides zupfte. Niemand küsste sie – wir leben schließlich im Zeitalter der Hygiene –, aber sie wurde von einer Mama zur nächsten gereicht. Jede hielt kurz ihre kleine rosa Hand und murmelte „süß", bevor sie sie weiterreichte. Nach ein wenig Ermutigung und einigen sanften Schubsern ließ sich Ede schließlich in den Tanz einbinden und wurde ein lebendiger Teil der Party.

Edith blieb in der Nähe der Tür stehen, sprach mit Mrs. Markey und ließ ihre Augen nie von der kleinen Gestalt im rosa Kleid. Sie mochte Mrs. Markey nicht. Für sie war sie schnippisch und gewöhnlich. Doch weil John und Joe Markey morgens gemeinsam den Pendlerzug nahmen, hielten die beiden Frauen den äußeren Schein einer freundschaftlichen Verbindung aufrecht. Sie tauschten regelmäßig leere Einladungen aus – „Du musst unbedingt bald mal zu uns zum Abendessen kommen" –, ohne dass diese jemals in die Tat umgesetzt wurden.

„Die kleine Ede sieht einfach entzückend aus", sagte Mrs. Markey mit einem übertriebenen Lächeln, während sie ihre Lippen anfeuchtete – eine Geste, die Edith besonders abstoßend fand. „So erwachsen – kaum zu glauben!"

Edith fragte sich, ob Mrs. Markey damit auf den Unterschied zwischen Ede und ihrem Sohn Billy anspielte, der zwar einige Monate jünger, aber deutlich kräftiger war. Sie nahm eine Tasse Tee entgegen, setzte sich mit zwei anderen Frauen auf einen Diwan und widmete sich dem eigentlichen Gesprächsthema des Nachmittags: den neuesten Errungenschaften und Eigenheiten ihrer Kinder.

Die Zeit verging und das Tanzen verlor an Reiz. Die Kinder wandten sich spannenderen Abenteuern zu. Sie rannten ins Esszimmer, umrundeten den großen Tisch und versuchten, durch die Küchentür zu gelangen, bis einige Mütter sie zurückholten. Doch kaum waren sie wieder eingefangen, entkamen sie erneut und kehrten in das faszinierende Esszimmer zurück. Schweißperlen wurden von kleinen Stirnen getrocknet, und der Versuch, die Kinder zum Hinsetzen zu bewegen, scheiterte an ihrem gebieterischen „Runter! Runter!" Das Spiel begann von vorn.

Erst die Ankunft des Vespers brachte Ruhe. Ein großer Kuchen mit zwei Kerzen wurde hereingebracht, begleitet von Vanilleeis auf Untertassen. Billy Markey, ein kräftiges, fröhliches Kind mit roten Haaren und leicht krummen Beinen, blies die Kerzen aus und drückte seinen Daumen neugierig in die Zuckerglasur. Die Kinder aßen gierig, aber diszipliniert – sie hatten sich den ganzen Nachmittag über bemerkenswert gut benommen. Es waren moderne Kinder, die regelmäßig aßen und schliefen. Ihre Gesichter waren gesund und rosig und die friedliche Atmosphäre dieser Party wäre vor dreißig Jahren noch undenkbar gewesen.

Nachdem sich alle gestärkt hatten, lichtete sich die Party allmählich. Edith warf einen besorgten Blick auf die Uhr – es war fast sechs und John war immer noch nicht aufgetaucht. Sie hatte gehofft, dass er Ede sehen würde, wie höflich und würdevoll sie sich verhielt. Der einzige Fleck auf ihrem Kleid stammte von einem Klecks Eis, der ihr beim Schubsen eines anderen Kindes vom Kinn gefallen war.

„Du bist ein Schatz", flüsterte sie ihrer Tochter zu und zog sie an ihr Knie. „Weißt du das? Du bist ein Schatz."

Ede kicherte. „Wau-wau", sagte sie plötzlich.

„Wau-wau?" Edith sah sich verwirrt um. „Hier gibt es doch keinen Wau-wau."

„Wau-wau", wiederholte Ede und zeigte auf einen Gegenstand. „Ich will den Wau-wau."

Edith folgte ihrem Finger. „Das ist kein Hund, mein Liebling. Das ist ein Teddybär."

„Tragen?", fragte Ede.

„Ja, das ist ein Teddybär, aber er gehört Billy Markey. Du willst doch nicht Billys Teddybär, oder?"

Doch Ede wollte ihn. Sie löste sich von ihrer Mutter und trat auf Billy zu, der den Teddybär fest in seinen Armen hielt. Ede blieb stehen und musterte ihn mit unergründlichen Augen, während Billy lachte.

Edith blickte erneut auf die Uhr, diesmal ungeduldig. Die Gäste waren fast alle gegangen. Außer Ede und Billy waren nur noch zwei Kinder da, eines davon hatte sich unter dem Tisch versteckt. Es war egoistisch von John, nicht zu erscheinen. Es zeigte so wenig Stolz auf das eigene Kind. Andere Väter waren gekommen, hatten ihre Frauen abgeholt und waren noch eine Weile geblieben, um das Geschehen zu beobachten.

Plötzlich ertönte ein Aufschrei. Ede hatte Billys Teddybär gewaltsam aus seinen Armen gerissen und ihn, als Billy versuchte, ihn zurückzuerobern, kurzerhand zu Boden gestoßen.

„Aber Ede!", rief Edith, bemüht, ein Lachen zu unterdrücken.

Joe Markey, ein gutaussehender, breitschultriger Mann Mitte dreißig, hob seinen Sohn auf und stellte ihn wieder auf die Füße. „Du bist ja ein feiner Kerl", sagte er gutmütig. „Lässt dich von einem Mädchen umhauen! Ein feiner Kerl bist du."

„Hat er sich wehgetan?" Mrs. Markey eilte zurück, nachdem sie die vorletzte Mutter verabschiedet hatte.

„Nein, nein", sagte Joe. „Er hat sich nur irgendwo gestoßen, stimmt's, Billy? Irgendwo gestoßen."

Billy hatte den Vorfall fast schon vergessen und konzentrierte sich darauf, den Teddybär zurückzuholen. Er packte ein Bein des Bären, das aus Edes Armen ragte, und zerrte daran – erfolglos.

„Nein", sagte Ede entschieden.

Ermutigt von ihrem ersten Erfolg ließ Ede den Bären plötzlich los, legte ihre Hände auf Billys Schultern und stieß ihn rücklings zu Boden. Diesmal landete er weniger sanft und sein Kopf schlug mit einem dumpfen Geräusch auf den Boden. Einen Moment lang hielt er den Atem an, dann schrie er laut los.

Das Zimmer brach in Aufruhr aus. Joe eilte zu seinem Sohn, doch Mrs. Markey war schneller und nahm den weinenden Jungen in ihre Arme.

„Oh, Billy", rief sie, „was für ein schrecklicher Schubser! Dieses Kind muss ordentlich bestraft werden!"

Edith, die sofort zu ihrer Tochter gegangen war, hörte diese Bemerkung und presste die Lippen scharf zusammen. „Aber Ede", flüsterte sie streng, „du bist ein böses Mädchen."

Ede legte den Kopf in den Nacken und lachte laut. Es war ein triumphierendes Lachen, voller Stolz und Trotz. Und leider war es ansteckend. Bevor Edith es verhindern konnte, hatte sie selbst gelacht – ein klares, unkontrolliertes Lachen, das dem ihrer Tochter unheimlich ähnelte.

Dann verstummte sie abrupt.

Mrs. Markey war rot vor Wut und Joe, der Billys Hinterkopf untersuchte, sah Edith mit missbilligendem Blick an.

„Es ist geschwollen", sagte er vorwurfsvoll. „Ich hole das Hamamelis."

„Ich finde es überhaupt nicht lustig, wenn ein Kind verletzt wird!", sagte Mrs. Markey mit bebender Stimme.

Ede hatte ihrer Mutter neugierig zugesehen und bemerkt, dass ihr eigenes Lachen Ediths Lachen ausgelöst hatte. Also versuchte sie es noch einmal. Sie legte den Kopf in den Nacken und lachte erneut.

Für Edith, die spürte, wie die Spannung der Situation sie überwältigte, war das der letzte Tropfen. Sie presste ihr Taschentuch vor den Mund und begann unkontrolliert zu kichern. Es war mehr als Nervosität – es fühlte sich an, als ob sie und Ede in diesem Moment eins wären, ein gemeinsames Team gegen die Welt.

Während Joe nach oben eilte, um die Salbe zu holen, lief Mrs. Markey mit dem schreienden Jungen auf und ab.

„Bitte geht nach Hause!", rief sie plötzlich. „Mein Kind ist verletzt und wenn du nicht den Anstand hast, still zu sein, dann geh besser!"

„Gut", sagte Edith mit steigender Wut. „Ich habe noch nie erlebt, dass jemand wegen so etwas derart überreagiert."

„Raus!", schrie Mrs. Markey außer sich. „Raus – und wagt es nie, wiederzukommen, weder du noch deine Göre!"

Edith hatte Edes Hand genommen und war auf dem Weg zur Tür, als sie bei diesen Worten abrupt stehenblieb. Sie drehte sich um, das Gesicht vor Empörung verzerrt.

„Wagen es ja nicht, sie so zu nennen!"

Mrs. Markey antwortete nicht, sondern lief weiter leise mit Billy redend auf und ab.

Ediths Augen füllten sich mit Tränen.

„Ich gehe ja schon!", schluchzte sie. „Aber ich habe noch nie jemanden erlebt, der so unhöflich und gemein ist. Und was dein Baby angeht – er ist sowieso nichts weiter als ein fetter kleiner Idiot!"

Joe kam gerade die Treppe herunter, als er diese Bemerkung hörte.

„Mrs. Andros", sagte er scharf, „siehst du nicht, wie verletzt das Kind ist? Du solltest dich wirklich beherrschen."

„Ich mich b-beherrschen?", stammelte Edith. „Sag das lieber ihr! Ich habe noch nie jemanden getroffen, der so gewöhnlich ist!"

„Sie beleidigt mich!" Mrs. Markey war außer sich vor Wut. „Hast du gehört, was sie gesagt hat, Joe? Ich wünschte, du würdest sie rauswerfen. Wenn sie nicht von selbst geht, dann nimm sie einfach und wirf sie hinaus!"

„Wag es ja nicht, mich anzufassen!", fauchte Edith. „Ich gehe, sobald ich meinen Mantel finde!"

Tränenüberströmt machte sie einen Schritt Richtung Flur. Genau in diesem Moment öffnete sich die Tür und John Andros kam zögernd herein.

„John!", rief Edith und stürzte wie aufgelöst zu ihm.

„Was ist los? Was ist passiert?"

„Sie – sie werfen mich raus!", schluchzte sie und umschlang ihn. „Er hat schon angefangen, mich an den Schultern zu packen. Ich will meinen Mantel!"

„Das stimmt nicht", widersprach Markey hastig. „Niemand wird sie rauswerfen." Er wandte sich an John. „Niemand wird sie rauswerfen", wiederholte er. „Sie ist –"

„Was soll das heißen, ‚sie rauswerfen'?", fragte John scharf. „Was geht hier überhaupt vor?"

„Oh, lass uns einfach gehen!", rief Edith. „Ich will hier weg. Diese Leute sind so gewöhnlich, John!"

„Hör mal!" Markeys Gesicht verdunkelte sich. „Das hast du jetzt oft genug gesagt. Du benimmst dich völlig unangebracht."

„Sie haben Ede eine Göre genannt!"

Zum zweiten Mal an diesem Nachmittag zeigte die kleine Ede ihre Gefühle im denkbar unpassendsten Moment. Verwirrt und eingeschüchtert von den lautstarken Stimmen begann sie zu weinen. Ihre Tränen machten deutlich, wie tief die Beleidigung sie getroffen hatte.

„Was soll das?", platzte John heraus. „Beleidigt ihr eure Gäste in eurem eigenen Haus?"

„Mir scheint, deine Frau war diejenige, die mit den Beleidigungen angefangen hat!", konterte Markey schneidend. „Und ehrlich gesagt hat ihr Kind hier den ganzen Ärger verursacht."

John schnaubte verächtlich. „Du beschimpfst ein kleines Kind? Das ist ja eine großartige Leistung für einen Mann!"

„Sprich nicht mit ihm, John", beharrte Edith. „Finde meinen Mantel!"

„Es muss dir ja wirklich schlecht gehen", fuhr John zornig fort, „wenn du deine Wut an einem hilflosen Kind auslassen musst."

„Ich habe in meinem ganzen Leben noch nie so etwas Lächerliches gehört", erwiderte Markey empört. „Wenn deine Frau für eine Minute den Mund halten würde –"

„Moment mal! Du redest hier nicht mit irgendeiner Frau und einem Kind –"

Eine plötzliche Unterbrechung trat ein. Edith tastete auf einem Stuhl nach ihrem Mantel, während Mrs. Markey sie mit glühendem Blick beobachtete. Plötzlich legte sie Billy aufs Sofa, woraufhin er sofort aufhörte zu weinen und sich aufrichtete. Sie verschwand kurz im Flur, kam mit Ediths Mantel zurück und reichte ihn ihr schweigend. Dann kehrte sie zum Sofa zurück, nahm Billy wieder in die Arme und fixierte Edith mit einem weiterhin wütenden Blick. Die ganze Szene dauerte keine halbe Minute.

„Deine Frau kommt hier herein und nennt uns gewöhnlich!", platzte Markey schließlich heraus. „Also, wenn wir so verdammt gewöhnlich sind, dann soll sie gefälligst fern bleiben! Geht am besten sofort!"

John lachte erneut kurz und spöttisch.

„Du bist nicht nur gewöhnlich", sagte er, „du bist auch ein erbärmlicher Tyrann – wenn es um hilflose Frauen und Kinder geht." Er griff nach der Türklinke und öffnete die Tür. „Komm, Edith."

Edith nahm ihre Tochter in die Arme, trat hinaus und John folgte ihr, wobei er Markey weiterhin mit Verachtung anblickte.

„Warte mal!" Markey machte leicht zitternd einen Schritt nach vorn, während zwei Adern an seiner Schläfe sichtbar pochten. „Du glaubst doch nicht, dass du damit durchkommst, oder? Bei mir?"

Ohne ein Wort verließ John das Haus und ließ die Tür offen.

Edith war schon weinend vorausgeeilt. John schaute ihr kurz nach, bis sie um die Ecke verschwand, dann drehte er sich zur erleuchteten

Tür zurück. Markey trat langsam die vereisten Stufen hinunter, zog Mantel und Hut aus und warf sie in den Schnee. Dann rutschte er kurz auf dem glatten Weg und trat schließlich einen Schritt vor.

Beim ersten Schlag rutschten beide aus und stürzten schwer auf den Boden. Keuchend rappelten sie sich halb auf, nur um sich erneut gegenseitig zu Boden zu ziehen. Im dünnen Schnee am Gehwegrand fanden sie besseren Halt und gingen wieder aufeinander los. Mit wilder Entschlossenheit schlugen sie aufeinander ein, während der Schnee unter ihren Füßen zu einem schmutzigen Brei zertrampelt wurde.

Die Straße lag still da, nur unterbrochen vom kurzen, erschöpften Keuchen der beiden Männer und dem dumpfen Geräusch, wenn einer von ihnen im matschigen Schlamm ausrutschte. Sie kämpften schweigend, deutlich erkennbar im vollen Mondlicht und im bernsteinfarbenen Schein, der aus der offenen Tür drang. Mehrmals rutschten sie beide gemeinsam zu Boden. Der Kampf verlagerte sich für eine Zeit wild auf den Rasen.

Zehn, fünfzehn, zwanzig Minuten dauerte dieser sinnlose Kampf im Mondlicht. In einer stillen Übereinkunft hatten sie Mäntel und Westen abgelegt, die nun unberührt im Schnee lagen. Die durchnässten Hemden hingen in Fetzen an ihren Rücken. Beide waren so erschöpft, dass sie nur noch stehen konnten, indem sie sich gegenseitig stützten. Jeder Schlag war so kräftezehrend, dass er sie auf Hände und Knie zwang.

Es war jedoch nicht die Erschöpfung, die den Kampf beendete. Die Sinnlosigkeit schien eher ein Grund, nicht aufzuhören. Sie hielten inne, als sie plötzlich Schritte auf dem Gehsteig hörten. Ohne ein Wort rollten sie in den Schatten und verharrten regungslos, die Luft anhaltend wie zwei Jungen bei einem Spiel, bis die Schritte verklungen waren. Dann richteten sie sich taumelnd auf und blickten einander an, wie zwei Betrunkene, die versuchen, ihre Fassung zu wahren.

„Verdammt, ich mache nicht mehr weiter", krächzte Markey.

„Ich auch nicht", erwiderte John Andros, schwer atmend. „Ich hab genug davon."

Sie musterten einander erneut, diesmal misstrauisch, als erwarte jeder vom anderen, dass der Kampf wieder aufgenommen würde. Markey spuckte Blut aus seiner aufgeplatzten Lippe, fluchte leise und griff nach seinem Mantel und seiner Weste. Er klopfte den Schnee ab, als sei deren Nässe plötzlich seine größte Sorge.

„Willst du reinkommen und dich waschen?", fragte er unvermittelt.

„Nein, danke", sagte John. „Ich sollte nach Hause gehen. Meine Frau macht sich sonst Sorgen."

Auch er sammelte seine Kleidung ein, nahm seinen Überzieher und Hut. Die Vorstellung, dass er diese Schichten vor weniger als einer halben Stunde noch getragen hatte, schien ihm absurd.

„Also – gute Nacht", sagte er zögernd.

Plötzlich reichten sie sich die Hände und der Händedruck war alles andere als flüchtig. John Andros legte den Arm um Markeys Schulter und klopfte ihm sanft auf den Rücken.

„Kein Schaden entstanden", murmelte er.

„Nein – du?"

„Nein, alles in Ordnung."

„Gut", sagte John schließlich. „Dann wünsche ich dir eine gute Nacht."

„Gute Nacht."

Leicht hinkend und mit den Kleidern unter dem Arm entfernte sich John Andros vom zertrampelten Boden, überquerte den Rasen und verschwand im Mondlicht. Aus der Ferne hörte er das Rumpeln des Sieben-Uhr-Zuges.

„Du bist verrückt gewesen", warf Edith ihm später vor, ihre Stimme bebend. „Ich dachte, du würdest alles klären und die Sache mit einem Handschlag beenden. Deshalb bin ich gegangen."

„Hast du gewollt, dass wir uns versöhnen?"

„Natürlich nicht. Ich will diese Leute nie wiedersehen. Aber ich dachte, das wäre das Naheliegende."

Während sie sprach, behandelte sie die blauen Flecken an seinem Hals und Rücken mit Jod, während er erschöpft in der Badewanne lag. „Ich hole den Arzt", drängte sie. „Vielleicht bist du ernsthaft verletzt."

„Nein, auf keinen Fall", wehrte er ab. „Ich will nicht, dass das die Runde macht."

„Ich verstehe immer noch nicht, wie das passieren konnte."

„Ich auch nicht." Er grinste müde. „Diese Babypartys sind anscheinend härter als sie aussehen."

„Eine Sache immerhin", sagte Edith hoffnungsvoll. „Ich bin froh, dass wir morgen Beefsteak fürs Abendessen haben."

„Warum?"

„Für dein Auge natürlich. Weißt du, dass ich beinahe Kalbfleisch bestellt hätte? Was für ein Glück, oder?"

Eine halbe Stunde später, angezogen bis auf den Kragen, der an seinem Hals unangenehm scheuerte, bewegte John zögernd Arme und Beine vor dem Spiegel. „Ich sollte wieder fitter werden", sagte er nachdenklich. „Ich werde wohl alt."

„Damit du ihn beim nächsten Mal schlagen kannst?"

„Ich habe ihn geschlagen", verkündete er. „Zumindest genauso, wie er mich geschlagen hat. Und es wird kein nächstes Mal geben. Nenn die Leute nicht mehr gewöhnlich. Wenn du in Schwierigkeiten gerätst, nimm einfach deinen Mantel und geh nach Hause. Verstanden?"

„Ja, Liebling", antwortete sie leise. „Ich war sehr dumm und jetzt verstehe ich es."

Draußen im Flur blieb er abrupt an der Tür zum Kinderzimmer stehen.

„Schläft sie?"

„Tief und fest. Aber du kannst reingehen und ihr gute Nacht sagen."

Sie schlichen auf Zehenspitzen ins Zimmer und beugten sich gemeinsam über das kleine Bett. Die kleine Ede, deren Wangen vor Gesundheit leuchteten und deren rosa Hände fest ineinander verschränkt waren, schlief tief und fest im kühlen, dunklen Raum. John streckte vorsichtig die Hand über das Bettgeländer und strich ihr sanft über das seidige Haar.

„Sie schläft", murmelte er, fast überrascht.

„Natürlich, nach so einem Nachmittag."

Plötzlich erklang das leise Geflüster des Dienstmädchens aus dem Flur.

„Miz Andros, Mr. und Miz Markey sind unten und wollen Sie sehen. Mr. Markey sieht ganz schlimm aus, Ma'am – sein Gesicht sieht aus wie ein Roastbeef. Und Miz Markey ist mächtig aufgebracht."

„Was für eine Unverschämtheit!", rief Edith. „Sag ihnen einfach, wir sind nicht zu Hause. Ich würde mich für nichts in der Welt mit ihnen abgeben!"

„Das wirst du ganz sicher.“ Johns Stimme war fest und unerbittlich.

„Was?“

„Du gehst sofort runter und, was noch wichtiger ist, du entschul-
digst dich für das, was du heute Nachmittag gesagt hast – egal, was
die andere Frau tut. Danach brauchst du sie nie wieder zu sehen.“

„Warum – John, ich kann das nicht.“

„Du musst. Und denk daran: Sie hasst es vermutlich doppelt so
sehr, hierhergekommen zu sein, wie du es hasst, die Treppe hinun-
terzugehen.“

„Kommst du nicht mit? Muss ich allein gehen?“

„Ich bin gleich unten.“

John Andros wartete, bis sie die Tür hinter sich geschlossen hatte.
Dann griff er ins Bett, nahm seine Tochter mitsamt Decken und
allem hoch und setzte sich in den Schaukelstuhl. Er hielt sie fest in
seinen Armen. Und als sie sich ein wenig bewegte, hielt er den Atem
an. Doch sie schlief tief und fest und kurz darauf lag sie ruhig in seiner Armbeuge. Langsam neigte er seinen Kopf, bis seine Wange ihr
weiches Haar berührte.

„Liebes kleines Mädchen“, flüsterte er. „Liebes kleines Mädchen,
liebes kleines Mädchen.“

In diesem Moment wusste John Andros endlich, wofür er an diesem Abend so erbittert gekämpft hatte. Jetzt hielt er es in seinen Armen, es gehörte ihm für immer. Eine Zeit lang saß er da, schaukelte
langsam in der Dunkelheit und genoss den Frieden.

Frau mit Vergangenheit

Langsam fuhren sie durch New Haven. Josephine und Lillian beobachteten die vorbeigehenden Studenten – kleine Gruppen von drei oder vier, größere Grüppchen an Straßenecken, die sich wie Männer umdrehten, um den Mädchen nachzusehen. Als sie meinten, einen Bekannten in einem einsam schlendernden jungen Mann zu erkennen, winkten sie wild. Der Mann erstarrte, sein Mund stand offen. Als sie um die nächste Ecke bogen, hob er zögerlich die Hand. Sie lachten.

„Wir schicken ihm heute Abend eine Postkarte aus der Schule – mal sehen, ob er es wirklich war."

Adele Craw, auf einem der kleinen Sitze, plauderte weiter mit Miss Chambers, der Anstandsdame. Lillian warf Josephine einen verschwörerischen Blick zu und zwinkerte, aber Josephine war in Gedanken.

Das also war New Haven – die Stadt ihrer jugendlichen Träume, der glanzvollen Bälle, der Männer, die so ungreifbar schienen wie die Melodien, zu denen sie tanzten. Eine Stadt, die für sie so heilig war wie Mekka, so strahlend wie Paris, so verborgen wie Timbuktu. Zweimal im Jahr floss das Lebensblut Chicagos hierher, brachte Weihnachten oder den Sommer mit sich. Bingo, bingo, bingo – das war der Jargon. „Meine Liebe, ich sehne mich nach einem deiner Blicke", „Der süße Junge da links", „Unter den Sternen warte ich".

Doch nun, als sie die Stadt zum ersten Mal sah, war sie überraschend unbeeindruckt. Die jungen Männer, an denen sie vorbeifuhren, wirkten gelangweilt, froh über alles, was sie anstarren konnten. Vor dem Hintergrund kahler Ulmen, schmutziger Schneeflecken und enger Gebäude erschienen sie leblos, ziellos. Ein gut gekleideter

Mann mit Melone, der mit Stock und Koffer zum Bahnhof eilte, weckte kurz ihre Aufmerksamkeit – doch sein Blick war zu überrascht, zu naiv. Josephine staunte über ihre eigene Ernüchterung.

Sie war siebzehn – und bereits blasé1. Sie hatte für Aufsehen gesorgt, Männer verwirrt, war sogar in den Verdacht geraten, ihren Großvater umgebracht zu haben (obwohl er mit über achtzig vielleicht einfach gestorben war). Überall im Mittleren Westen gab es kleine Orte, die sich bei genauerem Hinsehen als junge Männer entpuppten, die einst direkt in ihre sehnsüchtigen, grünen Augen geblickt hatten. Doch ihre Sommerromanze im letzten Jahr hatte ihr den Glauben an die Allgenügsamkeit der Männer genommen. Sie hatte sich an den dahinschwindenden Septembertagen gelangweilt – einmal zu oft. Weihnachten, mit seiner verführerischen Kürze, brachte niemand Neuen. Ihr blieb nur eine hartnäckige Hoffnung: dass es jemanden gab, den sie mehr lieben würde, als er sie.

Sie hielten vor einem Sportgeschäft. Adele Craw, ein hübsches Mädchen mit offenen Augen und stämmigen Beinen, kaufte Hockeyausrüstung – eigentlich der Grund ihres Ausflugs. Sie war Präsidentin der Abschlussklasse, das Idealbild eines Mädchens an ihrer Schule. Josephine konnte sie nicht begreifen. Bewundernswert, ja, aber eine andere Spezies. Doch mit der charmanten Anpassungsfähigkeit, die sie sonst nur Männern entgegenbrachte, versuchte sie, Interesse für die kleinen politischen Strukturen der Schule zu zeigen.

Zwei Männer, die mit dem Rücken zu ihnen am Tresen standen, drehten sich um. Einer sprach mit Miss Chambers – ein schmalgesichtiger, steifer Typ. Josephine erkannte ihn als den Neffen von Miss Brereton, einen Studenten aus New Haven, der einige Wochenenden an ihrer Schule verbracht hatte. Der andere war neu für sie: groß, breit, mit blond gelocktem Haar und einem offenen Ausdruck, in dem Entschlossenheit und Freundlichkeit verschmolzen. Es war nicht die Art von Gesicht, die sie normalerweise interessierte. Seine Augen verbargen kein Geheimnis, sein Lächeln war eine Geste der Freundlichkeit, nicht der Koketterie. Neugierig betrachtete sie ihn weiter – nicht aus Faszination, sondern weil sie wissen wollte, was für ein Mann sich für Adele Craw interessieren würde.

Seine Stimme war ruhig, aufrichtig. Er begrüßte Adele, als sei ihr Treffen die angenehmste Überraschung des Tages. Kurz darauf wurden Josephine und Lillian vorgestellt.

„Das ist Mr. Waterbury“ – Miss Breretons Neffe – „und Mr. Dudley Knowleton.“

Josephine sah Adele an. In deren Gesicht lag ein ruhiger Stolz, fast ein Hauch von Besitzanspruch. Knowleton sprach höflich mit den jüngeren Mädchen, aber er nahm sie nicht wirklich wahr. Doch da sie Adeles Freundinnen waren, machte er passende Bemerkungen. Erfuhr, dass sie bald zu ihrem ersten Ball in New Haven eingeladen waren. Wer ihre Gastgeber waren? Sophomores. Ja, er kannte sie flüchtig.

Josephine fand das unnötig herablassend. Schließlich waren es Ridgeway Saunders und George Davey – Gründungsmitglieder der Loving Brothers’ Association. Auf der Gesangsreise des Glee Clubs galten die Mädchen, die sie umschwärmten, als eine Art Elite.

„Und oh, schlechte Nachrichten für dich“, sagte Knowleton zu Adele. „Vielleicht wirst du den Ball anführen. Jack Coe musste mit Blinddarmentzündung ins Krankenhaus. Gegen meinen Willen bin ich nun vorläufig Vorsitzender.“ Er sah entschuldigend aus. „Ich bin einer dieser steinzeitlichen Tänzer – König des Two-Step. Ich frage mich, wie ich überhaupt ins Komitee gekommen bin.“

Auf der Rückfahrt zur Schule bombardierten Josephine und Lillian Adele mit Fragen.

„Er ist ein alter Freund aus Cincinnati“, erklärte sie mit gesenktem Blick. „Kapitän des Baseballteams, letztes Mitglied, das in Skull and Bones aufgenommen wurde.“

„Du gehst mit ihm zum Ball?“

„Ja. Ich kenne ihn schon mein ganzes Leben.“

Lag darin eine leise Andeutung, dass nur diejenigen, die Adele lange kannten, ihren wahren Wert erkannten?

„Seid ihr verlobt?“, fragte Lillian direkt.

Adele lachte. „Um Himmels willen, nein! Ich denke nicht an so etwas.“ („Doch“, dachte Josephine.) „Wir sind einfach gute Freunde. Ich glaube, es kann eine gesunde Freundschaft zwischen Mann und Frau geben, ohne viel…“

„…Kitsch“, ergänzte Lillian.

Langsam schüttelte Adele den Kopf. „Na ja, ja, aber ich mag dieses Wort nicht. Ich meinte eher ohne all den sentimentalen, romantischen Kram, der erst später kommen sollte.“

„Bravo, Adele!“, sagte Miss Chambers mechanisch.

Josephine gab sich damit nicht zufrieden. „Sagt er nie, dass er dich liebt?"

„Um Himmelswillen, nein! Dud glaubt an so etwas genauso wenig wie ich. Er hat genug zu tun – Komitees, Baseballteam."

„Oh!", sagte Josephine.

Sie war fasziniert. Dass zwei Menschen, die offensichtlich zueinander passten, nie darüber sprachen, sondern sich mit der Überzeugung begnügten, nicht an so etwas zu glauben, war neu für sie. Sie hatte Mädchen gekannt, die keine Verehrer hatten, andere, die scheinbar keine Gefühle besaßen, und wieder andere, die logen. Doch Adele sprach über die Aufmerksamkeit eines Skull-and-Bones-Mitglieds so beiläufig, als wäre er eine der steinernen wasserspeienden Figuren, auf die Miss Chambers kürzlich an der Harkness Hall hingewiesen hatte. Und dennoch wirkte sie zufrieden – glücklicher als Josephine, die immer geglaubt hatte, dass Jungen und Mädchen nur füreinander gemacht seien, und zwar so früh wie möglich.

Plötzlich erschien Knowleton in einem anderen Licht. Sein Erfolg, sein Status machten ihn attraktiver. Würde er sich an sie erinnern? Mit ihr tanzen? Oder hing das davon ab, wie gut er ihren Begleiter, Ridgeway Saunders, kannte? Hatte sie ihn angelächelt, als er sie ansah? Wenn ja, dann würde er sie nicht vergessen. Selbst als sie später versuchte, sich auf französische Verben und zehn Strophen aus der Ballade vom alten Seemann zu konzentrieren, ließ sie der Gedanke nicht los. Und als sie einschlief, war sie sich immer noch nicht sicher.

II

Drei lebensfrohe Sophomores2, Gründer der Loving Brothers' Association, hatten für Josephine, Lillian, eine Farmington-Schülerin und deren Mütter ein Haus gemietet. Es war ihr erster Ball. Sie kamen mit der Nervosität von Verurteilten in New Haven an. Doch ein Nachmittagstee bei einer Sheffield-Verbindung brachte ihnen eine Flut vertrauter Gesichter – Jungen aus der Heimat, ihre Freunde, deren Freunde, neue Bekanntschaften mit unbekannten Möglichkeiten. Um zehn Uhr betraten sie selbstbewusst die glitzernde Menge der Festhalle.

Zum ersten Mal war Josephine bei einer Veranstaltung, die nach Männermaßstäben organisiert war – eine sichtbare Projektion der New-Haven-Welt, aus der Frauen ausgeschlossen blieben, die sonst im Verborgenen existierte. Ihre drei Begleiter, einst Inbegriff von Weltgewandtheit, wirkten in diesem Universum aus Leistung und Erfolg auf einmal unbedeutend.

Eine Männerwelt. Beim Glee-Club-Konzert hatte Josephine eine gewisse widerwillige Bewunderung für die Kameradschaft und das Wohlwollen unter ihnen gespürt. Nun beneidete sie Adele Craw um ihren Platz – weil sie heute Abend Dudley Knowletons Mädchen war. Und noch mehr, als Adele unter Girlanden und einem Tor aus Hortensien an der Spitze des feierlichen Einmarsches schritt – kaum gepudert, in einem schlichten weißen Kleid. In diesem Moment galt alle Aufmerksamkeit ihr. Etwas erwachte in Josephine – eine vage Herausforderung, eine neue Möglichkeit.

„Josephine", begann Ridgeway Saunders, „du kannst dir nicht vorstellen, wie glücklich ich bin, dass es wahr geworden ist. Ich habe so lange darauf gewartet…"

Sie lächelte automatisch, doch ihre Gedanken waren anderswo. Beim Tanz ließ sie die Idee nicht mehr los.

Sie war begehrt, wie immer. Von den Jungen beim Tee zu einem Dutzend neuen Gesichtern, selbstsicheren oder schüchternen Stimmen – bis sie ihre eigene kleine Warteschlange an Tanzpartnern hinter sich herzog. Doch es fehlte etwas. Man konnte zehn Verehrer haben, wo Adele nur zwei hatte, aber plötzlich wurde Josephine klar: Hier war ein Mädchen nur so wichtig wie der Mann, der sie mitgebracht hatte.

Diese Ungerechtigkeit irritierte sie. Beliebtheit verdiente man sich mit Schönheit und Charme. Doch Adele rückte ins Zentrum nur, weil sie sich einen Baseballkapitän geangelt hatte – einen, der vielleicht nichts von Mädchen verstand und nicht einmal ihre Attraktivität zu beurteilen wusste. Trotz ihrer stämmigen Knöchel und ihres etwas zu rosigen Gesichts.

Josephine tanzte mit Ed Bement aus Chicago, ihrem ersten Verehrer aus Tanzschultagen, als sie noch Zöpfe, weiße Baumwollstrümpfe und Rüschenkleider mit Schleife trug.

„Was ist los mit mir?", fragte sie laut. „Seit Monaten fühle ich mich wie hundert, dabei bin ich erst siebzehn, und diese Party ist gerade mal sieben Jahre her."

„Du warst seitdem oft verliebt", sagte Ed.

„War ich nicht!", protestierte sie empört. „Diese albernen Geschichten wurden von Mädchen erfunden, die eifersüchtig waren."

„Eifersüchtig worauf?"

„Werd nicht frech", sagte sie scharf. „Tanz mich zu Lillian rüber."

Dudley Knowleton schnitt gerade bei Lillian ein. Josephine sprach kurz mit ihrer Freundin, dann wartete sie auf den Moment, in dem der Tanz sie für ein paar Sekunden gegenüberstellen würde. Sie lächelte ihn an – diesmal mit Bedacht. Nicht nur ein flüchtiger Blick, sondern ein Lächeln, das ihn direkt einfing, ihn für einen Moment in ihren Bann zog. Wäre ihr Charme ein Parfüm gewesen, hätte es S'il vous plaît3 geheißen. Er verneigte sich, erwiderte ihr Lächeln – eine Minute später schnitt er bei ihr ein.

Es geschah in einer ruhigeren Ecke des Saals. Sie tanzte langsamer, zwang ihn, sich ihrem Rhythmus anzupassen, und für einen Moment drehten sie sich fast schwebend im Kreis.

„Du sahst beeindruckend aus, als du mit Adele den Einzug angeführt hast", sagte sie. „So ernst und souverän – als wären die anderen eine Gruppe Kinder. Adele sah auch süß aus." Dann fügte sie mit plötzlicher Eingebung hinzu: „In der Schule habe ich sie mir zum Vorbild genommen."

„Tatsächlich?" Sie sah, wie er kurz irritiert war, es aber geschickt verbarg. „Das muss ich ihr erzählen."

Er war gutaussehender, als sie gedacht hatte, mit einer zurückhaltenden Autorität hinter den höflichen Manieren. Während sie tanzten, ließ er den Blick immer wieder unauffällig durch den Saal gleiten, überprüfte, dass alles lief. Er sprach kurz mit dem Orchesterleiter, der sich sofort respektvoll an den Rand seines Podiums begab. Letzter Mann für Bones. Josephine wusste, was das bedeutete – ihr Vater war bei Bones gewesen. Ridgeway Saunders und seine Freunde von der Loving Brothers' Association würden es definitiv nicht sein. Sie fragte sich, ob es ein Bones für Mädchen gäbe – und wenn ja, ob sie oder Adele Craw mit ihren soliden Knöcheln gewählt worden wären.

Komm doch schnell hierher,
ich hätt' dich gern so sehr.
Empfang dich voller Freude,
komm und feier heute!

„Ich frage mich, wie viele Jungen hier dich als Vorbild genommen haben", sagte sie. „Wenn ich ein Junge wäre, wärst du genau das, was ich sein wollte. Nur würde es mich schrecklich stören, dass sich ständig Mädchen in mich verlieben."

„Tun sie nicht", entgegnete er schlicht. „Das ist noch nie passiert."

„Oh doch – aber sie verstecken es, weil sie beeindruckt von dir sind und Angst vor Adele haben."

„Adele hätte nichts dagegen." Dann fügte er hastig hinzu: „Falls es überhaupt je passieren würde. Adele nimmt so etwas nicht ernst."

„Bist du mit ihr verlobt?"

Er versteifte sich kaum merklich. „Ich glaube nicht daran, sich zu verloben, bevor die Zeit dafür gekommen ist."

„Ich auch nicht", erwiderte Josephine schnell. „Ich hätte lieber einen richtig guten Freund als hundert Leute, die ständig kitschig sind."

„Ist das, was diese ganzen Leute heute Abend tun – die, die dir hinterherlaufen?"

„Welche Leute?" Sie sah ihn unschuldig an.

„Die Hälfte der Sophomore-Klasse, die sich um dich schart."

„Ein Haufen Salonlöwen", sagte sie nachlässig.

Josephine war glücklich. Der Ballsaal schien sich verändert zu haben, war weicher, strahlender. Selbst diese zusätzliche Zeit mit Knowleton verdankte sie der Ehrfurcht, die er in ihrem Gefolge auslöste. Doch dann schnitt ein anderer Mann ein, und ihre Euphorie bekam einen Dämpfer. Er war beeindruckt davon, dass Knowleton mit ihr getanzt hatte – zu respektvoll, zu bewusst kontrolliert. Seine wohldosierte Bewunderung langweilte sie.

Mit der Zeit hoffte sie, dass Dudley Knowleton noch einmal bei ihr einschnitt. Doch als Mitternacht verstrich und eine weitere Stunde verging, fragte sie sich, ob es nur eine Höflichkeit gewesen war – ein Tanz mit einem Mädchen von Adeles Schule. Inzwischen hatte Adele ihm sicher ein wohlgeordnetes Bild von Josephines Vergangenheit gezeichnet.

Als er schließlich auf sie zukam, wurde sie wachsam. Es war diese Art von Anspannung, die sie geschmeidiger machte, sanfter, leiser. Doch anstatt mit ihr zu tanzen, zog er sie beiseite, hin zu den Logen.

„Adele ist auf den Garderobenstufen gestürzt. Nur eine leichte Verstauchung, aber sie hat sich die Strümpfe an einem Nagel zerrissen. Sie wollte dich bitten, ihr ein Paar zu leihen. Ihr seid in der Nähe untergebracht, wir draußen im Lawn Club."

„Natürlich."

„Ich begleite dich – ich habe draußen ein Auto."

„Aber du bist doch beschäftigt, das ist nicht nötig."

„Natürlich begleite ich dich."

Ein Hauch von Tauwetter lag in der Luft, eine vage Andeutung des Frühlings. Dieselben Ulmen, dieselben Fassaden, die Josephine vor einer Woche noch bedrückt hatten, schienen jetzt anders. Die Nacht hatte etwas Reines, Strenges – als würde die Essenz von Generationen männlichen Strebens durch die kleine Stadt sickern, die seit Jahrhunderten Energie und Ehrgeiz aufsog.

Und Dudley Knowleton, der nun neben ihr saß – ruhig, entschlossen –, war die Verkörperung all dessen. Es kam ihr vor, als hätte sie nie zuvor einen richtigen Mann getroffen.

„Komm bitte mit rein", sagte sie, als sie mit ihm die Stufen hinaufging. „Es ist wirklich gemütlich hier."

Im dunklen Salon flackerte ein offenes Feuer. Als sie mit den Strümpfen die Treppe hinunterkam, trat sie zu ihm und blieb für einen Moment reglos neben ihm stehen, während sie die Flammen betrachteten. Dann hob sie den Blick, zögerte, sah ihn wieder an, dann wieder weg.

„Hast du die Strümpfe?", fragte er und bewegte sich leicht.

„Ja", sagte sie atemlos. „Küss mich dafür, dass ich so schnell war."

Er lachte, als hätte sie gescherzt, und ging zur Tür. Sie lächelte – doch die Enttäuschung blieb, tief verborgen.

Im Auto sagte sie: „Es war wundervoll, dich kennenzulernen. Ich kann gar nicht sagen, wie viele Gedanken mich inspiriert haben, nur durch das, was du gesagt hast."

„Aber ich habe doch gar keine Ideen."

„Doch, hast du. Alles, was du über den richtigen Zeitpunkt für eine Verlobung gesagt hast. Ich hatte nie die Gelegenheit, mit jemandem wie dir zu sprechen. Sonst hätte ich wohl ganz andere Vorstellungen. Ich habe gemerkt, dass ich mich in vielem geirrt habe. Früher wollte ich aufregend sein. Jetzt will ich Menschen helfen."

„Ja", sagte er zustimmend. „Das ist schön."

Er schien noch etwas hinzufügen zu wollen, doch da hielten sie bereits wieder vor der Festhalle. Das Abendessen hatte begonnen, und als sie sich seinen Schritten anpasste, sich der Blicke bewusst, fragte sie sich, ob die Leute glaubten, sie hätten etwas Verbotenes getan.

„Wir sind spät dran", meinte Knowleton, während Adele sich zurückzog, um die Strümpfe anzuziehen. „Dein Begleiter hat dich wahrscheinlich längst aufgegeben. Lass mich dir hier etwas zu essen besorgen."

„Das wäre einfach göttlich."

Wieder auf der Tanzfläche bewegte sie sich in einer süßen Aura der Abwesenheit. Mehrere Bewunderer ehemaliger Belles hatten sich ihrer Gruppe angeschlossen, und nun wurde kein anderes Mädchen so oft unterbrochen wie sie. Selbst Miss Breretons steifer Neffe, Ernest Waterbury, tanzte mit ihr – als Geste der Anerkennung. Doch Tanzen war kaum das richtige Wort. Mit einer kaum merklichen Tempoänderung wurde sie einfach von einem Mann zum nächsten gereicht, als spielte sie eine Partie „Hände rechts und links" über das Parkett.

Plötzlich hatte sie das Bedürfnis nach einer Pause. Fast wie als Antwort darauf wurde ihr ein neuer Tanzpartner vorgestellt – ein hochgewachsener, geschmeidiger Südstaatler mit weichem Akzent:

„Du wunderschöne Kreecha. Ich habe mir die Augen aus dem Kopf gesehen, um dein Kamee-Gesicht durch den Raum schweben zu sehen. Du überstrahlst all die anderen hier wie eine American Beauty Rose ein Feld von Gänseblümchen."

Beim zweiten Tanz mit ihm hörte sie seinen eindringlichen Bitten zu.

„In Ordnung. Lass uns nach draußen gehen."

„Es war nicht gerade frische Luft, an die ich gedacht habe", erklärte er, als sie die Tanzfläche verließen. „Ich habe zufällig einen ganz besonderen Platz hier im Gebäude."

„Na gut."

Book Chaffee aus Alabama führte sie durch die Garderobe, einen Gang entlang, zu einer unscheinbaren Tür.

„Das hier ist das Privatquartier meines Freundes Sergeant Boone, Ausbilder der Batterie. Er wollte sicherstellen, dass es heute Abend als gemütliches Eckchen genutzt wird – und nicht etwa als Lesezimmer oder so was.“

Er öffnete die Tür, drehte das Licht gedämpft auf. Sie trat ein und schloss die Tür hinter sich.

„Wunderschön“, murmelte er. Sein schmales Gesicht neigte sich herab, seine langen Arme umschlangen sie sanft. Langsam, fast bedächtig, zog er sie zu sich. Josephine dachte nur, dass sie noch nie einen Südstaatler geküsst hatte.

Ein Geräusch ließ sie auseinanderfahren. Draußen drehte sich ein Schlüssel im Schloss, dann hörte man ein unterdrücktes Kichern und schnelle Schritte. Book sprang zur Tür, rüttelte am Griff. Josephine bemerkte nun erst, dass dies nicht nur Boones Salon war – sondern auch sein Schlafzimmer.

„Wer war das?“, fragte sie scharf. „Warum schließen sie uns ein?“

„Irgendein Witzbold. Ich würde ihm zu gern die Meinung sagen.“

„Kommt er zurück?“

Book setzte sich grübelnd aufs Bett. „Kann ich nicht sagen. Ich weiß nicht mal, wer es war. Aber wenn jemand vom Komitee vorbeikommt, sieht das nicht gerade gut aus, oder?“

Als sie merkte, wie sich ihr Gesichtsausdruck veränderte, trat er zu ihr und legte einen Arm um sie. „Mach dir keine Sorgen, Süße. Wir kriegen das hin.“

Sie erwiderte seinen Kuss – kurz, aber ohne Ablenkung. Dann löste sie sich, ging in das nächste Zimmer. Stiefel, Uniformmäntel, militärische Ausrüstung hingen an der Wand.

„Da oben ist ein Fenster“, sagte sie. Es lag hoch in der Wand, seit Langem nicht geöffnet. Book stieg auf einen Stuhl und zwang es auf.

„Ungefähr drei Meter nach unten“, berichtete er, „aber direkt darunter liegt ein großer Haufen Schnee. Du könntest dir eine üble Prellung holen – und deine Schuhe und Strümpfe werden auf jeden Fall durchnässt.“

„Wir müssen hier raus“, sagte Josephine scharf.

„Wir sollten lieber warten und diesem Spaßvogel eine Chance geben—“

„Ich werde nicht warten. Ich will hier raus. Hör zu – wir werfen die Decken hinaus, und ich springe darauf. Oder du zuerst und breitest sie aus.“

Ab da wurde es ein Spiel. Book wischte vorsichtig den Staub vom Fenster, um ihr Kleid zu schützen. Dann hielten sie den Atem an, als Schritte draußen näherten – und weitergingen. Book sprang zuerst, fluchte leise, als er in den Schnee tauchte, dann breitete er die Decken aus. Gerade als Josephine sich aus dem Fenster schwang, hörte sie Stimmen vor der Tür, den Schlüssel im Schloss. Sie landete weich, griff nach seiner Hand – und kichernd rannten sie los, rutschten auf dem gefrorenen Boden eine halbe Häuserblocklänge weit. Vor der Festhalle hielten sie keuchend inne und ließen die kalte Nachtluft auf sich wirken.

Book zögerte. „Lass mich dich nach Hause bringen. Wir könnten uns setzen, entspannen.“

Sie war versucht. Das gemeinsame Abenteuer hatte sie einander nähergebracht, doch ein anderes Gefühl zog sie zurück in den Ballsaal. Als ob das wahre Ende ihrer Hochstimmung dort auf sie wartete.

„Nein“, entschied sie.

Als sie eintraten, prallte sie mit jemandem zusammen. Sie blickte auf – Dudley Knowleton.

„Oh, Entschuldigung“, sagte er. „Oh, hallo—“

„Willst du mich zu meiner Loge tanzen?“, fragte sie impulsiv. „Ich habe mein Kleid zerrissen.“

Sie setzten sich in Bewegung.

„Eigentlich muss ich mich um etwas kümmern“, sagte er abwesend. „Mir wurde die Verantwortung übertragen.“

Ihr Herz raste. Plötzlich verspürte sie das dringende Bedürfnis, jemand anderes zu sein.

„Ich kann dir nicht sagen, was es mir bedeutet hat, dich kennenzulernen. Es wäre wundervoll, einen Freund zu haben, mit dem ich ernst sein kann, ohne dass es kitschig oder sentimental wird. Würde es dich stören, wenn ich dir schreibe? Ich meine – würde Adele es stören?“

„Oh nein!“ Sein Lächeln wurde undurchdringlich. Als sie die Loge erreichten, stellte sie noch eine letzte Frage:

„Stimmt es, dass das Baseballteam während der Osterferien in Hot Springs trainiert?"

„Ja. Fährst du hin?"

„Ja. Gute Nacht, Mr. Knowleton."

Aber es war nicht ihr letzter Blick auf ihn.

Vor der Herrengarderobe, zwischen blassen Überlebenden und ihren noch blasseren Müttern, wartete sie, als sie ihn mit Adele sprechen hörte: „Die Tür war verschlossen, und das Fenster offen—"

Ein plötzlicher Stich. Er hatte sie durchschaut. Und Adele würde seinen Verdacht sicher bestätigen. Wieder tauchte der Geist ihrer alten Feindin auf – das schlichte, eifersüchtige Mädchen. Mit zusammengepressten Lippen drehte sie sich um. Doch zu spät. Adeles klare Stimme rief sie zurück:

„Komm und sag gute Nacht. Du warst so süß wegen der Strümpfe. Hier ist ein Mädchen, das du niemals dabei erwischen wirst, schäbige oder dumme Dinge zu tun, Dudley."

Dann, völlig unerwartet, beugte Adele sich vor, küsste Josephine auf die Wange.

„Du wirst sehen, dass ich recht habe, Dudley – nächstes Jahr wird sie das angesehenste Mädchen der Schule sein."

III

So, wie sich die frühen Märztage endlos hinzogen, geschah das, was als Nächstes kam, erstaunlich schnell. Der Abschlussball an Miss Breretons Schule fiel auf eine Nacht, die vom Frühling durchtränkt war. Die Junior-Mädchen lagen wach und lauschten den seufzenden Melodien aus der Turnhalle. Zwischen den Stücken, wenn die jungen Männer aus New Haven und Princeton über das Gelände schlenderten, blickten verhüllte Augen aus dunklen Fenstern hinab auf die vagen Gestalten.

Nicht Josephine. Sie lag ebenfalls wach, doch solche indirekten Vergnügungen hatten keinen Platz mehr in den klaren, nüchternen Mustern, die sie sich Tag für Tag neu wob. Dennoch hätte sie genauso gut zu denen gehören können, die den Jungen zuriefen, ihnen Zettelchen zuwarfen, Gespräche begannen. Denn das Schicksal hatte

97

sich plötzlich gegen sie gewandt und spann sein eigenes dunkles Netz um sie.

Kleines Fräulein, sei nicht traurig und schwer,
denn wir sitzen im selben Boot, nicht mehr.

Dudley Knowleton war in der Turnhalle, nur fünfzig Meter entfernt. Doch die bloße Nähe zu einem Mann löste nicht mehr dieselbe Erregung in ihr aus wie noch vor einem Jahr – zumindest nicht auf die gleiche Weise. Das Leben, erkannte sie jetzt, war eine ernste Angelegenheit. In der stillen Dunkelheit hallte eine Zeile aus einem Roman in ihrem Kopf wider: „Er ist ein Mann, der sich als Vater meiner Kinder eignen würde."

Was bedeuteten da verführerische Gesten, die schmeichelnden Worte von hundert Salonlöwen im Vergleich zu solchen Realitäten? Man konnte nicht ewig Fremde hinter halboffenen Türen küssen.

Unter ihrem Kopfkissen lagen zwei Briefe. Antworten auf ihre eigenen. Die runde, feste Handschrift sprach von den ersten Baseball-Trainings, freute sich, dass Josephine über gewisse Dinge genauso dachte wie er, und ließ erkennen, dass er Ostern mit Freude entgegensah. Keine Leidenschaft, keine Spuren von Herzblut. Selbst das Yours in der Grußformel ließ sich nicht als Your lesen. Aber sie kannte die Briefe auswendig. Sie waren kostbar, weil er sie geschrieben hatte. Weil sie existierten.

Unruhig wälzte sie sich in ihrem Bett. Die Musik in der Turnhalle setzte wieder ein:

Oh, meine Liebe, ich hab so lang auf dich gewartet,
oh, meine Liebe, dieses Lied sing' ich nur für dich.

Aus dem Nachbarzimmer hörte sie Lachen. Dann, von unten, eine Männerstimme und scherzhafte Worte. Sie erkannte Lillians Lachen und die Stimmen zweier anderer Mädchen.

„Kommt doch runter", sagte ein Junge immer wieder. „Macht euch keine Umstände – kommt einfach so, wie ihr seid."

Dann plötzliche Stille. Schritte auf Kies. Ein unterdrücktes Kichern. Hastige Bewegungen. Das scharfe, protestierende Ächzen mehrerer Betten im Nachbarzimmer. Eine Tür schlug am Ende des Flurs zu.

98

Vielleicht gab es Ärger für jemanden.

Ein paar Minuten später öffnete sich Josephines Tür einen Spalt weit. Miss Kwain stand im schwachen Licht des Korridors. Dann fiel die Tür wieder ins Schloss.

Am nächsten Nachmittag wurden Josephine und vier andere Mädchen unter Bewährung gestellt. Sie beteuerte, in jener Nacht nicht ein einziges Wort gesprochen zu haben – doch es half nichts. Miss Kwain hatte ihre Gesichter am Fenster erkannt.

Es war ungerecht. Aber nichts im Vergleich zu dem, was als Nächstes geschah.

Eine Woche vor den Osterferien unternahm die Schule einen Tagesausflug zu einer Milchfarm – mit Ausnahme der Mädchen auf Bewährung. Miss Chambers, die Josephines Pech bedauerte, bat sie, sich um Ernest Waterbury zu kümmern, der das Wochenende bei seiner Tante verbrachte.

Es war nur vage besser als nichts. Mr. Waterbury war ein ausgesprochen langweiliger, steifer junger Mann. So langweilig und steif, dass Josephine am nächsten Morgen von der Schule verwiesen wurde.

Es geschah folgendermaßen: Sie hatten im Garten spaziert, sich an einem Tisch im Freien gesetzt, Tee getrunken. Kurz bevor das Auto seiner Tante vorfuhr, wollte Ernest noch einmal die Kapelle besichtigen. Der Zugang führte über eine gewundene, pseudo-mittelalterliche Treppe nach unten. Josephine, deren Schuhe noch nass vom feuchten Gras waren, rutschte auf der obersten Stufe aus und fiel direkt in seine Arme. Dort blieb sie, von einem unkontrollierbaren Lachanfall geschüttelt. In genau dieser Position wurden sie entdeckt. Von Miss Brereton. Und einem zu Besuch weilenden Schulvorstand.

„Aber ich habe damit nichts zu tun!", protestierte der wenig ritterliche Mr. Waterbury entrüstet. Aufgebracht und verlegen wurde er umgehend nach New Haven zurückgeschickt, während Miss Brereton, die dieses Vorkommnis mit der „Sünde" der vergangenen Woche verband, völlig die Fassung verlor. Josephine, gedemütigt und wütend, verlor ebenfalls die ihre.

Mr. Perry, der zufällig in New York war, reiste noch am selben Abend an die Schule. Miss Brereton, überwältigt von seiner Empörung, knickte ein und nahm ihre Entscheidung zurück – doch der

Schaden war angerichtet. Josephine packte ihren Koffer. Gerade als ihr Schulleben begann, eine Bedeutung zu gewinnen, war es vorbei.

Für den Moment richtete sich all ihre Wut auf Miss Brereton. Die einzigen Tränen, die sie beim Abschied vergoss, waren Tränen des Grolls. Als sie mit ihrem Vater nach New York fuhr, spürte sie, dass seine anfängliche, instinktive Parteinahme allmählich einer leisen Verärgerung über ihr Unglück wich.

„Wir werden es überleben", sagte er. „Leider wird sogar diese alte Närrin Miss Brereton es überleben. Sie sollte eigentlich eine Besserungsanstalt leiten." Er schwieg kurz. „Wie auch immer – deine Mutter kommt morgen an, und du fährst mit ihr nach Hot Springs, wie geplant."

„Hot Springs!", rief Josephine mit erstickter Stimme. „Oh, nein!"

„Warum nicht?", fragte er überrascht. „Es scheint mir die beste Lösung. Lass die Sache abklingen, bevor du nach Chicago zurückkehrst."

„Ich würde viel lieber nach Chicago gehen."

„Unsinn. Deine Mutter ist bereits unterwegs, die Pläne stehen fest. In Hot Springs kannst du reiten, Golf spielen und diese alte Hexe vergessen."

„Gibt es keinen anderen Ort im Osten? In Hot Springs sind Leute, die alles wissen werden. Mädchen aus der Schule."

„Jetzt hör mal, Jo, Kopf hoch – dies ist einer dieser Momente, in denen man sich nicht verkriecht. Wenn man sich versteckt, denken die Leute nur, man hätte etwas Schlimmes getan. Falls dich jemand darauf anspricht, sagst du ihnen die Wahrheit – genau das, was ich Miss Brereton gesagt habe. Sag ihnen, dass sie dich zurücknehmen wollte und ich verdammt nochmal nicht zugelassen habe, dass du zurückgehst."

„Sie werden es nicht glauben."

Zumindest würden ihr in Hot Springs vier Tage Erholung bleiben, bevor die Schulferien begannen. Sie nahm Golfstunden bei einem schottischen Trainer, der nichts von ihrem Vorfall wusste. Einmal ging sie mit einem jungen Mann reiten, fühlte sich fast wohl in seiner Gesellschaft, nachdem er ihr anvertraut hatte, dass er im Februar in Princeton durchgefallen war – ein Geständnis, das sie nicht erwiderte. Doch am Abend blieb sie stets bei ihrer Mutter, suchte ihre Nähe mehr denn je.

Dann, eines Nachmittags in der Hotellobby, sah sie sie: Zwei Dutzend gutaussehende junge Männer am Empfang, umgeben von Hutschachteln und Reisetaschen.

Ihr Herz setzte aus. Es war passiert.

Sie rannte nach oben, behauptete Kopfschmerzen, ließ sich das Abendessen aufs Zimmer bringen. Doch nach dem Essen wurde sie rastlos.

Sie schämte sich nicht nur für ihre Situation, sondern für ihre eigene Reaktion darauf. Sie hatte nie Mitleid mit den Mädchen gehabt, die sich in Umkleideräumen versteckten, weil sie keine Tanzpartner fanden. Und jetzt war sie eine von ihnen – eine, die sich elend zurückzog.

Beunruhigt, ob sich dieser Wandel bereits in ihrem Gesicht spiegelte, blieb sie vor dem Spiegel stehen.

„Diese verdammten Narren!", sagte sie laut. Und während sie es sagte, hob sich ihr Kinn, der Schatten um ihre Augen verschwand. In ihrem Inneren blitzten die unzähligen Liebesbriefe auf, die sie je erhalten hatte. Sie erinnerte sich an hundert verlorene, sehnsüchtige Gesichter, an zärtliche, bittende Stimmen.

Ihr Stolz kehrte zurück. Da klopfte es an der Tür. Der Junge aus Princeton.

„Wie wäre es, wenn wir kurz runtergehen?", schlug er vor. „Da ist ein Ball. Voll mit E-lies, das ganze Yale-Baseballteam. Ich schnappe mir einen von ihnen, stelle euch vor, und du wirst eine großartige Zeit haben. Wie wär's?"

Sie lächelte.

„In Ordnung – aber ich will niemanden kennenlernen. Du musst einfach den ganzen Abend mit mir tanzen."

„Das passt mir bestens."

Josephine schlüpfte in ein hauchzartes Abendkleid in Feenblau. Als sie sich darin sah, fühlte es sich an, als hätte sie eine alte Winterhaut abgestreift, als wäre sie aus all dem Chaos der letzten Wochen als neuer, strahlender Schmetterling hervorgetreten. Beim Hinuntergehen passte sich ihr Schritt unbewusst dem Rhythmus der Musik aus dem Ballsaal an. Es war eine Melodie aus einem Stück, das sie vor einer Woche in New York gesehen hatte – eine Melodie mit Zukunft, mit Versprechen, mit Liebhabern, die sie noch nicht getroffen hatte.

Sie hatte kaum zehn Schritte getan, als Dudley Knowleton vor ihr stand.

„Josephine!" Zum ersten Mal benutzte er ihren Vornamen, hielt ihre Hand fest. „Ich freue mich so, dich zu sehen! Ich habe gehofft, dass du hier sein würdest."

Die Überraschung und Freude trafen sie wie ein Feuerwerk. Er freute sich wirklich – das stand in seinem Gesicht. Wusste er es also nicht?

„Adele schrieb mir, du könntest hier sein. Sie war sich nicht sicher."

Also wusste er es. Und es war ihm egal.

„Ich trage Sack und Asche", sagte sie.

„Nun, es steht dir gut."

„Du weißt, was passiert ist—"

„Ja. Ich wollte nichts sagen, aber es ist allgemein anerkannt, dass Waterbury sich wie ein Idiot verhalten hat – und das wird ihm bei den Wahlen nächsten Monat nicht helfen. Hör zu – ich möchte, dass du mit ein paar Leuten tanzt, die sich nach etwas Schönheit verzehren."

Bald fühlte es sich an, als würde sie mit dem gesamten Yale-Team tanzen. Immer wieder schnitt Dudley erneut bei ihr ein, ebenso der Princeton-Junge, der über die unerwartete Konkurrenz zunehmend ungehalten wurde. Es waren viele Mädchen aus verschiedenen Schulen da, aber mit bewundernswertem Teamgeist zeigten die Yale-Jungs eine deutliche Vorliebe für Josephine – man erkannte und beobachtete sie bereits von den Stühlen entlang der Wand.

Doch in ihrem Inneren wartete sie auf den Moment, der noch kommen musste. Den Moment, in dem sie mit Dudley in die warme, südliche Nacht hinausschreiten würde.

Es geschah ganz natürlich, genau zum Ende eines Tanzes. Sie schlenderten durch eine Allee früh blühender Fliederbüsche, bogen einmal ab, dann noch einmal …

„Du hast dich doch gefreut, mich zu sehen, oder?", fragte Josephine.

„Natürlich."

„Am Anfang hatte ich Angst. Was mir in der Schule passiert ist, tat mir am meisten deinetwegen leid . Ich hatte mich so sehr bemüht, anders zu sein – wegen dir."

„Denk nicht mehr daran. Jeder, der zählt, weiß, dass du ungerecht behandelt wurdest. Vergiss es und fang neu an."

„Ja", stimmte sie ruhig zu. Sie war glücklich. Die Brise, der Duft der Fliederblüten – das war sie, schön und flüchtig. Die rustikale Bank, auf der sie saßen, und die Bäume – das war er, rau und stark, sie beschützend.

„Ich hatte so viel darüber nachgedacht, dich hier wiederzusehen", sagte sie nach einer Weile. „Du hast mir so gutgetan, dass ich dachte, vielleicht könnte ich auf eine andere Weise gut für dich sein – ich meine, ich kenne Möglichkeiten, Spaß zu haben, die du nicht kennst. Zum Beispiel müssen wir unbedingt mal einen Ausritt bei Mondschein machen. Das wird lustig."

Er antwortete nicht.

„Ich kann wirklich sehr nett sein, wenn ich jemanden mag – aber das passiert nicht oft", fügte sie hastig hinzu. „Nicht im Ernst. Aber wenn ich wirklich das Gefühl habe, dass ein Junge und ich Freunde sind, dann glaube ich nicht daran, dass eine ganze Horde anderer Jungen ständig herumhängt und Zeit stiehlt. Ich bin dann lieber den ganzen Tag und Abend nur mit ihm zusammen. Geht dir das nicht auch so?"

Er bewegte sich leicht auf der Bank, lehnte sich vor, die Ellbogen auf die Knie gestützt, betrachtete seine kräftigen Hände.

„Wenn ich jemanden mag, mag ich nicht mal Tanzen. Es ist schöner, allein zu sein."

Stille.

Dann sagte er zögernd: „Eigentlich bin ich in einige Verabredungen verwickelt, die schon vor einiger Zeit ausgemacht wurden." Er rang sichtbar um Worte. „Ich werde morgen nicht einmal mehr im Hotel sein. Ich wohne dann bei Freunden im Tal – eine Art Hausparty. Und … Adele kommt morgen an."

Zuerst hörte sie ihn kaum. Doch bei dem Namen hielt sie abrupt den Atem an.

„Wir sind beide zu dieser Hausparty eingeladen, und ich denke, es ist mehr oder weniger festgelegt, was wir dort tun werden. Natürlich bin ich tagsüber hier beim Baseballtraining."

„Ich verstehe." Ihre Lippen bebten. „Du wirst also – du wirst mit Adele zusammen sein."

„Ich denke … mehr oder weniger ja. Sie wird dich natürlich sehen wollen.“

Wieder entstand Stille. Er drehte nervös seine Finger. Sie tat es ihm nach.

„Du hattest nur Mitleid mit mir“, sagte sie leise. „Du magst Adele – viel lieber.“

„Adele und ich verstehen uns. Sie war mehr oder weniger mein Ideal, seit wir Kinder waren.“

„Und ich bin nicht dein Typ Mädchen?“ Josephines Stimme bebte vor einer Art Angst. „Wahrscheinlich, weil ich viele Jungen geküsst habe und den Ruf habe, schnell zu sein und mich wie der Teufel aufzuführen.“

„Daran liegt es nicht.“

„Doch, genau daran liegt es“, sagte sie leidenschaftlich. „Ich bezahle jetzt einfach für alles.“

Sie stand abrupt auf. „Bring mich lieber zurück hinein, damit ich mit der Sorte Jungs tanzen kann, die mich mögen.“

Tränen brannten in ihren Augen, als sie den Weg hinunterlief. Er holte sie an der Treppe ein, doch sie schüttelte den Kopf.

„Entschuldige, dass ich so dreist war. Ich werde erwachsen – ich habe bekommen, was ich verdient habe – es ist in Ordnung.“

Später, als sie sich auf der Tanzfläche nach ihm umsah, war er fort. Und mit einem Schock erkannte sie, dass sie zum ersten Mal in ihrem Leben um einen Mann geworben – und versagt hatte.

Doch außer bei den ganz Jungen bringt nur Liebe Liebe hervor. Und sobald sie verstand, dass sein Interesse nur Freundlichkeit gewesen war, wusste sie, dass die Wunde nicht in ihrem Herzen lag, sondern in ihrem Stolz. Sie würde ihn schnell vergessen – aber nie das, was sie durch ihn gelernt hatte.

Es gab zwei Arten von Männern: diejenigen, mit denen man spielte, und diejenigen, die man heiraten könnte.

Während dieser Gedanke durch ihren Kopf zog, glitt ihr Blick zu den stags, den unverheirateten Männern. Kurz blieb er auf Gordon Tinsley hängen – dem aktuellen catch von Chicago, angeblich dem reichsten jungen Mann des Mittleren Westens. Bis heute Abend hatte er Josephine nie beachtet. Zehn Minuten zuvor hatte er sie gefragt, ob sie morgen mit ihm eine Autofahrt machen wolle. Aber er zog sie nicht an – und sie entschied sich, abzulehnen.

Man durfte Menschen nicht einfach verbrauchen – nicht für eine romantische halbe Stunde eine Möglichkeit aufs Spiel setzen, die sich später, zur richtigen Zeit, ernsthaft entwickeln konnte. Sie wusste nicht, dass dies der erste wirklich erwachsene Gedanke war, den sie je gehabt hatte – aber es war so.

Das Orchester packte seine Instrumente zusammen, der Princeton-Junge war noch immer an ihrer Seite, drängte sie sanft, mit ihm hinaus in die Nacht zu gehen. Josephine wusste ohne nachzudenken, zu welcher Art Mann er gehörte – und der Mond schien hell auf die Fensterscheiben. So nahm sie mit einer gewissen Entspannung seinen Arm.

Sie schlenderten hinaus zu der Laube, die sie erst vor Kurzem verlassen hatte. Ihre Gesichter neigten sich einander zu, kleine Monde unter dem großen, weißen, der hoch über den Blue Ridge Mountains schwebte. Seine Arme legten sich sanft um ihre nachgebende Schulter.

„Nun?“, flüsterte er.

„Nun.“

Kopf und Schultern

Horace Tarbox war 1915 dreizehn Jahre alt. In diesem Jahr bestand er die Aufnahmeprüfung für die Princeton University mit der Bestnote A in Cäsar, Cicero, Vergil, Xenophon, Homer, Algebra, ebener Geometrie, Stereometrie und Chemie.

Zwei Jahre später, während George M. Cohan „Over There" komponierte, war Horace seiner Zweitsemester-Klasse weit voraus. Er feilte an Thesen wie „Der Syllogismus als überholte schulische Form". Während der Schlacht von Château-Thierry saß er an seinem Schreibtisch und überlegte, ob er bis zu seinem siebzehnten Geburtstag warten sollte, bevor er mit seiner Essayreihe „Die pragmatische Voreingenommenheit der neuen Realisten" begann.

Eines Tages verkündete ihm ein Zeitungsjunge, dass der Krieg vorbei sei. Horace war erleichtert – weniger wegen des Kriegsendes, sondern weil der Verlag Peat Brothers nun die neue Ausgabe von „Spinozas Verbesserung des Verständnisses" herausbringen würde. Kriege hatten ihre Vorzüge – sie machten junge Männer unabhängiger oder etwas in dieser Art –, aber Horace konnte dem Präsidenten nie verzeihen, dass in der Nacht des falschen Waffenstillstands eine Blaskapelle unter seinem Fenster gespielt hatte. Der Lärm hatte ihn daran gehindert, drei wichtige Sätze seiner Abhandlung über den „deutschen Idealismus" zu vollenden.

Ein Jahr später wechselte Horace nach Yale, um seinen Master of Arts zu machen. Mit siebzehn war er groß und schlank, hatte kurzsichtige graue Augen und einen Ausdruck, der zeigte, dass ihn die eigenen Worte kaum beeindruckten.

„Ich habe nie das Gefühl, mit ihm zu sprechen", klagte Professor Dillinger einem Kollegen. „Es wirkt, als rede ich mit einem Stellvertreter. Man erwartet förmlich, dass er sagt: ‚Ich werde es selbst nachfragen und Ihnen Bescheid geben.‘“

Doch plötzlich – so beiläufig, als wäre Horace Tarbox ein Metzger oder ein Kurzwarenhändler – langte das Leben nach ihm. Es packte ihn, prüfte ihn und zog ihn wie ein Stück irische Spitze auf einem Wühltisch auseinander.

Literarisch betrachtet begann dies in der Kolonialzeit, als Pioniere in Connecticut beschlossen, an einem kahlen Ort eine Stadt zu gründen. Ein kühner Mann sagte: „Lasst uns einen Ort bauen, an dem Theaterdirektoren Musicals ausprobieren können!“ Jahre später gründeten sie aus eben jenem Grund das Yale College. Eine bekannte Geschichte.

Im Dezember jenes Jahres wurde im Shubert-Theater „Home James“ aufgeführt. Die Studenten feierten Marcia Meadow, die im ersten Akt ein Lied über den „Blundering Blimp“ sang und im letzten Akt mit einem wackeligen, aber gefeierten Tanz glänzte.

Marcia war neunzehn. Sie hatte keine Flügel, doch das Publikum war sich einig, dass sie keine brauchte. Ihre blonden Haare waren naturgegeben. Sie trug kein Makeup, wenn sie mittags auf der Straße unterwegs war. Abgesehen davon war sie wie die meisten Frauen.

Es war Charlie Moon, der ihr versprach, ihr fünftausend Pall Malls zu schenken, wenn sie Horace Tarbox, dem Wunderkind, einen Besuch abstatten würde. Charlie war Senior in Sheffield und Horace’ Cousin ersten Grades. Sie mochten sich und bemitleideten einander.

An jenem Abend war Horace besonders beschäftigt. Dass der Franzose Laurier die Bedeutung der neuen Realisten nicht erkannt hatte, ließ ihn nicht los. Als es leise an seiner Tür klopfte, dachte er lediglich darüber nach, ob ein Klopfen überhaupt existieren konnte, wenn kein Ohr da war, um es zu hören.

Das Klopfen erklang erneut. Nach drei Sekunden klopfte es ein weiteres Mal.

„Herein“, murmelte Horace ohne aufzublicken.

Er hörte, wie die Tür geöffnet und geschlossen wurde. Weiterhin vertieft, wies er geistesabwesend an: „Leg es aufs Bett im anderen Zimmer.“

„Was soll ich aufs Bett legen?“

Die Stimme klang weich und harfenartig, fast wie ein Lied.

„Die Wäsche.“

„Ich habe keine.“

Genervt rutschte Horace in seinem Stuhl hin und her. „Dann hol sie eben.“

Doch plötzlich vernahm er das Geräusch, wie eine durchsichtige Gestalt sich in den gegenüberliegenden Sessel, den er „Hume“ nannte, niederließ. Er blickte auf.

„Nun“, sagte Marcia mit dem süßen Lächeln, das sie im zweiten Akt perfektioniert hatte („Oh, dem Herzog hat also mein Tanz gefallen!“), „nun, Omar Khayyam, hier bin ich, singend in der Wildnis neben dir.“

Horace starrte sie benommen an. Einen Moment lang glaubte er, sie sei nur ein Phantom seiner Einbildung. Frauen gingen nicht in Männerzimmer, setzten sich nicht in Hume-Sessel und sprachen keine Poesie. Frauen brachten Wäsche, fuhren Straßenbahn und heirateten später, wenn man alt genug war, um an Fesseln zu denken.

Doch diese Frau schien eindeutig aus Hume aufgetaucht zu sein. Der schimmernde Stoff ihres hauchdünnen, braunen Kleides schien direkt aus Humes Lederarmlehne zu fließen. Wenn er nur lange genug hinsah, würde er Hume durch sie hindurch erkennen und feststellen, dass er wieder allein war. Er rieb sich mit der Faust die Augen. Vielleicht sollte er wirklich wieder mit seinen Trapezübungen anfangen.

„Um Himmels Willen, schau doch nicht so kritisch!“, sagte die Erscheinung mit freundlicher Stimme. „Ich habe das Gefühl, du versuchst, mich mit deinem überlegenen Blick wegzuwünschen. Dann bleibt nur mein Schatten in deinen Augen übrig.“

Horace hustete – eine seiner zwei typischen Gesten. Wenn er sprach, wirkte es, als sei sein Körper nur ein Instrument für die Stimme eines längst Verstorbenen.

„Was willst du?“, fragte er.

„Ich will die Briefe!“, jammerte Marcia theatralisch. „Die Briefe von mir, die du 1881 von meinem Großvater gekauft hast.“

Horace überlegte kurz.

„Ich habe keine Briefe von dir erhalten“, sagte er ruhig. „Ich bin erst siebzehn Jahre alt. Mein Vater wurde erst 1879 geboren. Du musst mich mit jemand anderem verwechseln.“

„Du bist erst siebzehn?“, wiederholte Marcia misstrauisch.

„Erst siebzehn.“

„Ich kannte einmal ein Mädchen", begann Marcia nachdenklich, „das mit sechzehn auf die Zehn-Zwanzig-Dreißig-Linie ging. Sie war so selbstbezogen, dass sie nie ,sechzehn' sagen konnte, ohne ,nur' davorzusetzen. Wir nannten sie ,Nur Jessie'. Und weißt du was? Sie ist immer noch da, wo sie angefangen hat – nur schlimmer. ,Nur' ist eine schlechte Angewohnheit, Omar. Es klingt wie ein Alibi."

„Ich heiße nicht Omar."

„Ich weiß", stimmte Marcia zu. „Du heißt Horace. Aber ich nenne dich Omar, weil du mich an eine geraucht Zigarette erinnerst."

„Und ich habe deine Briefe nicht", sagte Horace ungerührt. „Ich bezweifle auch, dass ich deinen Großvater jemals getroffen habe. Tatsächlich halte ich es für unwahrscheinlich, dass du 1881 überhaupt gelebt hast."

Marcia sah ihn mit großen Augen an.

„Ich – 1881? Aber natürlich! Ich war in der zweiten Reihe, als das Florodora-Sextett noch im Kloster probte. Ich war Mrs. Sol Smiths erste Amme in ,Juliette'. Und, Omar, ich war Kantinensängerin im Krieg von 1812."

Horace' Gedanken machten plötzlich einen Sprung, und er lächelte.

„Hat Charlie Moon dich dazu angestiftet?"

Marcia erwiderte seinen Blick unergründlich.

„Wer ist Charlie Moon?"

„Klein, breite Nasenflügel, große Ohren."

Marcia richtete sich auf und schnüffelte.

„Ich pflege nicht, auf die Nasenflügel meiner Freunde zu achten."

„Dann war es also Charlie?"

Marcia biss sich auf die Lippe, bevor sie gähnte. „Oh, lass uns das Thema wechseln, Omar. Ich werde gleich in diesem Stuhl ein Nickerchen machen."

„Ja", erwiderte Horace ernst, „Hume wird oft als einschläfernd empfunden."

„Wer ist dein Freund? Wird er sterben?"

Plötzlich stand Horace auf. Mit den Händen in den Taschen begann er im Zimmer auf und ab zu gehen – seine andere typische Geste.

„Das hier interessiert mich überhaupt nicht", sagte er, als würde er mit sich selbst sprechen. „Nicht, dass es mich stört, dass du hier bist. Das tut es nicht. Du bist ein hübsches kleines Ding, aber ich mag es nicht, dass Charlie Moon dich hier hochschickt. Bin ich ein Laborexperiment? Soll meine intellektuelle Entwicklung amüsieren? Sehe ich aus wie ein Bostoner Junge aus einem Comic? Hat dieser dumme Moon das Recht …"

„Nein", unterbrach Marcia ihn mit Nachdruck. „Und du bist ein süßer Junge. Komm her und küss mich."

Horace blieb abrupt stehen und sah sie an.

„Warum möchtest du, dass ich dich küsse?", fragte Horace eindringlich. „Läufst du einfach herum und küsst jeden?"

„Aber natürlich", antwortete Marcia gelassen. „Das ist doch das Leben – man läuft herum und küsst Leute."

„Nun", erwiderte Horace entschieden, „deine Ideen sind völlig verworren! Erstens ist das Leben nicht nur das und zweitens werde ich dich nicht küssen. Es könnte zur Gewohnheit werden und Gewohnheiten werde ich schwer los. Dieses Jahr habe ich mir angewöhnt, bis halb acht im Bett zu bleiben –"

Marcia nickte verständnisvoll. „Hast du jemals Spaß?", fragte sie.

„Was meinst du mit Spaß?"

„Hör mal", sagte Marcia streng. „Ich mag dich, Omar, aber ich wünschte, du würdest reden, als wüsstest du, was du sagst. Du klingst, als würdest du Worte in deinem Mund gurgeln und jedes Mal ein paar verlieren. Ich habe dich gefragt, ob du jemals Spaß hattest."

Horace schüttelte den Kopf. „Vielleicht später", antwortete er. „Weißt du, ich bin ein Plan, ein Experiment. Manchmal wird es mir leid, das gebe ich zu. Aber was du und Charlie Moon Spaß nennt, das wäre für mich keiner."

„Erklär es mir."

Horace sah sie an, zögerte, wandte sich ab und begann wieder auf und ab zu gehen. Nach einem Moment, in dem sie versuchte, seinen Blick einzufangen, lächelte Marcia ihn an.

„Erklär es mir, bitte."

Horace drehte sich zu ihr um. „Wenn ich es erkläre, versprichst du dann, Charlie Moon zu sagen, dass ich nicht da war?"

„Nein."

„Also gut. Hier ist meine Geschichte: Ich war ein ‚Warum'-Kind. Ich wollte wissen, wie die Räder sich drehen. Mein Vater war ein junger Wirtschaftsprofessor in Princeton. Er hat jede meiner Fragen geduldig beantwortet. Das brachte ihn auf die Idee, ein Experiment mit Frühreife zu wagen. Ich hatte Ohrenprobleme und musste sieben Operationen über mich ergehen lassen, was mich zwischen meinem neunten und zwölften Lebensjahr von anderen Jungen isolierte. Während meine Altersgenossen ‚Onkel Remus‘ lasen, studierte ich Catull im Original.

Mit dreizehn bestand ich die College-Prüfungen, weil es nicht anders ging. Meine wichtigsten Gesprächspartner waren Professoren. Ich war stolz auf meine Intelligenz. Aber mit sechzehn hatte ich genug davon, ein Außenseiter zu sein. Dennoch beschloss ich, mein Master-Studium abzuschließen. Mein Hauptinteresse gilt der modernen Philosophie. Ich bin Realist der Schule von Anton Laurier – mit einem Hauch von Bergson. In zwei Monaten werde ich achtzehn. Das ist alles.“

„Puh!“, rief Marcia. „Das reicht! Du bist wirklich gut im Reden.“

„Bist du zufrieden?“

„Nein, du hast mich nicht geküsst.“

„Das steht nicht auf meinem Programm“, antwortete Horace sachlich. „Versteh mich nicht falsch, ich halte es nicht mit den physischen Dingen. Sie haben ihre Berechtigung, aber –“

„Oh, sei nicht so verdammt vernünftig!“

„Ich kann nichts dafür.“

„Ich hasse Automaten-Menschen.“

„Ich versichere dir –“, begann Horace.

„Ach, halt den Mund!“

„Aber meine Vernunft –“

„Ich rede nicht von deiner Nationalität. Du bist Amerikaner, oder?“

„Ja.“

„Na, dann ist ja gut. Ich will nur sehen, ob du etwas tun kannst, das nicht in dein hochgestochenes Programm passt. Ich will sehen, ob dein brasilianischer Besatz ein bisschen Menschlichkeit zulässt.“

Horace schüttelte den Kopf. „Ich werde dich nicht küssen.“

„Mein Leben ist ruiniert“, murmelte Marcia tragisch. „Ich bin eine geschlagene Frau. Ich werde durchs Leben gehen, ohne jemals einen Kuss mit brasilianischem Besatz zu bekommen.“ Sie seufzte tief. „Wie auch immer, Omar, kommst du und schaust dir meine Show an?“

„Welche Show?", fragte Horace.

„Ich bin eine tolle Schauspielerin in ‚Home James'!", verkündete Marcia stolz.

„Operette?"

„Ja, mit etwas Anstrengung. Einer der Charaktere ist ein brasilianischer Reispflanzer. Das könnte dich interessieren."

„Ich habe mir mal ‚The Bohemian Girl' angesehen", erinnerte sich Horace laut. „Es hat mir – bis zu einem gewissen Grad – gefallen."

„Also, kommst du?"

„Nun, ich – ich –"

„Oh, ich weiß, du musst am Wochenende nach Brasilien."

„Überhaupt nicht. Ich würde mich freuen zu kommen –"

Marcia klatschte in die Hände. „Gut für dich! Ich schicke dir ein Ticket – Donnerstagabend?"

„Warum, ich –"

„Gut! Es ist Donnerstagabend."

Sie trat näher, legte ihre Hände auf seine Schultern und sah ihn an.

„Ich mag dich, Omar. Es tut mir leid, dass ich versucht habe, dich zu ärgern. Ich dachte, du wärst irgendwie eingefroren, aber du bist ein netter Junge."

Er sah sie sarkastisch an. „Ich bin mehrere tausend Generationen älter als du."

„Du trägst dein Alter gut."

Ernst schüttelten sie sich die Hände.

„Mein Name ist Marcia Meadow", sagte sie nachdrücklich. „Merk dir das – Marcia Meadow. Und ich werde Charlie Moon nicht sagen, dass du hier warst."

Als sie die letzte Treppe hinunterlief und immer drei Stufen auf einmal nahm, hörte sie eine Stimme von oben rufen: „Oh, sag mal ..."

Sie hielt inne und schaute nach oben. Horace beugte sich leicht über das Geländer.

„Oh, sag mal!", rief er erneut. „Kannst du mich hören?"

„Hier ist deine Verbindung, Omar."

„Ich hoffe, ich habe bei dir nicht den Eindruck erweckt, dass ich Küssen grundsätzlich für irrational halte."

„Eindruck? Du hast mich ja nicht mal geküsst! Mach dir keine Sorgen – bis dann."

Zwei Türen öffneten sich neugierig, als ihre Stimme im Treppenhaus widerhallte. Von oben hörte sie ein leichtes Husten, raffte ihre Röcke und verschwand in der trüben Connecticut-Nacht.

Horace ging in seinem Arbeitszimmer auf und ab. Jedes Mal, wenn er zu Hume hinübersah, spürte er etwas Unaussprechliches, etwas, das das Zimmer durchzog, seit Marcia dort gesessen hatte. Hume strahlte eine seltsame Präsenz aus, die Horace nicht benennen konnte – und einen schwachen Duft von Rosenöl.

II

Am Donnerstagabend saß Horace Tarbox auf einem Gangplatz in der fünften Reihe und sah „Home James". Überraschenderweise stellte er fest, dass er sich amüsierte. Die zynischen Studenten neben ihm verdrehten die Augen über seine hörbare Begeisterung für die altmodischen Witze, aber Horace wartete nur auf Marcia Meadow. Als sie erschien, unter einem schlaffen Hut mit Blumen, fühlte er ein warmes Glühen. Beim Ende ihres Liedes applaudierte er nicht – er fühlte sich eigenartig taub.

In der Pause nach dem zweiten Akt erschien ein Platzanweiser mit einer Notiz, geschrieben in runden, kindlichen Buchstaben. Horace las sie langsam, während der Mann mit erschöpfender Geduld wartete.

„Lieber Omar,
nach der Show habe ich immer schrecklichen Hunger. Wenn du ihn mit mir im Taft Grill stillen willst, gib deine Antwort einfach dem dicken Platzanweiser, der dies gebracht hat.
Deine Freundin,
Marcia Meadow."

„Sagen Sie ihr", hüstelte Horace, „sagen Sie ihr, dass dasbin Ordnung ist. Ich treffe sie vor dem Theater."

Der Platzanweiser lächelte überlegen. „Ich glaube, sie wollte, dass Sie durch den Bühneneingang kommen."

„Wo – wo ist das?"

„Draußen. Biegen Sie links ab. Die Gasse hinunter."

„Was?“

„Raus. Nach links abbiegen! Die Gasse hinunter!“

„Was ist los?“, fragte Marcia mit scharfer Stimme, die ihren verletzten Stolz kaum verbergen konnte.

Horace sah sie an, ein Ausdruck aus Verlegenheit und innerer Zerrissenheit auf seinem Gesicht. „Ich weiß nicht, wie ich es sagen soll“, begann er langsam. „Ich wollte dich nicht kränken. Es ist nur ... ich fühle mich hier so fehl am Platz, mit all diesen Leuten, den Lichtern, dem Lärm. Es ist nicht meine Welt.“

Marcia musterte ihn, ihre Augen funkelten vor Frustration. „Vielleicht solltest du deine Welt ein bisschen erweitern, Omar. Du kannst nicht ewig in deinem philosophischen Elfenbeinturm sitzen.“

Horace schüttelte den Kopf, als würde er einen unangenehmen Gedanken abschütteln. „Das hat nichts mit Philosophie zu tun. Ich mag dich, Marcia. Das ist das Problem. Ich mag dich – und ich will dich nicht so sehen, in dieser Umgebung, in der ich nicht zu dir passe.“

Einen Moment lang war Marcia sprachlos. Dann, mit einem leichten Kopfschütteln, sagte sie: „Du bist ein komplizierter Junge, Omar. Zu kompliziert für deinen eigenen Nutzen.“ Sie seufzte. „Aber ich schätze, ich mag dich trotzdem.“

„Marcia, bitte“, setzte Horace an, doch sie unterbrach ihn mit einer Handbewegung.

„Nein, lass mich ausreden. Vielleicht bist du nicht der Typ für Dinner-Partys und helle Lichter. Vielleicht auch nicht für Mädchen wie mich. Aber du bist ehrlich – und das ist mehr, als ich von den meisten Leuten behaupten kann.“ Ihre Stimme wurde weicher. „Also, warum hören wir nicht einfach auf zu kämpfen und sehen, was passiert?“

Horace nickte langsam. „Vielleicht hast du recht. Es tut mir leid, dass ich den Abend ruiniert habe.“

Marcia lächelte schwach. „Ruiniert? Ach was. Es war ... interessant.“

Für einen Moment standen sie schweigend da, ein unausgesprochenes Einverständnis zwischen ihnen. Schließlich drückte Marcia den Knopf für den Aufzug und drehte sich zu ihm um. „Omar, versprich mir eines: Hör auf, so viel nachzudenken. Manchmal muss man das Leben einfach leben.“

„Ich werde es versuchen", sagte Horace leise, ein Anflug von Dankbarkeit in seiner Stimme.

Die Aufzugtüren öffneten sich und Marcia trat ein. Bevor sie sich schloss, warf sie ihm noch ein verschmitztes Lächeln zu. „Und vielleicht komme ich ja irgendwann wieder in deinen Elfenbeinturm – wenn ich das nächste Mal in der Gegend bin."

Horace blieb allein in der Lobby zurück, ein seltsames, warmes Gefühl in seiner Brust. Zum ersten Mal seit langer Zeit fühlte er sich weniger wie ein Experiment und mehr wie ein Mensch.

„Sehen Sie mal", wiederholte er. „Sie sind mein Gast. Habe ich etwas gesagt, das sie beleidigt hat?"

Marcias Augen weichten nach einem Moment des Staunens.

„Du bist ein unhöflicher Kerl!", sagte sie langsam. „Weißt du nicht, wie unhöflich du bist?"

„Ich kann nichts dafür", entgegnete Horace mit einer Direktheit, die sie entwaffnete. „Du weißt, dass ich dich mag."

„Du hast gesagt, es missfällt dir, mit mir zusammen zu sein."

„Mir missfiel es auch."

„Warum?" Plötzlich loderte Feuer in den grauen Tiefen seiner Augen.

„Weil ich es nicht tat. Aber ich habe mich daran gewöhnt, dich zu mögen. Seit zwei Tagen denke ich an nichts anderes."

„Nun, wenn du –"

„Moment mal", unterbrach er sie. „Ich muss dir etwas sagen. In sechs Wochen werde ich achtzehn. Dann komme ich nach New York, um dich zu besuchen. Gibt es dort einen Ort, an den wir gehen können, ohne dass viele Leute um uns sind?"

„Sicher!", lächelte Marcia. „Du kannst in mein Apartment kommen. Schlaf auf der Couch, wenn du willst."

„Ich kann nicht auf Sofas schlafen", sagte er knapp. „Aber ich will mit dir reden."

„Natürlich", wiederholte Marcia, „in meinem Apartment."

Horace steckte vor Aufregung die Hände in die Taschen.

„Gut – Hauptsache, ich sehe dich allein. Ich möchte mit dir reden, so wie wir oben in deinem Zimmer gesprochen haben."

„Liebling", rief Marcia lachend, „willst du mich etwa küssen?"

„Ja", platzte es fast aus ihm heraus. „Ich werde dich küssen, wenn du es willst."

Der Aufzugführer warf ihnen einen vorwurfsvollen Blick zu. Marcia schlich sich zur Gittertür.

„Ich schicke dir eine Postkarte", sagte sie.

Horaces Augen wirkten wild.

„Schick mir eine Postkarte! Ich komme nach dem 1. Januar vorbei. Dann bin ich achtzehn."

Als sie in den Aufzug stieg, hustete er rätselhaft, eine vage Herausforderung in der Geste, und verschwand eilig.

III

Er war wieder da. Sie erkannte ihn sofort, als sie das unruhige Publikum in Manhattan überblickte – in der ersten Reihe, den Kopf leicht vorgebeugt, die grauen Augen fest auf sie gerichtet. Und in diesem Moment wusste sie, dass sie nur für ihn existierte, in einer Welt, in der die geschminkten Ballettgesichter und das Geigenspiel so unbedeutend waren wie Puder auf einer Marmorskulptur. Instinktiver Trotz regte sich in ihr.

„Dummer Junge!", murmelte sie hastig und lehnte eine Zugabe ab.

„Was erwarten die für hundert Dollar die Woche – ein Perpetuum mobile?", brummte sie hinter der Bühne vor sich hin.

„Was ist los, Marcia?"

„Ein Typ vorne gefällt mir nicht."

Während des letzten Akts, als sie auf ihren Auftritt wartete, überkam sie plötzlich Lampenfieber. Sie hatte Horace nie die versprochene Postkarte geschickt. Letzte Nacht hatte sie so getan, als hätte sie ihn nicht gesehen, war direkt nach ihrem Tanz aus dem Theater geflüchtet, nur um eine schlaflose Nacht in ihrer Wohnung zu verbringen. Immer wieder hatte sie an sein blasses, aufmerksam wirkendes Gesicht gedacht, an seine schmale Stirn, die eine weltfremde Abstraktion ausstrahlte, die sie seltsam bezaubernd fand.

Und jetzt, da er da war, spürte sie ein leises Bedauern – als hätte man ihr eine ungewohnte Verantwortung aufgebürdet.

„Wunderkind!", sagte sie laut.

„Was?", fragte der schwarze Komiker neben ihr.

„Nichts – ich rede nur mit mir selbst."

Auf der Bühne fühlte sie sich besser. Das war ihr Moment. Sie hatte stets das Gefühl, dass ihr Tanz nicht mehr anzüglich war, als jedes hübsche Mädchen es für manche Männer sein konnte. Sie machte ein Spiel daraus.

„Uptown, Downtown, Gelee auf einem Löffel,
nach Sonnenuntergang im Mondschein zitternd."

Doch er sah sie jetzt nicht mehr an. Das bemerkte sie sofort. Stattdessen fixierte er absichtlich ein Schloss im Bühnenbild und hatte denselben Ausdruck wie damals im Taft Grill. Eine Welle von Ärger überkam sie – er kritisierte sie.

„Das ist die Schwingung, die mich begeistert.
Seltsam, wie mich Zuneigung erfüllt,
Uptown, Downtown –"

Ein unüberwindlicher Ekel erfasste sie. Plötzlich war sie sich ihres Publikums schrecklich bewusst, wie sie es seit ihrem ersten Auftritt nie gewesen war. War das ein lüsterner Blick auf einem blassen Gesicht in der ersten Reihe? Ein angewiderter Ausdruck auf dem Gesicht eines jungen Mädchens? Waren das wirklich ihre Schultern, die da zitterten? Konnten Schultern für so etwas gemacht sein?

„Dann – Sie werden sofort sehen,
dass ich ein paar Leichenbeschauer mit Veitstanz brauche.
Am Ende der Welt werde ich –"

Das Fagott und die Celli setzten den Schlussakkord. Sie hielt inne, verharrte für einen Moment angespannt auf den Zehenspitzen. Ihr junges Gesicht blickte ausdruckslos ins Publikum. Ein Mädchen beschrieb diesen Blick später als „neugierig und verwirrt". Dann eilte sie ohne Verbeugung von der Bühne, rannte in die Garderobe, zog sich rasch um und nahm ein Taxi.

Ihre Wohnung war warm – klein, mit einer Reihe professioneller Fotografien und Ausgaben von Kipling und O. Henry, die sie einst von einem blauäugigen Agenten gekauft hatte und gelegentlich las. Es gab einige passende Stühle, von denen keiner bequem war, und eine Lampe mit einem rosa Schirm, auf den Amseln gemalt waren. Ein Hauch von erstickendem Rosa durchzog den Raum. Zwischen den schönen Dingen dort herrschte eine seltsame Feindseligkeit, als wären sie das Ergebnis eines ungeduldigen Geschmacks, der sich nur in flüchtigen Momenten äußerte. Das Schlimmste war ein großes Bild, gerahmt in Eichenrinde, das Passaic von der Erie Railroad aus zeigte – ein verzweifelter, überladener und dennoch dürftiger Versuch, ein fröhliches Zimmer zu schaffen. Marcia wusste, dass es misslungen war.

In dieses Zimmer trat das Wunderkind und nahm unbeholfen ihre Hände.

„Diesmal bin ich dir gefolgt“, sagte er.

„Oh!“

„Ich möchte, dass du mich heiratest.“

Sie streckte die Arme aus und küsste ihn mit einer leidenschaftlichen, fast heilenden Innigkeit auf den Mund.

„Da!“

„Ich liebe dich“, sagte er.

Sie küsste ihn erneut, ließ sich dann mit einem kleinen Seufzer in einen Sessel fallen und wurde von absurd anmutendem Lachen gebeutelt.

„Ach du Wunderkind!“, rief sie.

„Also gut, nenn mich so, wenn du willst. Ich habe dir doch gesagt, dass ich zehntausend Jahre älter bin als du – und das bin ich.“

Sie lachte wieder.

„Ich mag es nicht, wenn man mich missbilligt.“

„Niemand wird dich jemals wieder missbilligen.“

„Omar“, fragte sie, „warum willst du mich heiraten?“

Das Wunderkind stand auf und steckte die Hände in die Taschen.

„Weil ich dich liebe, Marcia Meadow.“

Von da an nannte sie ihn nicht mehr Omar.

„Lieber Junge“, sagte sie, „du weißt, dass ich dich irgendwie liebe. Etwas an dir – ich kann es nicht benennen – bringt mein Herz jedes Mal aus dem Gleichgewicht, wenn ich in deiner Nähe bin. Aber Liebling –“ Sie zögerte.

„Aber was?“

„Aber vieles. Du bist gerade erst achtzehn und ich bin fast zwanzig.“

„Unsinn!“, unterbrach er sie. „Sagen wir, wir sind beide neunzehn. Das bringt uns ziemlich nah zusammen – von den zehntausend Jahren, die ich erwähnte, mal abgesehen.“

Marcia lachte.

„Aber es gibt noch mehr ‚Aber‘. Deine Familie –“

„Meine Familie!", rief das Wunderkind wütend. „Meine Familie hat versucht, mich zu einer Monstrosität zu machen." Sein Gesicht lief rot an vor Empörung. „Meine Familie kann sich weit zurücklehnen und – und hinsetzen!"

„Meine Güte!", sagte Marcia entsetzt. „Das alles? Auf Nägeln, nehme ich an."

„Reißzwecken – ja", stimmte er eifrig zu, „auf allem. Je mehr ich darüber nachdenke, wie sie mich zu einer kleinen, ausgetrockneten Mumie machen wollten –"

„Warum bist du so dankbar, dass du das bist?", fragte Marcia leise.

„Ich?"

„Ja. Jeder Mensch, den ich seit unserer ersten Begegnung traf, hat mich eifersüchtig gemacht, weil er vor mir wusste, was Liebe ist. Ich habe es immer ‚Sexualimpuls' genannt. Himmel!"

„Es gibt noch mehr ‚Aber'", sagte Marcia.

„Welche?"

„Wie könnten wir leben?"

„Ich werde meinen Lebensunterhalt verdienen."

„Du bist auf dem College."

„Glaubst du, ich lege Wert darauf, einen Master of Arts zu machen?"

„Du willst mein Meister sein, oder?"

„Ja! Was? Ich meine, nein!"

Marcia lachte, kam schnell zu ihm und setzte sich auf seinen Schoß. Er legte seinen Arm wild um sie und drückte ihr irgendwo in der Nähe des Halses einen flüchtigen Kuss auf.

„Du hast etwas Anziehendes an dir", sinnierte Marcia, „aber es klingt nicht sehr logisch."

„Oh, sei nicht so verdammt vernünftig!"

„Ich kann nichts dagegen tun", sagte Marcia.

„Ich hasse diese angepassten Leute!"

„Aber wir –"

„Ach, halt die Klappe!"

Und da Marcia nicht mit ihren Ohren sprechen konnte, musste sie es tun.

IV

Horace und Marcia heirateten Anfang Februar. Die Nachricht sorgte sowohl in Yale als auch in Princeton für enormes Aufsehen.

Horace Tarbox, der mit vierzehn Jahren in den Sonntagsbeilagen der Großstadtzeitungen als Wunderkind gefeiert worden war, setzte seine vielversprechende akademische Karriere aufs Spiel, um ein Revuegirl zu heiraten – so wurde Marcia jedenfalls dargestellt. Doch wie es bei modernen Geschichten oft der Fall war, dauerte das öffentliche Interesse nur viereinhalb Tage.

Sie mieteten eine Wohnung in Harlem. Nach zwei Wochen intensiver Suche, in denen Horaces Glaube an den Wert akademischen Wissens stark erschüttert wurde, nahm er schließlich eine Stelle als Angestellter bei einer südamerikanischen Exportfirma an. Jemand hatte ihm gesagt, Export sei die Zukunft. Marcia beschloss, zunächst weiter in ihrem Job zu bleiben – zumindest, bis Horace auf eigenen Beinen stehen würde. Sein Einstiegsgehalt betrug 125 Dollar pro Monat, und obwohl ihm gesagt wurde, dass er bald das Doppelte verdienen würde, dachte Marcia nicht einmal daran, ihren Verdienst von 150 Dollar pro Woche aufzugeben.

„Wir sind Kopf und Schultern, Liebling“, sagte sie sanft. „Die Schultern müssen noch ein bisschen weiter wackeln, bis der Kopf loslegt.“

„Ich hasse es“, erwiderte er düster.

„Nun“, entgegnete sie entschieden, „dein Gehalt würde uns nicht einmal eine Mietskaserne finanzieren. Glaub nicht, dass ich das hier mache, weil ich es will – ich will dir gehören. Aber ich wäre ein Dummkopf, wenn ich zu Hause sitzen und die Sonnenblumen auf der Tapete zählen würde, während ich auf dich warte. Sobald du 300 Dollar im Monat verdienst, kündige ich.“

So sehr es seinen Stolz auch kränkte, musste Horace zugeben, dass sie recht hatte.

Der März ging in den April über, und der Mai brachte das lebhafte Treiben in Manhattans Parks und Gewässern mit sich. Sie waren glücklich. Horace, der nie Zeit gehabt hatte, sich Gewohnheiten anzugewöhnen, entpuppte sich als überraschend anpassungsfähiger Ehemann. Da Marcia zu den Themen, die ihn interessierten, keine Meinung hatte, gab es wenig Streit. Ihre Gedanken bewegten sich in unterschiedlichen Sphären: Marcia war die pragmatische Kraft, während Horace entweder in abstrakten Ideen schwelgte oder in einer Art bewundernder Anbetung seiner Frau lebte. Sie war für ihn eine unerschöpfliche Quelle des Staunens – ihre sprühende Energie, ihr klarer Geist und ihre beständige Fröhlichkeit faszinierten ihn.

Marcias Kollegen in der Neun-Uhr-Show, wo sie inzwischen arbeitete, waren beeindruckt von ihrem Stolz auf Horaces intellektuelle Fähigkeiten. Für sie war er nur ein schlanker, schweigsamer junger Mann, der jeden Abend darauf wartete, sie nach Hause zu bringen.

„Horace", sagte Marcia eines Abends, als sie ihn um elf traf, „du sahst wie ein Geist aus, da im Licht der Straßenlaternen. Nimmst du ab?"

Er schüttelte den Kopf.

„Ich glaube nicht. Heute habe ich 135 Dollar bekommen, und –"

„Das ist mir egal", unterbrach sie streng. „Du ruinierst dich mit der nächtlichen Arbeit. Du liest diese dicken Bücher über Wirtschaft –"

„Ökonomie", korrigierte Horace.

„Na schön, Ökonomie. Du liest sie jede Nacht, lange nachdem ich eingeschlafen bin. Und du bist ganz gebeugt, wie vor unserer Hochzeit."

„Aber, Marcia, ich muss –"

„Nein, Liebling, das musst du nicht. Im Moment bin ich die, die hier den Laden schmeißt, und ich lasse nicht zu, dass du deine Gesundheit und deine Augen ruinierst. Du brauchst Bewegung."

„Ich bewege mich doch. Jeden Morgen –"

„Oh, ich weiß! Aber deine Hanteln würden nicht mal einem Schwindsüchtigen Fieber machen. Ich meine echte Bewegung. Du musst ins Fitnessstudio. Erinnerst du dich, wie du mir erzählt hast, dass sie dich damals fast für die College-Turnmannschaft geholt hätten, wenn du nicht so viel mit Herb Spencer verabredet gewesen wärst?"

„Früher hat es mir Spaß gemacht", gab Horace zu, „aber heute habe ich keine Zeit dafür."

„Gut", sagte Marcia. „Dann machen wir einen Deal. Du gehst drei Abende die Woche ins Fitnessstudio und ich lese dir eines dieser Bücher aus der braunen Reihe vor."

„,Pepys' Tagebuch'? Das könnte tatsächlich unterhaltsam sein. Er schreibt sehr locker."

„Für mich ist das nichts. Es wird sich anfühlen, als würde ich Glasscherben kauen. Aber du hast mir gesagt, es würde meinen Horizont erweitern. Also, drei Abende Fitnessstudio für dich und eine große Dosis Sammy für mich."

Horace zögerte.

„Also –"

„Komm schon! Du machst ein paar Riesenschwünge für mich und ich sorge für ein bisschen Kultur für dich."

So ließ sich Horace schließlich überreden und verbrachte einen heißen Sommer lang drei, manchmal sogar vier Abende pro Woche damit, in Skippers Turnhalle am Trapez zu üben. Im August gestand er Marcia, dass er dadurch tagsüber konzentrierter arbeiten könne.

„Mens sana in corpore sano ", erklärte er.

„Glaub das bloß nicht", antwortete Marcia trocken. „Ich hab mal so ein Patentmedikament ausprobiert – reiner Unsinn. Bleib lieber bei der Gymnastik."

Eines Abends, Anfang September, sprach ihn ein nachdenklicher, dicker Mann an, der ihm schon seit einigen Nächten aufgefallen war, weil er seine Übungen beobachtete. Horace hing gerade an den Ringen, als der Mann ihn aufforderte: „Mach mal den Trick von gestern Abend noch mal."

Horace grinste von seinem Sitzplatz aus.

„Den hab ich selbst erfunden", sagte er. „Die Idee stammt aus dem vierten Satz von Euklid."

„Welchem Zirkus gehört der?"

„Euklid? Der ist tot."

„Naja, dann hat er sich wohl bei dem Trick das Genick gebrochen. Ich dachte gestern schon, Sie brechen sich Ihres gleich auch."

„So!" Horace schwang sich aufs Trapez und führte den Trick vor.

„Macht das nicht die Nacken- und Schultermuskeln kaputt?"

„Anfangs ja, aber nach einer Woche hab ich ein Quod erat demonstrandum draufgeschrieben."

„Hm!"

Horace schaukelte lässig auf dem Trapez hin und her.

„Haben Sie schon mal daran gedacht, das professionell zu machen?", fragte der Mann.

„Ich? Nie."

„Damit kann man gutes Geld verdienen, wenn man solche Stunts bringt und dabei heil bleibt."

„Hier ist noch einer", sagte Horace begeistert und der dicke Mann starrte erstaunt, als dieser moderne Prometheus im rosa Trikot die Götter und Isaac Newton ein weiteres Mal herausforderte.

Als Horace später in der Nacht nach Hause kam, fand er Marcia blass und ausgestreckt auf dem Sofa liegend vor.

„Ich bin heute zweimal ohnmächtig geworden", begann sie ohne Umschweife.

„Was?"

„Ja, das Baby kommt in vier Monaten. Der Arzt sagt, ich hätte schon vor zwei Wochen mit dem Tanzen aufhören sollen."

Horace setzte sich und dachte eine Weile nach.

„Natürlich freue ich mich", sagte er schließlich. „Ein Baby – das ist großartig. Aber das bedeutet auch viele zusätzliche Kosten."

„Ich habe 250 Dollar auf der Bank", sagte Marcia hoffnungsvoll, „und bekomme noch meinen Lohn für zwei Wochen."

Horace rechnete schnell.

„Mit meinem Gehalt kommen wir in den nächsten sechs Monaten auf fast vierzehnhundert Dollar."

Marcia wurde blass.

„Das ist alles? Natürlich könnte ich diesen Monat noch irgendwo als Sängerin arbeiten und im März gehe ich wieder tanzen."

„Auf keinen Fall!", sagte Horace entschieden. „Du bleibst hier. Mal sehen – da sind Arztrechnungen, eine Krankenschwester, zusätzlich zum Zimmermädchen… Wir brauchen mehr Geld."

„Nun", sagte Marcia müde, „ich weiß nicht, woher das kommen soll. Jetzt ist der alte Kopf gefragt. Die Schultern sind pleite."

Horace stand auf und zog seinen Mantel an.

„Wo gehst du hin?"

„Ich habe eine Idee", sagte er und ging hinaus.

Zehn Minuten später lief er die Straße hinunter zu Skippers Turnhalle. Ein ruhiges Staunen begleitete ihn bei dem, was er vorhatte. Wie hätte er noch vor einem Jahr auf sich selbst geschaut! Wie hätten andere ihn angeschaut! Doch wenn das Leben seine Tür aufstößt, lässt man einiges herein.

Die Turnhalle war hell erleuchtet. Als seine Augen sich an das grelle Licht gewöhnt hatten, entdeckte er den nachdenklichen, dicken Mann auf einem Stapel Segeltuchmatten sitzend, eine dicke Zigarre im Mund.

„Sagen Sie", begann Horace ohne Umschweife, „meinten Sie das gestern Abend ernst, als Sie sagten, ich könnte mit meinen Trapeztricks Geld verdienen?"

„Ja, aber...", sagte der Mann überrascht.

„Ich hab darüber nachgedacht und würde es gern versuchen. Ich könnte abends und samstags arbeiten – regelmäßig, wenn die Bezahlung stimmt."

Der Mann sah auf seine Uhr.

„Nun", sagte er schließlich, „Charlie Paulson ist der richtige Mann für Sie. Wenn er glaubt, dass Sie Talent haben, gibt er Ihnen in vier Tagen einen Termin. Er ist heute nicht hier, aber ich werde ihn morgen Abend erreichen."

Der dicke Mann hielt sein Wort. Charlie Paulson kam am nächsten Abend und verbrachte eine faszinierte Stunde damit, Horace dabei zuzusehen, wie er in beeindruckenden Parabeln durch die Luft schwang. Am folgenden Abend brachte Paulson zwei ältere Männer mit, die aussahen, als seien sie dazu geboren, schwarze Zigarren zu rauchen und sich in leisen, leidenschaftlichen Gesprächen über Geld zu verlieren. Bereits am darauffolgenden Samstag hatte Horace Tarbox seinen ersten professionellen Auftritt bei einer Turnvorführung in den Coleman Street Gardens. Das Publikum zählte fast fünftausend Menschen, doch Horace war nicht nervös. Seit seiner Kindheit hatte er vor Publikum vorgelesen und wusste, wie man Distanz bewahrt.

„Marcia", sagte er später am Abend fröhlich, „ich glaube, wir haben es geschafft. Paulson meint, er kann mir eine Stelle im Hippodrom verschaffen. Das wäre ein festes Engagement für den ganzen Winter. Das Hippodrom ist –"

„Ja, ich glaube, ich habe davon gehört", unterbrach Marcia ihn. „Aber erzähl mir mehr über diesen Stunt. Es ist doch kein Selbstmordversuch, oder?"

„Ganz und gar nicht", beruhigte Horace sie. „Aber wenn du dir einen besseren Weg vorstellen kannst, wie ein Mann sich umbringt, als ein Risiko für dich einzugehen, dann sag es mir."

Marcia zog ihn in ihre Arme und hielt ihn fest.

„Küss mich", flüsterte sie, „und nenn mich ‚Herzchen'. Ich liebe es, wenn du das sagst. Und bring mir morgen ein Buch mit. Kein Sam Pepys mehr, sondern etwas Trashiges, das mich ablenkt. Ich war den ganzen Tag auf der Suche nach etwas zu tun. Ich wollte Briefe schreiben, aber ich hatte niemanden, dem ich schreiben konnte."

„Schreib mir", sagte Horace. „Ich werde sie lesen."

„Ich wünschte, ich könnte", hauchte Marcia. „Wenn ich genug Worte wüsste, würde ich dir den längsten Liebesbrief der Welt schreiben – und nie müde werden."

Doch nach zwei weiteren Monaten wurde Marcia tatsächlich sehr müde. Horace trat an mehreren Abenden im Hippodrom auf, doch seine Erschöpfung war unübersehbar. Er musste für zwei Tage durch einen Ersatzmann vertreten werden, der blassblau trug und wenig Applaus erntete. Dann kehrte Horace zurück, und die, die nahe an der Bühne saßen, bemerkten den Ausdruck reiner Freude in seinem Gesicht – selbst während er atemlos durch die Luft wirbelte und einen seiner gewagten Schulterschwünge vollführte.

Nach der Vorstellung stürmte er voller Elan die Treppen zu ihrer Wohnung hinauf, nahm fünf Stufen auf einmal, nur um auf Zehenspitzen in ein ruhiges Zimmer zu schleichen.

„Marcia", flüsterte er.

„Hallo!" Sie lächelte matt. „Horace, ich möchte, dass du etwas tust. In meiner obersten Schublade liegt ein Stapel Papier – eine Art Buch. Ich habe es geschrieben, während ich die letzten drei Monate ans Bett gefesselt war. Würdest du es Peter Boyce Wendell bringen? Er hat meinen Brief in seiner Zeitung veröffentlicht. Vielleicht kann er dir sagen, ob es gut ist. Es ist einfach eine Geschichte über alles, was mir passiert ist. Ich habe sie genauso geschrieben, wie ich spreche."

„Natürlich, Liebling."

Horace setzte sich neben sie, lehnte seinen Kopf an ihr Kissen und strich ihr sanft das Haar zurück.

„Liebste Marcia", sagte er leise.

„Nein", murmelte sie, „nenn mich so, wie ich es dir gesagt habe."

„Herzchen", flüsterte er zärtlich, „Herzchen."

„Wie sollen wir sie nennen?"

Einen Moment lang schwiegen sie, in träge Zufriedenheit versunken. Schließlich sagte Horace: „Marcia Hume Tarbox."

„Warum Hume?"

„Er war derjenige, der uns einander vorgestellt hat."

„Wirklich?", murmelte sie schläfrig. „Ich dachte, sein Name wäre Moon."

Ihre Augen schlossen sich und bald zeigten die sanften, immer längeren Bewegungen der Bettdecke ihren ruhigen Schlaf an.

Horace ging leise zur Kommode und öffnete die oberste Schublade. Dort fand er den beschriebenen Papierstapel. Auf dem ersten Blatt stand: SANDRA PEPYS, SYNKOPIERT von Marcia Tarbox

Er lächelte. Also hatte Samuel Pepys doch Eindruck hinterlassen. Er begann zu lesen und sein Lächeln vertiefte sich. Eine halbe Stunde verging, als er plötzlich bemerkte, dass Marcia ihn vom Bett aus beobachtete.

„Liebling", flüsterte sie.

„Ja, Marcia?"

„Gefällt es dir?"

Horace räusperte sich und nickte.

„Ich scheine nicht aufhören zu können. Es ist großartig."

„Geh damit zu Peter Boyce Wendell", sagte Marcia. „Sag ihm, dass du einmal in Princeton die besten Noten bekommen hast und dass du wissen willst, wann ein Buch gut ist. Sag ihm, dass dieses Buch weltklasse ist."

„In Ordnung, Marcia", antwortete Horace leise.

Sie schloss die Augen und Horace küsste sie, bevor er mit einem Blick voller Zärtlichkeit und Mitgefühl für einen Moment innehielt, auf die Stirn. Dann verließ er das Zimmer.

Die ganze Nacht schwebten vor seinen Augen die wirren Buchstaben, die Rechtschreibfehler und die ungewöhnliche Zeichensetzung auf den Seiten. Mehrmals wachte er auf, erfüllt von einem chaotischen Mitgefühl für Marcias verzweifelten Versuch, ihre Seele in Worte zu fassen. Für ihn war das unendlich rührend und brachte ihn zum Nachdenken über seine eigenen halb vergessenen Träume.

Einst hatte er geplant, eine Reihe von Büchern zu schreiben, um den neuen Realismus populär zu machen, so wie Schopenhauer den Pessimismus und William James den Pragmatismus populär gemacht hatten. Doch das Leben war anders gekommen. Es zog die Menschen in seine Kreise und ließ wenig Raum für solche Pläne.

„Und dennoch bin ich immer noch derselbe", dachte er laut, während er wach im Dunkeln lag. „Ich bin der Mann, der in Berkeley saß und sich fragte, ob ein Klopfen existiert hätte, wenn mein Ohr nicht da gewesen wäre, um es zu hören. Ich könnte für die Taten, die ich begangen habe, zur Rechenschaft gezogen werden – doch ich bin derselbe.“

Dann dachte er an Marcia und ihre verzweifelte, ungeschulte Literatur. „Arme Seelen“, murmelte er. „Marcia mit ihrem geschriebenen Buch, ich mit meinen ungeschriebenen. Wir greifen nach unseren Medien, nehmen, was wir bekommen können, und versuchen, daraus etwas zu machen.“

V

„Sandra Pepys, Syncopated“, mit einer Einleitung des Kolumnisten Peter Boyce Wendell, erschien zunächst als Fortsetzungsroman in Jordan‘s Magazine und wurde im März als Buch veröffentlicht. Bereits mit der ersten Ausgabe erregte es große Aufmerksamkeit. Die Handlung – ein Mädchen aus einer Kleinstadt in New Jersey, das nach New York zieht, um Bühnenerfahrung zu sammeln – war banal, aber die lebendige, eigenwillige Sprache und der traurige Unterton, der aus der Unzulänglichkeit des Vokabulars hervorging, verliehen dem Werk einen unwiderstehlichen Reiz.

Peter Boyce Wendell, ein Verfechter der Bereicherung der Sprache durch die Übernahme von Umgangssprache, pries das Buch enthusiastisch und übertönte die gemäßigten Meinungen der traditionellen Rezensenten.

Marcia erhielt dreihundert Dollar je Auflage für die Veröffentlichung – ein Geldsegen, denn obwohl Horaces Gehalt im Hippodrom mittlerweile höher war als Marcias je gewesen war, verlangte ihre junge Tochter nach Landluft. Anfang April zogen sie daher in einen Bungalow in Westchester County, mit genügend Platz für einen Rasen, eine Garage und sogar ein schallgedämmtes Arbeitszimmer. Dort versprach Marcia, sich einzuschließen und weiter ihre unkonventionelle Literatur zu schreiben, sobald die Ansprüche der Kleinen es erlaubten.

„Es ist gar nicht so schlecht“, dachte Horace eines Abends auf dem Heimweg vom Bahnhof. Die Möglichkeiten, die sich ihm boten, waren zahlreich: ein viermonatiges Engagement im Varieté mit einer fünfstelligen Gage oder die Chance, nach Princeton zurückzukehren

127

und dort eine Lehrtätigkeit zu übernehmen. Er war erstaunt, wie wenig ihn das berührte, was früher sein Traum gewesen war – nicht einmal die Ankunft von Anton Laurier in New York, sein einstiges Idols, hatte ihn bewegt.

Als er den Kies vor dem Haus unter seinen Schuhen knirschen hörte, sah er die warmen Lichter im Wohnzimmer und bemerkte einen großen Wagen in der Einfahrt. Vermutlich war Mr. Jordan wieder da, um Marcia zu überreden, an ihrem nächsten Buch zu arbeiten.

Marcia trat ihm entgegen, ihre Gestalt als Silhouette vor der beleuchteten Tür.

„Ein Franzose ist hier", flüsterte sie nervös. „Ich kann seinen Namen nicht aussprechen, aber er klingt ziemlich bedeutend. Du musst mit ihm reden."

„Ein Franzose? Wer?"

„Ich weiß es nicht genau. Er kam mit Mr. Jordan und wollte ‚Sandra Pepys' treffen oder so."

Drinnen erhoben sich zwei Männer von ihren Stühlen.

„Hallo, Tarbox", sagte Jordan. „Ich habe gerade zwei prominente Persönlichkeiten zusammengebracht. Ich stelle Ihnen M'sieur Laurier vor. M'sieur Laurier, das ist Mr. Tarbox, der Ehemann von Mrs. Tarbox."

„Nicht doch Anton Laurier!", rief Horace ungläubig.

„Aber doch, ich bin es." Laurier nickte energisch. „Ich musste kommen. Ich habe das Buch ihrer Frau gelesen und bin begeistert." Er kramte in seiner Tasche und zog einen Zeitungsausschnitt hervor. „Ah, ich habe auch über Sie gelesen. Ihr Name steht in einer Zeitung, die ich heute las."

Er legte den Ausschnitt auf den Tisch und schob ihn Horace hinüber.

„Lesen Sie!", forderte er eifrig. „Es handelt auch von Ihnen."

Horace ließ seinen Blick über die Seite gleiten.

„Ein deutlicher Beitrag zur amerikanischen Dialektliteratur", stand dort. „Kein Versuch, einen literarischen Ton anzuschlagen. Das Buch bezieht seine Qualität gerade aus dieser Tatsache, ebenso wie ‚Huckleberry Finn'."

Dann fiel sein Blick auf eine Passage weiter unten und mit wachsendem Entsetzen las er weiter: „Marcia Tarbox ist nicht nur als Zu-

schauerin mit der Bühne verbunden, sondern auch als Ehefrau eines
Künstlers. Sie hat letztes Jahr Horace Tarbox geheiratet, der jeden
Abend die Kinder im Hippodrom mit seiner wundersamen Flugvor-
führung erfreut. Man sagt, das junge Paar habe sich selbst „Head and
Shoulders" getauft, was sich zweifellos darauf bezieht, dass Mrs. Tar-
box die literarischen und geistigen Qualitäten mitbringt, während
die geschmeidigen und beweglichen Schultern ihres Mannes ihren
Teil zum Familieneinkommen beitragen.

‚Mrs. Tarbox scheint den viel missbrauchten Titel Wunderkind zu
verdienen. Erst zwanzig –‘

Horace hielt inne. Er blickte Anton Laurier an, seine Augen voller
seltsamer Eindringlichkeit.

„Ich möchte Ihnen einen Rat geben –", begann er heiser.

„Was für einen Rat?", fragte Laurier verwundert.

„Wegen der Anrufe", sagte Horace. „Antworten Sie nicht! Ignorieren Sie sie – und sorgen Sie dafür, dass Sie eine gepolsterte Tür
haben."

Die Hochzeitsfeier

Es gab die übliche, nichtssagende kleine Notiz mit den Worten: „Ich wollte, dass du es als Erster erfährst." Für Michael war es ein doppelter Schlag, denn die Nachricht kündigte sowohl die Verlobung als auch die bevorstehende Hochzeit an – und diese sollte nicht etwa in New York stattfinden, wohin sie anständig weit weggehört hätte, sondern hier in Paris, direkt vor seiner Nase, genauer gesagt in der protestantischen Episkopalkirche der Heiligen Dreifaltigkeit, Avenue George-Cinq. Der Termin war in zwei Wochen, Anfang Juni.

Zuerst überkam Michael eine lähmende Angst und ein flaues Gefühl im Magen. Als er an diesem Morgen das Hotel verließ, bemerkte die Kammerfrau, die heimlich in sein scharfes Profil und seine unbeschwerte Art verliebt war, die steinerne Härte, die sich über ihn gelegt hatte. Benommen ging er zu seiner Bank, kaufte bei Smith's in der Rue de Rivoli einen Kriminalroman, starrte gedankenverloren auf ein verblasstes Panorama der Schlachtfelder im Schaufenster eines Reisebüros und schimpfte auf einen griechischen Straßenhändler, der ihm hartnäckig ein halb geöffnetes Päckchen zweifelhafter Postkarten anbot.

Doch die Angst blieb und irgendwann begriff er, dass es die Angst war, nie mehr glücklich zu sein. Michael hatte Caroline Dandy kennengelernt, als sie siebzehn war. Während ihrer ersten Saison in New York hatte er ihr Herz gewonnen, nur um sie später langsam, tragisch und sinnlos zu verlieren – weil er kein Geld hatte und keines verdienen konnte. Trotz all seiner Energie und seiner guten Absichten war er daran gescheitert, seinen Platz in der Welt zu finden. Caroline, die ihn einst liebte, hatte den Glauben an ihn verloren und sah ihn schließlich als etwas Schwaches und Unbedeutendes, als jemanden, der außerhalb des großen, strahlenden Flusses des Lebens stand, zu dem sie sich unaufhaltsam hingezogen fühlte.

Seine einzige Stütze war ihre Liebe gewesen, doch diese brach unter ihm zusammen. Und dennoch hielt er sich daran fest, wurde hinaus auf das Meer getragen und schließlich mit den Bruchstücken in seinen Händen an die französische Küste gespült. Er trug ihre Erinnerung in Form von Fotos, alten Briefen und einer sentimentalen Vorliebe für ein Lied namens „Among My Souvenirs" mit sich herum. Er mied andere Frauen, als ob Caroline das wüsste und mit einem treuen Herzen erwidern würde. Doch mit ihrer Nachricht erfuhr er, dass er sie für immer verloren hatte.

Es war ein strahlender Morgen. Vor den Geschäften in der Rue de Castiglione standen Besitzer und Kunden auf den Gehsteigen und blickten nach oben, wo der Graf Zeppelin – glänzend und majestätisch, ein Symbol für Flucht und Zerstörung – am Himmel von Paris schwebte. Er hörte eine Frau auf Französisch sagen, sie würde sich nicht wundern, wenn Bomben fielen. Dann hörte er ein kehliges Lachen und die Leere in seinem Magen gefror. Als er sich umdrehte, stand er Caroline Dandy und ihrem Verlobten gegenüber.

„Aber Michael! Wir haben uns gefragt, wo du bist. Ich habe bei Guaranty Trust und Morgan and Company nachgefragt und schließlich eine Nachricht an die National City geschickt –"

Warum gingen sie nicht einfach weg? Warum traten sie nicht den Rückzug an, rückwärts die Rue de Castiglione hinunter, über die Rue de Rivoli, durch den Tuileriengarten, bis sie auf der anderen Seite der Seine verschwanden?

„Das ist Hamilton Rutherford, mein Verlobter."

„Wir sind uns schon einmal begegnet."

„Bei Pat, nicht wahr?"

„Und letzten Frühling in der Ritz Bar."

„Michael, wo hast du dich aufgehalten?"

„Hier in der Gegend." Diese Qual. Vor Michaels Augen blitzten Erinnerungen an Hamilton Rutherford auf – schnelle Abfolgen von Bildern und Sätzen. Er wusste, dass Rutherford 1920 einen Börsensitz mit 125.000 Dollar geliehenem Geld gekauft und ihn kurz darauf für mehr als eine halbe Million verkauft hatte. Nicht so gutaussehend wie Michael, aber vital, selbstbewusst, durchsetzungsstark

– und genau die richtige Größe für Caroline. Michael war beim Tanzen immer zu klein für sie gewesen.

„Nein, ich würde mich sehr freuen, wenn du zum Junggesellenabschied kommst", sagte Rutherford. „Ich übernehme ab neun Uhr die Ritz Bar. Nach der Hochzeit gibt es dann einen Empfang und ein Frühstück im Hotel George-Cinq."

„Und, Michael, George Packman gibt übermorgen eine Party bei Chez Victor. Ich möchte unbedingt, dass du kommst. Und auch zum Tee am Freitag bei Jebby West – sie würde dich gern dabeihaben, wenn sie wüsste, wo du bist. In welchem Hotel wohnst du, damit wir dir eine Einladung schicken können? Wir haben uns entschieden, die Party hier zu veranstalten, weil Mutter hier in einem Pflegeheim ist und der ganze Clan in Paris ist. Und dann ist Hamiltons Mutter auch noch hier –"

Der ganze Clan, mit Ausnahme ihrer Mutter, hatte ihn immer gehasst und seine Brautwerbung stets abgelehnt. Was für ein störender Außenseiter er in diesem Spiel aus Familie und Geld war! Unter seinem Hut fühlte Michael den Schweiß der Demütigung, weil er trotz all seines Leids genau so viel wert war wie eine beiläufige Einladung. Verzweifelt begann er etwas von Aufbruch zu murmeln.

Dann geschah es – Caroline sah ihn an, tief in sein Innerstes, und Michael wusste, dass sie alles erkannte. Sie durchdrang seine Verletztheit, und etwas in ihr bebte. Es erlosch in der Rundung ihres Mundes, in ihren Augen. Er hatte sie berührt. Die unvergesslichen Impulse ihrer ersten Liebe stiegen wieder in ihr auf. Für einen Moment schien es, als hätten ihre Herzen sich über das grelle Pariser Sonnenlicht hinweg berührt. Plötzlich nahm sie den Arm ihres Verlobten, als wolle sie sich an diesem Gefühl festklammern.

Sie trennten sich. Michael ging eine Minute lang schnell weiter, bevor er stehenblieb, sich einem Schaufenster zuwandte und so tat, als würde er es betrachten. Dabei beobachtete er, wie Caroline und ihr Verlobter weiter oben die Straße hinuntereilten, Richtung Place Vendôme – Menschen, die viel zu tun hatten.

Er selbst hatte auch Dinge zu erledigen – seine Wäsche musste er abholen.

„Nichts wird mehr so sein wie früher", sagte er leise zu sich selbst. „Sie wird in ihrer Ehe nie glücklich sein und ich werde überhaupt nie mehr glücklich sein."

Die zwei intensiven Jahre seiner Liebe zu Caroline blitzten vor seinem inneren Auge auf, wie in einer verzerrten Zeitschleife. Unerträgliche Erinnerungen drängten sich in seinen Geist: nächtliche Fahrten unter dem Mondschein von Long Island, ein kalter, aber inniger Winter am Lake Placid, als ihre Wangen kühl und doch warm erschienen, ein verzweifelter Nachmittag in einem kleinen Café in der Forty-Eighth Street, als ihre Ehepläne zerbrachen.

„Kommen Sie herein", sagte eine Stimme laut.

Der Concierge stand mit einem Telegramm vor ihm, schroff, weil Mr. Curlys Kleidung leicht abgetragen war. Ein Petit Client wie Michael gab wenig Trinkgeld.

Michael öffnete das Telegramm.

„Eine Antwort?", fragte der Concierge.

„Nein", erwiderte Michael, bevor er spontan hinzufügte: „Lesen Sie."

„Oh, schade – wirklich schade", sagte der Concierge. „Ihr Großvater ist tot."

„Nicht schlecht", antwortete Michael leise. „Das bedeutet, ich bekomme eine Viertelmillion Dollar."

Zu spät. Ein Monat zu spät. Nach dem ersten Schock durchströmte ihn eine Traurigkeit, die größer war als zuvor. In der Nacht lag er wach und hörte dem langen Zug eines Zirkus zu, der durch die Straßen von einem Pariser Jahrmarkt zum nächsten rumpelte.

Als der letzte Wagen außer Hörweite gerumpelt war und das erste Licht des Morgens die Kanten der Möbel pastellblau färbte, dachte er noch immer an den Blick in Carolines Augen. Der Blick, der zu sagen schien: Oh, warum konntest du nichts dagegen tun? Warum warst du nicht stark genug, mich dazu zu bringen, dich zu heiraten? Siehst du nicht, wie traurig ich bin?

Michael ballte die Fäuste.

„Nun, ich werde bis zum letzten Moment nicht aufgeben", flüsterte er. „Ich hatte bisher das ganze Pech. Vielleicht wendet sich das Blatt jetzt. Man nimmt, was man bekommen kann, bis an die Grenzen seiner Kräfte. Und wenn ich sie nicht haben kann, wird sie zumindest mit etwas von mir in ihrem Herzen in diese Ehe gehen."

II

Zwei Tage später ging er zur Party bei Chez Victor und betrat den kleinen Salon neben der Bar, wo sich die Gäste für Cocktails trafen. Er war früh. Der einzige andere Gast war ein großer, schlanker Mann um die fünfzig. Sie begannen ein Gespräch.

„Warten Sie auch auf George Packmans Party?"

„Ja. Mein Name ist Michael Curly."

„Mein Name ist …" Michael verstand den Namen nicht. Sie bestellten einen Drink.

„Ich nehme an, Braut und Bräutigam haben eine großartige Zeit", bemerkte Michael.

„Zu sehr", erwiderte der andere mit einem Stirnrunzeln. „Ich verstehe nicht, wie sie das durchhalten. Wir sind alle zusammen mit dem Schiff herübergekommen – fünf Tage dieses verrückte Leben und dann zwei Wochen in Paris. Sie …" Er zögerte und lächelte schwach. „Sie müssen mir verzeihen, wenn ich sage, dass Ihre Generation zu viel trinkt."

„Nicht Caroline."

„Nein, Caroline nicht. Sie scheint einen Cocktail und ein Glas Champagner zu trinken und das reicht ihr, Gott sei Dank. Aber Hamilton trinkt zu viel und diese ganze Horde junger Leute trinkt zu viel."

„Leben Sie in Paris?"

„Im Moment", sagte Michael.

„Ich mag Paris nicht. Meine Frau – also meine Ex-Frau, Hamiltons Mutter – lebt hier."

„Sie sind Hamilton Rutherfords Vater?"

„Mir ist diese Ehre zuteilgeworden", sagte der Mann trocken. „Und ich leugne nicht, dass ich stolz auf das bin, was er erreicht hat. Es war nur eine allgemeine Bemerkung."

„Natürlich", stimmte Michael zu.

Michael blickte nervös auf, als vier Leute hereinkamen. Plötzlich wurde ihm bewusst, dass sein Smoking alt und glänzend war. Ein neuer war zwar bestellt, aber er würde erst morgen geliefert werden. Die Neuankömmlinge strahlten eine selbstverständliche Vertrautheit mit ihrem Reichtum aus. Ein dunkles, hübsches Mädchen mit einem schrillen, hysterischen Lachen, das er schon einmal getroffen hatte, sowie zwei selbstsichere Männer, deren Gespräch ausschließlich aus Witzen über den Skandalen der letzten Nacht und die Möglichkeiten der heutigen bestand, als spielten sie Hauptrollen in einem endlosen Drama von Vergangenheit und Zukunft.

Als Caroline eintraf, blieb Michael kaum Zeit für sie, aber es reichte, um festzustellen, dass sie erschöpft und angespannt war. Unter ihrem sorgfältigen Rouge war sie blass und ihre Augen hatten Schatten. Mit einer Mischung aus Erleichterung und verletzter Eitelkeit bemerkte Michael, dass er weit weg von ihr an einem anderen Tisch platziert worden war. Es dauerte eine Weile, bis er sich an die neue Umgebung gewöhnte.

Dies war nicht die jugendliche, sorglose Gesellschaft, die er und Caroline einst kannten. Die Männer hier waren über dreißig und gaben den Eindruck, als teilten sie sich die besten Güter der Welt. Neben Michael saß Jebby West, den er kannte, und auf der anderen Seite ein kleines, gut gelauntes Männchen, das sofort begann, über eine Idee für das Junggesellenessen zu sprechen: Sie wollten eine Französin engagieren, die mit einem echten Baby auftauchte und rief: „Hamilton, du kannst mich jetzt nicht im Stich lassen!" Michael fand die Idee albern und geschmacklos, aber ihr Urheber lachte unbändig darüber.

Weiter oben am Tisch sprach man über den Markt – es hatte einen weiteren Rückgang gegeben, den stärksten seit dem Crash. Einige Gäste machten spöttische Bemerkungen über Rutherford: „Schade, alter Mann. Vielleicht sollten sie die Hochzeit verschieben."

Michael fragte den Mann zu seiner Linken: „Hat er viel verloren?"

„Niemand weiß es genau. Er ist tief involviert, aber er gehört zu den klügsten jungen Männern an der Wall Street. Allerdings sagt einem niemand jemals die Wahrheit."

Das Champagner-Dinner begann, wie solche Abende es oft taten, mit einem gewissen Maß an Geselligkeit. Doch Michael bemerkte, dass die meisten Gäste zu erschöpft waren, um sich von der gewöhnlichen Stimulanz des Alkohols wirklich beleben zu lassen. Seit Wochen tranken sie Cocktails wie Amerikaner, Wein wie Franzosen, Bier wie Deutsche und Whisky-Soda wie Engländer. Für Menschen jenseits der zwanzig wurde diese Mischung nur noch zu einer vorübergehenden Betäubung, um die Fehler der vergangenen Nächte zu vergessen. Es war keine wirklich ausgelassene Feier. Die wenigen wirklich Fröhlichen waren diejenigen, die nichts tranken.

Michael hingegen war nicht müde und der Champagner hob seine Stimmung und linderte sein Elend. Als die Kapelle „Painted Doll" spielte – ein Lied, das für ihn und Caroline im letzten Sommer voller Glück und Verzweiflung gewesen war, ging er zu ihrem Tisch und bat sie zum Tanz.

Caroline sah in ihrem Kleid aus zartem, durchscheinendem Blau wunderschön aus. Die Nähe ihres krausen blonden Haares und ihrer sanften, kühlen grauen Augen ließ Michael sich unbeholfen fühlen. Er stolperte bei den ersten Schritten. Für einen Moment herrschte Schweigen zwischen ihnen. Er wollte ihr von seinem Erbe erzählen, doch die Worte kamen ihm plötzlich unpassend vor.

„Michael, es ist so schön, wieder mit dir zu tanzen", sagte sie.

Er lächelte gezwungen.

„Ich bin so froh, dass du gekommen bist", fuhr sie fort. „Ich hatte Angst, du würdest vielleicht etwas Dummes tun und wegbleiben. Jetzt können wir gute Freunde sein und uns ganz natürlich begegnen. Michael, ich möchte, dass du und Hamilton euch mögt."

Ihre Verlobung ließ sie gedankenlos erscheinen. Noch nie hatte er sie so banale Sätze sagen hören.

„Ich könnte ihn ohne Gewissensbisse umbringen", sagte Michael freundlich. „Aber er scheint ein guter Mensch zu sein. Ihm geht es gut. Was ich wissen möchte, ist: Was passiert mit Menschen wie mir, die nicht vergessen können?"

Er konnte nicht verhindern, dass ihm dabei die Stimme versagte. Caroline sah ihn an und für einen Moment flackerte in ihren Augen die gleiche Erschütterung wie an jenem Morgen.

„Stört es dich so sehr, Michael?"

„Ja", sagte er und seine Stimme schien aus der Tiefe seiner Seele zu kommen.

Für einen Augenblick tanzten sie nicht mehr. Sie hielten sich einfach aneinander fest, bevor Caroline sich zurücklehnte und ihn mit einem zarten Lächeln ansah.

„Ich wusste anfangs nicht, was ich tun sollte, Michael. Ich habe Hamilton von dir erzählt – dass du mir sehr viel bedeutet hast. Aber das hat ihm nichts ausgemacht, und er hatte recht. Denn ich bin über dich hinweg – ja, das bin ich. Und eines Tages wirst du auch über mich hinweg sein."

Michael schüttelte entschieden den Kopf.

„Oh doch. Wir waren nicht füreinander bestimmt. Ich bin flatterhaft und brauche jemanden wie Hamilton, der Entscheidungen trifft. Darum ging es – mehr als um … um …"

„Um Geld." Wieder war Michael kurz davor, ihr zu erzählen, was geschehen war, doch etwas in ihm hielt ihn zurück. Es war nicht der richtige Zeitpunkt.

„Wie erklärst du dir dann, was passiert ist, als wir uns neulich begegnet sind?", fragte er hilflos. „Was gerade passiert ist? Als wir uns einfach aufeinander zubewegten wie früher – als wären wir eine Person, als würde dasselbe Blut durch uns beide fließen?"

„Oh, bitte nicht", flehte sie ihn an. „So darfst du nicht reden. Jetzt ist alles entschieden. Ich liebe Hamilton von ganzem Herzen. Ich erinnere mich nur an Dinge aus der Vergangenheit, und du … wir … tun mir leid, so wie wir waren."

Über ihre Schulter hinweg bemerkte Michael, dass ein Mann auf sie zukam, um ihnen den Weg zu versperren. In Panik wich er ihr mit einem Tanz aus, doch der Mann rückte unaufhaltsam näher.

„Ich muss dich allein sehen und sei es nur für eine Minute", sagte Michael hastig. „Wann kann ich?"

„Ich werde morgen bei Jebby Wests Tee sein", flüsterte sie und legte höflich ihre Hand auf seine Schulter.

Aber bei Jebby Wests Tee sprach Michael nicht mit ihr. Rutherford blieb stets an ihrer Seite und sie bezogen einander in jedes Gespräch ein. Sie gingen früh. Am nächsten Morgen kamen die Hochzeitskarten mit der ersten Post.

Von der Unruhe in seinem Zimmer zermürbt, entschloss sich Michael zu einem mutigen Schritt: Er schrieb Hamilton Rutherford und bat um ein Treffen. Rutherford stimmte in einem kurzen Telefonat zu, jedoch für einen Tag später, als Michael es vorgeschlagen hatte. Die Hochzeit war nur noch sechs Tage entfernt.

Sie trafen sich in der Bar des Hotels Jena. Michael wusste, was er sagen wollte: „Hören Sie, Rutherford, sind Sie sich der Verantwortung bewusst, die Sie mit dieser Heirat eingehen? Sind Sie sich im Klaren darüber, wie viel Ärger und Reue Sie säen, wenn Sie ein Mädchen zu etwas überreden, das ihren Instinkten widerspricht?"

Er plante, zu erklären, dass die Barriere zwischen Caroline und ihm künstlich gewesen war und nun aufgehoben sei. Er würde verlangen, dass Caroline die Sache offen überdachte, bevor es zu spät war.

Rutherford war bereits dort und unterhielt sich mit einem älteren Mann, den Michael von mehreren Hochzeitsfeiern kannte.

„Ich habe gesehen, was den meisten meiner Freunde passiert ist", sagte Rutherford. „Und ich habe beschlossen, dass mir das nicht passieren wird. Es ist nicht so schwierig. Wenn Sie ein Mädchen mit gesundem Menschenverstand nehmen, ihr sagen, worum es geht, und Ihre Sache gut machen, dann ist das eine Ehe. Wenn Sie am Anfang irgendwelchen Unsinn dulden, endet es in einer dieser Vereinbarungen – innerhalb von fünf Jahren ist der Mann weg oder das Mädchen klammert sich an ihn und es herrscht das übliche Chaos."

„Richtig!", stimmte sein Begleiter begeistert zu. „Hamilton, Junge, du hast recht."

Michaels Blut begann zu kochen.

„Ist Ihnen nicht aufgefallen", fragte er kühl, „dass Ihre Einstellung vor etwa hundert Jahren aus der Mode kam?"

„Nein, das ist sie nicht", sagte Rutherford freundlich, aber ungeduldig. „Ich bin genauso modern wie jeder andere. Ich würde nächsten Samstag in einem Flugzeug heiraten, wenn es meiner Freundin Freude machen würde."

„Ich meine nicht diese Art von Modernität. Man kann einer sensiblen Frau nicht …"

„Sensibel?" Rutherford unterbrach ihn mit einem Lachen. „Frauen sind nicht so verdammt sensibel. Sensibel sind Kerle wie Sie. Solche wie Sie, die sich ausnutzen lassen. All ihre Hingabe und Freundlichkeit – Frauen brauchen das nicht. Sie tun so, als seien sie feinfühlig, aber nur, weil sie sonst nichts zu tun haben. Und dann, um das zu beweisen, verabschieden sie sich mit Gebiss zwischen den Zähnen, wie ein Feuerwehrpferd, das losschießt."

„Caroline ist nun mal sensibel", sagte Michael abgehackt.

An dieser Stelle stand der ältere Mann auf, um zu gehen. Nachdem die Rechnung beglichen war und sie allein blieben, lehnte sich Rutherford zu Michael vor, als hätte er eine Frage beantwortet.

„Caroline ist mehr als sensibel", sagte er. „Sie hat Verstand."

Seine kämpferischen Augen begegneten Michaels, funkelnd in einem kalten Licht. „Das klingt für Sie vielleicht vulgär, Mr. Curly, aber es scheint mir, dass der durchschnittliche Mann heute darum bettelt, von einer Frau zum Narren gemacht zu werden. Es gibt nur noch wenige Männer, die ihre Frauen besitzen, aber ich werde einer von ihnen sein.“

Michael entschied, das Gespräch zurück auf die eigentliche Sache zu lenken.

„Ist Ihnen bewusst, welche Verantwortung Sie übernehmen?“

„Das bin ich“, unterbrach ihn Rutherford. „Ich habe keine Angst vor Verantwortung. Ich werde die Entscheidungen treffen – fair, hoffe ich, aber sie werden endgültig sein.“

„Was, wenn Sie nicht richtig angefangen haben?“, fragte Michael aufgebracht. „Was, wenn Ihre Ehe nicht auf gegenseitiger Liebe basiert?“

„Ich glaube, ich verstehe, was Sie meinen“, sagte Rutherford weiterhin freundlich. „Und da wir gerade darüber sprechen, lassen Sie mich Ihnen eines sagen: Hätten Sie und Caroline geheiratet, wäre es keine drei Jahre gut gegangen. Wissen Sie, worauf Ihre Beziehung beruhte? Auf Kummer. Sie hatten Mitleid miteinander. Für die meisten Frauen und manche Männer mag das eine Zeit lang aufregend sein, aber ich finde, eine Ehe sollte auf Hoffnung basieren.“ Er warf einen Blick auf seine Uhr und stand auf.

„Ich muss Caroline treffen. Denken Sie daran, übermorgen kommen Sie zum Junggesellenessen.“

Michael spürte, wie der entscheidende Moment entglitt. „Dann zählen Carolines persönliche Gefühle für Sie nicht?“, fragte er grimmig.

„Caroline ist müde und angespannt. Aber sie hat, was sie will, und das ist die Hauptsache.“

„Meinen Sie sich selbst?“, fragte Michael ungläubig.

„Ja.“

„Darf ich fragen, wie lange sie Sie schon will?“

„Ungefähr zwei Jahre.“ Bevor Michael antworten konnte, hatte Rutherford den Raum verlassen.

In den nächsten zwei Tagen schwebte Michael in einem Zustand tiefer Hilflosigkeit. Immer wieder quälte ihn der Gedanke, dass er etwas unternehmen könnte, um die Spannung zu lösen, die wie ein Knoten vor seinen Augen immer enger wurde. Er rief Caroline an, doch sie bestand darauf, dass sie ihn vor dem Tag der Hochzeit nicht sehen könne – für den sie ihm jedoch ein vorläufiges Treffen versprach. Schließlich entschied er sich, zum Junggesellenessen zu gehen. Einerseits fürchtete er einen einsamen Abend in seinem Hotelzimmer, andererseits versprach er sich, durch seine Anwesenheit Caroline irgendwie näher zu sein.

Die Ritz Bar war für den Anlass festlich geschmückt, mit französischen und amerikanischen Bannern sowie einer Leinwand, die eine ganze Wand bedeckte. Hier konnten die Gäste ihrer Neigung, Gläser zu zerschlagen, freien Lauf lassen.

Zu Beginn, während der ersten Cocktails, wurden viele Gläser verschüttet, da die Hände zitterten. Doch später, als Champagner ausgeschenkt wurde, brach ein Strom von Gelächter aus, unterbrochen von gelegentlichem Singen.

Michael war überrascht, wie sehr sein neuer Smoking, sein Seidenhut und das edle Leinenhemd sein Selbstbewusstsein veränderten. Zum ersten Mal seit seinem Collegeabschluss fühlte er sich reich und selbstsicher, als gehöre er tatsächlich dazu. Der Groll auf die anwesenden reichen und arroganten Männer schwand. Er ließ sich sogar auf Johnsons Scherz ein, bei dem eine vermeintlich betrogene Frau den Raum stürmen sollte – eine Frau, die angeblich ruhig im Nebenzimmer wartete.

„Wir wollen es nicht übertreiben", sagte Johnson. „Ich vermute, Ham hatte ohnehin schon einen anstrengenden Tag. Haben Sie gesehen, wie Fullman Oils heute Morgen sechzehn Punkte verloren hat?"

„Wird ihm das etwas ausmachen?", fragte Michael und versuchte, seinen Ton neutral zu halten.

„Natürlich wird es das. Er ist tief involviert – steckt immer tief in allem drin. Bisher hatte er Glück. Zumindest bis vor einem Monat."

Die Gläser wurden jetzt schneller geleert und wieder gefüllt. Männer riefen sich über den Tisch hinweg zu und an der Bar ließ sich eine Gruppe Gäste fotografieren. Das Blitzlicht durchflutete den Raum wie eine stickige Wolke.

„Jetzt ist es soweit", sagte Johnson. „Denken Sie daran, Sie müssen an der Tür stehen, und wir beide versuchen, sie davon abzuhalten, hereinzukommen – bis wir die Aufmerksamkeit aller haben."

Er verschwand im Flur und Michael blieb gehorsam an der Tür stehen. Minuten vergingen. Dann kehrte Johnson mit einem eigenartigen Ausdruck zurück.

„Da stimmt etwas nicht."

„Ist das Mädchen nicht da?"

„Sie ist zwar da, aber es gibt noch eine andere Frau, und die haben wir nicht einkalkuliert. Sie will Hamilton Rutherford sehen, und sie wirkt, als hätte sie etwas auf dem Herzen."

In der Diele saß ein amerikanisches Mädchen, fest auf einem Stuhl neben der Tür. Sie war etwas betrunken, doch ihr Gesichtsausdruck verriet Entschlossenheit. Mit einer Kopfbewegung sah sie zu ihnen auf.

„Also, soll ich es ihm sagen?", verlangte sie. „Mein Name ist Marjorie Collins. Er wird schon wissen, wer ich bin. Ich bin weit gekommen und will ihn jetzt und zwar sofort sehen, sonst gibt's mehr Ärger, als Sie je erlebt haben." Sie stand unsicher auf.

„Geh rein und erzähl es Ham", flüsterte Johnson Michael zu. „Vielleicht sollte er besser verschwinden. Ich behalte sie hier."

Michael kehrte zum Tisch zurück, beugte sich dicht zu Rutherfords Ohr und flüsterte mit gewisser Grimmigkeit: „Ein Mädchen draußen namens Marjorie Collins will Sie sprechen. Sie sieht aus, als wolle sie Ärger machen."

Hamilton Rutherford blinzelte und sein Mund öffnete sich leicht. Dann formten sich seine Lippen zu einer geraden Linie und er sagte mit scharfer Stimme: „Bitte behalte sie dort. Und schicke mir sofort den Chefbarmann."

Michael sprach mit dem Barmann und ließ sich anschließend seinen Mantel und Hut bringen, ohne zum Tisch zurückzukehren. In der Diele ging er schweigend an Johnson und dem Mädchen vorbei und trat hinaus in die Rue Cambon. Er rief ein Taxi und gab die Adresse von Carolines Hotel an.

Sein Platz war jetzt an ihrer Seite. Nicht, um schlechte Nachrichten zu überbringen, sondern um bei ihr zu sein, wenn ihr das Kartenhaus um den Kopf zusammenfiel.

Rutherford hatte ihn als sanft bezeichnet – aber Michael war entschlossen, hart genug zu sein, um die Frau, die er liebte, nicht aufzugeben, ohne jede Ehre wahrende Chance zu nutzen. Sollte sie sich von Rutherford abwenden, würde sie ihn finden.

Caroline war überrascht, als er sie anrief, doch sie war noch angezogen und bereit, ihn in der Lobby zu treffen. Kurze Zeit später erschien sie in einem eleganten Abendkleid und hielt zwei blaue Telegramme in der Hand. Sie setzten sich in Sessel der verlassenen Lobby.

„Aber Michael, ist das Abendessen schon vorbei?"

„Ich wollte dich sehen, also bin ich weggegangen."

„Das freut mich." Ihre Stimme war freundlich, aber sachlich. „Ich habe übrigens gerade in deinem Hotel angerufen, um dir mitzuteilen, dass ich morgen den ganzen Tag Proben habe. Jetzt können wir uns doch noch unterhalten."

„Du bist müde", vermutete er. „Vielleicht hätte ich nicht kommen sollen."

„Nein, nein. Ich habe auf Hamilton gewartet. Die Telegramme könnten wichtig sein. Er sagte, er müsse noch etwas Dringendes erledigen, könnte aber jede Minute zurück sein. Ich bin froh, jemanden zum Reden zu haben."

Michael zuckte bei der Unpersönlichkeit dieses letzten Satzes zusammen.

„Ist es dir egal, wann er zurückkommt?"

„Natürlich", sagte sie lachend, „aber ich kann da nicht viel ausrichten, oder?"

„Warum nicht?"

„Ich könnte ihm doch nicht vorschreiben, was er tun darf und was nicht."

„Warum nicht?"

„Weil er das nicht dulden würde."

„Er scheint lediglich eine Haushälterin zu wollen", sagte Michael ironisch.

„Erzähl mir von deinen Plänen, Michael", fragte sie schnell.

„Meine Pläne? Nach übermorgen sehe ich keine Zukunft. Der einzige wirkliche Plan, den ich je hatte, war, dich zu lieben."

Ihre Blicke trafen sich und aus ihrem Blick sprach der ihm so vertraute Ausdruck. Worte strömten aus seinem Herzen: „Lass mich dir noch einmal sagen, wie sehr ich dich liebe, wie ich keinen Augenblick gezweifelt habe, wie ich nie an ein anderes Mädchen gedacht habe. Und jetzt, wenn ich an all die Jahre denke, die ohne dich vor mir liegen, ohne Hoffnung, dann will ich nicht leben, Caroline,

Liebling. Früher träumte ich von einem Zuhause mit dir, von unseren Kindern, davon, dich in meinen Armen zu halten, dein Gesicht, deine Hände und dein Haar zu berühren, die einmal mir gehörten. Und jetzt … kann ich einfach nicht aufwachen."

Caroline weinte leise. „Armer Michael – armer Michael." Sie streckte die Hand aus und ihre Finger berührten das Revers seines Smokings. „Neulich Abend tat es mir so leid um dich. Du sahst so dünn aus, als bräuchtest du einen neuen Anzug und jemanden, der sich um dich kümmert." Sie schniefte, dann musterte sie seinen Smoking genauer. „Du hast ja einen neuen Anzug! Und einen neuen Seidenhut! Michael, wie toll!" Sie lachte plötzlich durch ihre Tränen. „Du musst zu Geld gekommen sein, Michael. Ich habe dich noch nie so gut gekleidet gesehen."

Für einen Moment hasste Michael seine neuen Kleider.

„Ich bin zu Geld gekommen", sagte er. „Mein Großvater hat mir etwa eine Viertelmillion Dollar hinterlassen."

„Aber Michael", rief sie, „das ist ja großartig! Ich kann dir gar nicht sagen, wie sehr mich das freut. Ich habe immer gedacht, du wärst jemand, der mit Geld richtig umgehen kann."

„Ja, nur zu spät, um noch etwas zu ändern."

Die Drehtür von der Straße ächzte und Hamilton Rutherford trat in die Lobby. Sein Gesicht war gerötet, seine Augen unruhig und ungeduldig.

„Hallo, Liebling, hallo, Mr. Curly." Hamilton Rutherford beugte sich vor und küsste Caroline auf die Wange. „Ich habe mich kurz losgerissen, um nachzusehen, ob ich Telegramme bekam. Ich sehe, du hast welche da." Er nahm sie ihr aus der Hand und wandte sich mit einem halben Lächeln an Michael. „Das war eine merkwürdige Sache dort in der Bar, nicht wahr? Besonders, da ich hörte, dass einige von euch sich einen Witz in ähnlicher Richtung ausgedacht hatten."

Er öffnete eines der Telegramme, las es und schloss es wieder, während sein Gesicht den gespaltenen Ausdruck eines Mannes zeigte, der zwei Gedanken gleichzeitig verfolgt.

„Ein Mädchen, das ich seit zwei Jahren nicht mehr gesehen hatte, ist aufgetaucht", erklärte er. „Es schien eine plumpe Form der Erpressung zu sein. Ich hatte nie irgendeine Verpflichtung ihr gegenüber."

„Was ist passiert?", fragte Caroline.

„Der Chefbarkeeper rief innerhalb von zehn Minuten jemanden von der Sûreté Générale und die Sache wurde sofort geregelt. Die französischen Gesetze gegen Erpressung sind wesentlich härter als unsere. Ich nehme an, sie haben ihr einen Schrecken eingejagt, den sie nicht vergessen wird. Aber ich dachte, es wäre klüger, es dir zu sagen.“

„Wollen Sie andeuten, dass ich die Sache angestoßen habe?“, fragte Michael steif.

„Nein“, sagte Rutherford langsam. „Nein, Sie wollten nur dabei sein. Und da Sie schon einmal hier sind, habe ich Neuigkeiten, die Sie mehr interessieren dürften.“

Er reichte Michael ein Telegramm und öffnete ein weiteres.

„Das ist verschlüsselt“, stellte Michael fest.

„Das hier auch. Aber ich habe in der letzten Woche gelernt, solche Nachrichten zu entschlüsseln. Die beiden zusammen bedeuten, dass ich mein Leben von vorne beginnen werde.“

Michael beobachtete, wie Carolines Gesicht blasser wurde, doch sie blieb still sitzen.

„Es war ein Fehler, an dem ich zu lange festgehalten habe“, fuhr Rutherford fort. „Sie sehen also, Mr. Curly, dass ich nicht immer Glück habe. Übrigens hat man mir erzählt, dass Sie zu Geld gekommen sind.“

„Ja“, sagte Michael knapp.

„Da wären wir also.“ Rutherford wandte sich Caroline zu. „Du verstehst, Liebling, dass ich weder scherze noch übertreibe. Ich habe fast alles verloren, was ich hatte, und muss mein Leben neu aufbauen.“

Zwei Augenpaare ruhten auf Caroline – Rutherfords nüchternes, Michaels flehendes und verzweifeltes. Innerhalb einer Minute erhob sie sich und warf sich mit einem kleinen Schrei in Rutherfords Arme.

„Oh, Liebling“, rief sie, „das macht doch nichts! Es ist besser so, wirklich! Ich möchte so anfangen, genau so! Bitte mach dir keine Sorgen und sei keine Minute lang traurig!“

„Alles klar, Baby“, sagte Rutherford leise. Seine Hand strich einen Moment lang sanft über ihr Haar, dann nahm er seinen Arm von ihr.

„Ich habe versprochen, noch für eine Stunde auf der Party zu sein“, sagte er. „Also sage ich gute Nacht und ich möchte, dass du bald ins Bett gehst und gut schläfst. Gute Nacht, Mr. Curly. Es tut mir leid, Sie in all diese finanziellen Angelegenheiten hineingezogen zu haben."

Michael hatte bereits seinen Hut und seinen Stock aufgehoben. „Ich gehe mit", sagte er.

III

Es war ein wunderschöner Morgen. Michaels neuer Cutaway war noch nicht geliefert worden. Er fühlte sich unwohl, als er an den Kameras und Filmgeräten vor der kleinen Kirche auf der Avenue George-Cinq vorbeiging.

Die Kirche war so sauber und neu, dass es fast unverzeihlich schien, nicht angemessen gekleidet zu sein. Weiß und zittrig nach einer schlaflosen Nacht, entschied Michael, sich in den hinteren Bereich zu stellen. Von dort aus beobachtete er Hamilton Rutherfords festen Rücken, Carolines zarten, spitzenartigen Rücken und George Packmans breiten Rücken, der unsicher wirkte, als wolle er sich an Braut und Bräutigam lehnen.

Die Zeremonie zog sich hin, während die bunten Flaggen am Himmel flatterten und die Junisonne durch die hohen Fenster auf die festlich gekleideten Gäste fiel.

Als der Hochzeitszug, angeführt von Braut und Bräutigam, den Mittelgang hinunterging, wurde Michael bewusst, dass er sich an genau der Stelle befand, an der die förmliche Steifheit der Zeremonie endete und die Gäste zwanglos miteinander sprechen würden.

Und so kam es. Rutherford und Caroline sprachen zuerst mit ihm – Rutherford angespannt und Caroline strahlend, so schön, wie er sie noch nie gesehen hatte. Sie schwebte sanft durch die Menge von Freunden und Verwandten ihrer Jugend, aus der Vergangenheit heraus, durch die sonnenbeschienene Tür hinein in die Zukunft.

Michael brachte es gerade noch fertig, „Schön, einfach schön" zu murmeln, bevor andere Gäste an ihm vorbeikamen und mit ihm sprachen. Zuerst die alte Mrs. Dandy, die, obwohl sie gerade erst ihr Krankenbett verlassen hatte, bemerkenswert gut aussah oder zumindest die elegante Fassade einer feinen alten Dame bewahrte. Dann Rutherfords Vater und Mutter, seit zehn Jahren geschieden, aber jetzt Seite an Seite schreitend, so harmonisch, als wären sie füreinander geschaffen und stolz darauf. Es folgten Carolines Schwestern, deren Ehemänner und kleine Neffen in Eton-Anzügen – eine endlose Parade, bei der jeder kurz bei Michael innehielt, um ein Wort zu wechseln, während er wie gelähmt an dem Ort stehenblieb, an dem die Prozession vorüberging.

Er fragte sich, was nun geschehen würde. Die Einladungskarten zum Empfang im George-Cinq waren bereits verteilt – ein ausgesprochen teures Hotel, wie Michael wusste. Würde Rutherford trotz der finsteren Botschaft aus den Telegrammen den Empfang wie geplant durchführen? Offenbar ja, denn die Prozession draußen bewegte sich entschlossen durch den sonnigen Junimorgen. An der Ecke flatterten die langen Kleider der jungen Frauen, fünf nebeneinander, lebendig und farbenfroh im Wind. Sie sahen aus wie zarte, wandelnde Blumen, so bezaubernd bewegten sich die Stoffe in der hellen Mittagsluft.

Michael spürte, dass er einen Drink brauchte. Ohne einen Drink konnte er sich der langen Schlange an der Rezeption nicht stellen. Er betrat einen Seiteneingang des Hotels und fragte nach der Bar. Ein Pagenjunge führte ihn durch ein scheinbar endloses Labyrinth moderner, amerikanisch anmutender Korridore.

Doch wie es der Zufall wollte, war die Bar bereits voll. Zehn bis fünfzehn Männer und zwei bis vier Frauen – allesamt von der Hochzeit – drängten sich dort, alle auf der Suche nach einem Drink. Es gab Cocktails und Champagner, die sich, wie sich herausstellte, als Rutherfords großzügige Geste erwiesen. Er hatte die gesamte Bar, den Ballsaal, die großen Empfangsräume und sämtliche Treppen und Fenster, die auf den Pariser Häuserblock blickten, gemietet.

Nach einer Weile kehrte Michael zurück und reihte sich in die lange Schlange der Empfangsgäste ein. Durch einen blumigen Nebel aus „So eine schöne Hochzeit", „Meine Liebe, du warst einfach wunderschön" und „Du bist ein glücklicher Mann, Rutherford" schritt er die Reihe entlang. Als er zu Caroline kam, trat sie einen Schritt vor und küsste ihn auf die Lippen. Doch Michael spürte keine Berührung. Der Kuss war unwirklich und er hatte das Gefühl, dass er sich auflöste und davontrieb.

Die alte Mrs. Dandy hielt seine Hand und dankte ihm für die Blumen, die er geschickt hatte, als er hörte, dass sie krank war.

„Es tut mir so leid, dass ich nicht geschrieben habe. Wissen Sie, wir alten Damen sind so dankbar für …“ Die Blumen, die fehlende Antwort, die Hochzeit – Michael sah, dass diese Dinge für sie inzwischen dieselbe Bedeutung hatten. Sie hatte fünf Kinder verheiratet, von denen zwei Ehen gescheitert waren. Diese Szene, die Michael so tief bewegte und verwirrte, erschien Mrs. Dandy nur wie eine vertraute Scharade, in der sie schon viele Male ihre Rolle gespielt hatte.

In kleinen Gruppen genossen die Gäste bereits ein Buffet-Mittagessen mit Champagner, während im leeren Ballsaal ein Orchester spielte. Michael setzte sich zu Jebby West. Noch immer fühlte er sich unwohl, keinen Cutaway zu tragen, doch als er bemerkte, dass er damit nicht allein war, wurde ihm leichter ums Herz.

„War Caroline nicht himmlisch?“, sagte Jebby West. „So vollkommen selbstsicher. Ich habe sie heute Morgen gefragt, ob sie nicht ein wenig nervös sei, so aufzutreten. Und sie sagte: ‚Warum sollte ich? Ich bin ihm seit zwei Jahren hinterher und jetzt bin ich einfach glücklich, das ist alles.‘“

„Es muss wahr sein“, sagte Michael düster.

„Was?“

„Was du gerade gesagt hast.“

Es war, als hätte ihn eine scharfe Klinge durchbohrt, doch zu seinem Entsetzen spürte er die Wunde nicht.

Er forderte Jebby zum Tanz auf. Draußen auf der Tanzfläche tanzten Rutherfords Vater und Mutter miteinander – wie ein Bild vergangener Harmonie.

„Das macht mich ein bisschen traurig“, sagte sie. „Die beiden hatten sich jahrelang nicht gesehen. Beide hatten wieder geheiratet, und sie ließ sich erneut scheiden. Sie holte ihn vom Bahnhof ab, als er zu Carolines Hochzeit kam, und lud ihn ein, mit einer ganzen Menge anderer Leute in ihrem Haus in der Avenue du Bois zu übernachten, was völlig in Ordnung war. Aber er hatte Angst, dass seine Frau davon erfahren könnte und es ihr nicht gefallen würde, also ging er in ein Hotel. Finden Sie das nicht irgendwie traurig?“

Etwa eine Stunde später bemerkte Michael plötzlich, dass es Nachmittag geworden war. In einer Ecke des Ballsaals war eine Reihe von Leinwänden aufgebaut worden, die wie eine Kinobühne wirkten. Fotografen machten offizielle Fotos der Hochzeitsgesellschaft. Die Gruppe, wachsbleich im hellen Licht und regungslos, wirkte auf die

Tänzer, die sich im Halbdunkel des Saals bewegten, wie eine jener seltsamen, fröhlichen oder unheimlichen Gruppen, denen man in den Attraktionen eines Vergnügungsparks begegnet.

Nach der Hochzeitsgesellschaft folgten die Platzanweiser, dann die Brautjungfern, die Familien, die Kinder. Später kam Caroline, voller Energie und Erregung, die Ruhe, die ihr wallendes Kleid und der große Blumenstrauß ausstrahlten, längst hinter sich gelassen. Sie zog Michael mit sich.

„Jetzt lassen wir sie einen von den alten Freunden mitnehmen." Ihre Stimme verriet, dass dies für sie das Beste und Intimste war. „Komm her, Jebby, George – nicht du, Hamilton. Das ist nur für meine Freunde – Sally –"

Bald fielen die letzten Förmlichkeiten weg. Die Stunden vergingen inmitten des verschwenderischen Champagnerflusses. Hamilton Rutherford saß in moderner Manier am Tisch, den Arm um eine alte Freundin gelegt, und versicherte seinen Gästen, zu denen auch einige verwirrte, aber begeisterte Europäer gehörten, dass die Party noch lange nicht zu Ende sei und sie sich nach Mitternacht bei Zelli wiedersehen würden.

Michael beobachtete, wie Mrs. Dandy, die ihre Krankheit noch nicht vollständig überwunden hatte, aufstand und sich höflich von einer Gruppe zur nächsten bewegte. Er sprach mit einer ihrer Töchter darüber, die daraufhin ihre Mutter entschlossen aus dem Raum führte und ein Auto rufen ließ. Michael fühlte sich rücksichtsvoll und war stolz auf sich, nachdem er geholfen hatte, und trank noch mehr Champagner.

„Es ist unglaublich", sagte George Packman begeistert zu ihm. „Diese Show wird Ham etwa fünftausend Dollar kosten, und ich habe gehört, es wird so ziemlich seine letzte sein. Aber hat er eine Flasche Champagner zurückbeordert oder eine Blume eingespart? Nicht er! Zufällig ist er so – dieser junge Mann. Wissen Sie, dass TG Vance ihm heute Morgen, zehn Minuten vor der Hochzeit, ein Gehalt von fünfzigtausend Dollar pro Jahr angeboten hat? In einem Jahr ist er wieder bei den Millionären."

Das Gespräch wurde unterbrochen, als ein Plan entstand, Rutherford auf Schultern hinauszutragen. Sechs von ihnen setzten es in die Tat um und bald standen sie in der kühlen Morgensonne und winkten Braut und Bräutigam zum Abschied. Doch etwas lief schief, denn nur fünf Minuten später erschienen Caroline und Hamilton wieder, beide mit Champagnergläsern in den Händen, die sie triumphierend erhoben.

„Das ist unsere Art, Dinge zu tun", dachte Michael. „Großzügig und frei. Eine Gastfreundschaft wie auf einer Virginia-Plantage, aber in einem Tempo, das so nervös ist wie ein Tickerband."

Während er in der Mitte des Raums stand, um zu sehen, wer der amerikanische Botschafter war, wurde ihm plötzlich bewusst, dass er seit Stunden nicht mehr an Caroline gedacht hatte. Mit einem leisen Schrecken sah er sich um und entdeckte sie auf der anderen Seite des Raumes. Sie war lebhaft, jung und strahlend glücklich. Neben ihr stand Rutherford, der sie ansah, als könnte er nie lange genug hinschauen.

Während Michael ihnen zusah, verschwanden sie vor seinen Augen, als erfüllte sich sein Wunsch von jenem Tag in der Rue de Castiglione. Sie verblassten in ihren eigenen Freuden und Sorgen, in den Jahren, die Carolines jugendliche Schönheit und Rutherfords stolze Energie verändern würden. Sie schienen von etwas umhüllt zu sein, das so neblig war wie das weiße, wallende Kleid der Braut.

Michael fühlte sich geheilt. Die Zeremonie, mit all ihrem Pomp und den Festlichkeiten, war für ihn wie eine Initiation in ein neues Leben gewesen – eines, in dem selbst sein Bedauern keine Rolle mehr spielte. Alle Bitterkeit schmolz aus ihm heraus und die Welt formte sich neu aus der Jugend und dem Glück, das ihn umgab, verschwenderisch wie der Frühlingssonnenschein.

Er versuchte sich zu erinnern, mit welcher der Brautjungfern er für den Abend verabredet war, während er nach vorne trat, um Hamilton und Caroline Rutherford Lebewohl zu sagen.

Die Schwimmer

Auf dem Place Benoît hing eine Wolke aus Benzinabgasen, die unter der Junisonne träge vor sich hin köchelte. Der Anblick war bedrückend: Anders als reine Hitze, die eine Flucht ins Grüne versprach, deuteten diese Dämpfe nur auf Straßen hin, die ebenso erstickt und ausgelaugt waren. In den Büros der Promissory Trust Company, Pariser Zweigstelle, direkt am Platz, atmete ein 35-jähriger Amerikaner diesen Geruch ein – er wurde eins mit der unangenehmen Aufgabe, die vor ihm lag. Plötzlich überkam ihn ein tiefes, schwarzes Entsetzen. Er stieg in den Waschraum hinauf und blieb, leicht zitternd, gleich hinter der Tür stehen.

Durch das Fenster des Waschraums fiel sein Blick auf ein Schild: 1000 Hemden. Diese Hemden füllten das Schaufenster in einem chaotischen Arrangement – aufgestapelt, mit Krawatten drapiert, ausgestopft oder lässig auf dem Boden der Vitrine verteilt. 1000 Hemden – zählen Sie selbst! Zur Linken las er Begriffe wie Papeterie, Pâtisserie, Solde, Réclame und Constance Talmadge in Déjeuner de Soleil . Sein Blick wanderte nach rechts, wo noch düsterere Ankündigungen warteten: Kirchenkleidung, Déclaration de Décès und Pompes Funèbres . Leben und Tod, dachte er.

Das leichte Zittern von Henry Marstons wurde zu einem Beben. Es wäre so einfach, dachte er, wenn dies das Ende wäre – wenn nichts mehr zu tun bliebe. Er setzte sich voller Sehnsucht auf einen Stuhl, doch das Ende war selten so einfach. Nach einer Weile, als die Erschöpfung seine Angst verdrängte, ließ das Zittern nach, und er fühlte sich etwas besser. Mit wiedergewonnener Fassung ging er die Treppe hinunter. Sein Blick war wachsam, sein Schritt sicher, wie der eines jeden anderen Bankangestellten. Unten sprach er mit zwei

Kunden, die er kannte, und setzte dann entschlossen seinen Fokus auf die Mittagspause.

„Henry Clay Marston!“ Ein stattlicher älterer Mann schüttelte ihm die Hand und nahm neben seinem Schreibtisch Platz.

„Henry, ich wollte dich wegen der Sache sprechen, die wir neulich Abend diskutiert haben. Wie wäre es mit einem Mittagessen? In diesem kleinen grünen Restaurant mit den Bäumen?“

„Kein Mittagessen, Richter Waterbury. Ich habe eine Verabredung.“

„Dann reden wir jetzt, denn ich reise heute Nachmittag ab. Was zahlen dir diese Plutokraten eigentlich dafür, dass du hier so wichtig aussiehst?“

Henry Marston ahnte, was kommen würde.

„Zehntausend und bestimmte Spesen“, antwortete er nüchtern.

„Wie wäre es, wenn du für das Doppelte zurück nach Richmond kommst? Acht Jahre bist du schon hier und ahnst gar nicht, welche Chancen dir entgehen. Meine beiden Jungs …“

Henry hörte höflich zu, konnte sich jedoch an diesem Morgen nicht auf das Gespräch einlassen. Er erwähnte beiläufig, dass das Leben in Paris bequemer sei, und vermied es, seine Meinung über das Leben zu Hause offen auszusprechen.

Richter Waterbury winkte einem großen, blassen Mann zu, der am Postschalter stand.

„Das ist Mr. Wiese“, sagte er. „Mein Partner in einer kleinen Sache weiter südlich.“

„Freut mich, Sie kennenzulernen, Sir.“ Mr. Wieses Stimme klang übertrieben südstaatlich. „Ich verstehe, der Richter macht Ihnen ein Angebot.“

„Ja“, antwortete Henry knapp. Er erkannte den Typ sofort: ein wohlhabender Aufsteiger, vermutlich irgendwo zwischen Carpetbagger und Poor White angesiedelt. Als Wiese ging, fügte der Richter fast entschuldigend hinzu: „Er ist einer der reichsten Männer im Süden, Henry.“ Und nach einer kurzen Pause: „Komm nach Hause, Junge.“

„Ich werde darüber nachdenken, Herr Richter.“

Einen Moment lang wirkte der graumelierte Kopf des Mannes so freundlich, doch dann verblasste er wieder – wurde zu einer eindimensionalen, tristen Karikatur eines farblosen, uneuropäischen Le-

bens. Henry Marston respektierte diese ungekünstelte Herzlichkeit –
in der Bank begegnete er ihr täglich, schätzte sie wie ein Kurator ein
kostbares Artefakt aus einer fernen Zeit. Doch sie konnte ihm nicht
helfen. Die Fragen, die Henry Marstons Leben aufwarf, ließen sich
nur in Frankreich beantworten. Jeden Mittag, wenn er nach Hause
ging, spürte er die sieben Generationen seiner Vorfahren aus Virginia
wie ein schweres Echo hinter sich.

Sein Zuhause war ein prachtvolles Apartment mit hohen Decken, entworfen nach dem Vorbild eines Kardinalspalastes aus der
Renaissance in der Rue Monsieur – ein Lebensstandard, den er sich
in Amerika niemals hätte leisten können. Choupette hatte es mit
dem geschmackvollen Traditionalismus der französischen Bourgeoi-
sie eingerichtet und bewegte sich mit ihren Kindern anmutig durch
die Räume. Sie war eine zierliche Blondine mit feinen Gesichtszü-
gen und lebhaften, melancholischen Augen, die Henry 1918 in einer
Pension in Grenoble zum ersten Mal fasziniert hatten. Ihre beiden
Söhne hatten Henrys markante Züge geerbt – er, der einst an der
University of Virginia zum schönsten Mann gewählt worden war.

Während Henry die breite Treppe hinaufstieg, hielt er keuchend in
der kühlen, stillen Außenhalle inne. Für einen Moment umfing ihn
die Ruhe, doch eine unheilvolle Vorahnung ließ ihm keine Ruhe. Als
er die Uhr in seiner Wohnung schlagen hörte, steckte er entschlossen
den Schlüssel in das Schloss und öffnete die Tür.

Das Dienstmädchen, das seit dreißig Jahren für die Familie Choupette arbeitete, stand ihm gegenüber. Ihr offener Mund formte einen
abgehackten Seufzer.

„Bonjour, Louise.“

„Monsieur!“

Er warf seinen Hut auf einen Stuhl, aber bevor sie weitersprechen
konnte, fiel ihr etwas ein.

„Monsieur, ich dachte, Sie hätten am Telefon gesagt, Sie würden
nach Tours fahren, um die Kinder abzuholen!“

„Ich habe meine Meinung geändert, Louise.“

Er machte einen Schritt auf sie zu, und die Zweifel, die ihn zuvor
gequält hatten, schmolzen dahin. Die Angst, die sich in ihrem Gesicht abzeichnete, ließ keinen Raum mehr für Ungewissheit.

„Ist Madame zu Hause?“

Er bemerkte den Männerhut und den Stock auf dem Flurtisch. In der Stille, die folgte, hörte er zum ersten Mal in seinem Leben eine Art von Leere – eine laute, bedrückende Stille, so schwer wie das Echo von Geschützdonner. Diese starre Spannung wurde durch einen kleinen, erschrockenen Schrei des Dienstmädchens durchbrochen. Er stürmte durch die Portiere ins Nebenzimmer.

Eine Stunde später klingelte Doktor Derocco von der medizinischen Fakultät an der Wohnungstür. Choupette öffnete, ihr Gesicht war angespannt, ihre Bewegungen mechanisch. Sie beantworteten zunächst einige förmliche Fragen, bevor sie sagte:

„Mein Mann hat sich in letzter Zeit oft unwohl gefühlt. Aber er hat sich nie so sehr beschwert, dass ich mir ernsthaft Sorgen gemacht hätte. Heute ist er plötzlich zusammengebrochen – er kann sich kaum bewegen oder sprechen. All das, muss ich zugeben, könnte durch eine Unvorsichtigkeit meinerseits ausgelöst worden sein. Es gab eine heftige Szene, einen Streit. Manchmal, wenn er sehr aufgeregt ist, hat er Schwierigkeiten, sich im Französischen zurechtzufinden.“

Der Arzt nickte. „Ich sehe nach ihm“, sagte er. Doch in Gedanken fügte er hinzu: Manche Dinge versteht man sofort, ganz ohne Worte.

Die folgenden vier Wochen waren von Verwirrung und seltsamen Vorfällen geprägt. Henry sprach wirre Worte über tausend Hemden und die Betäubung von Paris durch billiges Benzin. Ein Psychiater, der hinzugezogen wurde, glaubte nicht an eine zugrunde liegende Geisteskrankheit. Eine Krankenschwester aus dem Amerikanischen Krankenhaus kümmerte sich um ihn, und Choupette wirkte abwechselnd trotzig und tief besorgt. Schließlich, einen Monat später, erwachte Henry in seinem Zimmer, das von einer gedämpften Lampe erleuchtet wurde. Choupette saß an seinem Bett, und als er ihre Hand nahm, sagte er:

„Ich liebe dich immer noch. Das ist das Seltsame.“

„Schlaf, du eigensinniger Mann“, flüsterte sie.

„Eines kannst du sicher sein: Ich werde immer eine gewisse Distanz wahren.“ Seine Worte waren von leiser Ironie durchzogen.

„Bitte, hör auf damit“, sagte sie. „Das zerreißt mir das Herz.“

In diesem Moment waren sie sich wieder nahe, näher als seit Monaten.

Wenige Wochen später kehrten die beiden Jungen vom Land zurück. Henry sprach zu ihnen mit der neu gewonnenen Sanftheit eines Genesenden.

„Papa muss ans Meer, um gesund zu werden“, sagte er.

„Werden wir schwimmen?“, fragte einer der Jungen.

„Und ertrinken, meine Lieblinge?“, rief Choupette. „In eurem Alter? Ganz bestimmt nicht!“

So saßen sie stattdessen in Saint-Jean-de-Luz am Ufer und beobachteten das bunte Treiben. Engländer, Amerikaner und einige mutige Franzosen schwammen zwischen Flößen und Sprungtürmen oder ließen sich von Motorbooten durch das Wasser ziehen. Vorbeifahrende Schiffe und leuchtende Inseln boten eine spektakuläre Kulisse, während die Berge sich majestätisch in die Ferne erstreckten. Rote und gelbe Villen mit Namen wie Fleur des Bois, Mon Nid oder Sans-Souci zierten die Küste, während hinter ihnen graue, schläfrige Dörfer aus Zement und Stein lagen.

Choupette saß an Henrys Seite, den Sonnenschirm schützend über ihre pfirsichfarbene Haut gehalten.

„Schau dir das an!“, sagte sie und deutete auf die gebräunten Amerikanerinnen. „Ist das schön? Diese Haut, die mit dreißig wie Leder aussieht – sie verbirgt alle Makel, ja, aber sie macht alle gleich. Und diese Badeanzüge! Frauen mit hundert Kilo! Sind Kleider nicht dazu da, die Launen der Natur zu korrigieren?“

Henry Clay Marston betrachtete sie nachdenklich. Er war ein Virginianer, der sich mehr mit seiner Heimat als mit Amerika identifizierte. Das mächtige Wort Amerika, das über Kontinente hinweg Bedeutung trug, war für ihn nichts im Vergleich zur Erinnerung an seinen Großvater. Dieser hatte 1858 seine Sklaven befreit, im Bürgerkrieg von Manassas bis Appomattox gekämpft und Huxley und Spencer als leichte Lektüre angesehen. Er glaubte an ein Kastensystem – jedoch nur, wenn es das Beste der Menschheit repräsentierte.

Für Choupette blieben viele dieser Aussagen unbestimmt. Ihre konkretere Kritik richtete sich gegen die Frauen seines Heimatlandes.

„Wie würden Sie sie einordnen?“, rief sie aus. „Große Damen, Bürgerinnen, Abenteurerinnen – sie alle sind gleich. Sehen Sie! Wo wäre ich, wenn ich versuchen würde, mich wie Ihre Freundin Madame de Richepin zu benehmen? Mein Vater war Professor an einer

Provinzuniversität, und ich würde bestimmte Dinge nicht tun, weil sie meiner Klasse, meiner Familie nicht entsprechen. Madame de Richepin würde andere Dinge nicht tun, weil sie ihrer Klasse, ihrer Familie nicht entsprechen." Plötzlich zeigte sie auf ein amerikanisches Mädchen, das ins Wasser ging. „Aber dieses junge Fräulein – sie mag eine Stenografin sein und dennoch gezwungen, sich so zu kleiden und zu benehmen, als hätte sie unermesslichen Reichtum."

„Vielleicht wird sie eines Tages reich sein."

„Das ist die Geschichte, die man ihnen erzählt. Aber es passiert einer von hundert – nicht den anderen neunundneunzig. Deshalb sehen sie mit dreißig unzufrieden und unglücklich aus."

Obwohl Henry ihr größtenteils zustimmte, amüsierte ihn Choupettes Wahl ihres Ziels an diesem Nachmittag. Das Mädchen – vielleicht achtzehn Jahre alt – schien sich offensichtlich nichts vorzumachen. Sie war, was sein Vater ein Vollblut genannt hätte: ein tiefsinniges, ausdrucksstarkes Gesicht, hübsch nicht wegen, sondern trotz seiner perfekten Züge, die mit einer gewissen Dringlichkeit erkannt werden wollten. Es war ein Gesicht, das auch ohne diese Schönheit dieselbe Haltung und Anmut bewahrt hätte.

Mit ihrer eleganten, doch kraftvollen Anmut verkörperte sie den Typ des amerikanischen Mädchens, das manchmal wirkt, als habe es seine Weiblichkeit geopfert – so wie im England des vorigen Jahrhunderts die unteren Schichten geopfert wurden, um die herrschende Klasse hervorzubringen.

Die beiden jungen Männer, die gerade aus dem Wasser kamen, hatten breite Schultern, aber leere Gesichter. Das Mädchen schenkte ihnen ein Lächeln, das nicht mehr war, als sie verdienten – ein Lächeln, das ausreichte, bis einer von ihnen zum Vater ihrer Kinder wurde und sie ihrem Schicksal überließ. Bis dahin schnitt sie mit fließenden Bewegungen durch das Wasser, ihre Arme wie fliegende Fische. Ihr Körper spannte sich in einem Kopfsprung oder bog sich geschmeidig in einem Klappmesser vom Sprungbrett, und als sie wieder auftauchte, schleuderte sie ihr nasses Haar mit einer Leichtigkeit zurück, die Henry faszinierte.

Die beiden jungen Männer zogen an ihnen vorbei.

„Sie pumpen Wasser", sagte Choupette, „und dann gehen sie woanders hin und pumpen anderes Wasser. Sie verbringen Monate in Frankreich und könnten Ihnen nicht einmal den Namen des Präsidenten nennen. Sie sind Parasiten, wie Europa sie seit hundert Jahren nicht mehr erlebt hat."

Doch Henry war plötzlich aufgestanden, und fast gleichzeitig erhob sich der ganze Strand. Irgendetwas geschah dort draußen, etwa fünfzig Meter zwischen dem Floß und dem Ufer. Ein heller Kopf tauchte an der Wasseroberfläche auf. Eine schwache, panische Stimme rief: „Au secours! Hilfe!"

„Henry!", rief Choupette. „Halt! Henry!"

Der Strand war zur Mittagszeit fast menschenleer, doch Henry und einige andere liefen ins Meer. Die beiden jungen Amerikaner hörten den Ruf, drehten sich um und rannten hinterher. Es herrschte hektische Betriebsamkeit. Ein halbes Dutzend Köpfe wackelte im Wasser umher. Choupette klammerte sich noch immer an ihren Sonnenschirm, während sie zugleich verzweifelt die Hände rang und Henrys Namen rief.

Am Ufer bildeten sich zwei Gruppen um die geborgenen Gestalten. Das Mädchen wurde von einem jungen Mann an Land gezogen, der sie in weniger als einer Minute wieder zu Bewusstsein brachte. Doch bei Henry war es schwieriger, das Wasser aus seinen Lungen zu bekommen – er hatte nie schwimmen gelernt.

II

„Das ist der Mann, der nicht wusste, ob er schwimmen konnte, weil er es nie probiert hatte."

Henry erhob sich grinsend von seinem Liegestuhl. Es war der nächste Morgen. Das gerettete Mädchen war gerade mit ihrem Bruder am Strand aufgetaucht. Sie lächelte Henry an, ein lockeres, anerkennendes Lächeln, eher charmant als dankbar.

„Zumindest schulde ich Ihnen, Ihnen zu zeigen, wie es geht", sagte sie.

„Das würde mir gefallen. Genau das habe ich gestern beschlossen, kurz bevor ich das zehnte Mal untergegangen bin."

„Vertrauen Sie mir. Ich werde nie wieder Schokoladeneis essen, bevor ich ins Wasser gehe."

Als sie ins Wasser ging, wandte sich Choupette an ihn.

„Wie lange, glaubst du, werden wir hierbleiben? Dieses Leben macht einen auf Dauer müde."

„Wir bleiben, bis ich schwimmen kann. Und die Jungs auch."

„Gut. Ich habe heute einen wunderschönen Badeanzug in zwei Blautönen für fünfzig Francs gesehen. Den kaufe ich dir nachher."

Henry fühlte sich dicklich und ungesund blass, also wagte er sich, die Söhne an der Hand, ins Wasser. Die Brandung schlug gegen ihn, brachte ihn ins Wanken, während die Jungen vor Begeisterung kreischten. Das zurückströmende Wasser kräuselte sich gefährlich um seine Füße, als es ins Meer zurücklief. Weiter draußen stand er mit anderen zaghaften Gestalten bis zur Hüfte im Wasser und beobachtete die Menschen, die vom Floßturm sprangen. Er hoffte, dass das Mädchen ihr Versprechen einlösen würde, und war verlegen, als sie tatsächlich kam.

„Ich fange mit deinem Ältesten an. Du schaust zu und versuchst es dann selbst."

Er kämpfte unbeholfen mit dem Wasser, das in seine Nase drang und stechende Schmerzen verursachte. Es machte ihn blind und blieb in seinen Ohren, wo es stundenlang wie Kieselsteine klapperte. Auch die Sonne hatte ihn entdeckt, riss Streifen von seiner Haut, ließ Blasen auf seinem Rücken entstehen und quälte ihn mehrere Nächte lang mit fiebrigen Schmerzen. Nach einer Woche schwamm er – schwerfällig, keuchend und nicht sehr weit. Das Mädchen zeigte ihm eine Art Kraulen, denn er erkannte, dass Brustschwimmen veraltet war, beliebt nur noch bei den Alten und Ungeübten. Choupette sah ihn, wie er sein gebräuntes Gesicht mit einer Mischung aus Stolz und Faszination im Spiegel betrachtete, während der jüngere Sohn sich im Sand eine leichte Hautinfektion zuzog, die ihn vom Spielen abhielt. Doch eines Tages schaffte Henry es verzweifelt bis zum Schwimmkörper und zog sich mit letzter Kraft daran hoch.

„Da das nun erledigt ist", sagte er dem Mädchen, als er wieder sprechen konnte, „kann ich St. Jean morgen verlassen."

„Das tut mir leid."

„Was wirst du jetzt tun?"

„Mein Bruder und ich fahren nach Antibes. Dort kann man den ganzen Oktober schwimmen. Danach Florida."

„Und schwimmen?", fragte er amüsiert.

„Ja, wir werden schwimmen."

„Warum schwimmst du?“

„Um sauber zu werden“, antwortete sie überraschend.

„Sauber wovon?“

Sie runzelte die Stirn. „Ich weiß nicht, warum ich das gesagt habe. Aber im Meer fühlt es sich sauber an.“

„Die Amerikaner nehmen das zu ernst“, meinte er.

„Wie könnte man das zu ernst nehmen?“

„Ich meine, wir sind zu penibel geworden, um unseren Dreck zu akzeptieren.“

„Ich weiß nicht.“

Henry hielt inne, überrascht von seinen eigenen Gedanken. Er wollte sie bitten, ihm vieles zu erklären – was rein war und was unrein, was von Bedeutung und was nur leere Worte waren. Als er ihr ein letztes Mal in die Augen sah, voller kühler Geheimnisse, wurde ihm bewusst, wie sehr ihm diese Morgen fehlen würden. Ob es das Mädchen war, das ihn faszinierte, oder das, was sie von seinem immer neuen, sich verändernden Land repräsentierte, wusste er nicht.

„Na gut“, sagte er an diesem Abend zu Choupette. „Wir fahren morgen.“

„Nach Paris?“

„Nach Amerika.“

„Du meinst, ich soll auch gehen? Mit den Kindern?“

„Ja.“

„Das ist absurd“, protestierte sie. „Letztes Mal hat es mehr gekostet, als wir hier in sechs Monaten ausgeben. Und damals waren wir nur zu dritt. Jetzt, wo wir endlich vorangekommen sind –“

„Genau das ist es. Ich habe es satt, dass wir hier immer einen Schritt voraus sind, während du sparst und verzichtest. Ich muss mehr Geld verdienen. Amerikanische Männer sind ohne Geld nicht vollständig.“

„Also bleiben wir?“

„Das ist durchaus möglich.“

Sie sahen sich an und widerstrebend begriff Choupette. Acht Jahre hatte er ihr Leben gelebt, sich dem Prozess ständiger Anpassung unterzogen und die moralische Verwirrung seines Heimatlandes durch die Tradition und Weisheit Frankreichs ersetzt. Doch nach dieser Episode in Paris erkannte er, dass Verstehen und Vergeben wichtiger waren als alles andere. Jetzt, im Glanz einer Gesundheit, die er seit Jahren nicht mehr gefühlt hatte, spürte er, dass er befreit war. Trotz des Verlustgefühls hatte er das männliche Selbstbewusstsein zurückgewonnen, das er einst einem klugen Mädchen aus der Provence anvertraut hatte.

Choupette kämpfte einen Moment weiter.

„Du hast eine gute Position und wir haben genug Geld. Du weißt, dass wir hier billiger leben können."

„Die Jungen werden erwachsen. Ich bin nicht sicher, ob ich sie in Frankreich unterrichten lassen möchte."

„Aber das war doch schon entschieden", wandte sie ein. „Du selbst hast gesagt, dass das amerikanische Bildungssystem oberflächlich ist und von albernen Modeerscheinungen geprägt. Willst du, dass sie wie diese beiden Dummköpfe am Strand werden?"

„Vielleicht habe ich mehr an mich selbst gedacht, Choupette. Männer, die vor acht Jahren gerade ihren Abschluss gemacht haben, fahren heute Zehntausend-Dollar-Autos. Früher hat mich das nicht interessiert. Ich habe mir gesagt, dass ich einen besseren Ort habe, an den ich fliehen kann, weil wir wissen, dass Hummer Armoricaine eigentlich Hummer Americaine heißt. Vielleicht habe ich dieses Gefühl nicht mehr."

Choupette versteifte sich. „Wenn es das ist …"

„Es liegt an dir. Wir werden einen Neuanfang machen."

Choupette dachte kurz nach. „Natürlich kann meine Schwester die Wohnung übernehmen."

„Natürlich." Henrys Ton wurde enthusiastisch. „Und es wird sicher Dinge geben, die dich begeistern werden – wir werden zum Beispiel ein schönes Auto haben und einen dieser elektrischen Kühlschränke und alle möglichen witzigen Maschinen, die die Diener ersetzen. Es wird nicht schlecht sein. Du wirst lernen, Golf zu spielen und den ganzen Tag über Kinder zu reden. Und dann gibt es da noch die Filme."

Choupette stöhnte.

„Am Anfang wird es ziemlich schrecklich sein", gab er zu, „aber es gibt immer noch ein paar gute Köche, und wir werden wahrscheinlich zwei Badezimmer haben."

„Ich kann nicht mehr als eines gleichzeitig verwenden."

„Du wirst es lernen."

Einen Monat später, als die schöne weiße Insel in den Meerengen auf sie zutrieb, schnürte es Henry die Kehle zu, und er wollte Choupette und allen Fremden zurufen: „Jetzt seht ihr es!"

III

Fast drei Jahre später verließ Henry Marston sein Büro in der Calumet Tobacco Company und ging den Flur entlang zu Richter Waterburys Suite. Sein Gesicht war älter geworden und strahlte einen Anflug von Grimmigkeit aus und sein weißer Leinenanzug verbarg die leichte, unbändige Schwere seines Körpers nicht.

„Beschäftigt, Richter?"

„Komm rein, Henry."

„Ich gehe morgen ans Ufer, um dieses Gewicht abzuschwimmen. Ich wollte mit dir reden, bevor ich gehe."

„Gehen auch Kinder mit?"

„Oh, sicher."

„Choupette wird wohl ins Ausland gehen."

„Dieses Jahr nicht. Ich glaube, sie kommt mit, wenn sie nicht hier in Richmond bleibt."

Der Richter dachte: „Es besteht kein Zweifel, dass er alles weiß." Er wartete.

„Ich wollte Ihnen mitteilen, Herr Richter, dass ich Ende September zurücktrete."

Als der Richter seine Füße auf den Boden stellte, knarrte sein Stuhl nach hinten.

„Du hörst auf, Henry?"

„Nicht ganz. Walter Ross will nach Hause kommen. Lassen Sie mich seinen Platz in Frankreich einnehmen."

„Junge, weißt du, was wir Walter Ross zahlen?"

„Siebentausend."

„Und du kriegst fünfundzwanzig."

„Sie haben wahrscheinlich gehört, dass ich etwas auf dem Markt gemacht habe", sagte Henry abfällig.

„Ich habe alles zwischen hunderttausend und einer halben Million gehört."

„Irgendwo dazwischen."

„Warum dann ein Siebentausend-Dollar-Job? Hat Choupette Heimweh?"

„Nein, ich glaube, Choupette gefällt es hier. Sie hat sich wunderbar eingelebt."

„Er weiß es", dachte der Richter. „Er will weg."

Nachdem Henry gegangen war, blickte er zu dem Porträt seines Großvaters an der Wand auf. Damals wäre die Sache einfacher gewesen. Pistolenduelle im Morgengrauen auf der alten Wharton-Wiese. Es wäre zu Henrys Vorteil, wenn die Dinge heute so wären.

Henrys Chauffeur setzte ihn vor einem georgianischen Haus in einem neuen Vorortviertel ab. Er ließ seinen Hut im Flur liegen und ging direkt auf die Seitenveranda hinaus.

Von der schaukelnden Segeltuchschaukel blickte Choupette mit einem höflichen Lächeln auf. Wäre sie nicht so wachsam und hätte nicht ein gewisses undefinierbares Gespür für das Anziehen gehabt, hätte man sie für eine Amerikanerin halten können. Südstaatenakzente überlagerten ihren französischen Akzent mit einem eigentümlichen Charme. Es gab immer noch College-Jungs, die sie wie eine Debütantin beim Weihnachtsball bedrängten.

Henry nickte Mr. Charles Wiese zu, der in einem Korbstuhl saß und neben ihm einen Gin Fizz stand.

„Ich möchte mit Ihnen reden", sagte er und setzte sich.

Wieses und Choupettes Blicke kreuzten sich rasch, bevor sie auf ihm ruhten.

„Du bist frei, Wiese", sagte Henry. „Warum heiratest du nicht mit Choupette?"

Choupette setzte sich auf und ihre Augen blitzten.

„Jetzt warte mal." Henry wandte sich wieder Wiese zu. „Ich habe diese Sache jetzt seit etwa einem Jahr schleifen lassen, während ich meine finanziellen Angelegenheiten in Ordnung gebracht habe. Aber diese letzte brillante Idee von dir ist mir ein wenig unangenehm, ein wenig schäbig, und so möchte ich mich nicht fühlen."

„Was genau meinst du?", erkundigte sich Wiese.

„Bei meiner letzten Reise nach New York haben sie mich beschatten lassen. Ich nehme an, mit der Absicht, Beweise gegen mich in Bezug auf meine Scheidung zu erhalten. Es war jedoch nicht erfolgreich."

„Ich weiß nicht, wie du auf diese Idee gekommen bist, Marston.
Du ...“

„Lüge nicht!“

„Suh--“, begann Wiese, aber Henry unterbrach ihn ungeduldig:

„Jetzt sag mir nicht ,Suh‘ und versuch nicht, dich selbst in Rage
zu bringen. Du sprichst nicht mit einem verängstigten Hakenwurm-
sammler. Ich will keine Szene, meine Gefühle sind nicht ausreichend
involviert. Ich will eine Scheidung arrangieren.“

„Warum bringst du das Thema so zur Sprache?“, rief Choupette
und verfiel ins Französische. „Könnten wir nicht allein darüber reden, wenn du glaubst, dass sie so viel gegen mich haben?“

„Moment mal, das kann man jetzt auch gleich klären“, sagte Wiese. „Choupette will die Scheidung. Ihr Leben mit dir ist unbefrie-
digend, und der einzige Grund, warum sie bei dir geblieben ist, ist,
dass sie eine Idealistin ist. Du scheinst das nicht zu begreifen, aber
es stimmt: Sie konnte sich nicht dazu durchringen, ihr Zuhause aufzulösen.“

„Sehr rührend.“ Henry sah Choupette mit bitterer Belustigung
an. „Aber kommen wir zu den Fakten. Ich möchte diese Angelegenheit gerne abschließen, bevor ich nach Frankreich zurückfahre.“

Wieder tauschten Wiese und Choupette einen Blick.

„Es sollte einfach sein“, sagte Wiese. „Choupette will keinen Cent
von ihrem Geld.“

„Ich weiß. Was sie will, sind die Kinder. Die Antwort ist: Du
kannst die Kinder nicht haben.“

„Das ist doch völlig unerhört!“, rief Choupette. „Glauben Sie auch
nur eine Sekunde lang, dass ich meine Kinder aufgeben würde?“

„Was ist deine Idee, Marston?“, fragte Wiese. „Sie nach Frankreich
zurückzubringen und sie zu Auswanderern zu machen, so wie sie
selbst?“

„Das kann ich wohl kaum sagen. Sie sind für die St. Regis School
und dann für Yale angemeldet. Und ich habe nicht vor, ihnen zu ver-
bieten, ihre Mutter zu sehen, wann immer sie es wünscht – nach den
letzten beiden Jahren zu urteilen, wird das nicht oft vorkommen.
Aber ich beabsichtige, ihr alleiniges Sorgerecht zu behalten.“

„Warum?“, fragten sie gleichzeitig.

„Wegen des Zuhauses.“

„Was zum Teufel meinst du?“

„Ich würde ihnen lieber eine handwerkliche Ausbildung geben, als sie in einem Zuhause wie Ihrem und Choupette aufwachsen zu lassen."

Einen Moment lang herrschte Schweigen. Plötzlich nahm Choupette ihr Glas, schüttete den Inhalt nach Henry und brach schluchzend auf dem Sofa zusammen.

Henry tupfte sich mit seinem Taschentuch das Gesicht ab und stand auf.

„Das hatte ich befürchtet", sagte er, „aber ich denke, ich habe meinen Standpunkt klar gemacht."

Er ging in sein Zimmer und legte sich aufs Bett. In tausend wachen Stunden des vergangenen Jahres hatte er in Gedanken mit dem Problem gerungen, seine Söhne zu behalten, ohne jene rechtlichen Schritte gegen Choupette einzuleiten, zu denen er sich nicht durchringen konnte. Er wusste, dass sie die Kinder nur wollte, weil sie ohne sie bei ihrer Familie in Frankreich verdächtig, ja sogar deklassiert wäre. Aber mit jener Distanziertheit, die alten Familien eigen ist, erkannte Henry dies als ein vollkommen legitimes Motiv. Außerdem durfte kein öffentlicher Skandal die Mutter seiner Söhne berühren – das war es, was seine Herausforderung an diesem Nachmittag so wirkungslos gemacht hatte.

Wenn Schwierigkeiten unüberwindbar und unvermeidlich wurden, suchte Henry Erholung in körperlicher Betätigung. Drei Jahre lang war das Schwimmen eine Art Zufluchtsort für ihn gewesen, und er wandte sich dem zu wie der eine der Musik und der andere dem Trinken. Irgendwann hörte er entschlossen auf zu denken und fuhr für eine Woche an die Küste Virginias, um im Wasser seine Gedanken zu waschen. Weit hinter der Brandung konnte er mit der angenehmen Unpersönlichkeit eines Delphins die grün-braune Linie des Old Dominion überblicken. Die Last seiner unglücklichen Ehe fiel mit dem schwungvollen Taumeln seines Körpers durch die Wellen von ihm ab, und er begann, sich in einem Kindertraum vom Weltraum zu bewegen. Manchmal schwammen mit ihm die Spielkameraden seiner Jugend, an die er sich erinnerte. Manchmal schien er, mit seinen beiden Söhnen an seiner Seite, den hellen Weg zum Mond zu beschreiten.

Amerikaner, so sagte er gern, sollten mit Flossen geboren werden, und vielleicht waren sie das auch – vielleicht war Geld eine Art Flosse. In England brachte Besitz ein starkes Ortsbewusstsein hervor, aber die Amerikaner, ruhelos und mit flachen Wurzeln, brauchten Flossen und Flügel. In Amerika gab es sogar die wiederkehrende Idee einer Ausbildung, die Geschichte und Vergangenheit ausklammerte, eine Art Ausrüstung für Abenteuer in der Luft sein sollte, ohne die Last der blinden Passagiere von Erbe oder Tradition.

Als Henry am nächsten Nachmittag im Wasser daran dachte, musste er an die Kinder denken. Er drehte sich um und marschierte langsam zurück zum Ufer. Er war außer Form und ruhte sich keuchend auf dem Floß aus. Als er aufblickte, sah er vertraute Augen. Einen Moment später sprach er mit dem Mädchen, das er vor vier Jahren zu retten versucht hatte.

Er war überglücklich. Er hatte gar nicht gewusst, wie lebhaft er sich an sie erinnerte. Sie war eine Virginianerin – das hätte er im Ausland vielleicht erraten –, die Faulheit, die scheinbare Lässigkeit, hinter der sich eine unfehlbare Höflichkeit und Aufmerksamkeit verbarg, eine gute Form ohne Formen, die auf Freundlichkeit und Rücksicht beruhte. Als er ihren Namen zum ersten Mal hörte, erkannte er ihn – ein Name von der Ostküste, „gut" wie sein eigener.

In der Sonne liegend unterhielten sie sich wie alte Freunde, nicht über Rassen, Manieren oder die Dinge, über die Henry oft in Bezug auf Choupette grübelte, sondern als ob sie in diesen Dingen instinktiv einer Meinung wären. Sie sprachen über das, was ihnen Freude bereitete. Das Mädchen zeigte ihm Sprünge vom hohen Brett, sowohl aus dem Sitzen als auch aus dem Stehen, und er versuchte unbeholfen, ihr nachzueifern – das machte Spaß. Sie sprachen über das Essen von Weichschalenkrabben und sie erzählte ihm, dass man sich durch die seltsame Akustik des Wassers hier liegend von Gesprächen auf der Hotelveranda ablenken lassen konnte. Sie probierten es aus und hörten zwei Damen beim Tee sagen:

„Jetzt, am Lido –"

„Jetzt, im Asbury Park –"

„Oh, meine Liebe, er hat die ganze Nacht gekratzt und gekratzt, er hat gekratzt und gekratzt –"

„Meine Liebe, in Deauville –"

„– die ganze Nacht gekratzt und gekratzt."

Nach einer Weile nahm das Meer den tiefen Blauton des Nachmittags an und das Mädchen erzählte Henry, wie sie sich mit neunzehn von einem Spanier hatte scheiden lassen, der sie in seiner Hotelsuite einsperrte, wenn er nachts ausging.

„Das war so eine Sache", sagte sie leicht dahin. „Aber um es etwas fröhlicher auszudrücken: Wie geht es Ihrer schönen Frau? Und den Jungs – haben sie gelernt, zu schwimmen? Warum können Sie heute Abend nicht alle mit mir essen?"

„Ich fürchte, das kann ich nicht", sagte er nach kurzem Zögern. Er durfte nichts tun, was Choupette gegen ihn verwenden könnte. Der Gedanke, dass er an diesem Nachmittag möglicherweise beobachtet wurde, erfüllte ihn mit Abscheu. Trotzdem war er froh über seine Vorsicht, als Choupette am Abend unerwartet zum Hotelessen erschien.

Nachdem die Jungs zu Bett gegangen waren, saßen Henry und Choupette mit einer Tasse Kaffee auf der Veranda des Hotels.

„Würden Sie mir bitte erklären, warum ich keinen Anspruch auf die Hälfte meiner eigenen Kinder habe?", begann Choupette. „Es ist nicht Ihre Art, rachsüchtig zu sein, Henry."

Es fiel ihm schwer, ihr das zu erklären. Er sagte ihr, dass sie die Kinder haben könne, wenn sie sie wolle, dass er jedoch aus alten Überzeugungen heraus die volle Kontrolle über sie behalten müsse. Doch als er sah, wie ihr Gesicht von Minute zu Minute härter wurde, brach er ab. Sie gab einen verächtlichen Laut von sich.

„Ich wollte Ihnen die Chance geben, vernünftig zu sein, bevor Charles eintrifft."

Henry setzte sich auf. „Kommt er heute Abend hierher?"

„Gerne. Und ich glaube, dein Egoismus wird vielleicht einen Ruck bekommen, Henry. Du hast es jetzt nicht mit einer Frau zu tun."

Als Wiese eine Stunde später auf die Veranda trat, sah Henry seine blassen Lippen und die tiefrote Stirn. Seine Augen funkelten vor hartem Selbstbewusstsein. Wiese verschwendete keine Zeit.

„Wir haben uns etwas zu sagen, Sir, und da ich hier ein Motorboot habe, ist das vielleicht der ruhigste Ort, um es zu sagen."

Henry nickte kühl, und fünf Minuten später glitten sie über die breite Fahrrinne des Mondlichts in Hampton Roads. Eine halbe Meile vom Ufer entfernt drosselte Wiese die Geschwindigkeit, bis das Boot willenlos im hellen Wasser trieb.

„Marston, ich werde ganz offen mit Ihnen reden. Ich liebe Choupette und entschuldige mich nicht dafür. Solche Dinge passieren in dieser Welt. Die einzige Schwierigkeit ist das Sorgerecht für Choupettes Kinder. Sie scheinen entschlossen, sie ihrer Mutter wegzunehmen, die sie geboren und aufgezogen hat." Wieses Stimme wurde fester und deutlicher, als kämen die Worte aus einem breiteren Mund. „Aber Sie haben bei Ihren Berechnungen eines außer Acht gelassen: mich. Ist Ihnen bewusst, dass ich einer der reichsten Männer in Virginia bin?"

„Das habe ich gehört."

„Also, Geld ist Macht, Marston. Ich wiederhole, Sir, Geld ist Macht."

„Das habe ich auch gehört. Tatsächlich sind Sie ein Langweiler, Wiese."

Sogar im Mondlicht konnte Henry sehen, wie Wieses Stirn noch röter wurde.

„Das wirst du noch hören, Liebling. Gestern hast du uns überrascht, und ich war nicht auf deine Brutalität gegenüber Choupette vorbereitet. Aber heute Morgen habe ich einen Brief aus Paris erhalten, der die Sache in ein neues Licht rückt. Es ist eine Stellungnahme eines Spezialisten für Geisteskrankheiten, der dich für geisteskrank und ungeeignet erklärt, das Sorgerecht für Kinder zu übernehmen. Der Spezialist ist derjenige, der dich vor vier Jahren bei deinem Nervenzusammenbruch behandelt hat."

Henry lachte ungläubig und wandte sich an Choupette. Er erwartete beinahe, dass sie ebenfalls lachen würde, aber sie hatte ihr Gesicht abgewandt und atmete schnell durch die geöffneten Lippen. Plötzlich begriff er, dass Wiese die Wahrheit sagte – dass er ein solches Dokument durch Bestechung erlangt hatte und es fest entschlossen war zu nutzen.

Einen Moment lang taumelte Henry, als hätte ihn ein schwerer Schlag getroffen. Er hörte seine eigene Stimme sagen: „Das ist das Lächerlichste, was ich je gehört habe", und Wieses Antwort: „Man sagt den Leuten nicht immer, wenn sie psychische Probleme haben."

Plötzlich wollte Henry lachen und der schreckliche Augenblick, in dem er sich fragte, ob an der Behauptung nicht doch ein Körnchen Wahrheit sein könnte, war vorbei. Er wandte sich an Choupette, aber wieder wich sie seinem Blick aus.

„Wie konntest du nur, Choupette?"

„Ich will meine Kinder", begann sie, aber Wiese unterbrach sie schnell.

„Wenn Sie halbwegs fair gewesen wären, Marston, hätten wir diesen Schritt nicht unternommen."

„Wollen Sie etwa so tun, als hätten Sie diesen üblen Trick erst seit gestern Nachmittag geplant?"

„Ich glaube daran, dass man vorbereitet sein sollte, aber wenn Sie vernünftig gewesen wären, ja, wenn Sie vernünftig wären, dann müssten Sie diese Meinung nicht vertreten."

Seine Stimme wurde plötzlich fast väterlich, fast freundlich: „Seien Sie klug, Marston. Auf Ihrer Seite steht ein hartnäckiges Vorurteil. Auf meiner Seite sind es vierzig Millionen Dollar. Machen Sie sich nichts vor. Lassen Sie mich wiederholen: Geld ist Macht. Sie waren so lange im Ausland, dass Sie vielleicht geneigt sind, diese Tatsache zu vergessen. Geld hat dieses Land aufgebaut, seine großen und glorreichen Städte geschaffen, seine Industrien aufgebaut und es mit einem eisernen Eisenbahnnetz überzogen. Es ist Geld, das die Kräfte der Natur bändigt, Maschinen erschafft und sie in Gang setzt, wenn das Geld sagt, es soll so sein."

Als hätte der Motor dies als Befehl interpretiert, gab er plötzlich ein heiseres Geräusch von sich und verstummte.

„Was ist es?", fragte Choupette.

„Es ist nichts." Wiese drückte mit dem Fuß auf den Selbststarter. „Ich wiederhole, Marston, das Geld – Die Batterie ist leer. Einen Moment, während ich das Rad drehe."

Er drehte es fast fünfzehn Minuten lang, während das Boot in ruhigen kleinen Kreisen umherfuhr.

„Choupette, mach die Schublade hinter dir auf und schau, ob da nicht eine Rakete ist."

Ein Anflug von Panik schlich sich in ihre Stimme, als sie antwortete, dass es keine Rakete gäbe. Wiese blickte vorsichtig zum Ufer.

„Es hat keinen Sinn zu schreien. Wir müssen schon eine halbe Meile entfernt sein. Wir müssen einfach hier warten, bis jemand kommt."

„Wir werden hier nicht warten", bemerkte Henry.

„Warum nicht?"

„Wir bewegen uns auf die Bucht zu. Merkst du das nicht? Wir treiben mit der Flut hinaus."

„Das ist unmöglich!“, sagte Choupette scharf.

„Sieh dir die beiden Lichter am Ufer an – eines zieht gerade am anderen vorbei. Siehst du?“

„Tu etwas!“ Sie jammerte und brach schließlich in Französisch aus: „Ah, c’est épouvantable! N’est-ce pas qu’il y a quelque chose qu’on peut faire?“

Die Flut war nun stark und das Boot trieb weiter die Reede hinunter aufs offene Meer zu. Zwei Schiffe zogen an ihnen vorbei, aber in einiger Entfernung, und es gab keine Antwort auf ihren Ruf. Am westlichen Himmel blinkte ein Leuchtturm, doch es war unmöglich zu sagen, wie nahe sie ihm kommen würden.

„Es sieht aus, als ob alle unsere Schwierigkeiten für uns gelöst wären“, sagte Henry.

„Welche Schwierigkeiten?“, fragte Choupette. „Meinst du, man kann nichts tun? Können Sie einfach dasitzen und davontreiben?“

„Vielleicht ist es für die Kinder ja einfacher.“ Er zuckte zusammen, als Choupette bitterlich zu schluchzen begann, sagte aber nichts. In seinem Kopf nahm eine gespenstische Idee Gestalt an.

„Hören Sie, Marston. Können Sie schwimmen?“, fragte Wiese stirnrunzelnd.

„Ja, aber Choupette kann das nicht.“

„Ich kann es auch nicht – das habe ich nicht so gemeint. Wenn Sie hineinschwimmen und ein Telefon erreichen könnten, würden die Leute von der Küstenwache nach uns suchen.“

Henry blickte über das dunkle, zurückweichende Ufer.

„Es ist zu weit“, sagte er.

„Das können Sie versuchen!“, rief Choupette.

Henry schüttelte den Kopf.

„Zu riskant. Außerdem besteht die geringe Chance, dass wir mitgenommen werden.“

Der Leuchtturm flog weit links von ihnen vorbei, außer Hörweite. Ein weiterer, der letzte, ragte eine halbe Meile entfernt auf.

„Wir könnten wie dieser Gerbault nach Frankreich abwandern“, bemerkte Henry. „Aber dann wären wir natürlich Auswanderer – und das würde Wiese nicht gefallen, oder, Wiese?“

Wiese, der hektisch am Motor herumfummelte, blickte auf.

„Siehst du, was du damit machen kannst“, sagte er.

„Ich verstehe nichts von Mechanik“, antwortete Henry. „Außerdem gefällt mir diese Lösung unserer Schwierigkeiten immer besser. Nehmen wir nur an, du wärst ein dreckiger Hund, der diese Aussage macht, und würden deswegen die Kinder bekommen – in diesem Fall hätte ich nicht viel Antrieb, weiterzuleben. Wir sind alle Versager – ich als Familienoberhaupt, Choupette als Ehefrau und Mutter und du, Wiese, als Mensch. Es ist gut, dass wir gemeinsam aus dem Leben scheiden.“

„Dies ist nicht der richtige Zeitpunkt für eine Rede, Marston.“

„Oh ja, es ist eine schöne Zeit. Wie wäre es mit ein bisschen mehr Redensart in der Zeitungsredaktion darüber, dass Geld Macht ist?“

Choupette saß steif im Bug, Wiese stand über dem Motor und biss sich nervös auf die Lippen.

„Wir werden nicht ganz nah an diesem Leuchtturm vorbeifahren.“ Plötzlich kam ihm eine Idee. „Könntest du nicht dorthin schwimmen, Marston?“

„Natürlich könnte er das!“, rief Choupette.

Henry sah es sich vorsichtig an.

„Vielleicht. Aber ich werde es nicht tun.“

„Das musst du!“

Wieder zuckte er zusammen, als Choupette weinte. Gleichzeitig sah er, dass die Zeit gekommen war.

„Alles hängt von einem kleinen Punkt ab“, sagte er schnell. „Wiese, hast du einen Füllfederhalter?“

„Ja. Wozu?“

„Wenn du mir etwa zweihundert Wörter diktierst und unterschreibst, schwimme ich zum Leuchtturm und hole Hilfe. Andernfalls, so wahr mir Gott helfe, treiben wir aufs offene Meer hinaus! Und du solltest dich besser in etwa einer Minute entscheiden.“

„Oh, alles!“, brach es aus Choupette außer sich heraus. „Tu, was er sagt, Charles. Er meint es ernst. Er meint immer, was er sagt. Oh, bitte warte nicht!“

„Ich werde tun, was Sie wollen“ – Wieses Stimme zitterte – „aber, um Gottes Willen, mach weiter. Was willst du – eine Vereinbarung über die Kinder? Ich gebe dir mein Ehrenwort –“

„Für Humor ist keine Zeit“, sagte Henry wütend. „Nimm dieses Stück Papier und schreibe.“

Mit den zwei Seiten, die Wiese nach Henrys Diktat schrieb, gab er von da an und für immer alle Rechte an den Kindern auf. Als sie ihre zitternden Unterschriften angebracht hatten, rief Wiese: „Und jetzt geh, um Gottes Willen, bevor es zu spät ist!"

„Nur noch eines: Das Attest vom Arzt."

„Ich habe es nicht hier."

„Du lügst."

Wiese nahm es aus seiner Tasche.

„Schreib unten quer darüber, dass du so viel dafür bezahlst und unterschreibe es."

Eine Minute später sprang Henry, bis auf die Unterwäsche ausgezogen und mit den Papieren in einem Tabakbeutel aus Ölseide um den Hals hängend, von der Seite des Bootes und schwamm auf das Licht zu.

Das Wasser prallte einen Augenblick lang auf ihn, aber nach dem ersten Schock war alles warm und freundlich und das leise Rauschen der Wellen war eine Ermutigung. Es war der längste Schwimmversuch, den er je unternommen hatte, und er kam geradewegs aus der Stadt, aber das Glück in seinem Herzen hielt ihn aufrecht. Jetzt war er sicher und frei. Jeder Schwimmzug war stärker, weil er wusste, dass seine beiden Söhne, die im Hotel schliefen, vor dem, was er fürchtete, sicher waren. Choupette war von ihrem Heimatland geschieden und hatte sich aus dem amerikanischen Leben die Dinge ausgesucht, die ihrer eigenen Selbstgefälligkeit am besten entsprachen. Dass sie, gestützt durch einen Gerichtsbeschluss, dieses absurde moralische Durcheinander an seine Söhne weitergeben durfte, war unerträglich. Er hätte sie für immer verloren.

Als er sich auf den Rücken drehte, sah er, dass das Motorboot schon weit weg war und das blendende Licht näher. Er war sehr müde. Wenn man losließ – und in der Entspannung von der Anspannung verspürte er einen beängstigenden Impuls loszulassen –, starb man sehr schnell und schmerzlos und all diese Probleme des Hasses und der Bitterkeit verschwanden. Aber er spürte das Schicksal seiner Söhne in dem geölten Seidenbeutel um seinen Hals und mit einer krampfhaften Anstrengung drehte er sich wieder um und konzentrierte all seine Energie auf sein Ziel.

Zwanzig Minuten später stand er zitternd und triefend im Signalraum, während der Küstenpatrouille durch Funk übermittelt wurde, dass ein Boot in der Bucht trieb.

„Ohne Sturm besteht keine große Gefahr", sagte der Wärter. „Inzwischen sind sie wahrscheinlich in eine Querströmung vom Fluss geraten und in den Peyton Harbor getrieben."

„Ja", sagte Henry, der drei Sommer lang an diese Küste gekommen war. „Das wusste ich auch."

IV

Im Oktober ließ Henry seine Söhne in der Schule und schiffte sich auf der Majestic nach Europa ein. Er war wie eine großzügige Mutter nach Hause gekommen und hatte mehr bekommen, als er verlangt hatte – Geld, Befreiung aus einer unerträglichen Situation und neue Kraft, um für sich selbst zu kämpfen. Als er vom Deck der Majestic aus die verblassende Stadt und die verblassende Küste beobachtete, überkam ihn ein Gefühl überwältigender Dankbarkeit und Freude, dass Amerika da war, dass unter den hässlichen Trümmern der Industrie das reiche Land noch immer hervorkam, unverbesserlich üppig und fruchtbar, und dass im Herzen des führerlosen Volkes die alte Großzügigkeit und Hingabe weiterkämpfte, manchmal in Fanatismus und Exzess ausbrach, aber unbezwingbar und unbesiegt blieb.

Im Moment saß eine verlorene Generation im Sattel, aber es schien ihm, dass die Männer, die nachrückten, die Männer des Krieges, besser waren. All sein altes Gefühl, dass Amerika ein bizarrer Zufall, eine Art historischer Sport war, war für immer verschwunden. Das Beste Amerikas war das Beste der Welt.

Er ging hinunter zum Zahlmeisterbüro und wartete, bis eine Mitreisende durch das Fenster kam. Als sie sich umdrehte, erschraken beide, und er erkannte das Mädchen.

„Oh, hallo!", rief sie. „Ich freue mich, dass du mitkommst! Ich habe nur gefragt, wann der Pool öffnet. Das Tolle an diesem Schiff ist, dass man immer schwimmen kann."

„Warum schwimmst du gern?", wollte er wissen.

„Das fragst du mich immer." Sie lachte.

„Vielleicht würdest du es mir sagen, wenn wir heute Abend zusammen zu Abend essen würden."

Aber als er sich plötzlich von ihr entfernte, wusste er, dass sie es ihm nie sagen konnte – weder sie noch jemand anders. Frankreich war ein Land, England war ein Volk, aber Amerika, das immer noch diese Qualität der Idee in sich trug, war schwerer zu fassen – es waren die Gräber von Shiloh und die müden, angespannten, nervösen Gesichter seiner großen Männer und die Bauernjungen, die in den Argonnen starben, für ein Wort, das leer war, bevor ihre Körper verdorrten. Es war die Bereitschaft des Herzens.

Gretchens Nickerchen

Die Gehwege waren von sprödem Laub zerkratzt und die Zunge des bösen kleinen Jungen von nebenan war am eisernen Briefkasten festgefroren. Schnee noch vor Einbruch der Dunkelheit – ganz sicher. Der Herbst war vorbei. Das stellte natürlich die Kohlefrage und die Weihnachtsfrage in den Raum, doch Roger Halsey, der auf seiner eigenen Veranda stand, erklärte dem grauen Himmel der Vorstadt, dass er keine Zeit habe, sich über das Wetter Gedanken zu machen. Dann trat er hastig ins Haus und ließ das Thema in der kalten Dämmerung zurück.

Im Flur war es dunkel, doch von oben hörte er die Stimmen seiner Frau, des Kindermädchens und des Babys, die in eines ihrer endlosen Gespräche vertieft waren. Es bestand hauptsächlich aus „Nicht!", „Pass auf, Maxy!" und „Oh, da geht er!", unterbrochen von wilden Drohungen, dumpfen Stößen und dem wiederkehrenden Geräusch kleiner, mutiger Füße.

Roger schaltete das Licht im Flur ein, ging ins Wohnzimmer und erhellte es mit der roten Seidenlampe. Er legte seine prall gefüllte Mappe auf den Tisch, setzte sich und ließ sein markantes, junges Gesicht ein paar Minuten in der Hand ruhen, während er seine Augen vor dem Licht abschirmte. Dann zündete er sich eine Zigarette an, drückte sie nach wenigen Zügen aus und ging zum Fuß der Treppe, um nach seiner Frau zu rufen.

„Gretchen!"

„Hallo, Liebling." Ihre Stimme klang lachend. „Komm und sieh dir das Baby an."

Er fluchte leise.

„Ich kann das Baby jetzt nicht sehen", sagte er laut. „Wie lange dauert es, bis du unten bist?"

Eine rätselhafte Pause entstand, gefolgt von einer Abfolge von „Nicht!" und „Pass auf, Maxy!", offenbar um eine drohende Katastrophe abzuwenden.

„Wie lange dauert es noch?", wiederholte Roger leicht gereizt.

„Oh, ich komme gleich runter."

„Wie bald?", rief er nach oben.

Zu dieser Stunde kämpfte er jeden Tag damit, den drängenden Ton aus der Stadt durch die angemessene Ruhe eines Wohnhauses zu ersetzen. Doch heute Abend war er absichtlich ungeduldig. Er war beinahe enttäuscht, als Gretchen tatsächlich die Treppe heruntergerannt kam, gleich drei Stufen auf einmal nehmend, und mit überraschtem Ton fragte: „Was ist los?"

Sie küssten sich – und hielten einen Moment inne. Nach drei Jahren Ehe liebten sie sich noch immer mehr, als man vermuten konnte. Es war selten, dass sie sich mit jener heftigen Abneigung stritten, die nur jungen Paaren eigen ist. Roger blieb empfänglich für ihre Schönheit.

„Komm rein", sagte er abrupt. „Ich möchte mit dir reden."

Gretchen, ein Mädchen mit leuchtendem Haar in Tizianfarben, lebendig wie eine französische Stoffpuppe, folgte ihm ins Wohnzimmer.

„Hör zu, Gretchen" – er setzte sich ans Ende des Sofas – „ab heute Abend werde ich – was ist los?"

„Nichts. Ich suche nur eine Zigarette. Mach weiter."

Sie huschte auf Zehenspitzen zurück zum Sofa und ließ sich am anderen Ende nieder.

„Gretchen –" Wieder hielt er inne. Ihre Hand, die Handfläche nach oben, war ihm entgegengestreckt.

„Also, was ist denn?", fragte er gereizt.

„Streichhölzer."

„Was?"

In seiner Ungeduld erschien es ihm absurd, dass sie nach Streichhölzern fragte, doch er griff automatisch in seine Tasche.

„Danke", flüsterte sie. „Ich wollte dich nicht unterbrechen. Mach weiter."

„Gretch –"

Scratch! Das Streichholz flammte auf. Ihre Blicke trafen sich, angespannt.

Diesmal entschuldigten sich ihre rehbraunen Augen stumm und er lachte leise. Schließlich hatte sie sich nur eine Zigarette angezündet, doch in seiner Stimmung störte ihn jede kleine Handlung maßlos.

„Wenn du Zeit hast, mir zuzuhören", sagte er genervt, „könntest du dich vielleicht für das Thema Armenhaus interessieren."

„Was für ein Armenhaus?" Ihre Augen wurden groß, sie wirkte erschrocken, dann saß sie ganz still da.

„Das war nur, um deine Aufmerksamkeit zu bekommen. Aber heute Abend beginnen für mich die wahrscheinlich wichtigsten sechs Wochen meines Lebens – sechs Wochen, die entscheiden, ob wir für immer in diesem heruntergekommenen kleinen Haus in dieser heruntergekommenen Vorstadt bleiben."

Gretchens dunkle Augen blickten beunruhigt und zugleich gelangweilt. Sie war ein Mädchen aus dem Süden und jede Diskussion darüber, wie man in der Welt vorankommen sollte, verursachte ihr Kopfschmerzen.

„Vor sechs Monaten habe ich die New York Lithographic Company verlassen", begann Roger, „und mich im Werbegeschäft selbstständig gemacht."

„Das weiß ich", unterbrach Gretchen ihn genervt. „Und jetzt leben wir von unsicheren fünfhundert Dollar, anstatt von sicheren sechshundert im Monat."

„Gretchen", entgegnete Roger scharf, „wenn du nur sechs Wochen lang so sehr an mich glaubst, wie es dir möglich ist, werden wir reich sein. Ich habe jetzt die Chance, einige der größten Kunden des Landes zu gewinnen." Er zögerte kurz. „Und in diesen sechs Wochen werden wir weder ausgehen noch Gäste empfangen. Ich werde jeden Abend Arbeit mit nach Hause bringen. Wir werden die Jalousien schließen und wenn jemand klingelt, tun wir, als wären wir nicht da."

Er lächelte, als wäre es ein spannendes neues Spiel. Doch als Gretchen nichts sagte, verschwand sein Lächeln, und er sah sie unsicher an.

„Was ist denn?", platzte es schließlich aus ihr heraus. „Soll ich aufstehen und singen? Du arbeitest doch schon genug. Wenn du noch mehr machst, erleidest du einen Nervenzusammenbruch. Ich habe neulich davon gelesen –"

„Mach dir keine Sorgen um mich", unterbrach er sie. „Ich schaffe das. Aber du wirst dich zu Tode langweilen, wenn du jeden Abend hier herumsitzt."

„Nein, werde ich nicht", entgegnete sie wenig überzeugend, „außer vielleicht heute Abend."

„Was ist heute Abend?"

„George Tompkins hat uns zum Abendessen eingeladen."

„Hast du zugesagt?"

„Natürlich habe ich das", sagte sie gereizt. „Warum nicht? Du schimpfst doch immer darüber, wie schrecklich diese Gegend ist. Ich dachte, vielleicht würdest du dich über einen Abend in einer schöneren Umgebung freuen."

„Wenn ich in eine bessere Gegend ziehe, dann für immer", murmelte er finster.

„Also, gehen wir?"

„Ich schätze, wir müssen, wenn du zugesagt hast."

Zu Rogers Ärger endete das Gespräch abrupt. Gretchen sprang auf, gab ihm einen flüchtigen Kuss und verschwand in der Küche, um Wasser für ein Bad aufzusetzen. Seufzend schob Roger seine Mappe vorsichtig hinter das Bücherregal – darin waren nur Skizzen und Entwürfe für Werbeplakate, doch er hielt sie für das Erste, wonach ein Einbrecher suchen würde. Dann stieg er langsam die Treppe hinauf, ging ins Kinderzimmer, gab dem Kleinen einen schnellen, feuchten Kuss und begann sich für den Abend umzuziehen.

Da sie kein eigenes Auto hatten, holte George Tompkins sie um halb sieben ab. Tompkins war ein erfolgreicher Innenarchitekt, ein breitschultriger, rosiger Mann mit einem gepflegten Schnurrbart und einem starken Jasminduft. Er und Roger hatten früher in einer Pension in New York nebeneinander gewohnt, doch in den letzten fünf Jahren hatten sie sich nur selten gesehen.

„Wir sollten uns öfter treffen", meinte Tompkins zu Roger. „Du solltest öfter ausgehen, alter Junge. Cocktail?"

„Nein, danke."

„Nein? Nun, deine bezaubernde Frau nimmt bestimmt einen – oder?“

„Ich liebe dieses Haus“, rief Gretchen aus, nahm das Glas und betrachtete bewundernd die Schiffsmodelle, kolonialen Whiskyflaschen und den anderen modischen Kram von 1925.

„Es gefällt mir“, sagte Tompkins zufrieden. „Ich habe es nur für mich selbst gestaltet. Ich bin sehr zufrieden.“

Roger ließ seinen Blick durch den steifen, schmucklosen Raum schweifen und fragte sich, ob sie versehentlich in der Küche gelandet waren.

„Du siehst schrecklich aus, Roger“, bemerkte Tompkins. „Trink einen Cocktail und entspann dich.“

„Nimm einen“, drängte Gretchen.

„Was?“ Roger drehte sich verwirrt um. „Oh, nein, danke. Ich muss noch arbeiten, wenn wir zurückkommen.“

„Arbeiten!“, lachte Tompkins. „Hör zu, Roger, du wirst dich noch zu Tode schuften. Warum bringst du nicht etwas Balance in dein Leben? Ein bisschen arbeiten, ein bisschen Spaß haben.“

„Das sage ich ihm auch“, warf Gretchen ein.

„Kennst du den Alltag eines normalen Geschäftsmannes?“, fragte Tompkins, als sie zum Esstisch gingen. „Kaffee am Morgen, acht Stunden Arbeit, ein herzhaftes Mittagessen dazwischen und dann nach Hause mit Verdauungsstörungen und schlechter Laune, um der Frau einen netten Abend zu bereiten.“

Roger lachte kurz.

„Du warst wohl zu oft im Kino“, sagte er trocken.

„Kino?“ Tompkins war irritiert. „Ich war kaum jemals im Kino. Filme finde ich furchtbar. Meine Ansichten beruhen auf eigenen Beobachtungen. Ich glaube an ein ausgeglichenes Leben.“

„Und was genau ist das?“, fragte Roger.

„Nun ja“, begann Tompkins zögernd, „ich könnte es dir am besten erklären, wenn ich dir meinen Tagesablauf schildere. Klingt das selbstverliebt?“

„Keineswegs!“ Gretchen sah ihn mit Interesse an. „Ich bin gespannt.“

„Also, ich beginne den Morgen mit einer Stunde Sport. Ich habe einen Raum als kleines Fitnessstudio eingerichtet. Da boxe ich gegen den Sandsack, mache Schattenboxen und Krafttraining. Danach ein kaltes Bad – das ist etwas! Nimmst du täglich ein kaltes Bad?"

„Nein", gab Roger zu, „ich nehme drei- oder viermal pro Woche abends ein heißes Bad."

Ein entsetztes Schweigen folgte. Tompkins und Gretchen tauschten einen Blick, als hätte Roger etwas Ungeheuerliches gesagt.

„Was ist denn?", fragte Roger gereizt und blickte von einem zum anderen. „Ihr wisst doch, dass ich nicht jeden Tag bade – ich habe keine Zeit dafür."

Tompkins stieß einen langen, theatralischen Seufzer aus.

„Nach meinem Bad", fuhr er fort, als wolle er das Thema möglichst schnell vergessen, „frühstücke ich und fahre ins Büro nach New York. Dort arbeite ich bis vier Uhr. Dann mache ich eine Pause, und wenn es Sommer ist, eile ich hierher zurück, um neun Löcher Golf zu spielen. Im Winter spiele ich eine Stunde Squash im Club. Danach eine flotte Runde Bridge vor dem Abendessen. Dieses hat oft mit geschäftlichen Dingen zu tun, aber auf angenehme Weise. Vielleicht hat ein Kunde ein Haus einrichten lassen und ich bin bei der ersten Feier eingeladen, um zu sehen, ob die Beleuchtung passt. Oder ich lese einfach einen guten Gedichtband und verbringe den Abend allein. Jeden Abend tue ich etwas, das mich aus dem Alltag herausholt."

„Das klingt herrlich", sagte Gretchen begeistert. „Ich wünschte, wir könnten so leben."

Tompkins lehnte sich ernsthaft nach vorn. „Das könnt ihr", sagte er eindringlich. „Es gibt keinen Grund, warum nicht. Roger, wenn du jeden Tag neun Löcher Golf spielst, wird das Wunder bewirken. Du wirst dich selbst nicht wiedererkennen. Deine Arbeit wird besser und du wirst nie wieder dieses müde, nervöse Gefühl haben –"

Er brach ab, denn Roger hatte merklich gegähnt.

„Roger!", fuhr Gretchen ihn scharf an. „Das ist doch wirklich unhöflich. George gibt sich solche Mühe, dir zu helfen, und du –" Sie wandte sich wütend an Tompkins. „Das Neueste ist, dass er sechs Wochen lang jede Nacht arbeiten will. Er sagt, er lässt die Jalousien runter und sperrt uns ein wie Einsiedler. Letztes Jahr hat er das jeden Sonntag gemacht und jetzt will er es jeden Abend tun."

Tompkins schüttelte den Kopf. „Nach diesen sechs Wochen", sagte er bedächtig, „geht er direkt ins Sanatorium. Jeder kennt solche

Fälle: Das Nervensystem wird überlastet und dann – bumm! – bist du fertig. Und um ein paar Stunden zu sparen, verlierst du Monate für die Reparatur." Er hielt kurz inne, lächelte dann Gretchen zu. „Ganz zu schweigen davon, was mit dir passiert. Es scheint mir, dass die Frauen bei solchen Wahnsinnsaktionen immer den größten Teil der Last tragen."

„Das macht mir nichts aus", sagte Gretchen loyal.

„Doch, tut es", sagte Roger düster. „Du bist stur wie sonst was. Du glaubst, ich brauche ewig, um aufzusteigen, damit du dir endlich neue Kleider leisten kannst. Aber das lässt sich nicht ändern. Frauen – ihr bester Trick ist es, die Hände in den Schoß zu legen und zu warten."

„Deine Ansichten über Frauen sind altmodisch", erwiderte Tompkins ruhig. „Frauen wollen nicht mehr nur warten."

„Dann sollten sie Männer von vierzig heiraten", konterte Roger. „Wenn ein Mädchen einen jungen Mann heiratet, sollte sie bereit sein, jedes Opfer zu bringen, damit er es zu etwas bringt."

„Lass uns nicht darüber reden", sagte Gretchen ungeduldig. „Bitte, Roger, lass uns diesen einen Abend genießen."

Als Tompkins sie um elf Uhr vor ihrem Haus absetzte, blieben Roger und Gretchen noch einen Moment auf dem Gehweg stehen. Der Wintermond warf sein fahles Licht auf die Straße. Feiner Schnee trieb durch die Luft. Roger atmete tief ein, spürte die Kälte in seinen Lungen und legte den Arm um Gretchen.

„Ich kann mehr Geld verdienen als er", sagte er mit angespanntem Jubel. „Und das in nur vierzig Tagen."

„Vierzig Tage", seufzte sie. „Das kommt mir ewig vor – besonders, wenn alle anderen ihren Spaß haben. Ich wünschte, ich könnte einfach vierzig Tage schlafen."

„Warum tust du es nicht, Liebling? Mach ein Nickerchen und wenn du aufwachst, ist alles gut."

Einen Moment lang blieb sie still.

„Roger", fragte sie nachdenklich, „glaubst du, George meinte es ernst, als er sagte, er würde mich am Sonntag zum Reiten mitnehmen?"

Roger runzelte die Stirn. „Keine Ahnung. Wahrscheinlich nicht. Und ehrlich gesagt hoffe ich es nicht." Er zögerte. „Heute Abend hat er mich echt getroffen – all dieses Gerede über sein kaltes Bad."

Sie gingen Arm in Arm zum Haus.

„Ich wette, er nimmt nicht jeden Morgen ein kaltes Bad“, murmelte Roger. „Oder auch nur dreimal die Woche.“ Er zog den Schlüssel aus der Tasche, steckte ihn ins Schloss und drehte sich trotzig zu Gretchen um. „Ich wette, er hat seit einem Monat nicht mehr gebadet.“

II

Nach vierzehn Tagen intensiver Arbeit verschwammen Roger Halseys Tage zu einem einzigen, monotonen Ablauf und vergingen in Blöcken aus zwei, drei oder vier Tagen. Von acht Uhr morgens bis halb sieben abends war er in seinem Büro. Danach folgte eine halbstündige Zugfahrt, während der er im schwachen gelben Licht Notizen auf die Rückseiten von Umschlägen kritzelte. Um halb sieben saß er dann am Wohnzimmertisch, umgeben von ausgebreiteten Buntstiften, Scheren und weißen Kartonblättern, und arbeitete unermüdlich bis Mitternacht. Währenddessen lag Gretchen mit einem Buch auf dem Sofa und hinter den geschlossenen Jalousien erklang hin und wieder die Türklingel.

Um Mitternacht entbrannte regelmäßig ein Streit darüber, ob er endlich ins Bett kommen würde. Roger stimmte nur zu, nachdem er seine Sachen aufgeräumt hatte – ein Prozess, der durch ein halbes Dutzend neuer Ideen regelmäßig verzögert wurde. So fand er Gretchen meistens schon tief schlafend vor, wenn er schließlich auf Zehenspitzen ins Schlafzimmer schlich.

Manchmal dauerte es bis drei Uhr morgens, bevor Roger seine letzte Zigarette in den überquellenden Aschenbecher drückte. Dann zog er sich im Dunkeln aus, vollkommen erschöpft, doch mit einem triumphierenden Gefühl, einen weiteren Tag durchgestanden zu haben.

Weihnachten kam und ging und für Roger war es kaum mehr als der Tag, an dem er die Schaufensterkarten für Garrods Schuhe fertigstellte. Das war einer von acht großen Aufträgen, die er bis Januar abschließen wollte. Wenn er die Hälfte davon an Land zog, würde er einen Jahresumsatz von einer Viertelmillion Dollar sichern.

Doch abseits seines Geschäfts wurde die Welt zu einem verschwommenen Traum. Er wusste, dass George Tompkins Gretchen an zwei kalten Dezembersonntagen zum Reiten mitgenommen hatte. Ein anderes Mal war sie mit ihm in dessen Auto unterwegs gewesen, um den Nachmittag beim Skifahren im Country-Club zu verbringen. Eines Morgens tauchte ein Foto von Tompkins in einem teuren Rahmen an der Schlafzimmerwand auf. Und eines Abends war Roger so schockiert, dass er heftig protestierte, als Gretchen mit Tompkins ins Theater ging.

Doch seine Arbeit näherte sich dem Ende. Täglich wurden seine Layouts aus der Druckerei geliefert, bis schließlich sieben davon ordentlich gestapelt in seinem Bürosafe lagen. Roger wusste, dass sie gut waren. Solche Arbeit konnte man nicht mit Geld kaufen. Es war mehr, als ihm bewusst war, ein Werk aus Leidenschaft.

Der Dezember fiel wie ein trockenes Blatt vom Kalender. Eine Woche voller Entbehrungen folgte, in der er auf Kaffee verzichten musste, weil sein Herz davon raste. Vier Tage – drei Tage noch – dann wäre es geschafft.

Am Donnerstagnachmittag sollte HG Garrod in New York eintreffen. Am Mittwochabend kam Roger um sieben nach Hause und fand Gretchen mit einem seltsamen Ausdruck in den Augen über den Dezemberrechnungen brütend vor.

„Was ist los?", fragte er.

Sie nickte in Richtung der Rechnungen. Roger blätterte sie durch und runzelte die Stirn.

„Meine Güte!"

„Ich kann nichts dafür!", platzte sie heraus. „Sie sind schrecklich."

„Nun, ich habe dich nicht geheiratet, weil du eine perfekte Haushälterin warst. Ich werde die Rechnungen schon irgendwie klären. Mach dir keine Sorgen."

Gretchen sah ihn kalt an.

„Du redest mit mir, als wäre ich ein Kind."

„Ich muss", entgegnete Roger plötzlich gereizt.

„Na ja, wenigstens bin ich kein Nippes, den man einfach irgendwo abstellen und vergessen kann."

Er kniete neben ihr nieder, nahm ihre Arme in die Hände und sah sie eindringlich an.

„Gretchen, bitte, hör zu! Um Gotteswillen, lass uns jetzt keinen Streit anfangen. Wir sind beide angespannt und gereizt, aber ein Streit wäre das Schlimmste. Ich liebe dich, Gretchen. Sag mir, dass du mich liebst – schnell!"

„Du weißt, dass ich dich liebe."

Der Konflikt war abgewendet, doch während des gesamten Abendessens lag eine spürbare Spannung in der Luft. Sie erreichte ihren Höhepunkt, als Roger später begann, seine Arbeitsmaterialien auf dem Tisch auszubreiten.

„Oh, Roger", protestierte Gretchen, „ich dachte, du müsstest heute Abend nicht arbeiten."

„Ich dachte auch, dass ich frei hätte, aber etwas ist dazwischengekommen."

„Ich habe George Tompkins eingeladen."

„Oh Gott!", rief Roger aus. „Tut mir leid, Liebling, aber du musst ihn anrufen und absagen."

„Er ist schon unterwegs", sagte sie. „Er kommt direkt aus der Stadt. Er wird jeden Moment hier sein."

Roger stöhnte. Der Gedanke kam ihm, sie beide ins Kino zu schicken, doch er hielt den Vorschlag zurück. Er wollte sie nicht im Kino wissen. Er wollte sie hier, wo er sie sehen konnte.

George Tompkins traf um acht ein, gut gelaunt und mit einem lauten „Aha! Immer noch dabei."

Roger nickte kühl.

„Hör lieber auf", sagte Tompkins. „Hör lieber auf, bevor du musst."

Er ließ sich mit einem langen, zufriedenen Seufzer in den Sessel sinken und zündete sich eine Zigarette an. „Hören Sie auf einen Mann, der sich wissenschaftlich mit der Sache befasst hat: Man kann einiges ertragen – und dann macht es peng!"

„Entschuldigen Sie mich bitte", sagte Roger so höflich wie möglich. „Ich gehe nach oben und schließe meine Arbeit ab."

„Wie du meinst, Roger." George winkte lässig mit der Hand. „Es macht mir nichts aus. Ich bin der Freund der Familie und sehe die Dame genauso gern wie den Herrn des Hauses." Mit einem schelmischen Lächeln fügte er hinzu: „Aber an deiner Stelle, alter Junge, würde ich die Arbeit beiseitelegen und mir eine gute Nachtruhe gönnen."

Oben im Zimmer breitete Roger seine Unterlagen auf dem Bett aus. Doch der dünne Boden ließ das Grollen und Murmeln der Stimmen von unten bis zu ihm hinaufdringen. Er fragte sich, worüber sie wohl sprachen. Je tiefer er sich in seine Arbeit vertiefen wollte, desto öfter kehrten seine Gedanken zu dieser Frage zurück. Schließlich stand er mehrfach auf und wanderte nervös im Raum auf und ab.

Das Bett war denkbar ungeeignet als Arbeitsplatz. Immer wieder rutschte das Papier weg und der Bleistift bohrte sich durch. Heute Nacht schien einfach alles gegen ihn zu sein. Buchstaben und Zahlen verschwammen vor seinen Augen und das leise Murmeln der Stimmen unten verstärkte nur das Hämmern in seinen Schläfen.

Um zehn Uhr wurde ihm klar, dass er seit über einer Stunde nichts Produktives geschafft hatte. Mit einem plötzlichen Ausruf raffte er seine Unterlagen zusammen, verstaute sie in seiner Mappe und ging nach unten. Als er das Wohnzimmer betrat, saßen sie gemütlich auf dem Sofa beieinander.

„Oh, hallo!“, rief Gretchen überflüssigerweise, wie er fand. „Wir haben gerade über dich gesprochen.“

„Danke“, entgegnete er trocken. „Welcher Teil von mir lag unter dem Mikroskop?“

„Deine Gesundheit!“, sagte Tompkins fröhlich und hob sein Glas.

„Mit meiner Gesundheit ist alles in Ordnung“, antwortete Roger knapp.

„Aber du bist so egoistisch, alter Junge“, warf Tompkins ein. „Du denkst dabei nur an dich. Glaubst du nicht, dass Gretchen auch Rechte hat? Wenn du an einem großartigen Sonett oder einem Madonna-Porträt arbeiten würdest“ – er warf einen vielsagenden Blick auf Gretchens feuerrotes Haar – „dann würde ich sagen, mach weiter. Aber das tust du nicht. Es ist nur eine läppische Werbeanzeige, wie man irgendein Haarwasser verkauft. Und ehrlich, selbst wenn morgen alles Haarwasser der Welt im Meer landen würde, ginge es der Menschheit keinen Deut schlechter.“

„Moment mal“, fuhr Roger gereizt dazwischen. „Das ist nicht fair. Ich mache mir keine Illusionen über die Bedeutung meiner Arbeit – sie ist genauso unbedeutend wie das, was du machst. Aber für Gretchen und mich ist sie gerade das Wichtigste auf der Welt.“

„Willst du damit sagen, meine Arbeit ist nutzlos“, fragte Tompkins mit ungläubiger Miene.

„Nein, nicht, wenn es einen gelangweilten Hosenfabrikanten glücklich macht, der nicht weiß, wohin mit seinem Geld.“

Tompkins und Gretchen tauschten einen Blick.

„Oh-ho!“, rief Tompkins ironisch. „Mir war nicht klar, dass ich all die Jahre nur meine Zeit verschwendet habe.“

„Du bist ein Faulpelz“, sagte Roger schroff.

„Ich?“ Tompkins sprang empört auf. „Ich bin ein Faulpelz, nur weil ich mein Leben im Gleichgewicht halte? Weil ich neben der Arbeit auch noch Zeit für interessante Dinge finde? Ich lasse mich wenigstens nicht zu einem langweiligen Arbeitstier degradieren!“

Beide Männer waren nun wütend, ihre Stimmen wurden lauter, auch wenn Tompkins’ Gesicht noch ein angedeutetes Lächeln zeigte.

„Was ich nicht gutheiße“, erwiderte Roger ruhig, „ist, dass du in den letzten sechs Wochen scheinbar nur hier herumgesessen hast.“

„Roger!“, rief Gretchen empört. „Wie kannst du so etwas sagen?“

„Genau das meine ich“, sagte er ungerührt.

„Du hast völlig den Verstand verloren“, erwiderte Tompkins mit demonstrativer Gelassenheit, während er sich eine Zigarette anzündete. „Du bist so überarbeitet, dass du nicht mehr weißt, was du sagst. Du stehst kurz vor einem Nervenzusammenbruch.“

„Raus hier!“, schrie Roger aufgebracht. „Verschwinde sofort, bevor ich dich hinauswerfe!“

Tompkins stand zornig auf.

„Du – du willst mich hinauswerfen?“, rief er ungläubig.

Die Situation eskalierte, beide Männer bewegten sich aufeinander zu, als Gretchen dazwischenging, Tompkins am Arm packte und ihn zur Tür drängte.

„Er benimmt sich wie ein Idiot, George, aber du solltest besser gehen“, sagte sie eindringlich und suchte im Flur nach seinem Hut.

„Er hat mich beleidigt!“, rief Tompkins. „Er hat mir gedroht!“

„Mach dir keine Sorgen, George“, flehte Gretchen. „Er meint das nicht so. Bitte geh! Wir sehen uns morgen um zehn.“

Sie öffnete die Tür.

„Du wirst ihn morgen um zehn nicht sehen“, sagte Roger entschlossen. „Er wird dieses Haus nicht mehr betreten.“

Tompkins drehte sich zu Gretchen um.

„Es ist sein Haus“, sagte Tompkins. „Vielleicht sollten wir uns besser bei mir treffen.“

Dann ging er und Gretchen schloss die Tür hinter ihm. Ihre Augen waren voller Tränen, die vor Zorn glänzten.

„Siehst du, was du angerichtet hast!", schluchzte sie. „Der einzige Freund, den ich hatte, der einzige Mensch, der mich mochte und anständig behandelt hat, wird von meinem Mann in meinem eigenen Haus beleidigt."

Sie ließ sich auf das Sofa fallen und vergrub ihr Gesicht weinend in den Kissen.

„Er hat es herausgefordert", entgegnete Roger stur. „Ich habe mehr ertragen, als mein Selbstrespekt erlaubt. Ich will nicht, dass du dich weiterhin mit ihm triffst."

„Ich werde mich mit ihm treffen!", rief Gretchen außer sich. „So oft ich will! Meinst du, es ist angenehm, mit dir zusammenzuleben?"

„Gretchen", sagte Roger kalt, „steh auf, zieh Hut und Mantel an, geh zur Tür hinaus und komm nie wieder zurück."

Ihr Mund stand einen Moment offen.

„Aber ich will nicht gehen", sagte sie benommen.

„Dann benimm dich." Seine Stimme wurde sanfter. „Ich dachte, du würdest diese vierzig Tage schlafen."

„Oh ja", erwiderte sie bitter, „leicht gesagt! Aber ich habe es satt, zu schlafen." Sie richtete sich auf und sah ihn trotzig an. „Und übrigens – morgen gehe ich mit George Tompkins reiten."

„Das wirst du nicht", sagte Roger ruhig. „Notfalls nehme ich dich mit nach New York und setze dich in meinem Büro ab, bis ich fertig bin."

Ihre Augen funkelten vor Zorn.

„Ich hasse dich", sagte sie langsam. „Am liebsten würde ich all deine Arbeit zerreißen und ins Feuer werfen. Und damit du etwas hast, worüber du dir Sorgen machen kannst: Morgen werde ich wahrscheinlich nicht mehr hier sein, wenn du zurückkommst."

Sie stand auf, betrachtete ihr verweintes Gesicht im Spiegel und rannte dann die Treppe hinauf ins Schlafzimmer.

Automatisch breitete Roger seine Arbeit auf dem Wohnzimmertisch aus. Die lebhaften Farben der Illustrationen, die Damen mit orangefarbenem Ginger Ale oder glänzenden Seidenstrümpfen, blendeten seinen Geist und versetzten ihn in einen tranceähnlichen Zustand. Sein Buntstift bewegte sich rastlos über die Zeichnungen, verschob Buchstaben um Bruchteile eines Zolls, probierte verschiedene Blautöne aus, strich Worte, die ihm schwach erschienen.

Eine halbe Stunde verging und er arbeitete nun tief konzentriert. Die einzige Geräuschkulisse war das leise Kratzen des Buntstifts. Schließlich blickte er auf die Uhr – es war nach drei. Draußen heulte der Wind, rüttelte laut und heftig an den Hausecken, als würde ein schwerer Körper durch die Nacht stürzen.

Roger legte die Arbeit nieder und lauschte. Er war nicht müde, doch sein Kopf fühlte sich an, als wäre er überzogen von pulsierenden Adern, ähnlich den anatomischen Darstellungen in Arztpraxen. Er tastete mit den Händen seinen Schädel ab, spürte die knotigen, brüchigen Stellen um eine alte Narbe an seiner Schläfe.

Plötzlich überkam ihn Angst. Die unzähligen Warnungen, die er gehört hatte, schossen ihm durch den Kopf. Menschen ruinierten sich durch Überarbeitung – und auch er war nur aus verletzlichem, vergänglichem Material gemacht. Zum ersten Mal beneidete er George Tompkins um dessen Gelassenheit und geregelte Routine. Er sprang auf und begann rastlos im Zimmer auf und ab zu gehen.

„Ich muss schlafen", murmelte er, wie um sich selbst zu beruhigen. „Sonst verliere ich den Verstand."

Er rieb sich die Augen und wollte seine Arbeit weglegen, doch seine Hände zitterten so sehr, dass er kaum das Brett halten konnte. Als ein kahler Ast gegen das Fenster schlug, fuhr er zusammen und stieß einen Schrei aus. Er setzte sich auf das Sofa und versuchte, einen klaren Gedanken zu fassen.

„Halt! Halt! Halt!", tickte die Uhr. „Halt! Halt! Halt!"

„Ich kann nicht aufhören", entgegnete er laut. „Ich kann es mir nicht leisten aufzuhören."

Dann hörte er es: Der Wolf war an der Tür. Er glaubte, das Kratzen seiner Krallen auf dem Holz zu hören. Roger sprang zur Haustür, riss sie auf – und wich mit einem entsetzten Schrei zurück. Ein riesiger Wolf stand auf der Veranda und starrte ihn mit glühend roten Augen an. Während Roger ihn anstarrte, sträubte sich das Nackenfell des Tieres, es knurrte und verschwand in der Dunkelheit.

Dann erkannte Roger mit einem erschöpften, bitteren Lachen, dass es der Polizeihund von gegenüber gewesen war.

Er schleppte sich in die Küche, holte den Wecker und stellte ihn auf sieben. In seinen Mantel gehüllt, legte er sich auf das Sofa. Augenblicklich fiel er in einen tiefen, traumlosen Schlaf.

Als Roger aufwachte, war das Licht draußen noch schwach, aber der Raum hatte das gedämpfte Grau eines Wintermorgens. Er stand auf und blickte prüfend auf seine Hände. Zu seiner Erleichterung bemerkte er, dass sie nicht mehr zitterten. Er fühlte sich deutlich besser. Doch als die Erinnerungen an die vergangene Nacht zurückkamen, legten sich erneut Sorgenfalten auf seine Stirn. Vierundzwanzig Stunden Arbeit lagen vor ihm. Gretchen musste, ob sie wollte oder nicht, noch einen weiteren Tag schlafen.

Ein plötzlicher Geistesblitz ließ Rogers Gedanken aufleuchten, als hätte er eine geniale Werbeidee gefunden. Nur Minuten später eilte er durch die kalte, klare Morgenluft zur Drogerie von Kingsley.

„Ist Mr. Kingsley schon da?"

Der Apotheker erschien um die Ecke des Behandlungszimmers.

„Ich müsste kurz unter vier Augen mit Ihnen sprechen."

Um halb acht war Roger wieder zu Hause. In der Küche war gerade das Hausmädchen angekommen und nahm ihren Hut ab.

„Bebé", begann Roger, ohne ihre Verblüffung zu bemerken, „ich möchte, dass du Mrs. Halseys Frühstück sofort zubereitest. Den Rest erledige ich."

Bebé war erstaunt über diesen ungewöhnlichen Wunsch. Ein so vielbeschäftigter Mann, der seiner Frau persönlich das Frühstück servierte? Doch hätte sie gesehen, wie Roger sich verhielt, als er das Tablett aus der Küche trug, wäre ihre Überraschung noch größer gewesen. Vorsichtig stellte er das Tablett auf den Esstisch und streute einen halben Teelöffel einer weißen Substanz in den Kaffee – es war kein Zucker.

Dann stieg er die Treppe hinauf und öffnete die Schlafzimmertür. Gretchen fuhr aus dem Schlaf hoch. Ihr Blick glitt kurz zu dem unberührten Einzelbett, dann zu Roger. Ihre Miene wechselte von Überraschung zu kühler Verachtung, als sie das Frühstückstablett bemerkte. Sie hielt es für eine Kapitulation.

„Ich will kein Frühstück", sagte sie abweisend. „Nur einen Kaffee."

„Kein Frühstück?", fragte Roger enttäuscht.

„Ich sagte, ich nehme nur Kaffee."

Roger stellte das Tablett kommentarlos auf einen Tisch neben dem Bett und verließ das Zimmer. Zurück in der Küche wandte er sich an Bebé.

„Wir sind bis morgen Nachmittag weg", sagte er. „Ich möchte, dass du das Haus jetzt abschließt. Setz deinen Hut auf und geh nach Hause."

Er sah auf die Uhr – zehn Minuten vor acht. Der Zug um 8:10 war sein Ziel. Nach fünf Minuten schlich er erneut die Treppe hinauf. In Gretchens Zimmer schlief sie tief und fest. Die Kaffeetasse war bis auf schwarze Reste und einen dünnen Bodensatz leer. Roger beobachtete sie besorgt, doch ihr Atem war ruhig und gleichmäßig.

Er holte einen Koffer aus dem Schrank und begann, ihn hastig zu packen. Schuh um Schuh – Straßenschuhe, Abendschuhe, Gummisohlen – füllte er den Koffer. Ihm wurde erst jetzt bewusst, wie viele Paare sie besaß. Als der Koffer schließlich voll war, zögerte Roger. Er nahm eine Nähschere aus einer Schachtel, folgte dem Telefonkabel bis hinter die Kommode und durchtrennte es mit einem sauberen Schnitt.

Ein Klopfen an der Tür ließ ihn zusammenzucken. Es war das Kindermädchen, das er völlig vergessen hatte.

„Mrs. Halsey und ich fahren bis morgen in die Stadt", erklärte er rasch. „Nehmen Sie Maxy mit zum Strand, essen Sie dort zu Mittag und bleiben Sie den ganzen Tag draußen."

Zurück in Gretchens Zimmer überkam ihn ein Gefühl des Mitleids. Schlafend wirkte sie so verletzlich und unschuldig. Einen Tag ihres Lebens zu stehlen, erschien ihm plötzlich grausam. Sanft strich er ihr Haar und beugte sich vor, um ihre Wange zu küssen. Dann nahm er den gepackten Koffer, schloss die Tür leise hinter sich und rannte die Treppe hinunter.

III

Um fünf Uhr nachmittags wurde das letzte Paket mit Karten für Garrods Schuhe per Kurier an H.G. Garrod im Biltmore Hotel geliefert. Am nächsten Morgen sollte er seine Entscheidung bekannt geben.

Um halb sechs klopfte Rogers Stenografin ihm auf die Schulter.

„Herr Golden, der Hausmeister, möchte Sie sprechen."

Roger drehte sich benommen um.

„Oh, was gibt es?"

Mr. Golden kam ohne Umschweife zur Sache. Wenn Mr. Halsey das Büro behalten wolle, müsse das Missverständnis bezüglich der Miete sofort geklärt werden.

„Mr. Golden", sagte Roger müde, „morgen wird alles geregelt sein. Wenn Sie mich jetzt belasten, sehen Sie Ihr Geld vielleicht nie. Nach morgen ist alles egal."

Mr. Golden musterte ihn besorgt. Junge Männer, deren Geschäfte scheiterten, taten manchmal unüberlegte Dinge. Sein Blick fiel auf den Koffer mit den eingravierten Initialen neben Rogers Schreibtisch.

„Auf eine Reise?", fragte Mr. Golden spitz.

„Was? Oh nein. Es sind nur Klamotten."

„Klamotten, ja? Nun, Mr. Halsey, um zu beweisen, dass Sie es ernst meinen, lassen Sie mich den Koffer bis morgen Mittag behalten."

„Bedienen Sie sich."

Mit einer abwehrenden Geste hob Mr. Golden den Koffer auf.

„Nur eine reine Formalität", sagte er.

„Verstehe", erwiderte Roger und drehte sich zum Schreibtisch um. „Guten Tag."

Mr. Golden schien das Gespräch in freundlicherem Ton beenden zu wollen.

„Und übertreiben Sie es nicht mit der Arbeit, Mr. Halsey. Sie wollen doch keinen Nervenzusammenbruch riskieren –"

„Nein", rief Roger scharf, „das will ich nicht. Aber ich werde es bekommen, wenn Sie mich nicht in Ruhe lassen!"

Als die Tür hinter Mr. Golden ins Schloss fiel, sah Rogers Stenografin ihn besorgt an.

„Das hätten Sie ihm nicht so einfach durchgehen lassen dürfen", sagte sie. „Was ist eigentlich in dem Koffer? Kleidung?"

„Nein", murmelte Roger gedankenverloren. „Nur alle Schuhe meiner Frau."

In dieser Nacht schlief Roger auf dem Sofa in seinem Büro. Bei Morgengrauen wachte er nervös auf, rannte auf die Straße, um sich einen Kaffee zu holen, und kehrte zehn Minuten später panisch zurück – aus Angst, Mr. Garrods Anruf verpasst zu haben. Es war erst halb sieben, doch die Spannung ließ ihn nicht los.

Um acht Uhr fühlte sich sein Körper wie in Flammen und als seine beiden Künstler eintrafen, lag er ausgestreckt auf der Couch, gequält von fast körperlichen Schmerzen. Um halb zehn klingelte das Telefon mit einer Dringlichkeit, die ihn zusammenzucken ließ. Zitternd nahm er den Hörer ab.

„Hallo.“

„Ist das die Agentur Halsey?“

„Ja, hier spricht Mr. Halsey.“

„Hier ist HG Garrod.“

Rogers Herz setzte einen Moment aus.

„Ich wollte Ihnen nur mitteilen, junger Mann, dass Sie großartige Arbeit geleistet haben. Wir nehmen alles – und noch mehr, wenn Ihr Büro es leisten kann.“

„Oh Gott!“, rief Roger in den Hörer.

„Was? Hallo, hören Sie?“ Mr. Garrod klang alarmiert. „Sagen Sie, was ist los?“

Doch niemand antwortete. Roger hatte den Hörer fallen lassen und lag ausgestreckt auf der Couch, während er vor Erleichterung schluchzte, als ob eine gewaltige Last von ihm abgefallen wäre.

IV

Drei Stunden später öffnete Roger mit der Morgenzeitung unter dem Arm die Schlafzimmertür seiner Frau. Sein Gesicht wirkte blass, doch seine Augen strahlten die Ruhe eines Kindes aus. Gretchen schreckte beim Klang seiner Schritte aus dem Schlaf.

„Wie spät ist es?“, fragte sie verschlafen.

Er sah auf die Uhr.

„Zwölf.“

Plötzlich begann sie zu weinen.

„Roger“, flüsterte sie mit erstickter Stimme, „es tut mir so leid, dass ich gestern so schrecklich war.“

Er nickte ruhig.

„Jetzt ist alles in Ordnung.“ Nach einer kurzen Pause fügte er hinzu: „Ich habe den Auftrag bekommen – den großen.“

Sie drehte sich schnell zu ihm um.

„Den großen? Wirklich?“ Dann, nach einem Moment des Schweigens: „Kann ich ein neues Kleid kaufen?“

„Ein Kleid?“ Er lachte kurz auf. „Du kannst ein Dutzend haben. Allein dieser Auftrag bringt uns vierzigtausend Dollar im Jahr. Es ist einer der größten im Westen.“

Ihre Augen weiteten sich.

„Vierzigtausend im Jahr!“, wiederholte sie ungläubig.

„Ja.“

„Mein Gott“, murmelte sie. Dann, leise: „Ich hätte nie gedacht, dass es wirklich so sein würde.“ Nachdenklich schwieg sie einen Moment. „Wir könnten ein Haus wie das von George Tompkins haben.“

„Ich brauche kein Haus, das wie ein Möbelgeschäft aussieht.“

„Vierzigtausend im Jahr!“, sagte sie erneut und fügte dann leise hinzu: „Oh, Roger –“

„Ja?“

„Ich werde nicht mit George Tompkins ausgehen.“

„Das würde ich auch nicht zulassen, selbst wenn du es wolltest“, entgegnete er knapp.

Voll gespielt er Empörung zog sie die Augenbrauen hoch.

„Aber ich bin doch seit Wochen mit ihm für diesen Donnerstag verabredet.“

„Heute ist nicht Donnerstag.“

„Doch, ist es.“

„Nein, heute ist Freitag.“

„Roger, du bist verrückt! Glaubst du, ich weiß nicht, welcher Tag heute ist?“

„Es ist Freitag“, beharrte er. „Schau.“ Er hielt ihr die Zeitung hin.

„Freitag!“ Sie starrte die Schlagzeile an. „Das ist ein Fehler! Das muss die Zeitung von letzter Woche sein. Heute ist Donnerstag.“

Sie schloss die Augen und versank für einen Moment in Gedanken.

„Gestern war Mittwoch“, sagte Gretchen entschieden. „Die Wäscherin war hier, ich weiß es ganz genau.“

„Nun“, entgegnete Roger mit selbstgefälligem Lächeln, „dann sieh dir die Zeitung an. Es gibt keinen Zweifel daran.“

Mit einem verwirrten Ausdruck stieg sie aus dem Bett und begann, ihre Kleider zu suchen. Roger ging ins Badezimmer, um sich zu rasieren. Nach kurzer Zeit hörte er die Bettenfedern erneut knarren. Als er um die Ecke blickte, sah er, dass Gretchen sich wieder hingelegt hatte.

„Was ist los?", fragte er und steckte den Kopf aus der Badezimmertür.

„Ich habe Angst", sagte sie mit zitternder Stimme. „Ich glaube, meine Nerven liegen völlig blank. Ich kann keinen einzigen meiner Schuhe finden."

„Deine Schuhe? Der Schrank ist voll davon."

„Ich weiß, aber ich sehe keinen einzigen." Ihr Gesicht war aschfahl vor Angst. „Oh, Roger!"

Er kam zu ihr und legte seinen Arm um ihre Schultern.

„Oh, Roger", schluchzte sie, „was ist bloß los mit mir? Erst diese Zeitung, jetzt meine Schuhe. Bitte, pass auf mich auf!"

„Ich hole den Arzt", sagte er entschieden.

Roger ging zum Telefon und nahm den Hörer ab. Nach einer kurzen Pause stellte er trocken fest: „Das Telefon scheint kaputt zu sein. Ich werde Bebé schicken."

Wenige Minuten später traf Doktor Gregory ein. Gretchen begrüßte ihn mit angespanntem Blick.

„Ich glaube, ich stehe kurz vor einem Nervenzusammenbruch", sagte sie.

Der Arzt setzte sich an die Bettkante und nahm behutsam ihr Handgelenk.

„Es scheint heute Morgen in der Luft zu liegen", bemerkte er.

„Ich bin aufgestanden", erklärte Gretchen ehrfürchtig, „und plötzlich war ein ganzer Tag weg. Ich hatte eine Verabredung mit George Tompkins zum Reiten –"

„Was?", unterbrach der Arzt überrascht und brach dann in Lachen aus.

„George Tompkins wird in den nächsten Tagen mit niemandem ausreiten."

„Ist er verreist?", fragte Gretchen neugierig.

„Er geht nach Westen."

„Warum?", wollte Roger wissen. „Hat er sich in eine Frau verliebt?"

„Nein", sagte Doktor Gregory. „Er hatte einen Nervenzusammenbruch."

„Was?", riefen beide gleichzeitig.

„Er ist in der Dusche wie ein klappbarer Opernhut zusammengebrochen."

„Aber er hat doch immer von seinem – seinem ausgeglichenen Leben gesprochen", keuchte Gretchen. „Er schien so gefasst."

„Ich weiß", sagte der Arzt kopfschüttelnd. „Er hat den ganzen Morgen darüber geredet. Ich glaube, dieser Perfektionsdrang hat ihn ein bisschen verrückt gemacht. Er hat wirklich hart daran gearbeitet, wissen Sie."

„Woran genau?", fragte Roger verwirrt.

„Sein Leben im Gleichgewicht zu halten." Der Arzt wandte sich Gretchen zu. „Für Sie, junge Dame, empfehle ich jetzt gute Erholung. Ein paar Tage zu Hause bleiben und viel Schlaf – dann sind Sie wieder ganz die Alte. Sie haben sich ziemlich überanstrengt."

„Doktor", sagte Roger heiser, „meinen Sie nicht, dass ich mich auch ausruhen sollte? Ich habe in letzter Zeit ziemlich viel gearbeitet."

„Sie?", lachte Doktor Gregory und klopfte ihm kräftig auf den Rücken. „Mein Junge, Sie sehen besser aus als jemals zuvor."

Roger drehte sich schnell weg, um sein Grinsen zu verbergen, und warf einen flüchtigen Blick auf das leicht schief hängende, signierte Porträt von George Tompkins an der Schlafzimmerwand. Während er lächelte, zwinkerte er fast vierzig Mal – oder genau vierzig Mal – dem Bild zu.

Magnetismus

Der elegante Boulevard, gesäumt von weit auseinanderstehenden Häusern im Kolonialstil Neuenglands, verströmte eine ruhige Pracht – jedoch ohne die typischen Schiffsmodelle in den Eingangshallen. Diese waren längst an die Kinder weitergegeben worden, als die Bewohner hier einzogen. In der nächsten Straße reihten sich BeispieleMuster der spanischen Bungalow-Phase der Westküstenarchitektur, während zwei Straßen weiter die zylindrischen Fenster und runden Türme von 1897 melancholisch an eine vergangene Ära erinnerten. Diese Gebäude, die einst repräsentative Villen waren, beherbergten nun Swamis, Yogis, Wahrsager, Schneider, Tanzlehrer, KunstakademienKunstakademiker und Chiropraktiker. Ein Spaziergang durch diese Viertel konnte für jemanden, der sich an diesem Tag alt fühlte, ein deprimierendes Unterfangen seinEreignis werden.

Auf den grünen Rasenflächen entlang des modernen Boulevards spielten Kinder. Ihre Knie waren gezeichnet von den rötlichen Flecken der Mercurochrom-Ära. Sie beschäftigten sich mit Spielzeug, das lehrreiche Zwecke hatte: Baukästen, die Ingenieurskunst vermittelten, Soldatenfiguren, die Männlichkeit propagierten, und Puppen, die sie auf die Mutterschaft vorbereiteten. Erst wenn die Puppen so abgenutzt waren, dass sie nicht mehr wie Babys, sondern wie zerliebte Gegenstände aussahen, entwickelten die Kinder eine besondere Zuneigung zu ihnen. Alles in dieser Umgebung – selbst das dünne, zarte Licht der Märztage – war frisch, neu und voller Hoffnung, wie man es in einer Stadt erwarten würde, deren Einwohnerzahl sich in den letzten fünfzehn Jahren verdreifacht hat.

Vor einem der großen Häuser in der Straße fegte ein junges Dienstmädchen die Treppenstufen. Dolores war eine große, schlichte Mexikanerin mit den einfachen Ambitionen ihrer Zeit und ihres Umfelds. Sie wusste, dass sie ein Luxus war – für hundert Dollar im Monat hatte sie ihre persönliche Freiheit verkauft. Während sie arbeitete, hielt sie die Treppe im Auge, denn Mr. Hannafords Wagen wartete bereits, und er würde bald zum Frühstück herunterkommen. Ein anderes Problem kam ihr jedoch zuvor: das englische Kindermädchen mit ihrem Kinderwagen, der sie widerwillig die Treppe hinunterhalf. Das Kindermädchen, das stets höflich „Bitte" und „Danke" sagte, war Dolores zutiefst unsympathisch. Insgeheim träumte sie davon, sie ohne großes Aufsehen bewusstlos zu schlagen – ein heftiger Impuls, der sie in Momenten wie diesen überkam.

Doch das Kindermädchen entkam unversehrt. Ihr blauer Umhang verschwand in der Ferne, gerade als Mr. Hannaford, leise wie immer, die Treppe hinunterkam.

„Guten Morgen", sagte er freundlich und lächelte Dolores an. Er war jung und außergewöhnlich attraktiv. Überrumpelt stolperte Dolores über ihren Besen und stürzte die Treppe hinunter.

George Hannaford eilte herbei und half ihr auf. „Ich hoffe, Sie haben sich nicht verletzt."

„Oh nein", murmelte Dolores verlegen.

„Es tut mir wirklich leid. Ich fürchte, ich habe Sie erschreckt." Seine Stimme klang aufrichtig und seine Stirn war vor Besorgnis gerunzelt.

„Sind Sie sicher, dass es Ihnen gut geht?"

„Ja, ganz sicher."

„Kein verstauchter Knöchel?"

„Nein, wirklich nicht."

„Das tut mir schrecklich leid."

„Es war nicht Ihre Schuld", entgegnete sie hastig.

Noch immer nachdenklich, ging Hannaford ins Haus. Dolores, unverletzt und nun voller neuer Ideen, überlegte plötzlich, wie sie eine Affäre mit ihm beginnen konnte. Sie musterte sich mehrmals kritisch im Spiegel der Speisekammer und bemühte sich, möglichst nahe bei ihm zu stehen, als sie ihm Kaffee einschenkte. Doch er las nur seine Zeitung und machte klar, dass für heute nicht mehr von ihm zu erwarten war.

Hannaford stieg in sein Auto und fuhr zu Jules Rennards Haus. Jules, ein gebürtiger Frankokanadier, war Georges bester Freund. Die beiden verband eine stille, instinktive Würde und eine einfache, unverstellte Lebensweise. In einer Welt voller Unbeständigkeit und Exzentrik boten sie einander eine wohltuende Verlässlichkeit.

Jules saß noch beim Frühstück, als George ankam.

„Ich möchte Barrakudas angeln", sagte George ohne Umschweife. „Wann hast du Zeit? Ich möchte das Boot nehmen und nach Niederkalifornien fahren."

Jules hatte dunkle Ringe unter den Augen. Am Vortag hatte er das größte Problem seines Lebens gelöst: die Scheidung von seiner Exfrau, mit der er sich auf zweihunderttausend Dollar geeinigt hatte. Er hatte zu jung geheiratet und die Frau aus den Slums von Quebec hatte später zu Drogen gegriffen. Die Trennung war endgültig und ihr. Ihr letzter Akt in Anwesenheit der Anwälte war es, ihm mit einem Telefonhörer den Finger zu zerquetschen. Jules hatte genug von Frauen und war erfreut über Georges Vorschlag, gemeinsam zu angeln.

„Wie geht es dem Baby?", fragte er.

„Dem Baby geht es gut."

„Und Kay?"

„Kay ist nicht sie selbst, aber ich achte nicht darauf. Was hast du mit deiner Hand gemacht?"

„Ich erzähle es dir ein anderes Mal. Was ist mit Kay los, George?"

„Eifersüchtig."

„Auf wen?"

„Helen Avery. Es ist nichts. Sie ist einfach nicht sie selbst, das ist alles."

Er stand auf. „Ich bin spät dran", sagte er. „Gib mir Bescheid, sobald du Zeit hast. Jeder Zeitpunkt nach Montag passt mir."

George fuhr los, den endlosen Boulevard entlang, der sich in eine lange, gewundene Betonstraße verengte und in die sanfte Hügellandschaft führte. Irgendwo in der weiten Leere tauchte eine Ansammlung von Gebäuden auf: eine scheunenähnliche Halle, eine Reihe von Büros, ein großes Schnellrestaurant und einige kleine Bungalows. Der Chauffeur setzte Hannaford am Haupteingang ab.

Er ging hinein und durchquerte mehrere Bereiche, die durch Schwingtüren voneinander getrennt waren. An einem Schreibtisch vor einer Tür mit der Aufschrift „Herr Schröder" hielt er an.

„Ist jemand bei Herrn Schröder?", fragte er.

„Nein, Mr. Hannaford."

Sein Blick fiel auf eine junge Frau, die an einem Schreibtisch daneben saß und konzentriert schrieb. Er verweilte einen Moment.

„Hallo, Margaret", sagte er. „Wie geht es dir, Liebling?"

Eine zarte, blasse Schönheit blickte kurz auf, runzelte leicht die Stirn und widmete sich wieder ihrer Arbeit. Es war Miss Donovan, das Scriptgirl, eine alte Freundin.

„Hallo. Oh, George, ich habe dich gar nicht hereinkommen sehen. Mr. Douglas möchte heute Nachmittag an der Buchreihe arbeiten."

„In Ordnung."

„Das sind die Änderungen, die wir am Donnerstagabend besprochen haben." Sie lächelte zu ihm auf und George fragte sich erneut, warum sie nie selbst in die Filmbranche gegangen war.

„Na gut", sagte er. „Reicht es mit Initialen?"

„Deine Initialen sehen aus wie die von George Harris."

„Sehr gut, Liebling."

Pete Schröder öffnete die Tür und winkte ihn herein.

„George, komm her!", sagte er aufgeregt. „Ich möchte, dass du jemandem am Telefon zuhörst."

Hannaford trat ein.

„Nimm den Hörer ab und sag ‚Hallo'", wies Schröder an. „Aber verrate nicht, wer du bist."

„Hallo", sagte Hannaford.

„Wer ist das?", fragte eine Mädchenstimme.

Hannaford legte die Hand über die Sprechmuschel. „Was soll ich tun?"

Schröder grinste, aber Hannaford war misstrauisch.

„Mit wem möchten Sie sprechen?", fragte er zögerlich ins Telefon.

„Ich möchte mit George Hannaford sprechen. Sind Sie das?"

„Ja."

„Oh, George, ich bin's."

„Wer?"

„Ich – Gwen. Es war furchtbar schwer, dich zu finden. Man hat mir gesagt –"

„Gwen wer?"

„Gwen – hörst du nicht? Aus San Francisco – letzten Donnerstagabend."

„Tut mir leid", sagte George. „Das muss ein Irrtum sein."

„Ist das George Hannaford?"

„Ja."

Die Stimme wurde scharf. „Also, hier ist Gwen Becker, mit der du letzten Donnerstagabend in San Francisco verbracht hast. Es hat keinen Sinn, so zu tun, als wüsstest du nicht, wer ich bin, denn das weißt du."

Schröder nahm Hannaford den Hörer aus der Hand und legte auf.

„Jemand ist in Frisco für mich eingesprungen", sagte Hannaford trocken.

„Da warst du also letzten Donnerstagabend!"

„Solche Sachen sind nicht mehr lustig – nicht nach dem Zeller-Mädchen. Man kann ihnen nie klar machen, dass sie sich täuschen. Was gibt's Neues, Pete?"

„Komm, lass uns zur Bühne gehen."

Gemeinsam verließen sie das Bürogebäude durch den Hinterausgang, gingen einen schlammigen Weg entlang und traten durch eine kleine Tür in eine große, dunkle Halle.

Im Halbdunkel erahnte man schemenhafte Gestalten, die mit bleichen Gesichtern demütig zu George Hannaford aufblickten, wie verlorene Seelen, die einen Halbgott erblicken. Flüstern und gedämpfte Stimmen erfüllten die Luft, begleitet vom fernen Tremolo einer kleinen Orgel. Sie bogen um eine Ecke, hinter der sich ein blendend weißes Bühnenlicht erstreckte. Zwei reglose Menschen standen inmitten des gleißenden Scheins.

Ein Schauspieler im Abendanzug, dessen Hemd, Kragen und Manschetten in auffallendem Rosa leuchteten, machte Anstalten, Stühle für die Zuschauer zu holen. Doch sie schüttelten die Köpfe und blieben stehen, um zuzusehen. Lange geschah nichts auf der Bühne – niemand rührte sich. Eine Reihe von Lichtern flackerte unter wildem Zischen auf und erlosch wieder. Das monotone Klopfen eines Hammers hallte aus der Ferne, als wolle es sich ins Nichts fliehen. Ein blaues Gesicht tauchte zwischen den blendenden Lichtern über der Bühne auf und rief etwas Unverständliches in die Dunkelheit. Schließlich wurde die Stille von einer klaren, leisen Stimme durchbrochen:

„Wenn Sie wissen möchten, warum ich keine Strümpfe anhabe, schauen Sie in meiner Umkleidekabine nach. Gestern habe ich vier Paar ruiniert und heute Morgen schon zwei … Dieses Kleid wiegt sechs Pfund.“

Ein Mann trat aus der Gruppe der Beobachter hervor und musterte die braunen Beine des Mädchens. Es war kaum zu erkennen, dass sie unbedeckt waren, doch ihr Gesichtsausdruck ließ keinen Zweifel daran, dass sie daran nichts ändern würde. Sie war ein dunkelhaariges, hübsches Mädchen, das bereits mit achtzehn eine Ausstrahlung besaß, die ihr Leben schneller prägte, als ihr lieb war. Wäre dies eine Woche zuvor geschehen, hätte George Hannafords Herz einen Schlag ausgesetzt. Ihre Beziehung hatte sich gerade in einem heiklen Stadium befunden.

Er hatte nie ein Wort zu Helen Avery gesagt, das Kay etwas hätte aussetzen können, aber am zweiten Tag der Dreharbeiten war etwas zwischen ihnen entstanden, das Kay gespürt hatte. Vielleicht hatte es schon früher begonnen, denn bereits bei Helens erster Filmveröffentlichung hatte er entschieden, dass sie seine nächste Filmpartnerin sein sollte. Helen Averys Stimme, die subtile Art, wie sie nach einem Satz ihre Augen senkte, als wäre es eine bewusste Übung, faszinierten ihn. Es war, als hielten beide die Hälften eines Geheimnisses über das Leben und die Menschen in den Händen, das sie miteinander teilen könnten. Eine Verbindung, die so intensiv und romantisch sein würde, dass sie alles andere übertraf. Dieses Element der Möglichkeit hatte ihn vierzehn Tage lang verfolgt, doch nun begann es zu verblassen.

George Hannaford war dreißig und hatte eher zufällig den Weg zum Film gefunden. Nach einem Jahr an einer technischen Hochschule nahm er einen Sommerjob in einem Elektrizitätswerk an. Sein erster Besuch in einem Studio war als Elektriker. In einem Notfall übernahm er eine kleine Rolle und spielte sie so überzeugend, dass er für ein Jahr als Schauspieler blieb – eine Episode, die er zunächst als Übergangsphase betrachtete. Anfangs störte ihn die Oberflächlichkeit der Branche – der Egoismus und die künstliche Kameradschaft. Doch durch Männer wie Jules Rennard begann er, die Möglichkeit eines stabilen Privatlebens zu sehen, ähnlich dem eines erfolgreichen

Ingenieurs. Erst kürzlich hatte er begonnen, sich mit seinem Erfolg sicher zu fühlen.

Kay Tomkins hatte er in den Griffith Studios in Mamaroneck kennengelernt, und ihre. Ihre Ehe war immer eine persönliche, erfrischende Angelegenheit gewesen, weit entfernt von den üblichen Theaterbeziehungen. Ihre Verbindung galt als vorbildlich und ihre Liebe wurde gestärkt durch den Druck, diesem Ideal gerecht zu werden. Hannaford hielt Frauen mit einer höflichen, aber unmissverständlichen Distanz auf Abstand. Doch Kay, die mehr von Männern erwartete, zog ebenfalls klare Grenzen. Bis vor wenigen Abenden, als sie ihm Eifersucht auf Helen Avery vorwarf, war Eifersucht kaum ein Thema gewesen.

Noch immer in Gedanken an Helen Avery, ging Hannaford zurück zu seinem Bungalow. Ein Teil von ihm war entsetzt bei dem Gedanken, dass sich jemand zwischen ihn und Kay stellen könnte. Gleichzeitig spürte er Bedauern, weil die Faszination für Helen nicht mehr im Vordergrund seines Denkens stand. Es hatte ihm Freude bereitet, wie die aufregenden Ereignisse zu Beginn seines Erfolgs, bevor das Leben seinen festen Lauf nahm. Es war keine Liebe, denn Helen betrachtete er kritisch – ganz anders als Kay. Doch das Gefühl der vergangenen Woche hatte ihn geprägt.

Als sich die Arbeit des Tages dem Ende zuneigte, begegneten sich ihre Blicke nur flüchtig, wie Vogelflügel, die einander streifen. Es war gut, dass er sich zurückgezogen hatte, und er war erleichtert, als jemand Helen abholte.

Später, als er zum Büroflügel zurückkehrte und an Schröders Tür klopfte, erhielt er keine Antwort. Er öffnete die Tür und trat ein. Helen Avery war allein im Raum.

Hannaford schloss die Tür hinter sich und für einen Moment starrten sie einander schweigend an. Helen Averys Gesicht wirkte jung und verängstigt. In der stillen Spannung dieses Moments schien es unausweichlich, dass sie nun etwas von dem unausgesprochenen Gefühl zwischen ihnen thematisieren würden. Fast erleichtert spürte Hannaford, wie die aufgestaute Wärme der Gefühle sein Herz erfüllte und durch seinen Körper strömte.

„Helen!", sagte er schließlich.

Sie murmelte mit leiser, ehrfürchtiger Stimme: „Was?"

„Ich fühle mich furchtbar deswegen." Seine Stimme zitterte vor Emotion.

Plötzlich begann sie zu weinen, ihr Körper bebte von schmerzhafter, hörbarer Verzweiflung. „Hast du ein Taschentuch?", fragte sie zwischen Schluchzern.

Er reichte ihr ein Taschentuch. In diesem Moment hörten sie draußen auf dem Gang Schritte. Schnell öffnete George die Tür, gerade rechtzeitig, um Schroeder davon abzuhalten, einzutreten und Helens Tränen zu sehen.

„Niemand hier", sagte Hannaford mit einem aufgesetzten Scherz und hielt die Schulter gegen die Tür. Nach einem Moment öffnete er sie langsam.

Später, in seiner Limousine, dachte er darüber nach, wie schnell Jules Rennard bereit sein würde, mit ihm angeln zu gehen.

II

Seit ihrem zwölften Lebensjahr hatte Kay Tompkins an jedem Finger einen Männerring getragen. Ihr Gesicht war jung und hübsch, doch unter der makellosen Oberfläche lag eine Kraft, die sich durch die feinen Bewegungen ihrer Augenbrauen und Wimpern verstärkte. Ihre haselnussbraunen Augen waren klar und glänzend. Als Tochter eines Senators aus einem westlichen Staat hatte sie erfolglos versucht, in einer kleinen Stadt Glamour zu finden. Mit siebzehn lief sie von zu Hause weg, um eine Bühnenkarriere zu beginnen. Obwohl sie nur mäßige Erfolge hatte, wurde sie eine jener Personen, die weit über ihre tatsächlichen Leistungen hinaus berühmt waren.

Kay strahlte eine Aufregung aus, die die Aufregung der Welt um sie herum widerspiegelte. Während sie kleine Rollen in Ziegfeld-Shows spielte, besuchte sie Abschlussbälle in Yale. Auf einem kurzen Abstecher ins Filmgeschäft lernte sie George Hannaford kennen, der zu diesem Zeitpunkt bereits ein Star des neuen „natürlichen" Typs war. In ihm fand sie, wonach sie gesucht hatte.

Derzeit befand sich Kay in einem gefährlichen Zustand. Sechs Monate lang war sie nach der Geburt ihres Sohnes vollständig von George abhängig gewesen. Jetzt, da ihr Kind in den Händen eines strengen englischen Kindermädchens war, fühlte sie sich frei und verspürte das Bedürfnis, ihre Attraktivität zu beweisen. Sie sehnte sich nach der unbeschwerten Zeit vor dem Baby zurück. Gleichzeitig hatte sie das Gefühl, dass George sie für selbstverständlich hielt – und sie war überzeugt, dass er an Helen Avery interessiert war.

Als George an diesem Abend nach Hause kam, spielte er den Streit des Vorabends herunter und war überrascht über Kays oberflächliche Begrüßung.

„Was ist los, Kay?", fragte er nach einer Minute. „Wird das wieder so eine Nacht wie letzte Nacht?"

„Weißt du, dass wir heute Abend ausgehen?", wich sie aus.

„Wohin?"

„Zu Katherine Davis. Ich wusste nicht, ob du mitkommen willst."

„Ich würde gern mitkommen."

„Arthur Busch meinte, er würde mich abholen."

Das Abendessen verlief in angespanntem Schweigen. Ohne den Trost von Geheimnissen, die ihn von der Situation ablenken konnten, fühlte sich George rastlos. Gleichzeitig spürte er die Last der Atmosphäre, die voller Eifersucht, Misstrauen und unterdrückter Wut war. Noch vor kurzem hatten sie eine besondere Verbindung gehabt, die ihr Zuhause zu einem der angenehmsten in Hollywood gemacht hatte. Doch nun war es, als wäre diese Magie verloren, und George fühlte sich unsicher und gewöhnlich.

Mit einer plötzlichen Welle von Zärtlichkeit ging er auf Kay zu, um sie in den Arm zu nehmen, als die Türglocke ertönte. Einen Moment später führte Dolores Mr. Arthur Busch herein.

Busch, ein kleiner, unansehnlicher, aber beliebter Mann, war Drehbuchautor und neuerdings Regisseur. Vor Jahren hatte er für Kay und George geschrieben, und obwohl er inzwischen beruflich aufgestiegen war, akzeptierte er es stillschweigend, dass Kay ihn für solche Gelegenheiten wie diesen Abend benutzte. Er war seit Jahren heimlich in sie verliebt, doch weil diese Liebe hoffnungslos war, ließ sie ihn kalt.

Gemeinsam machten sie sich auf den Weg zu einer Party. Es war eine Einweihungsparty mit hawaiianischen Musikern, und die Gäste bestanden größtenteils aus der alten Hollywood-Garde. Leute, die noch in den frühen Griffith-Filmen gespielt hatten, galten, obwohl sie kaum über dreißig waren, als „alte Hasen". Sie unterschieden sich stark von der neuen Generation von Schauspielern und waren sich dieses Unterschieds bewusst.

Diese alten Hasen strahlten eine Würde aus, die aus der Zeit vor dem riesigen Erfolg des Films stammte. Sie hatten den Ruhm noch erlebt, bevor er zu einem goldenen Dunst des Triumphs wurde. Anders als die neuen Stars, die alles für selbstverständlich hielten, hatten sie einen bodenständigen Blick auf die Realität. Ein halbes Dutzend Frauen auf der Party war sich ihrer Einzigartigkeit besonders bewusst. Niemand war gekommen, um ihren Platz einzunehmen. Zwar tauchte hin und wieder ein neues, hübsches Gesicht auf, das die Öffentlichkeit für ein Jahr faszinierte, aber die alten Hasen waren bereits Legenden – zeitlos und unersetzlich. Trotz allem waren sie noch jung genug, um zu glauben, ihre Zeit könnte irgendwann enden.

George und Kay wurden herzlich begrüßt: Die Gäste rückten zur Seite, machten Platz für sie. Die Atmosphäre schien zunächst angenehm. Hawaiianische Musiker spielten, während die Duncan-Schwestern am Klavier sangen. Doch als George bemerkte, wer anwesend war, vermutete er, auch Helen Avery würde hier sein. Der Gedanke daran ärgerte ihn. Es passte nicht, wenn sie Teil dieser Gesellschaft war, die für ihn und Kay stets ein vertrauter und sicherer Raum gewesen war.

Er sah sie zum ersten Mal, als jemand die Schwingtür zur Küche öffnete. Später, als sie herauskam und ihre Blicke sich trafen, wusste er mit Bestimmtheit, dass er sie nicht liebte. Dennoch ging er zu ihr, um mit ihr zu sprechen. Ihre ersten Worte offenbarten, dass auch sie etwas beschäftigt hatte, das ihre Stimmung trübte.

„Ich habe die Rolle bekommen!", rief sie aufgeregt. „Ich hätte nie gedacht, dass es eine Chance gibt, aber seit ich das Buch vor einem Jahr gelesen habe, kann ich an nichts anderes denken."

„Das ist großartig. Ich freue mich für dich", sagte George, doch er spürte, dass er nicht so reagierte, wie es die Situation erforderte.

Helen lachte plötzlich. „Oh, wir sind solche Schauspieler, George – du und ich."

„Wie meinst du das?"

„Du weißt genau, was ich meine."

„Ich weiß es nicht."

„Oh, doch, das tust du", entgegnete sie mit einem Hauch von Spott. „Das, was heute Nachmittag passiert ist. Es war schade, dass wir keine Kamera dabei hatten."

George konnte ihr nichts mehr entgegnen. Die einzige Möglichkeit, die Spannung aufzulösen, wäre gewesen, ihr seine Liebe zu gestehen – etwas, das er nicht fühlte. Stattdessen grinste er zustimmend. Eine Gruppe gesellte sich zu ihnen, und George nutzte die Gelegenheit, um sich allmählich zurückzuziehen.

Später suchte er Kay, die den Abend größtenteils mit Arthur Busch verbracht hatte, und schlug vor, nach Hause zu gehen. Sie zögerte, hatte mehrere Drinks intus, zeigte es jedoch kaum. Nach kurzem Widerspruch erhob sie sich schließlich, und George ging nach oben, um seinen Mantel zu holen. Als er zurückkam, sagte Katherine Davis ihm, dass Kay bereits zum Auto gegangen sei.

Draußen auf dem Rasen, nur wenige Schritte entfernt, sah er Kay und Arthur Busch in der Nähe einer Straßenlaterne. Sie standen dicht beieinander, hielten sich an den Händen und starrten einander in die Augen. George blieb wie angewurzelt stehen. Nach einem Moment des Schocks drehte er sich instinktiv um, ging zurück ins Haus und verließ es dann geräuschvoll durch die Vordertür.

Als er zurückkam, standen Kay und Arthur immer noch nah beieinander, doch sie lösten sich nun langsam voneinander. Mit einem Ausdruck von Mühe und Anspannung wandten sie sich ihm schließlich zu. George verabschiedete sich auffallend herzlich von Arthur. Wenig später fuhren er und Kay schweigend nach Hause.

Die Spannung im Auto war greifbar. George sagte nichts, Kay ebenso wenig. Die Szene, die er beobachtet hatte, wollte ihm nicht aus dem Kopf gehen. Es war nicht nur der Gedanke, dass sie Arthur vielleicht geküsst hatte – es war die offensichtliche Zärtlichkeit zwischen ihnen, etwas, das er bisher in Kays Augen nie gesehen hatte.

Als sie zu Hause ankamen, blieb Kay an der Tür der Bibliothek stehen und schaute kurz hinein.

„Da ist jemand", bemerkte sie ohne Interesse. „Ich gehe nach oben. Gute Nacht."

Während sie die Treppe hinauflief, trat eine Gestalt aus der Bibliothek in den Flur. Ein blasser, harter junger Mann, dessen Gesicht George vage bekannt vorkam.

„Herr Hannaford –“, begann er und hielt einen Moment inne. „Ich erkenne Sie aus Ihren Filmen.“

„Was kann ich für Sie tun?“ George wirkte irritiert.

„Mein Name ist Donovan. Ich bin Margaret Donovans Bruder.“

George brauchte einen Moment, um die Ähnlichkeit zu erkennen. „Weiß Margaret, dass Sie hier sind?“

„Sie hat mich geschickt. Margaret will fünfzigtausend Dollar. Sie wird Ihnen dafür die beiden Briefe geben, die Sie heute Nachmittag unterschrieben haben.“

George starrte ihn ungläubig an. „Welche Briefe“, fragte er mit einem nervösen Lachen.

„Die Briefe, die Sie unterschrieben haben. Das ist kein Scherz, Hannaford.“

III

Eine Stunde später stieg George benommen die Treppe hinauf. Die Absurdität der Situation war kaum zu begreifen. Ein Freund, dem er sieben Jahre vertraut hatte, hatte ihn zu einer Unterschrift verleitet, die sich nun als gefährlich herausstellte. Alles, was er bisher für sicher und verlässlich hielt, schien plötzlich ins Wanken zu geraten. Noch immer versuchte er, die Kette von Ereignissen zu verstehen, die Margaret zu diesem drastischen Schritt getrieben hatte. Doch so sehr er es auch versuchte, die Realität dieser Nacht blieb schwer zu begreifen.

Sie hatte zehn Jahre als Scriptgirl in verschiedenen Studios und unter verschiedenen Regisseuren gearbeitet. Ihr Gehalt war von anfänglich zwanzig auf mittlerweile hundert Dollar pro Woche gestiegen. Sie war hübsch und intelligent, hätte jederzeit um eine Probeaufnahme bitten können, doch es fehlte ihr an Initiative oder Ehrgeiz. Nicht selten entschied ihre Meinung über Karrieren im Anfangsstadium – oder beendete diese. Doch auch jetzt, während sie an der Seite von Regisseuren arbeitete, wurde ihr zunehmend bewusst, wie schnell die Jahre vergingen.

Dass sie George als Opfer ausgewählt hatte, erstaunte ihn am meisten. Ein Jahr vor seiner Hochzeit gab es eine kurze, zaghafte Zuneigung zwischen ihnen. Er erinnerte sich, als er sie zu einem Ball in

Mayfair eingeladen hatte und wie er sie auf dem Heimweg im Auto küsste. Der Flirt blieb eine Woche lang unverbindlich, bevor er nach Osten reiste und Kay kennenlernte.

Donovan zeigte George eine Kopie der Briefe, die er angeblich unterschrieben hatte. Die Briefe waren mit der Schreibmaschine in seinem Bungalow neben dem Studio verfasst worden, präzise formuliert und erschreckend überzeugend. Darin erklärte er, Margaret Donovans Liebhaber zu sein, sie heiraten zu wollen und aus diesem Grund eine Scheidung einzuleiten. Es schien absurd. Jemand musste gesehen haben, wie er die Papiere unterschrieb; jemand musste gehört haben, wie Margaret beiläufig sagte: „Ihre Initialen sind wie die von Mr. Harris.“

George fühlte sich ausgelaugt. Er trainierte für ein Footballspiel, das nächste Woche stattfinden sollte, bei dem die Mannschaft der Southern California University als Statisten dabei war. An geregelte Arbeitszeiten gewöhnt, fand er keinen klaren Gedanken in dem Chaos, das Margaret Donovan und Kay in seinem Kopf hinterlassen hatten. Mitten in seinem Gedankengewirr übermannte ihn ein Gähnen, und mechanisch ging er nach oben, zog sich aus und legte sich ins Bett.

Kurz vor Sonnenaufgang träumte er von Kay. In seinem Traum stand sie vor ihm, im Garten. Ein Fluss floss ruhig vorbei und Boote mit schwach beleuchteten grünen und gelben Lichtern glitten in der Ferne über das Wasser. Sanftes Sternenlicht fiel wie Regen auf die Welt, auf die geheimnisvollen schwarzen Bäume, das leise schimmernde Wasser und das ferne Ufer.

Das Gras war feucht, und Kay kam eilig auf ihn zu. Ihre dünnen Pantoffeln waren vom Tau durchnässt. Sie stellte sich auf seine Schuhe, schmiegte sich eng an ihn und hielt ihr Gesicht zu ihm, wie ein aufgeschlagenes Buch, das gelesen werden wollte.

„Denk daran, wie sehr du mich liebst“, flüsterte sie. „Ich verlange nicht von dir, mich immer so zu lieben, aber bitte erinnere dich daran.“

„Du wirst immer so sein wie jetzt“, sagte er.

„Oh nein“, erwiderte sie und Tränen liefen über ihr Gesicht. „Aber irgendwo in mir wird immer die Person sein, die ich heute Abend bin.“

Die Szene verblasste, und George erwachte. Es war Morgen. Draußen hörte er das Kindermädchen, das seinem Sohn Verhaltensregeln für zweimonatige Babys beibrachte. Vom Nachbarhof rief ein kleiner Junge geheimnisvoll: „Wer hat diese Absperrung für mich durchbrochen?"

Noch im Pyjama rief George seine Anwälte an. Dann klingelte er nach seinem Diener, und während er rasiert wurde, brachte er etwas Ordnung in das Chaos der vergangenen Nacht. Erstens musste er Margaret Donovan in den Griff bekommen. Zweitens durfte Kay nichts davon erfahren, da sie in ihrem derzeitigen Zustand bei allem in der Lage war, es zu glauben. Drittens musste er die Sache mit Kay klären – das schien das Wichtigste von allem zu sein.

Als er sich anzog, hörte er unten das Telefon klingeln. Von einem Instinkt der Gefahr getrieben, nahm er den Hörer ab.

„Hallo … Oh, ja." Er sah auf und bemerkte, dass beide Türen geschlossen waren. „Guten Morgen, Helen … Es ist alles in Ordnung, Dolores. Ich bringe es hier hoch." Er wartete, bis er das Klicken des Telefonhörers hörte.

„Wie geht es dir heute Morgen, Helen?"

„George, ich habe wegen gestern Abend angerufen. Ich kann dir gar nicht sagen, wie leid es mir tut."

„Warum? Was tut dir leid?"

„Wie ich dich behandelt habe. Ich weiß nicht, was in mich gefahren ist, George. Ich konnte die ganze Nacht nicht schlafen und musste daran denken, wie schrecklich ich gewesen war."

Eine neue Störung etablierte sich in Georges ohnehin schon überladenem Geist.

„Sei nicht albern", sagte er. Doch zu seiner Verzweiflung hörte er sich hinzufügen: „Einen Moment lang habe ich es nicht verstanden, Helen. Dann dachte ich, es sei besser so."

„Oh, George", flüsterte ihre Stimme nach einer Weile leise.

Es folgte Schweigen. George begann, einen Manschettenknopf anzulegen, doch dieser fiel ihm aus der Hand. Er bückte sich, hob ihn auf und sagte in die Sprechmuschel: „Helen!" Seine Stimme war eindringlich, um zu kaschieren, dass er für einen Moment nicht bei der Sache gewesen war.

„Was, George?"

In diesem Augenblick öffnete sich die Tür und Kay trat mit zögernder Miene ein. Sie blieb kurz stehen.

„Bist du beschäftigt?"

„Nein, alles in Ordnung." Er hielt den Blick auf die Sprechmuschel gerichtet. „Also, auf Wiedersehen", sagte er abrupt und legte den Hörer auf. Dann wandte er sich an Kay. „Guten Morgen."

„Ich wollte dich nicht stören", sagte sie kühl.

„Das hast du nicht." Er zögerte kurz. „Das war Helen Avery."

„Es geht mich nichts an, wer es war. Ich bin gekommen, um zu fragen, ob wir heute Abend ins Coconut Grove gehen."

„Setz dich, Kay."

„Ich will nicht reden."

„Setz dich doch kurz", forderte er sie ungeduldig auf. Schließlich ließ sie sich nieder.

„Wie lange willst du das noch durchhalten?", fragte er.

„Ich halte nichts aufrecht", erwiderte sie. „Wir sind einfach fertig, George, und das weißt du genauso gut wie ich."

„Das ist doch absurd", protestierte er. „Vor einer Woche …"

„Das spielt keine Rolle", unterbrach sie ihn. „Wir bewegen uns seit Monaten darauf zu, und jetzt ist es eben so weit."

„Du meinst, du liebst mich nicht?" Seine Stimme klang überrascht, aber nicht wirklich alarmiert.

„Ich weiß nicht. Ich schätze, ich werde dich auf eine Art immer lieben." Plötzlich brach sie in Tränen aus. „Oh, es ist so traurig. Er hat sich so lange um mich gekümmert."

George starrte sie an. Ihre Tränen und das echte Gefühl dahinter ließen ihm die Worte fehlen. Es war keine Wut, keine Drohung – sie schien nicht einmal an ihn zu denken, sondern war ganz in ihren Gefühlen zu einem anderen Mann verloren.

„Was soll das heißen?", rief er. „Willst du mir sagen, du bist in diesen Mann verliebt?"

„Ich weiß nicht", sagte sie hilflos.

George trat einen Schritt auf sie zu, doch dann drehte er sich ab, ging zum Bett und ließ sich darauf fallen. Reglos starrte er an die Decke. Nach einer Weile klopfte das Zimmermädchen an und kündigte Mr. Busch und Mr. Castle, seinen Anwalt, an. Doch die Information erreichte ihn nicht wirklich. Kay war bereits aufgestanden und in ihr Zimmer gegangen.

Er folgte ihr. „Lass uns Bescheid geben, dass wir nicht da sind“, schlug er vor. „Wir können irgendwo hingehen und reden.“

„Ich will nicht weggehen.“

Sie wirkte immer distanzierter und geheimnisvoller. Selbst die Dinge auf ihrer Frisierkommode schienen plötzlich nicht mehr zu ihr zu gehören.

Mit hastiger, trockener Stimme begann er zu sprechen: „Wenn du immer noch an Helen Avery denkst, ist das Unsinn. Ich habe mich nie um jemanden außer dir gekümmert.“

Später gingen sie hinunter ins Wohnzimmer. Es war fast Mittag, ein weiterer heller, emotionsloser Tag in Kalifornien. George bemerkte, wie angespannt und blass Arthur Buschs Gesicht im Sonnenlicht war. Busch trat einen Schritt auf ihn zu, hielt dann jedoch inne, als ob er auf eine Reaktion wartete – eine Herausforderung, einen Vorwurf, vielleicht sogar einen Schlag.

In Georges Kopf blitzte die Szene, die sich abspielen würde, vor ihm auf. Er sah sich selbst durch verschiedene mögliche Reaktionen gehen, doch in jeder schien Kay sich für Busch und gegen ihn zu stellen. Plötzlich entschied er sich, nichts davon durchzuspielen.

„Entschuldigen Sie mich“, sagte er schnell zu Mr. Castle. „Ich habe Sie angerufen, weil eine Scriptgirl namens Margaret Donovan fünfzigtausend Dollar für Briefe will, die ich ihr angeblich geschrieben habe. Natürlich ist das alles …“ Er brach ab. „Ich komme morgen zu Ihnen.“

Dann wandte er sich Kay und Arthur Busch zu, leise genug, dass nur sie es hören konnten.

„Ich weiß nicht, was ihr beide vorhabt. Aber lasst mich da raus. Ihr habt kein Recht, mir das anzutun – schließlich ist es nicht meine Schuld. Ich werde mich nicht in eure Gefühle einmischen.“

Er drehte sich um und ging hinaus. Sein Auto wartete vor der Tür. „Fahren Sie nach Santa Monica“, sagte er, ohne weiter nachzudenken – es war der erste Name, der ihm einfiel.

Das Auto glitt in das ewige, dunstlose Sonnenlicht hinaus. Er fuhr drei Stunden lang, vorbei an Santa Monica, weiter nach Long Beach. Nur halb bewusst stellte er sich vor, wie Kay und Arthur den Nachmittag verbrachten: Kay würde viel weinen und für beide würde die Situation zunächst hart und unerwartet erscheinen. Doch mit der Zeit würde der Tag sie einander näher bringen. Unweigerlich

würden sie sich zuwenden, während er, George, in die Rolle eines
Fremden von außen gedrängt würde – des unerwünschten Dritten.

Kay erwartete, dass George in den Dreck und Staub einer Szene
springen und um sie kämpfen würde. Doch er tat es nicht, er hasste
Szenen. Für George bedeutete ein solcher Wettstreit, besonders mit
Arthur Busch, nicht nur den Verlust von Selbstachtung – es würde
ihn auf eine Stufe mit Busch stellen. Von da an würden sie immer
etwas teilen, ein beschämendes Geheimnis, das nicht wieder auszu-
löschen wäre.

George war nicht für theatralische Dramen geschaffen. Die Millionen Zuschauer, die zehn Jahre lang die Veränderungen seiner Ge-
sichtszüge auf der Leinwand beobachtet hatten, wussten das. Seit
seinem Debüt als zwanzigjähriger Junge in einem Griffith-Western
hatte das Publikum nicht die Geschichte eines Schauspielers gesehen, sondern die eines geradlinigen, langsam denkenden, romantischen Mannes, der durch Zufall in ein glamouröses Leben geraten
war.

Sein Fehler lag darin, dass er sich zu früh sicher gefühlt hatte. Nun
wurde ihm klar, dass man in dieser seltsamen, reichen, gelangweilten Welt niemals etwas erwarten durfte. Eheglück bedeutete hier,
immer zusammen zu sein oder niemals etwas zu erwarten. Er hatte
nur einen Moment lang den Blick von Kay abgewandt – und war
blindlings ins Unglück gestolpert.

Während er darüber nachdachte, fuhr er ziellos durch die Stadt,
bis ein Mehrfamilienhaus am Stadtrand seine Aufmerksamkeit erregte. Es war ein pinkfarbener Albtraum, skizzenhaft und billig gebaut,
ein Abklatsch von etwas, das der Architekt wahrscheinlich längst vergessen hatte. George erinnerte sich plötzlich, dass Margaret Donovan hier einmal gewohnt hatte.

„Halten Sie vor dem Gebäude", rief er dem Fahrer zu.

Er ging hinein. Der schwarze Liftjunge starrte ihn ungläubig an,
als sie im Käfig nach oben fuhren. Margaret öffnete die Tür selbst.
Beim Anblick Georges wich sie mit einem kleinen Aufschrei zurück.
Als er eintrat und die Tür hinter sich schloss, zog sie sich ins Wohnzimmer zurück.

Die Dämmerung war hereingebrochen, und die Wohnung wirkte
düster und bedrückend. Das letzte Licht fiel auf standardisierte Möbel und eine Wand, die mit signierten Fotos von Filmstars bedeckt

war. Margaret stand ihm gegenüber, ihr Gesicht war weiß, ihre Hände rangen nervös.

„Was soll das, Margaret?", begann George, bemüht, Vorwürfe aus seiner Stimme herauszuhalten. „Brauchst du das Geld wirklich so dringend?"

Margaret schüttelte vage den Kopf, doch ihre Augen blieben voller Schrecken auf ihn gerichtet.

„Das war die Idee deines Bruders, richtig? Ich kann mir nicht vorstellen, dass du so dumm bist."

George versuchte, seine Stimme ruhig zu halten, doch als er in ihr Gesicht sah, verließ ihn jede Haltung, außer Mitgefühl. „Ich bin ein bisschen müde", sagte er schließlich. „Stört es dich, wenn ich mich setze?"

„Nein", murmelte sie.

George ließ sich auf einen Stuhl sinken. „Ich bin heute etwas verwirrt", sagte er nach einer Pause. „Es scheint, als hätten es die Leute heute auf mich abgesehen."

„Na ja", sagte Margaret mit ironischem Unterton. „Ich dachte, jeder liebt dich, George."

„Das tun sie nicht."

„Nur ich?"

„Ja", sagte er zerstreut.

„Ich wünschte, ich wäre allein gewesen", fuhr sie fort. „Aber dann wärst du natürlich nicht du selbst gewesen."

Plötzlich wurde ihm klar, dass sie es ernst meinte.

„Das ist Unsinn."

„Aber du bist hier", sagte Margaret. „Ich schätze, ich sollte froh darüber sein. Und das bin ich. Das bin ich wirklich. Ich habe oft daran gedacht, wie du genau jetzt in diesem Stuhl sitzt, wenn es fast dunkel ist. Ich habe mir kleine Szenen ausgedacht, was dann passieren würde. Soll ich dir eine erzählen?"

Verärgert, aber auch wie gefesselt, suchte George verzweifelt nach einem Ausweg aus dem Gespräch.

„Ich habe dich so oft dort sitzen sehen", fuhr Margaret fort, „dass du für mich nicht echter bist als ein Geist. Außer dass dein Hut dein Haar auf einer Seite zerdrückt hat und du dunkle Ringe unter den Augen hast. Du siehst auch jetzt blass aus, George. Wahrscheinlich warst du gestern Abend auf einer Party."

„Das war ich", sagte er. „Und als ich nach Hause kam, wartete dein Bruder auf mich."

„Er ist ein guter Kellner, George. Gerade erst aus San Quentin entlassen. Sechs Jahre hat er dort gesessen."

„Also war es seine Idee?"

„Wir beschlossen es gemeinsam. Ich wollte meinen Anteil und dann nach China fahren."

„Warum ich?"

„Weil es dadurch echter wurde. Vor fünf Jahren dachte ich schon, du würdest dich in mich verlieben."

Ihre Stimme war plötzlich ohne jede Tapferkeit, zitternd und leise genug, um den Ausdruck auf ihrem Mund zu erahnen.

„Ich liebe dich seit Jahren", sagte Margaret. „Seit dem ersten Tag, als du nach Westen kamst und das alte Realart-Studio betratst. Du warst so mutig im Umgang mit Menschen, George. Wer auch immer es war, du bist direkt auf sie zugegangen, hast Hindernisse aus dem Weg geräumt, als wären sie nichts, und angefangen, sie kennenzulernen. Ich habe versucht, mit dir zu schlafen, genau wie die anderen, aber es war schwierig. Du ziehst die Leute ganz nah an dich heran und hältst sie fest, ohne sie in irgendeine Richtung zu bewegen."

„Das ist alles reine Einbildung", sagte George, während er die Stirn unbehaglich runzelte. „Ich kann das nicht kontrollieren –"

„Nein, ich weiß. Charme kann man nicht kontrollieren. Man muss ihn einfach nutzen. Man muss dranbleiben, wenn man ihn hat, und durchs Leben gehen, dabei Menschen an sich binden, die man gar nicht will. Ich mache dir keinen Vorwurf. Aber du hättest mich am Abend des Mayfair-Tanzes nicht küssen dürfen. Ich nehme an, es lag am Champagner."

George hatte das Gefühl, als würde eine Kapelle, die bislang nur in weiter Ferne gespielt hatte, plötzlich vor seinem Fenster stehen. Er war sich immer bewusst gewesen, dass solche Dinge um ihn herum geschahen, doch sie schienen keinen Bezug zu seinem Leben zu haben. Die leisen, melancholischen Töne dieser Gefühle hatten ihn nie wirklich berührt. Jetzt, da sie greifbar wurden, wünschte er sich, sie könnten ohne weiteres verschwinden.

„Du kannst dir nicht vorstellen, wie das war", fuhr Margaret nach einer kurzen Pause fort. „Ich habe mir Nacht für Nacht Dinge ins Gedächtnis gerufen, die du beiläufig gesagt und längst vergessen hattest – und habe versucht, noch mehr aus ihnen herauszuholen. Nach dem Abend in Mayfair gab es für mich keine anderen Männer mehr. Und es gab viele andere, das weißt du. Aber ich sah dich irgendwo auf dem Gelände herumlaufen, auf den Boden schauen und lächeln, als ob dir gerade etwas Lustiges eingefallen wäre. Und dann ging ich an dir vorbei, du sahst auf, lächeltest mich wirklich an und sagtest: ‚Hallo, Liebling!‘ Jedes Mal machte mein Herz einen Sprung.“

George stand auf und Margaret erhob sich zügig.

„Oh, ich langweile dich“, sagte sie leise. „Ich hätte wissen müssen, dass ich dich langweile. Du willst nach Hause. Mal sehen – gibt es sonst noch etwas? Oh ja, diese Briefe könntest du genauso gut haben.“

Sie ging zu einem Schreibtisch, nahm die Briefe heraus und hielt sie unter die Lampe, um sie zu identifizieren.

„Das sind wirklich schöne Briefe“, sagte sie, während sie sie betrachtete. „Sie würden dir Ehre machen. Es war dumm, das gebe ich zu, aber es sollte dir eine Lehre sein, was das Unterschreiben von Dingen angeht.“

Dann riss sie die Briefe in kleine Stücke und warf sie in den Papierkorb. „Jetzt geh weiter“, sagte sie.

„Warum muss ich jetzt gehen?“

Zum dritten Mal innerhalb von vierundzwanzig Stunden überkam ihn eine Welle unkontrollierbarer Traurigkeit.

„Bitte geh!“, rief Margaret mit plötzlicher Wut. „Oder bleib, wenn du willst. Ich gehöre dir, wenn du nur darum bittest. Du weißt es. Du kannst jede Frau auf der Welt haben, indem du einfach deine Hand hebst. Würde ich dich unterhalten?“

„Margaret –“

„Ach, dann mach schon“, unterbrach sie ihn und ließ sich auf einen Stuhl sinken, während sie ihr Gesicht abwandte. „Schließlich wirst du in einer Minute albern aussehen. Das würde dir doch nicht gefallen, oder? Also geh.“

George blieb stehen, hilflos und ohne zu wissen, was er sagen sollte, ohne überheblich oder gleichgültig zu wirken. Doch ihm fiel nichts ein.

Er bemühte sich, die Traurigkeit und das vage Gefühl der Verachtung zu unterdrücken, die in ihm aufstiegen, während sie ihn unbemerkt beobachtete. Sie verstand alles, liebte ihn und nahm den inneren Kampf in seinem Gesicht wahr.

Schließlich gaben seine Nerven nach. Seine Augen wurden trüb und seine Kehle zog sich zu. Hilflos schüttelte er den Kopf, drehte sich um und ging zur Tür hinaus – ohne zu wissen, dass Margaret ihn weiterhin beobachtete, ihn verstand und ihn liebte, bis ihr das Herz schier zersprang.

IV

Der Wagen hielt vor seinem Haus, das in Dunkelheit lag, bis auf die kleinen Lichter im Kinderzimmer und im unteren Flur. Als George das Telefon klingeln hörte und abnahm, meldete sich niemand. Einige Minuten lang irrte er in der Dunkelheit umher, setzte sich von einem Stuhl auf den nächsten und blieb schließlich am Fenster stehen, um in die leere Nacht hinauszustarren.

Das Gefühl, allein zu sein, war seltsam und ungewohnt, doch in seinem aufgewühlten Zustand nicht unangenehm. Die Ereignisse der letzten Nacht, insbesondere die mit Helen Avery, erschienen ihm nun unendlich fern. Das Gespräch mit Margaret Donovan hatte wie eine Katharsis auf ihn gewirkt und linderte sein persönliches Elend vorübergehend. Er wusste, dass die Erinnerung bald zurückkehrt, doch für den Moment war sein Geist zu müde, um sich darum zu kümmern.

Eine halbe Stunde verging. Er beobachtete Dolores, wie sie aus der Küche kam, die Zeitung von der Eingangstreppe holte und sie zur Durchsicht zurück in die Küche brachte. Mit der unklaren Idee, seine Sachen zu packen, ging er nach oben. Als er die Tür zu Kays Zimmer öffnete, fand er sie dort liegend vor.

Einen Moment lang sagte er nichts, ging stattdessen ins Badezimmer und lief hin und her. Schließlich betrat er wieder ihr Zimmer und machte das Licht an.

„Was ist los?", fragte er beiläufig. „Fühlst du dich nicht wohl?"

„Ich habe versucht, ein bisschen zu schlafen", erwiderte sie. „George, glaubst du, dieses Mädchen ist verrückt geworden?"

„Welches Mädchen?"

„Margaret Donovan. So etwas Schreckliches habe ich in meinem Leben noch nie gehört."

Für einen Moment dachte George, es hätte eine neue Entwicklung gegeben.

„Fünfzigtausend Dollar!", rief Kay empört. „Ich würde es ihr nicht einmal geben, wenn es wahr wäre. Sie gehört ins Gefängnis."

„So schlimm ist es nicht", sagte George. „Sie hat einen Bruder, der ein ziemlicher Mistkerl ist. Es war seine Idee."

„Sie ist zu allem fähig", sagte Kay ernst. „Und du bist ein Narr, wenn du das nicht siehst. Ich mochte sie nie. Sie hat schmutziges Haar."

„Na, was soll's?", fragte George ungeduldig. „Wo ist Arthur Busch?"

„Er ist gleich nach dem Mittagessen nach Hause gegangen. Oder besser gesagt, ich habe ihn nach Hause geschickt."

„Du hast entschieden, dass du nicht in ihn verliebt bist?"

Kay sah fast überrascht auf. „In ihn verliebt? Oh, du meinst heute Morgen. Ich war nur sauer auf dich, das hättest du wissen müssen. Gestern Abend tat er mir ein bisschen leid, aber ich schätze, es lag an den Highballs."

„Also, was meintest du, als du …" Er brach ab. Verwirrung schien ihn von allen Seiten einzuhüllen, und er beschloss, nicht weiter nachzudenken.

„Meine Güte!", rief Kay. „Fünfzigtausend Dollar!"

„Lass es gut sein. Sie hat die Briefe zerrissen – sie hat sie selbst geschrieben – und alles ist in Ordnung."

„George."

„Ja?"

„Natürlich wird Douglas sie sofort feuern."

„Natürlich nicht. Er wird nichts davon erfahren."

„Du willst damit sagen, dass du sie nicht gehen lässt? Nach allem, was passiert ist?"

George sprang auf. „Glaubst du, sie hat das erwartet?", rief er.

„Was erwartet?"

„Dass ich dafür sorgen würde, dass sie entlassen wird?"

„Das solltest du auf jeden Fall."

Er suchte hastig im Telefonbuch nach ihrem Namen.

„Oxford –", rief er in den Hörer.

Nach einer ungewöhnlich langen Pause antwortete die Telefonistin: „Bourbon Apartments.“

„Miss Margaret Donovan, bitte.“

„Einen Moment.“ Es verging eine Minute, dann noch eine. Schließlich meldete sich die Telefonistin erneut: „Ich konnte damals nicht mit Ihnen sprechen. Miss Donovan hatte einen Unfall. Sie hat sich angeschossen. Als Sie anriefen, brachten sie sie gerade durch die Lobby zum St. Catherine's Hospital.“

„Ist es ernst?“, fragte George panisch.

„Sie dachten zuerst, ja, aber jetzt glauben sie, dass sie durchkommen wird. Sie suchen nach der Kugel.“

„Danke.“

Er legte auf und drehte sich zu Kay um. „Sie hat versucht, sich umzubringen“, sagte er mit angespannter Stimme. „Ich muss ins Krankenhaus. Ich glaube, ich bin ein Stück weit dafür verantwortlich.“

„George“, sagte Kay plötzlich.

„Was?“

„Findest du es nicht unklug, dich da einzumischen? Die Leute könnten sagen …“

„Es ist mir egal, was sie sagen“, erwiderte er scharf.

Er ging in sein Zimmer und begann, sich mechanisch anzukleiden. Als er in den Spiegel sah, schloss er die Augen und stieß einen plötzlichen Laut des Ekels aus, gab die Absicht auf, sich die Haare zu bürsten, und ging zur Tür.

„George“, rief Kay aus dem Nebenzimmer, „ich liebe dich.“

„Ich liebe dich auch“, erwiderte er.

„Jules Rennard rief an. Irgendwas wegen Barrakudafischen. Meinen Sie nicht, es wäre lustig, eine Party zu organisieren? Für Männer und Frauen?“

„Irgendwie gefällt mir die Idee nicht. Die ganze Idee des Barrakudafischens …“

Unten klingelte das Telefon, George zuckte zusammen. Dolores nahm den Hörer ab.

„Es war eine Dame, die heute bereits zweimal angerufen hat“, sagte sie, als George die Treppe herunterkam.

„Ist Mr. Hannaford da?“, fragte die Stimme am Telefon.

„Nein“, antwortete Dolores prompt. Dann streckte sie die Zunge heraus und legte auf, gerade als George die letzten Stufen nahm. Sie half ihm in den Mantel, blieb dabei so nah wie möglich bei ihm, öffnete die Tür und folgte ihm ein Stück weit auf die Veranda.

„Meester Hannaford", sagte sie plötzlich, „Miss Avery hat heute fünf oder sechs Mal angerufen. Ich sage ihr, dass Sie rausgehen, und sage der Frau nichts."

„Was?" Er hielt inne und starrte sie an, irritiert und zugleich neugierig, wie viel sie über seine Angelegenheiten wusste.

„Sie hat gerade angerufen und ich sage Ihnen, dass Sie rausgehen."

„Na gut", sagte er geistesabwesend.

„Meester Hannaford."

„Ja, Dolores?"

„Ich habe mich heute Morgen nicht verletzt, als ich von der Veranda gefallen bin."

„Das ist in Ordnung. Gute Nacht, Dolores."

„Gute Nacht, Meester Hannaford."

George warf ihr ein schwaches, flüchtiges Lächeln zu, das mehr ausdrückte, als ihm bewusst war. Es schien einen Schleier zwischen ihnen zu zerreißen, ein unbewusstes Versprechen von Möglichkeiten, die nur er schaffen konnte, Möglichkeiten, die wie eine andere Welt erschienen. Dann ging er zu seinem wartenden Wagen.

Dolores setzte sich auf die Verandatreppe, rieb ihre Hände in einer Geste, die Ekstase oder Strangulation auszudrücken schien, und beobachtete den Aufgang des dünnen, blassen kalifornischen Mondes.

Zwei Falsche

Schauen Sie sich diese Schuhe an", sagte Bill. „Achtundzwanzig Dollar."

Herr Brancusi warf einen Blick darauf. „Hübsch."

„Handgefertigt."

„Ich wusste, dass Sie ein besonderer Typ sind. Aber Sie haben mich doch nicht hierhergeholt, nur um mir diese Schuhe zu zeigen, oder?"

„Ich bin kein besonderer Typ. Wer sagt das?", fragte Bill. „Nur weil ich gebildeter bin als die meisten im Showbusiness."

„Und wissen Sie, Sie sind ein attraktiver junger Mann", bemerkte Brancusi trocken.

„Das bin ich wohl – zumindest im Vergleich zu Ihnen. Die Mädchen halten mich für einen Schauspieler, bis sie es besser wissen … Haben Sie eine Zigarette? Außerdem sehe ich aus wie ein Mann – das ist mehr, als man von den hübschen Jungs am Times Square behaupten kann."

„Gutaussehend. Gentleman. Gute Schuhe. Mit etwas Glück gesegnet."

„Da liegen Sie falsch", entgegnete Bill. „Köpfchen. Drei Jahre – neun Shows – vier große Hits – nur ein Flop. Wo sehen Sie da Glück?"

Brancusi starrte ihn mit einem leicht gelangweilten Blick an. Hätte er genauer hingesehen, statt seine Gedanken abschweifen zu lassen, hätte er einen jungen Iren mit frischem Gesicht gesehen, voller Selbstbewusstsein und Energie, die den Raum förmlich aufluden. Brancusi wusste, dass Bill bald vom Klang seiner eigenen Stimme genervt wäre und sich in eine andere Stimmung zurückziehen würde – die ruhige, überlegene, sensible Seite, die ihn wie einen Kunstmäzen wirken ließ. Bill McChesney hatte sich noch nicht entschieden, welcher dieser Seiten er den Vorzug geben sollte, eine Wahl, die selten vor dem dreißigsten Geburtstag abgeschlossen ist.

„Nehmen Sie Ames, nehmen Sie Hopkins, nehmen Sie Harris – wen Sie wollen“, fuhr Bill fort. „Was haben die mir voraus? Was soll das? Wollen Sie etwas trinken?“ Er hatte bemerkt, wie Brancusis Blick zum Schrank an der Wand wanderte.

„Ich trinke morgens nie Alkohol. Ich fragte mich nur, wer da ständig klopft. Sie sollten das abstellen. So etwas macht mich nervös, fast verrückt.“

Bill sprang zur Tür und riss sie auf.

„Niemand“, sagte er. „Hallo! Was wollen Sie?“

„Oh, entschuldigen Sie bitte“, sagte eine Stimme. „Das tut mir wirklich leid. Ich war so aufgeregt, dass ich gar nicht gemerkt habe, wie ich mit dem Bleistift gegen die Tür klopfte.“

„Was wollen Sie?“

„Ich wollte Sie sprechen, und der Angestellte sagte, Sie seien beschäftigt. Ich habe einen Brief von Alan Rogers, dem Dramatiker, für Sie – und ich wollte ihn persönlich übergeben.“

„Ich bin beschäftigt“, sagte Bill. „Gehen Sie zu Herrn Cadorna.“

„Das tat ich, aber er war nicht sehr aufgeschlossen, und Mr. Rogers meinte …“

Brancusi trat näher, sichtbar interessiert, und warf einen kurzen Blick auf sie. Sie war sehr jung, hatte wunderschönes rotes Haar und ein Gesicht, das mehr Charakter zeigte, als ihr Geplapper vermuten ließ. Brancusi dachte unwillkürlich, dies läge an ihrer Herkunft aus Delaney, South Carolina.

„Was soll ich tun?“, fragte sie ruhig, als ob sie ihre Zukunft in Bills Hände legte. „Mr. Rogers gab mir diesen Brief für Sie.“

„Also, was soll ich tun – Sie heiraten?“, platzte Bill heraus.

„Ich würde gern eine Rolle in einem Ihrer Stücke bekommen.“

„Dann setzen Sie sich und warten Sie. Ich bin beschäftigt … Wo ist Miss Cohalan?“ Er drückte den Klingelknopf, warf der jungen Frau noch einen genervten Blick zu und schloss die Tür hinter sich. Doch während dieser Unterbrechung gewann seine andere Stimmung die Oberhand, und er setzte das Gespräch mit Brancusi in dem Ton eines Mannes fort, der mit Max Reinhardt über die künstlerische Zukunft des Theaters diskutierte.

Um 12:30 Uhr hatte er alles andere vergessen, außer dass er der größte Produzent der Welt werden wollte und Sol Lincoln davon beim Mittagessen erzählen sollte. Als er sein Büro verließ, sah er Miss Cohalan fragend an.

„Mr. Lincoln kann Sie nicht treffen“, sagte sie. „Er hat gerade abgesagt.“

„Sofort“, wiederholte Bill entsetzt. „Na gut. Streichen Sie ihn einfach für Donnerstagabend von der Liste.“

Miss Cohalan zog eine Linie auf das vor ihr liegende Papier.

„Mr. McChesney, Sie haben mich doch nicht vergessen, oder?“, fragte das rothaarige Mädchen.

Er drehte sich zu ihr.

„Nein“, sagte er vage, bevor er sich wieder an Miss Cohalan wandte: „In Ordnung. Fragen Sie ihn trotzdem nach Donnerstag. Zur Hölle mit ihm.“

Er wollte nicht allein zu Mittag essen. Im Moment machte er ohnehin nichts gern allein – Kontakte waren zu verlockend, wenn man Prominenz und Macht hatte.

„Wenn Sie mir nur zwei Minuten geben würden –“, begann sie.

„Das passt gerade wirklich nicht.“ Plötzlich fiel ihm auf, dass sie der schönste Mensch war, den er je gesehen hatte. Er starrte sie an.

„Mr. Rogers erzählte mir …“

„Kommen Sie, essen Sie mit mir zu Mittag“, unterbrach er sie, gab Miss Cohalan in scheinbarer Eile einige hastige und widersprüchliche Anweisungen und hielt die Tür auf.

Draußen auf der 42. Straße atmete er die frische Luft tief ein – hier gab es für viele Menschen genug davon. Es war November, der erste große Trubel der Saison war vorüber, aber er konnte nach Osten blicken und das elektrische Signal eines seiner Stücke sehen und nach Westen ein anderes. Um die Ecke lief das Stück, das er zuletzt mit Brancusi inszeniert hatte – das letzte Mal, dass er nicht allein Regie geführt hatte.

Sie gingen zum Bedford, wo bei ihrem Eintreffen eine hektische Betriebsamkeit unter den Kellnern und Kapitänen ausbrach.

„Das ist ein beeindruckendes Restaurant“, sagte sie, imponiert von der Aufmerksamkeit des Personals.

„Das ist das Mekka für alte Hasen." Er nickte einigen Gästen zu. „Hallo, Jimmy … Bill … Jack … Das ist Jack Dempsey. Ich esse hier nicht oft. Normalerweise gehe ich in den Harvard Club."

„Oh, waren Sie in Harvard? Ich wusste …"

„Ja." Er hielt kurz inne. Es gab zwei Versionen seiner Harvard-Geschichte, und er entschied sich plötzlich für die wahre. „Ja, aber dort hielt man mich für einen Hinterwäldler. Das ist vorbei. Vor etwa einer Woche war ich auf Long Island bei den Gouverneer Haights – sehr vornehme Leute – und einige Jungs von der Goldküste, die nicht einmal wussten, dass ich in Cambridge existierte, begannen mit ihrem ‚Hallo, Bill, alter Junge'-Getue."

Er stockte und ließ es dabei bewenden.

„Was willst du – einen Job?", fragte er. Er bemerkte auf einmal Löcher in ihren Strümpfen. Löcher in Strümpfen rührten ihn immer.

„Ja, sonst muss ich nach Hause", sagte sie. „Ich möchte Tänzerin werden – russisches Ballett, wissen Sie. Aber der Unterricht ist so teuer, also brauche ich einen Job. Ich dachte, das würde mir sowieso Bühnenpräsenz verschaffen."

„Hoofer, was?"

„Oh nein, im Ernst."

„Na ja, Pavlova ist doch auch Stepptänzerin, oder?"

„Oh nein." Sie war empört über diese Respektlosigkeit, doch nach einem Moment fuhr sie fort: „Ich nahm bei Miss Campbell Unterricht – Georgia Berriman Campbell – zu Hause. Vielleicht kennen Sie sie. Sie hat bei Ned Wayburn gelernt, und sie ist wirklich großartig. Sie …"

„Ja?", sagte er abwesend. „Nun, das ist ein hartes Geschäft. Casting-Agenturen sind überfüllt mit Talenten, die alles können, bis ich ihnen eine Chance gebe. Wie alt bist du?"

„Achtzehn."

„Ich bin sechsundzwanzig. Kam vor vier Jahren hierher – ohne einen Cent."

„Mein Gott!"

„Ich könnte jetzt aufhören und den Rest meines Lebens genießen."

„Mein Gott!"

„Ich werde nächstes Jahr ein Jahr Pause machen – heiraten. Schon mal von Irene Rikker gehört?"

„Natürlich! Sie ist eine meiner absoluten Favoritinnen.“

„Wir sind verlobt.“

„Mein Gott!“

Als sie später den Times Square verließen, fragte er beiläufig: „Was machst du jetzt?“

„Ich versuche, einen Job zu bekommen.“

„Ich meine, genau in diesem Moment.“

„Nichts.“

„Möchten Sie mit zu meiner Wohnung in der 46. Straße kommen und einen Kaffee trinken?“

Ihre Blicke trafen sich, und Emmy Pinkard entschied, dass sie sich selbst vertrauen konnte.

Das Apartment war ein großes, helles Studio mit einem langen Diwan. Nachdem sie Kaffee und er einen Highball getrunken hatte, legte er einen Arm um ihre Schulter.

„Warum sollte ich dich küssen?“, fragte sie. „Ich kenne dich kaum, und außerdem bist du verlobt.“

„Ach, das zählt nicht. Es ist ihr egal.“

„Nein, wirklich!“

„Du bist ein gutes Mädchen.“

„Und ich bin sicher kein Narr.“

„Na gut, bleib ein braves Mädchen.“

Sie stand auf, blieb aber noch einen Moment, frisch und gelassen, ohne verärgert zu wirken.

„Ich nehme an, das bedeutet, dass Sie mir keinen Job geben?“, fragte sie freundlich.

Er war bereits in Gedanken bei einem Vorstellungsgespräch und einer Probe, doch als er sie erneut ansah, bemerkte er die Löcher in ihren Strümpfen wieder. Er griff zum Telefon.

„Joe, hier ist der Fresh Boy … Hättest du nicht gedacht, dass ich weiß, dass ihr mich so nennt, oder? … Alles in Ordnung. Hör zu, hast du die drei Mädchen für die Partyszene? … Gut, heb dir eins für ein Mädchen aus dem Süden auf, das ich dir heute schicke.“

Er sah sie herausfordernd an, überzeugt davon, ein wirklich guter Kerl zu sein.

„Nun, ich weiß nicht, wie ich Ihnen und Mr. Rogers danken soll“, sagte sie mutig. „Auf Wiedersehen, Mr. McChesney.“

Er hielt es nicht für nötig zu antworten.

II

Während der Proben tauchte er häufig auf, stand mit einer wissenden Miene da und beobachtete die Leute, als könne er ihre Gedanken lesen. In Wahrheit aber war er von seinem eigenen Erfolg berauscht, nahm wenig wahr und kümmerte sich auch nicht besonders darum. Die Wochenenden verbrachte er meist auf Long Island bei den feinen Leuten, die ihn „in ihren Kreis aufgenommen" hatten. Wenn Brancusi ihn als „großen Gesellschaftsschmetterling" bezeichnete, erwiderte er nur: „Und? War ich nicht in Harvard? Glaubst du, sie haben mich in einem Apfelkarren in der Grand Street gefunden, wie dich?" Seine neuen Freunde schätzten ihn wegen seines guten Aussehens, seines Charmes und seines beruflichen Erfolgs.

Seine Verlobung mit Irene Rikker hingegen war der unbefriedigendste Teil seines Lebens. Beide hatten genug voneinander, waren aber nicht bereit, die Beziehung zu beenden. Wie zwei wohlhabende junge Leute in einer kleinen Stadt, die allein aufgrund ihres Status zueinanderfinden, fühlten sie sich durch den gemeinsamen Erfolg aneinander gebunden. Doch die Streitereien wurden häufiger und heftiger, und das Ende zeichnete sich ab – verkörpert durch Frank Llewellen, einen großen, gutaussehenden Schauspieler, der Irenes Bühnenpartner war. Bill durchschaute die Situation sofort und entwickelte einen bitteren Humor. Bereits in der zweiten Probenwoche lag spürbar Spannung in der Luft.

Unterdessen führte Emmy Pinkard ein bescheiden glückliches Leben. Sie hatte genug Geld für Kekse und Milch und einen Freund, Easton Hughes, der Zahnmedizin an der Columbia studierte und sie oft zum Essen einlud. Manchmal brachte er andere junge Männer mit, die ebenfalls Zahnmedizin studierten, und Emmy belohnte sie mit ein paar flüchtigen Küssen im Taxi, wenn sie hungrig war. Eines Nachmittags stellte Easton sie Bill McChesney am Bühneneingang vor. Später baute Bill auf dieser Begegnung seine scherzhafte Eifersucht auf.

„Ihr Zahnarzt hat mir schon wieder etwas untergejubelt", sagte er grinsend. „Lassen Sie sich bloß kein Lachgas verabreichen."

Obwohl sie sich selten sahen, blickten sie sich stets intensiv an. Bill musterte sie dann, als sähe er sie zum ersten Mal, bis ihm einfiel, sie zu necken. Emmy hingegen sah in ihm etwas anderes: einen hellen

223

Tag mit großen Menschenmengen auf den Straßen, eine glänzende neue Limousine, die am Bordstein wartete, bereit, irgendwohin zu fahren, wo das Leben aufregender und freier war als in New York. Manchmal wünschte sie sich, sie hätte ihn geküsst, doch genauso oft war sie froh, es nicht getan zu haben. Denn im Laufe der Wochen verlor er an Romantik, so sehr war er wie alle anderen in die mühsame Arbeit an dem Stück vertieft.

Die Premiere fand in Atlantic City statt. Bill zeigte plötzlich eine launische Seite, war mit dem Regisseur kurz angebunden und sarkastisch zu den Schauspielern. Man munkelte, es lag daran, dass Irene Rikker und Frank Llewellen in einem eigenen Zug ankamen. Am Abend der Generalprobe saß Bill neben dem Autor, eine beinahe gespenstische Gestalt im Halbdunkel des Zuschauerraums. Er schwieg, bis zum zweiten Akt, als Irene und Llewellen allein auf der Bühne waren.

„Das machen wir nochmal – und den ganzen Brei lassen wir weg!“, rief er plötzlich.

Llewellen trat an die Rampe. „Was meinen Sie mit ‚den Brei weglassen‘? Das sind die Textzeilen.“

„Sie wissen genau, was ich meine – bleiben Sie bei der Sache.“

„Ich verstehe nicht, was Sie meinen.“

Bill stand auf. „Ich meine das ganze verdammte Geflüster.“

„Es wurde nichts geflüstert. Ich fragte nur …“

„Das reicht! Machen Sie weiter.“

Llewellen wollte gerade weitermachen, als Bill laut hinzufügte: „Auch ein Amateur muss seinen Part können.“

Llewellen wirbelte herum. „So etwas muss ich mir nicht bieten lassen, Mr. McChesney.“

„Warum nicht? Sie sind ein Schauspieler, oder? Seit wann schämen Sie sich dafür? Ich leite dieses Stück, und ich will, dass Sie Ihren Job machen.“ Bill ging den Gang hinunter. „Und wenn Sie es nicht tun, rufe ich Sie zur Ordnung.“

„Passen Sie auf, wie Sie mit mir reden!“

„Und was wollen Sie dagegen tun?“

Llewellen sprang in den Orchestergraben. „Ich nehme nichts von Ihnen an!“, rief er.

Irene schrie von der Bühne: „Um Himmelswillen, seid ihr zwei verrückt?“ Doch da hatte Llewellen Bill bereits mit einem festen

Schlag zu Boden gestreckt. Bill stürzte über eine Sitzreihe nach hinten, fiel auf einen Stuhl, der unter ihm zusammenbrach, und blieb dort eingeklemmt liegen.

Einen Moment lang herrschte Chaos. Leute hielten Llewellen fest, der Autor zog Bill mit bleichem Gesicht hoch, und der Bühnenmanager rief: „Soll ich ihn umlegen, Chef? Soll ich ihm sein fettes Gesicht einschlagen?" Llewellen schnaufte, Irene Rikker war blass vor Angst, und alle warteten gespannt auf das, was als Nächstes passieren würde.

„Geht zurück!", rief Bill, presste sich ein Taschentuch aufs Gesicht und schwankte in den Armen des Autors. „Alle zurück! Dreht die Szene noch einmal und keine Worte! Zurück, Llewellen!"

Ehe sie sich versahen, waren alle wieder auf der Bühne. Irene zog Llewellen zur Seite und redete eindringlich auf ihn ein. Im Zuschauerraum wurde das Licht kurz voll aufgedreht, dann hastig wieder gedimmt. Als Emmy wenig später für ihren Auftritt herauskam, sah sie sofort, dass Bill mit einem Gesicht voller Taschentücher dasaß, um das Blut zu verbergen. Sie verabscheute Llewellen und fürchtete, dass alles bald auseinanderbrechen würde und sie nach New York zurückkehren mussten. Doch Bill hatte mit seinem Eingreifen die Situation gerettet. Wäre Llewellen ausgestiegen, hätte das Bills Ruf schweren Schaden zugefügt.

Die Szene lief weiter, ohne Unterbrechung. Als der nächste Akt begann, war Bill verschwunden.

Während der Vorstellung am folgenden Abend saß er in den Kulissen, wo er alle beobachten konnte, die kamen und gingen. Sein Gesicht war geschwollen und voller blauer Flecken, doch er zeigte keinerlei Reaktion. Als er einmal nach vorne ging und zurückkam, verbreitete sich das Gerücht, dass zwei New Yorker Agenturen große Einkäufe tätigten. Das Stück war ein Hit – sie alle hatten einen Hit.

Beim Anblick von Bill, dem sie so viel verdankten, spürte Emmy eine Welle der Dankbarkeit. Sie ging zu ihm und bedankte sich.

„Ich bin ein guter Sammler, Rotschopf", sagte er grimmig.

„Danke, dass Sie mich ausgewählt haben."

Plötzlich platzte sie mit einer impulsiven Bemerkung heraus.

„Dein Gesicht ist schlimm verletzt!", rief sie. „Ich finde, es war unglaublich mutig von dir, gestern Abend alles zusammenzuhalten."

Er sah sie einen Moment lang eindringlich an, und ein ironisches Lächeln versuchte vergeblich, sich auf seinem geschwollenen Gesicht auszubreiten.

„Bewunderst du mich, Baby?"

„Ja."

„Hast du mich auch bewundert, als ich über die Sitze gefallen bin?"

„Du hast alles in Windeseile wieder unter Kontrolle gebracht."

„Das nenne ich Loyalität. Du hast in diesem ganzen Chaos etwas Bewundernswertes gefunden."

Ihre Freude steigerte sich, und sie sagte mit leuchtenden Augen: „Du hast dich wirklich wunderbar benommen."

Sie sah so frisch und jung aus, dass Bill, der einen furchtbaren Tag hinter sich hatte, seine geschwollene Wange an ihre legen wollte.

Er nahm den blauen Fleck und das Verlangen am nächsten Morgen mit zurück nach New York. Der Fleck verblasste, aber das Verlangen blieb. Als sie in der Stadt Premiere feierten, war Emmy zum Inbegriff dieses Stücks, dieses Erfolgs geworden. Nach einer guten Aufführung wurde das Stück abgesetzt, gerade als Bill zu viel trank und jemanden brauchte, der ihn durch die grauen Tage der Ernüchterung begleitete. Anfang Juni heirateten sie plötzlich in Connecticut.

III

Zwei Männer saßen im Savoy Grill in London und warteten auf den 4. Juli. Es war bereits Ende Mai.

„Ist er ein netter Kerl?", fragte Hubbel.

„Äußerst nett", antwortete Brancusi. „Äußerst nett, äußerst gutaussehend, äußerst beliebt." Nach kurzem Zögern fügte er hinzu: „Ich möchte, dass er nach Hause kommt."

„Das ist es, was ich an ihm nicht verstehe", sagte Hubbel. „Das Showgeschäft hier ist nichts im Vergleich zu dem zu Hause. Warum will er hierbleiben?"

„Er verkehrt mit vielen Herzögen und Damen."

„Oh?"

„Letzte Woche, als ich ihn traf, war er mit drei Damen zusammen – Dame hier, Dame da, Dame dort."

„Ich dachte, er wäre verheiratet.“

„Seit drei Jahren verheiratet“, sagte Brancusi. „Er hat ein schönes Kind und bald kommt noch eins dazu.“

Er verstummte, als McChesney hereinkam. Sein sehr amerikanisches Gesicht blickte kühn über den hochgestellten Kragen eines Mantels mit kastenförmigen Schultern hinweg.

„Hallo, Mac, das ist mein Freund, Mr. Hubbel.“

„Jaaa“, sagte Bill. Er setzte sich und sah sich in der Bar um, um herauszufinden, wer noch da war. Nach ein paar Minuten ging Hubbel, und Bill fragte: „Wer ist dieser Vogel?“

„Er ist erst seit einem Monat hier. Er hat noch keinen Titel. Du bist schon seit sechs Monaten hier, weißt du noch.“

Bill grinste.

„Die halten mich für einen Hochstapler, oder? Na ja, ich mache mir nichts vor. Ich mag es hier, es packt mich. Ich wäre gern der Marquis von McChesney.“

„Vielleicht kannst du dich in den Titel hinein trinken“, schlug Brancusi vor.

„Halt die Klappe. Wer sagt, ich hätte getrunken? Redet man heutzutage immer noch so? Höre: Wenn du mir einen amerikanischen Theaterdirektor nennen kannst, der in weniger als acht Monaten so erfolgreich war wie ich hier in London, dann gehe ich morgen mit dir zurück nach Amerika. Wenn du mir nur einen Namen sagen …“

„Das liegt an deinen alten Shows. In New York hattest du zwei Flops.“

Bill stand auf, und sein Gesicht verhärtete sich.

„Was glaubst du eigentlich, wer du bist?“, fragte er. „Bist du hergekommen, um so mit mir zu reden?“

„Jetzt werd nicht sauer, Bill. Ich will doch nur, dass du zurückkommst. Dafür würde ich alles geben. Wenn du noch drei Saisons durchhältst wie die von ’22 und ’23, bist du für den Rest deines Lebens versorgt.“

„New York macht mich krank“, sagte Bill launisch. „Ein Moment, und du bist ein König. Dann hast du zwei Flops, und alle sagen, du bist am Ende.“

Brancusi schüttelte den Kopf.

„Das haben sie nicht wegen der Flops gesagt. Es lag an deinem Streit mit Aronstael, deinem besten Freund.“

„Freund? So ein Blödsinn!"

„Jedenfalls dein bester Freund im Geschäft. Und dann…"

„Ich will nicht darüber reden." Bill warf einen Blick auf seine Uhr. „Hör mal, Emmy geht es nicht gut. Deshalb werde ich heute Abend nicht mit dir essen. Aber komme vor deiner Abreise noch einmal in mein Büro."

Fünf Minuten später sah Brancusi, wie Bill wieder das Savoy betrat, die Treppe hinunterging und im Teezimmer verschwand.

„Er ist ein großer Diplomat geworden", dachte Brancusi. „Früher hätte er einfach gesagt, wenn er eine andere Verabredung hatte. Diese Herzöge und Damen verbessern ihn noch."

Vielleicht war er etwas verletzt, auch wenn das nicht typisch für ihn war. Dennoch kam er augenblicklich zu dem Schluss, dass es mit McChesney bergab ging, und löschte ihn sofort aus seinem Gedächtnis.

Doch es gab keine äußeren Anzeichen dafür, dass Bill auf dem absteigenden Ast war: ein Hit im New Strand, ein Hit im Prince of Wales, und die Einnahmen flossen fast so gut wie vor zwei oder drei Jahren in New York. Ein Mann der Tat hatte das Recht, seinen Standort zu wechseln.

An diesem Abend kehrte Bill voller Energie zum Abendessen in sein Haus im Hyde Park zurück. Emmy lag müde und unbeholfen auf einem Sofa im Wohnzimmer im Obergeschoss. Er nahm sie einen Moment in die Arme.

„Fast vorbei", sagte er. „Du bist wunderschön."

„Sei nicht albern."

„Doch, das bist du. Immer. Ich weiß nicht warum. Vielleicht, weil du Charakter hast, und das sieht man dir immer an – selbst jetzt."

Sie lächelte, erfreut über das Kompliment, und strich mit ihrer Hand durch sein Haar.

„Charakter ist das Größte auf der Welt", erklärte er. „Und du hast mehr davon als jeder andere, den ich kenne."

„Hast du Brancusi gesehen?"

„Ja, die kleine Laus! Ich habe beschlossen, ihn nicht zum Abendessen mit nach Hause zu bringen."

„Was war los?"

„Ach, nichts. Er redet über meinen Streit mit Aronstael, als wäre es meine Schuld."

Emmy zögerte, presste die Lippen zusammen und sagte dann leise: „Du bist in diesen Streit mit Aronstael geraten, weil du getrunken hast."

Er stand ungeduldig auf.

„Fängst du jetzt auch an…"

„Nein, Bill, aber du trinkst zu viel. Und das weißt du."

Da er wusste, dass sie recht hatte, wich er dem Thema aus, und sie gingen zum Abendessen. Im Kerzenschein einer Flasche Rotwein nahm er sich vor, bis zur Geburt des Babys trocken zu bleiben.

„Ich höre immer auf, wenn ich will, oder? Ich tue immer, was ich sage. Du hast mich noch nie aufhören sehen."

„Noch nie."

Sie tranken gemeinsam Kaffee, dann stand er auf.

„Komm nicht so spät", sagte Emmy.

„Natürlich … Was ist los, Baby?"

„Ich weine nur. Kümmere dich nicht um mich. Ach, steh nicht einfach da wie ein großer Idiot."

„Aber natürlich mache ich mir Sorgen. Ich sehe dich nicht gern weinen."

„Ich weiß nicht, wo du abends hingehst. Ich weiß nicht, mit wem du zusammen bist. Und diese Lady Sybil Combrinck, die dauernd anruft. Es ist schon in Ordnung, denke ich, aber ich wache nachts auf und fühle mich so allein, Bill. Denn wir waren bis vor Kurzem immer zusammen, oder nicht?"

„Aber wir sind immer noch zusammen … Was ist mit dir passiert, Emmy?"

„Ich weiß – ich bin einfach verrückt. Wir würden uns doch nie im Stich lassen, oder? Das haben wir nie getan –"

„Natürlich nicht."

„Komm früher zurück, wenn du kannst."

Bill verließ das Haus, schaute kurz im Prince of Wales Theatre vorbei und ging dann für ein Telefonat ins benachbarte Hotel.

„Ich möchte mit Ihrer Ladyschaft sprechen. Herr McChesney ruft an."

Es dauerte eine Weile, bis Lady Sybil ans Telefon kam: „Das ist eine ziemliche Überraschung. Es ist Wochen her, seit ich das letzte Mal das Glück hatte, von Ihnen zu hören."

Ihre Stimme war scharf wie eine Peitsche und so kühl wie ein Eisschrank – eine Art Ton, der Bill an britische Romanfiguren erinnerte. Einst hatte ihn das fasziniert, aber nur kurz. Er hatte dabei stets einen klaren Kopf bewahrt.

„Ich hatte keine Minute Zeit", erklärte er lässig. „Du hast doch keine Schmerzen, oder?"

„Ich würde kaum ‚Schmerzen' sagen."

„Ich hatte es befürchtet, da du mir keine Einladung zu deiner Party heute Abend geschickt hast. Ich dachte, wir hätten alles besprochen?"

„Du hast viel geredet", erwiderte sie, „vielleicht zu viel."

Zu Bills Erstaunen legte sie auf.

„Ich werde britisch", dachte er trocken. „Ein kleiner Sketch: Die Tochter von tausend Grafen."

Die Abfuhr weckte ihn aus seiner Gleichgültigkeit und weckte sein schwindendes Interesse erneut. Normalerweise verziehen Frauen ihm seine Launen wegen seiner offensichtlichen Hingabe an Emmy. Doch am Telefon war keine Spur von einem versöhnlichen Seufzer zu hören gewesen.

„Ich muss dieses Durcheinander klären", dachte er. Wäre er in Abendgarderobe gewesen, hätte er die Party besucht und mit ihr gesprochen. Aber selbst ohne Frack wollte er nicht nach Hause zurückkehren. Nach einigem Überlegen entschied er, das Missverständnis sofort zu bereinigen, und begann, mit dem Gedanken zu spielen, so zu erscheinen, wie er war. Schließlich wurde Amerikanern ihre Unkonventionalität verziehen. Bei mehreren Highballs dachte er eine Stunde lang darüber nach.

Um Mitternacht betrat er die Treppe zu Lady Sybils Haus in Mayfair. Die Garderobenwärter warfen ihm skeptische Blicke wegen seines Tweedanzugs zu, und ein Lakai suchte vergeblich auf der Gästeliste nach seinem Namen. Glücklicherweise traf Sir Humphrey Dunn gleichzeitig ein und überzeugte den Lakai, dass es sich um ein Versehen handeln müsse.

Drinnen suchte Bill sofort nach Lady Sybil. Sie stand mit ihrem Ehemann in der Empfangsreihe – Bill hatte sie noch nie zusammen gesehen. Er entschied, auf einen weniger formellen Moment für ihre Unterhaltung zu warten. Während die Begrüßungen scheinbar endlos weitergingen, wurde ihm zunehmend unwohl. Er kannte einige

Leute, aber nicht viele, und er bemerkte die Aufmerksamkeit, die seine Kleidung erregte. Noch bewusster war er sich, dass Lady Sybil ihn sah, seine Verlegenheit mit einem Wort hätte lindern können, aber sie tat es nicht.

Bedauernd, überhaupt gekommen zu sein, aber zu stolz, um sich zurückzuziehen, ging er zu einem Buffettisch und nahm ein Glas Champagner. Als er sich umdrehte, war sie endlich allein. Gerade als er auf sie zuging, sprach ihn der Butler an: „Entschuldigen Sie, Sir. Haben Sie eine Einladungskarte?"

„Ich bin ein Freund von Lady Sybil", sagte Bill ungeduldig und wandte sich ab. Doch der Butler folgte ihm.

„Es tut mir leid, Sir, aber ich muss Sie bitten, die Angelegenheit zu klären."

„Das ist nicht nötig. Ich wollte gerade mit Lady Sybil sprechen."

„Meine Anweisungen lauten anders, Sir."

Bevor Bill realisierte, was geschah, packten ihn zwei Lakaien sanft, aber bestimmt, drückten seine Arme an die Seiten und führten ihn in einen kleinen Vorraum. Dort stand ein Mann mit Kneifer, den Bill als den Privatsekretär der Combrincks erkannte.

„Das ist der Mann", sagte der Sekretär und nickte den Lakaien zu, die ihn darauf losließen.

„Mr. McChesney", begann der Sekretär kühl, „Sie hielten es für angemessen, ohne Einladung hier zu erscheinen. Seine Lordschaft bittet Sie, das Haus augenblicklich zu verlassen. Würden Sie mir bitte die Quittung für Ihren Mantel geben?"

Da verstand Bill, und das einzige Wort, das ihm passend erschien, drängte sich auf seine Lippen. Der Sekretär gab den Lakaien ein Zeichen, und Bill wurde durch die Küche geschoben, vorbei an verdutzten Hilfskellnern, durch einen langen Flur und schließlich in die kühle Nacht hinaus. Die Tür fiel hinter ihm ins Schloss. Einen Moment später wurde sie wieder geöffnet. Sein Mantel flog heraus und sein Stock klapperte die Stufen hinunter.

Während Bill wie betäubt vor dem Haus stand, hielt ein Taxi neben ihm, und der Fahrer rief: „Geht's Ihnen nicht gut, Gouverneur?"

„Was?"

„Ich weiß, wo Sie einen guten Muntermacher bekommen, Gouverneur. Es ist nie zu spät."

Die Tür des Taxis öffnete sich, und ein Albtraum begann. Es folgte ein Kabarett, das die Sperrstunde brach, eine Nacht mit Fremden, die er irgendwo aufgegabelt hatte, Streitereien, der Versuch, einen Scheck einzulösen – und immer wieder verkündete er, er sei William McChesney, der Produzent. Doch niemand glaubte ihm, nicht einmal er selbst. Alles schien unwichtig, bis der Taxifahrer ihn vor seinem eigenen Haus wachrüttelte.

Während er hineinging, klingelte das Telefon. Er ging wortlos am Dienstmädchen vorbei, doch ihre Stimme erreichte ihn, als er die Treppe betrat.

„Mr. McChesney, das Krankenhaus ruft wieder an. Mrs. McChesney ist dort, sie haben jede Stunde angerufen."

Noch immer benommen nahm er den Hörer in die Hand.

„Wir rufen aus dem Midland Hospital wegen Ihrer Frau an. Sie hat heute Morgen um neun Uhr ein totes Kind zur Welt gebracht."

„Warten Sie eine Minute." Seine Stimme war trocken und brüchig. „Ich verstehe nicht."

Nach und nach begriff er, dass Emmys Kind tot war und sie ihn sehen wollte. Er taumelte auf die Straße und suchte nach einem Taxi, das ihn zum Krankenhaus brachte.

Das Zimmer war dunkel, als er eintrat. Emmy lag in einem zerwühlten Bett und hob den Kopf, als sie ihn bemerkte.

„Du bist es!", rief sie. „Ich dachte, du wärst tot! Wo warst du?"

Er fiel auf die Knie neben ihrem Bett, aber sie wandte sich ab.

„Oh, du stinkst abscheulich", sagte sie. „Mir wird schlecht."

Doch sie ließ ihre Hand in seinem Haar ruhen, und er blieb lange Zeit reglos dort.

„Ich bin fertig mit dir", murmelte sie, „es war schrecklich, weil ich dachte, du wärst tot. Alle sind tot. Ich wünschte, ich wäre tot."

Ein Vorhang bewegte sich im Wind. Als Bill aufstand, um ihn zu schließen, sah sie ihn im hellen Morgenlicht. Sein Gesicht war bleich und schrecklich, seine Kleider zerknittert, und die blauen Flecken von der vergangenen Nacht schienen tiefer als die Haut zu reichen. Dieses Mal hasste sie nicht die, die ihm das angetan hatten, sondern ihn selbst. Sie fühlte, wie er ihr Herz verließ, spürte die Leere, die er hinterließ. Doch in diesem Moment konnte sie ihm vergeben und sogar Mitleid mit ihm empfinden.

Sie war vor der Krankenhaustür hingefallen, als sie allein aus dem Taxi steigen wollte.

IV

Als Emmy sich körperlich und geistig erholt hatte, kehrte sie mit Nachdruck zu ihrem alten Traum zurück: dem Tanz. Der Wunsch, tanzen zu lernen, war eine leuchtende Erinnerung an die unbeschwerten Tage ihrer Jugend und die hoffnungsvollen Anfänge in New York. Für sie war der Tanz keine bloße Bewegung, sondern die kunstvolle Interpretation von Musik durch den Körper. Statt Instrumenten oder Stimmen konnte der Körper selbst die Schönheit von Tschaikowsky oder Stravinsky zum Ausdruck bringen. Unten, im Spektakel des Varietés, war es nur Akrobatik; oben, in der Kunst des Balletts, war es Pavlova.

Zurück in New York richteten sie sich in einer Wohnung ein, und Emmy stürzte sich mit jugendlicher Energie in ihre Arbeit. Vier Stunden täglich verbrachte sie an der Stange mit Übungen, Posen, Sprüngen, Arabesken und Pirouetten. Es war der greifbarste Teil ihres Lebens, und ihre einzige Sorge blieb, ob sie mit sechsundzwanzig zu alt war. Zehn Jahre fehlten ihr an Erfahrung, doch sie war eine geborene Tänzerin mit einem schönen Körper und einem ausdrucksvollen Gesicht.

Bill unterstützte sie in ihrem Vorhaben. Wenn sie bereit war, wollte er das erste echte amerikanische Ballett um sie herum aufbauen. Manchmal beneidete er sie um ihre Hingabe, denn die Geschäfte in seinem eigenen Bereich waren schwieriger geworden, seit sie nach New York zurückgekehrt waren.

Seine früheren Erfolge hatten ihm viele Feinde eingebracht. Übertriebene Geschichten über seinen Alkoholkonsum und seinen Umgang mit Schauspielern machten die Runde. Sein Ruf litt unter seiner Unfähigkeit, Geld zu sparen, und für jedes neue Stück musste er um finanzielle Unterstützung bitten. Obwohl er mit Mut und Intelligenz auch unkommerzielle Projekte anging, fehlte ihm die Unterstützung einer Theatergilde. Die Verluste, die er hatte, wurden ihm stets angelastet.

Es gab auch Erfolge, aber Bill musste härter dafür arbeiten – oder es fühlte sich zumindest so an. Er begann, den Preis für sein unregelmäßiges Leben zu zahlen. Immer hatte er sich vorgenommen, sich eine Pause zu gönnen oder mit den Zigaretten aufzuhören, doch jetzt war die Konkurrenz zu groß. Neue Männer drängten nach, mit einem frischen Ruf der Unfehlbarkeit. Zudem war er nie an Regelmäßigkeit gewöhnt gewesen. Er liebte es, in diesen intensiven Schüben zu arbeiten, angetrieben von schwarzem Kaffee – eine Arbeitsweise, die im Showbusiness unvermeidlich schien, aber einem Mann über dreißig einen hohen Tribut abverlangte.

In gewisser Weise verließ er sich auf Emmys Gesundheit und Vitalität. Sie waren immer zusammen gewesen, und obwohl er bisweilen eine vage Unzufriedenheit verspürte, weil er sie inzwischen mehr brauchte als sie ihn, hielt er an der Hoffnung fest, dass es im nächsten Monat, in der nächsten Saison besser für ihn laufen würde.

An einem Novemberabend kam Emmy von der Ballettschule nach Hause. Sie schwang ihre kleine graue Tasche, zog ihren Hut tief ins feuchte Haar und gab sich angenehmen Gedanken hin. Seit einem Monat kamen Leute ins Studio, um ihr zuzusehen – sie war bereit, auf der Bühne zu stehen. Früher hatte sie genauso hart an ihrer Beziehung zu Bill gearbeitet, nur um einen Punkt des Elends und der Verzweiflung zu erreichen. Doch beim Tanz gab es nichts, was sie im Stich lassen konnte, außer sich selbst. Dennoch fühlte sie sich ein wenig überstürzt bei dem Gedanken: Jetzt ist es soweit. Ich werde glücklich sein.

Heute hatte sie etwas, das sie unbedingt mit Bill besprechen wollte. Sie fand ihn im Wohnzimmer, und während sie sich auszog, sprach sie ihn zurückhaltend an. Ohne sich umzusehen, begann sie zu erzählen: „Hör dir das an, was heute passiert ist!" Ihre Stimme war so laut, dass sie mit dem Wasser in der Wanne konkurrierte. „Paul Makova möchte, dass ich diese Saison im Metropolitan mit ihm tanze. Aber es ist noch nicht sicher, also bleibt es ein Geheimnis – nicht einmal ich darf es wissen."

„Das ist großartig."

„Die einzige Frage ist, ob es nicht besser wäre, im Ausland zu debütieren? Jedenfalls meint Donilof, ich sei bereit für die Bühne. Was meinst du?"

„Ich weiß nicht."

„Du klingst nicht besonders begeistert.“

„Mir liegt etwas auf dem Herzen. Ich erzähle es dir später. Mach weiter.“

„Das ist alles, Liebling. Wenn du noch Lust hast, für einen Monat nach Deutschland zu gehen, wie du gesagt hast, würde Donilof ein Debüt in Berlin arrangieren. Aber ich würde lieber hier eröffnen und mit Paul Makova tanzen. Stell dir nur vor –“ Sie hielt inne. Plötzlich spürte sie durch die Euphorie hindurch, dass er geistesabwesend war. „Erzähl mir, was dir auf dem Herzen liegt.“

„Ich war heute Nachmittag bei Dr. Kearns.“

„Was sagt er?“ Sie war noch immer in Gedanken glücklich, denn Bills gelegentliche Anfälle von Hypochondrie machten ihr schon lange keine Sorgen mehr.

„Ich erzählte ihm heute Morgen von dem Blut, und er meinte, es sei wahrscheinlich nur eine geplatzte Ader im Hals, wie letztes Jahr. Aber da ich husten musste und mir Sorgen machte, schlug er eine Röntgenaufnahme vor. Nun, wir haben die Sache tatsächlich geklärt. Meine linke Lunge ist praktisch hinüber. Zum Glück gibt es auf der anderen Seite keine Flecken.“

Sie wartete, ihre gute Stimmung wie ausgelöscht, und fühlte eine schreckliche Angst.

„Es kommt zu einem ungünstigen Zeitpunkt“, fuhr er ruhig fort, „aber ich muss mich damit auseinandersetzen. Er meint, ich sollte den Winter in den Adirondacks oder in Denver verbringen. Er tendiert zu Denver. In fünf oder sechs Monaten könnte es wieder besser sein.“

„Natürlich müssen wir –“ Sie hielt inne.

„Ich würde nicht erwarten, dass du mitkommst – vor allem nicht, wenn du diese Gelegenheit hast.“

„Natürlich gehe ich mit“, sagte sie schnell. „Deine Gesundheit steht an erster Stelle. Wir waren immer überall zusammen.“

„Oh nein.“

„Doch, natürlich.“ Ihre Stimme klang stark und entschlossen. „Wir waren immer zusammen. Ich könnte nicht hierbleiben, während du weg bist. Wann musst du los?“

„So bald wie möglich. Ich war bei Brancusi, um zu fragen, ob er das Richmond-Stück übernehmen will, aber er schien nicht begeistert.“ Sein Gesicht verhärtete sich. „Natürlich wird es vorerst nichts anderes geben, aber mit dem, was noch zu tun ist, werde ich genug zu tun haben –"

„Oh, wenn ich doch nur etwas Geld verdienen würde!", rief Emmy. „Du arbeitest so hart, und ich gebe allein für meinen Tanzunterricht zweihundert Dollar pro Woche aus – mehr, als ich in den nächsten Jahren verdienen könnte."

„Es wird mir in sechs Monaten wieder besser gehen", sagte er zuversichtlich.

„Ganz sicher, Liebster. Wir werden alles tun, damit du wieder gesund wirst. Wir fangen sofort an, sobald es möglich ist."

Sie legte einen Arm um ihn und küsste ihn sanft auf die Wange. „Ich bin nur ein alter Parasit", sagte sie. „Ich hätte merken müssen, dass es meinem Liebling nicht gut geht."

Automatisch griff er nach einer Zigarette, hielt jedoch inne. „Ich vergaß – ich sollte weniger rauchen." Plötzlich schien er gefasst. „Nein, Baby, ich gehe allein. Du würdest dich da draußen zu Tode langweilen, und ich könnte nicht ertragen, das Gefühl zu haben, dich vom Tanzen abzuhalten."

„Denk nicht daran. Das Wichtigste ist, dass du wieder gesund wirst."

Die beiden diskutierten die Angelegenheit die ganze nächste Woche stundenlang. Jeder von ihnen sprach alles aus – nur nicht die Wahrheit: dass er wollte, dass sie mit ihm ging, und dass sie um jeden Preis in New York bleiben wollte. Emmy besprach die Sache vorsichtig mit Donilof, ihrem Ballettlehrer, der jede Unterbrechung für einen fatalen Fehler hielt. Als sie andere Mädchen aus der Ballettschule hörte, wie sie Pläne für den Winter schmiedeten, spürte sie, dass sie lieber sterben würde, als die Stadt zu verlassen. Bill bemerkte jedes unwillkürliche Zeichen ihres Elends. Eine Zeit lang dachten sie über einen Kompromiss nach: Sie könnte am Wochenende in die Adirondacks fliegen. Doch Bills leichtes Fieber verschlimmerte sich, und schließlich wurde er entschieden nach Westen geschickt.

Bill klärte alles an einem grauen Sonntagabend mit jener rauen, großzügigen Entschlossenheit, die Emmy immer an ihm bewundert hatte und die ihn selbst in schwierigen Momenten erträglich machte: „Es liegt an mir, Baby. Ich bin in diese Lage geraten, weil ich keine Selbstbeherrschung hatte – die scheinst du in dieser Familie für uns beide zu haben. Jetzt muss ich mich selbst da rausholen. Du hast drei

Jahre hart gearbeitet, und du verdienst deine Chance. Wenn du jetzt aufhörst, würdest du mir das für den Rest deines Lebens vorwerfen." Er lächelte schwach. „Und das könnte ich nicht ertragen. Außerdem wäre es auch nicht gut für das Kind."

Schließlich stimmte sie zu – beschämt, unglücklich und doch erleichtert. Denn die Welt ihrer Arbeit, in der sie ohne Bill lebte, war für sie größer geworden als die Welt, die sie zusammen teilten. In ihrer Arbeitswelt gab es mehr Freude, als in ihrer gemeinsamen Welt Traurigkeit herrschte.

Zwei Tage später, nachdem er sich für den Nachmittag einen Zug gebucht hatte, verbrachten sie ihre letzten Stunden zusammen und sprachen über alles, was Hoffnung machte. Sie protestierte immer noch und ehrlich. Hätte er einen Moment nachgegeben, wäre sie mitgegangen. Aber der Schock hatte etwas in ihm verändert, und er zeigte mehr Charakter als in den Jahren zuvor. Vielleicht war es gut für ihn, diese Herausforderung allein zu bewältigen.

„Im Frühling!", sagten sie einander.

Am Bahnhof verabschiedeten sie sich mit dem kleinen Billy an ihrer Seite. Bill sagte: „Ich hasse diese Abschiede. Lass uns hier Schluss machen. Ich muss vom Zug aus noch telefonieren, bevor er abfährt."

In den sechs Jahren ihrer Ehe hatten sie nie mehr als eine Nacht getrennt verbracht – abgesehen von Emmys Krankenhausaufenthalt. Trotz der Sorgen und der Unsicherheiten in ihrer Beziehung waren sie einander immer treu und zärtlich gewesen. Er ging allein durch das Tor, und Emmy war froh, dass er noch einen Anruf machen musste. Sie stellte sich, wie er dort im Zug saß.

Sie war eine gute Frau. Sie hatte ihn von Herzen geliebt. Doch als sie die 33. Straße betrat, fühlte sie sich leer. Die Wohnung, die er bezahlt hatte, würde nun einsam sein. Sie suchte verzweifelt nach etwas, das sie glücklich machen könnte.

Ein paar Blocks weiter blieb sie stehen. „Das ist ja schrecklich, was ich da mache!", dachte sie. „Ich lasse ihn im Stich – schlimmer, als es irgendjemand tun könnte. Ich gehe mit Donilof und Paul Makova essen, nur weil ich sie mag und weil sie hübsch sind. Und Bill sitzt allein im Zug."

Auf einmal wollte sie umkehren, zurück zum Bahnhof. Sie sah ihn vor ihrem inneren Auge: blass, müde, ohne sie. „Ich kann ihn nicht enttäuschen", murmelte sie, während eine Welle von Gefühlen über sie hereinbrach. Doch waren es nur Gefühle? Hatte er sie nicht enttäuscht – damals in London, als er einfach tat, was er wollte?

„Oh, der arme Bill!"

Sie stand unentschlossen da und spürte in einem letzten ehrlichen Moment, wie leicht es ihr fallen würde, all das zu vergessen und sich Entschuldigungen für ihr Handeln zurechtzulegen. Sie dachte ernsthaft an London, und für einen Augenblick beruhigte dieser Gedanke ihr Gewissen. Doch die Vorstellung, dass Bill jetzt ganz allein im Zug saß, ließ ihre Gedanken schrecklich erscheinen. Selbst jetzt könnte sie sich umdrehen, zurück zum Bahnhof gehen und ihm sagen, dass sie mitkäme. Aber sie blieb stehen, festgehalten von einem kraftvollen Leben in ihr, das für sich selbst kämpfte.

Der Bürgersteig war eng, wo sie stand, und bald strömte eine große Menge aus dem Theater und drängte sich vorbei. Emmy und der kleine Billy wurden von den Menschenmassen mitgezogen, fortgetragen, ohne dass sie sich dagegen wehren konnte.

Im Zug telefonierte Bill bis zur letzten Minute und zögerte, in seine Kabine zurückzukehren. Er wusste, dass er dort mit ziemlicher Sicherheit nur Leere vorfinden würde. Als der Zug sich in Bewegung setzte, kehrte er schließlich zurück, doch wie erwartet waren dort nur seine Taschen in der Ablage und ein paar Zeitschriften auf dem Sitz.

Da wusste er, dass er sie verloren hatte. Ohne sich etwas vorzumachen, erkannte er die Situation klar: Paul Makova, die monatelange Nähe, die Einsamkeit – nichts würde jemals wieder so sein wie vorher. Während er darüber nachdachte und zwischendurch in Variety und Zit's blätterte, kam ihm jedes Mal, wenn er zu diesem Gedanken zurückkehrte, die Gewissheit, dass Emmy für ihn irgendwie gestorben war.

„Sie war ein feines Mädchen – eines der besten. Sie hatte Charakter." Er war sich völlig bewusst, dass er selbst die Verantwortung für alles trug und dass es so etwas wie ein Gesetz der Wiedergutmachung gab. Gleichzeitig erkannte er, dass ihn sein Aufbruch irgendwie auf die gleiche Ebene wie sie brachte. Es schien, als wäre alles nun ausgeglichen.

Über all das hinaus, sogar über seinen eigenen Kummer, verspürte er ein fast tröstliches Gefühl, dass er sich in den Händen von etwas Größerem befand, etwas, das über ihm stand. Und obwohl er müde und unsicher war – zwei Zustände, die er sonst nie auch nur für einen Moment ertragen konnte –, erschien es ihm nicht mehr so schlimm, nach Westen zu gehen, um ein endgültiges Ende zu finden.

Er war sicher, dass Emmy am Ende kommen würde, egal, was sie jetzt tat oder wie erfolgreich ihr Engagement sein mochte.

Die Skandal-Detektive

Es war ein heißer Nachmittag im Mai, und Mrs. Buckner dachte, ein Krug Fruchtlimonade könnte die Jungs davon abhalten, sich im Drugstore mit Eiscreme vollzustopfen. Sie gehörte jener Generation an, die, mittlerweile im Ruhestand, die große Revolution im amerikanischen Familienleben miterleben sollte. Damals jedoch war sie überzeugt, dass die Beziehung zu ihren Kindern genauso eng sei wie ihre zu ihren eigenen Eltern – eine Zeit, die mehr als zwanzig Jahre zurücklag.

Manche Generationen stehen den nachfolgenden sehr nahe; zwischen anderen klafft eine unüberwindbare Kluft. Mrs. Buckner – eine Frau mit Charakter, ein angesehenes Mitglied der Gesellschaft einer großen Stadt im Mittleren Westen – trug den Krug durch ihren geräumigen Hinterhof und überbrückte dabei hundert Jahre. Ihre Gedanken wären ihrer Urgroßmutter vertraut gewesen, doch was in dem Raum über dem Stall geschah, war für beide unbegreiflich. Dort oben, in dem früheren Schlafraum des Kutschers, verhielten sich ihr Sohn und ein Freund nicht gewöhnlich. Vielmehr experimentierten sie ins Blaue hinein – eine erste, zaghafte Kombination aus Ideen und Materialien, die später ausgefeilt, dann bahnbrechend und schließlich alltäglich werden sollten. In dem Moment, als sie die beiden zu sich rief, saßen sie schweigend und konzentriert auf den noch unausgebrüteten Eiern der Mitte des zwanzigsten Jahrhunderts.

Riply Buckner kletterte die Leiter hinunter und nahm die Limonade entgegen. Basil Duke Lee blickte geistesabwesend auf die Szene und sagte: „Vielen Dank, Mrs. Buckner.“

„Seid ihr sicher, dass es da oben nicht zu heiß ist?“, fragte sie.

„Nein, Mrs. Buckner. Es ist in Ordnung."

Es war stickig, doch die Hitze war den Jungen kaum bewusst. Sie tranken jeweils zwei große Gläser Limonade, ohne zu merken, wie durstig sie waren. Unter der ausgesägten Falltür, durch die sie soeben herabgestiegen waren, lag ein in rotes Kunstleder gebundenes Notizbuch verborgen, das ihre ganze Aufmerksamkeit beanspruchte. Auf der ersten Seite, sichtbar nur durch Zitronensafttinte, stand: „Das Skandalbuch, geschrieben von Riply Buckner, Jr. und Basil D. Lee, Skandaldetektive."

In diesem Buch hielten sie alle Verfehlungen ihrer Mitmenschen fest, von denen sie erfuhren. Einige Geschichten handelten von grauhaarigen Männern und waren in der Stadt längst zu Legenden geworden, andere von den aufregenderen Sünden ihrer Altersgenossen – bestätigt oder nur als Gerücht. Manche Einträge hätten Erwachsene verwirrt, andere empört, und es gab drei oder vier Berichte, die bei den betroffenen Eltern Entsetzen und Verzweiflung ausgelöst hätten.

Ein harmloserer Punkt, den sie zögernd notiert hatten, lautete: „Elwood Leaming war drei oder vier Mal in der Burlesque-Show im Star." Eine andere Geschichte, wegen ihrer Einzigartigkeit besonders bemerkenswert, begann: „HP Cramner hat im Osten etwas gestohlen, wofür er ins Gefängnis hätte kommen können, und musste deshalb hierherziehen." HP Cramner war heute einer der ältesten und angesehensten Bürger der Stadt.

Der einzige Nachteil des Buches war, dass es nur mit Fantasie genossen werden konnte. Die unsichtbare Tinte verbarg ihre Geheimnisse bis zu dem Moment, in dem die Seiten ans Feuer gehalten und die Worte sichtbar wurden. Schon die bloße Untersuchung der Seiten war eine Herausforderung. Eine bereits belastende Anschuldigung gegen ein bestimmtes Paar – dass Mrs. R. B. Cary an Schwindsucht litt und ihr Sohn Walter von der Pawling School verwiesen worden war – überlagerte düstere Fakten.

Der Zweck des Buches war jedoch nicht Erpressung. Es diente dazu, Basil und Riply ein Gefühl der Macht zu geben, falls sie selbst einmal in Schwierigkeiten gerieten. Basil beispielsweise hatte nie erlebt, dass Mr. HP Cramner ihm auch nur eine drohende Geste machte. Aber allein der Gedanke, dass Basil über seine Vergangenheit Bescheid wusste, schien genug Schutz zu bieten.

Es ist fair zu sagen, dass das Buch an diesem Punkt aus der Geschichte verschwindet. Jahre später fand es ein Hausmeister unter der Falltür und schenkte es, da es leer zu sein schien, seiner kleinen Tochter. So wurden die Missetaten von Elwood Leaming und HP Cramner endgültig von einer Reinschrift der Gettysburg Address überdeckt.

Das Buch war Basils Idee gewesen. Er war der Fantasievollere und in vielerlei Hinsicht der Stärkere der beiden. Basil, ein vierzehnjähriger Junge mit leuchtenden Augen und braunem Haar, war klein, aufgeweckt und faul in der Schule. Seine Lieblingsfigur in der Literatur war Arsène Lupin, der Gentleman-Einbrecher – ein romantisches Phänomen, das vor Kurzem aus Europa importiert worden war und in den ersten langweiligen Jahrzehnten des Jahrhunderts große Bewunderung genoss.

Riply Buckner, ebenfalls in kurzen Hosen, brachte mit seiner beeindruckenden Sachlichkeit das notwendige Gleichgewicht in die Partnerschaft. Sein Verstand wartete wie ein Auslöser auf Basils Einfallsreichtum, und kein Plan war ihm zu gewagt für ein entschlossenes „Lass es uns tun!" Seit das dritte Baseballteam der Schule, in dem sie als Pitcher und Catcher gespielt hatten, nach einer unglücklichen Aprilsaison auseinandergebrochen war, hatten sie ihre Nachmittage darauf verwendet, einen Lebensstil zu entwickeln, der den geheimnisvollen Energien in ihnen Ausdruck verlieh. Im Versteck unter der Falltür befanden sich Schlapphüte und Kopftücher, gezinkte Würfel, die Hälfte eines Paars Handschellen, eine Strickleiter aus dürftigem Häkelmaterial für Fluchten durch Heckscheiben und eine Schminkschachtel mit alten Theaterperücken und Krepphaar in verschiedenen Farben – alles für den Fall, dass sie sich auf illegale Unternehmungen einlassen wollten.

Nachdem sie ihre Limonaden ausgetrunken hatten, zündeten sie sich Home Runs an und unterhielten sich beiläufig über Verbrechen, professionellen Baseball, Sex und die örtliche Aktiengesellschaft. Das Gespräch verstummte, als sie Schritte und vertraute Stimmen aus der angrenzenden Gasse hörten.

Vom Fenster aus spähten sie nach draußen. Die Stimmen gehörten Margaret Torrence, Imogene Bissel und Connie Davies, die von Imogenes Hinterhof durch die Gasse zu Connies Haus am Ende des Blocks schlenderten. Die Mädchen, dreizehn, zwölf und dreizehn

Jahre alt, hielten sich für unbeobachtet und führten eine leicht freche Parodie auf, die von unterdrücktem Kichern begleitet wurde und mit einem übertriebenen Schlusston endete: „Oh, meine liebe Clemon-tine.“

Basil und Riply lehnten sich gemeinsam aus dem Fenster, bis sie daran dachten, dass ihre Unterhemden unterhalb der Fensterbank sichtbar waren, und sich schnell zurückzogen.

„Wir haben euch gehört!“, riefen sie gleichzeitig.

Die Mädchen blieben stehen und lachten. Margaret Torrence kaute übertrieben, um zu verdeutlichen, dass sie Kaugummi kaute – demonstrativ, wie es schien. Basil verstand sofort.

„Woher habt ihr den?“, fragte er.

„Von Imogene zu Hause“, antwortete Margaret.

Sie hatten sich offenbar an Mrs. Bissels Zigaretten bedient. Die gespielte Unbekümmertheit der Mädchen weckte das Interesse und die Neugier der Jungen, und das Gespräch entwickelte sich weiter. Connie Davies war während der Tanzschulzeit Riplys Mädchen gewesen; Margaret Torrence hatte in Basils jüngster Vergangenheit eine Rolle gespielt, und Imogene Bissel war gerade erst von einem Jahr in Europa zurückgekehrt. Im vergangenen Monat hatten Basil und Riply kaum an Mädchen gedacht, doch nun verlagerte sich ihr Fokus schlagartig von ihrem geheimen Zimmer auf die kleine Gruppe draußen.

„Kommt hoch“, schlugen die Jungen vor.

„Kommt raus“, erwiderten die Mädchen. „Treffen wir uns im Hof der Whartons.“

„In Ordnung.“

Die Jungen räumten hastig das Skandalbuch und die Verkleidungskiste weg, eilten nach draußen, schnappten ihre Fahrräder und fuhren die Gasse hinauf.

Der Hof der Whartons war schon lange ein Treffpunkt für die Nachbarskinder, obwohl die Wharton-Kinder selbst längst erwachsen waren. Der Ort hatte etwas Magisches. Groß und von Höfen auf beiden Seiten flankiert, war er von der Straße aus zugänglich und mit Rollschuhen oder Fahrrädern leicht zu erreichen. Es gab eine alte Wippe, eine Schaukel und ein Paar Ringe, doch schon bevor diese Dinge aufgestellt wurden, war der Hof ein beliebter Sammelpunkt. Er hatte etwas Unschuldiges, das junge Leute anlockte und sie dazu brachte, ihre Freunde zu verlassen und sich auf diesem scheinbar neutralen Boden zu versammeln. Tagsüber lag der Hof größtenteils im Schatten, und es gab immer etwas, das leise blühte. Geduldige Hunde streiften umher, und der Boden war an vielen Stellen von zahllosen Füßen und Rädern abgetreten.

Nicht weit entfernt, unterhalb einer Klippe, lebten die „Micks". Obwohl sie mittlerweile größtenteils skandinavischer Abstammung waren, hatte sich der Name gehalten. Wenn andere Vergnügungen langweilig wurden, genügte ein paar Schreie, um eine Bande von ihnen den Hügel heraufzutreiben. Manchmal mussten Basil und Riply kämpfen, manchmal konnten sie in sicherere Häuser fliehen.

Es war fünf Uhr, und eine kleine Gruppe hatte sich auf dem Hof versammelt – zu jener stillen, romantischen Zeit vor dem Abendessen, die nur von der sommerlichen Dämmerung übertroffen wurde. Basil und Riply fuhren ziellos mit ihren Fahrrädern umher, schlängelten sich zwischen den Bäumen hindurch, hielten zwischendurch inne, um eine Hand auf eine Schulter zu legen, und schützten ihre Augen vor der blendenden Abendsonne. Die Sonne, wie die Jugend selbst, war zu grell, um direkt hineinzusehen – sie musste abgedämpft werden, bis sie schließlich verschwand.

Basil fuhr auf seinem Fahrrad zu Imogene Bissel und balancierte träge davor hin und her. Etwas an seinem Gesicht schien sie anzuziehen, denn sie blickte zu ihm auf, musterte ihn wirklich und schenkte ihm ein langsames Lächeln. In ein paar Jahren würde sie eine Schönheit sein, der Mittelpunkt vieler Abschlussbälle. Doch jetzt wirkten ihre großen braunen Augen, ihr schön geformter Mund und die hohe Röte über ihren zarten Wangenknochen fast gnomenhaft – eine Herausforderung für jene, die wollten, dass ein Kind auch wie ein Kind aussah. Für einen Augenblick schien Basil ein Blick in die Zukunft gewährt, und der Zauber ihrer lebendigen Ausstrahlung überkam ihn mit voller Wucht. Zum ersten Mal in seinem Leben fühlte er ein Mädchen als etwas gänzlich Anderes und Ergänzendes zu ihm selbst. Ein warmer Schauer aus Verlangen und Schmerz durchflutete ihn, und er erkannte sofort, dass dies ein besonderer Moment war.

Plötzlich schien der gesamte Sommernachmittag in Imogene aufzugehen – die weiche Luft, die schattigen Hecken, die Blumenbeete, das orangefarbene Sonnenlicht, das Lachen und die Stimmen, das ferne Klimpern eines Klaviers auf der anderen Straßenseite. All diese Eindrücke bündelten sich in ihrem Gesicht, als sie ihn lächelnd ansah.

Der Moment war zu viel für ihn. Basil ließ ihn los, unfähig, das Erlebte auszukosten, bevor er es für sich allein verarbeiten konnte. Er fuhr mit seinem Fahrrad eine schnelle Runde, wich ihr aus und vermied ihren Blick. Erst nach einer Weile kam er zurück und fragte, ob er sie nach Hause begleiten dürfe. Imogene schien den Moment vergessen zu haben – falls er für sie überhaupt von Bedeutung gewesen war – und wirkte fast überrascht. Basil schob sein Fahrrad neben sich her, und sie gingen die Straße entlang.

„Kommst du heute Abend in den Hof der Whartons?", fragte er hastig. „Da werden wahrscheinlich viele sein."

„Ich frage Mama."

„Ich rufe dich an. Ich will nicht hingehen, wenn du nicht da bist."

„Warum?" Sie lächelte wieder, fast auffordernd.

„Weil ich nicht will."

„Aber warum willst du nicht?"

„Hör zu", sagte er schnell. „Welche Jungs magst du lieber als mich?"

„Niemand. Ich mag dich und Hubert Blair am liebsten."

Der Name Hubert Blair löste keine Eifersucht in Basil aus. Er hatte gelernt, Hubert zu tolerieren – so wie andere Jungen es taten, wenn er in den Gesprächen über die Schwärmereien der Mädchen auftauchte.

„Ich mag dich mehr als alle anderen", sagte Basil, völlig überwältigt von seinen Gefühlen.

Die rosa getönte Weite des Abendhimmels über ihm schien ihn erdrücken zu wollen. Er fühlte sich wie in einem Strudel aus überwältigender Schönheit, während warme Fluten durch sein Blut rauschten. Alles in ihm – seine Gedanken, seine Gefühle, sein ganzes Wesen – schien diesem Mädchen entgegenzustreben.

Als sie die Seitentür ihres Hauses erreichten, sagte Imogene: „Willst du nicht reinkommen, Basil?"

„Nein." Kaum hatte er es gesagt, wusste er, dass es ein Fehler war, doch die Worte waren bereits ausgesprochen. Der Moment, dieses immaterielle Geschenk, war verloren. Trotzdem zögerte er. „Willst du meinen Schulring?"

„Ja, wenn du ihn mir geben möchtest."

„Ich gebe ihn dir heute Abend." Seine Stimme bebte leicht, als er hinzufügte: „Aber ich will etwas dafür tauschen."

„Wofür?"

„Etwas."

„Was?" Ihre Wangen wurden noch röter. Sie wusste, was er meinte.

„Du weißt es. Willst du tauschen?"

Imogene blickte sich unsicher um. In der honigsüßen Stille, die sich auf der Veranda ausbreitete, hielt Basil den Atem an. „Du bist schrecklich", flüsterte sie. „Vielleicht ... Auf Wiedersehen."

II

Es war die schönste Stunde des Tages, und Basil war überwältigt vor Glück. Diesen Sommer würden er, seine Mutter und seine Schwester an die Seen fahren, und im Herbst würde er aufs College gehen. Danach nach Yale, wo er ein großartiger Sportler werden wollte. Und später – wenn sich seine Träume je hätten vereinen lassen – wäre er ein Gentleman-Einbrecher geworden. Alles schien möglich. Seine Gedanken überschlugen sich vor verlockenden Ideen, so viele, dass er abends kaum einschlafen konnte.

Dass Basil jetzt verrückt nach Imogene Bissel war, empfand er nicht als Ablenkung, sondern als eine weitere, wunderbare Sache. Es war keine nervöse Unruhe, sondern eine strahlende, dynamische Energie, die ihn durch die frische Maidämmerung zum Hof der Whartons trug.

Er hatte seine Lieblingskleidung gewählt: weiße Duckknicker-bocker, eine Norfolk-Jacke in Pfeffer-und-Salz-Muster, einen Belmont-Kragen und eine graue Strickkrawatte. Sein nasses, glänzendes schwarzes Haar verlieh ihm eine adrette Erscheinung, als er den vertrauten, aber in diesem Moment magisch wirkenden Rasen betrat und sich den Stimmen anschloss, die in der zunehmenden Dunkelheit verschmolzen. Drei oder vier Mädchen aus den Nachbarhäusern waren da, ebenso fast doppelt so viele Jungen. Eine ältere Gruppe hatte die Seitenveranda eingenommen und bildete einen warmen, abgeschiedenen Mittelpunkt, von dem gelegentlich geheimnisvolles Lachen in die laue Nacht drang.

Basil mischte sich unter die schattenhaften Grüppchen und stellte fest, dass Imogene noch nicht eingetroffen war. Als er Margaret Torrence fand, sprach er beiläufig mit ihr.

„Hast du noch meinen alten Ring?"

Margaret war während der Tanzschulsaison sein Mädchen gewesen, ein Umstand, den er durch die gemeinsame Teilnahme am Abschlussball unterstrichen hatte. Die Romanze war jedoch gegen Ende des Jahres eingeschlafen, und seine Frage war alles andere als taktvoll.

„Irgendwo habe ich ihn noch", antwortete Margaret unbekümmert. „Warum? Willst du ihn zurück?"

„So in etwa."

„Na gut. Ich wollte ihn nie. Du hast mich damals dazu gebracht, ihn zu nehmen, Basil. Ich gebe ihn dir morgen zurück."

„Du könntest ihn mir auch heute Abend geben." Sein Herz setzte aus, als er eine kleine Gestalt durch das Hintertor kommen sah. „Ich brauche ihn heute Abend irgendwie."

„Oh, in Ordnung, Basil."

Margaret lief über die Straße zu ihrem Haus, und Basil folgte ihr. Mr. und Mrs. Torrence standen auf der Veranda, und während Margaret nach oben ging, um den Ring zu holen, überwand Basil seine Aufregung und beantwortete höflich die für ihn belanglosen Fragen nach dem Wohlbefinden seiner Eltern. Plötzlich verstummte er, seine Stimme brach ab, und seine Augen fixierten die Szene auf der anderen Straßenseite.

Im Licht vor dem Haus der Whartons tauchte eine schwebende Gestalt aus den Schatten auf. Sie bewegte sich anmutig, zog geometrische Muster auf dem Bürgersteig, Funken sprühten, wenn die Schlittschuhe auf den Boden trafen. Einmal hob sie ein Bein und glitt rückwärts in einer eleganten Kurve. Nach und nach traten Jungen und Mädchen aus der Dunkelheit, um zuzusehen. Basil stöhnte leise, als ihm klar wurde, dass Hubert Blair sich ausgerechnet diesen Abend für seinen Auftritt ausgesucht hatte.

„Du sagtest, ihr fahrt diesen Sommer an die Seen, Basil? Habt ihr schon ein Haus gemietet?"

Basil brauchte einen Moment, um zu begreifen, dass Mr. Torrence die Frage zum dritten Mal gestellt hatte.

„Oh ja, Sir", antwortete er. „Ich meine, nein. Wir bleiben im Club."

„Das klingt herrlich", sagte Mrs. Torrence.

Basil sah hinüber zu Imogene, die unter dem Laternenpfahl stand. Vor ihr war Hubert Blair, die Mütze schräg auf dem Kopf, wie er mit einer fließenden Bewegung eine kleine Drehung vollführte. Basil zuckte zusammen, als er Huberts glucksendes Lachen hörte. Margaret kehrte zurück, drückte ihm den Ring in die Hand, als wäre es etwas Wertloses, und Basil murmelte ein distanziertes „Auf Wiedersehen" an ihre Eltern, bevor er Margaret auf die Straße folgte.

Im Schatten verharrend, beobachtete er nicht Imogene, sondern Hubert. Es war offensichtlich, warum Hubert Blair eine solche Wirkung hatte. Unter Fünfzehnjährigen galt die Form der Nase als Maßstab für Schönheit, und Huberts konventionell pausbäckiges Gesicht wurde von einer auffallend nach hinten geschwungenen Nase geziert, wie sie einem Harrison-Fisher-Mädchen würdig gewesen wäre.

Hubert war selbstbewusst und von einer Persönlichkeit geprägt, die weder Zweifel noch Schwankungen kannte. Er war neu in der Stadt, hatte keine Tanzschule besucht, aber seine sportlichen Fähigkeiten und sein Charisma hatten ihn bereits zu einer Legende gemacht. Die meisten Jungen mochten ihn nicht, aber sie zollten ihm Respekt. Für die Mädchen war er unwiderstehlich – jede seiner Bewegungen, selbst seine Gleichgültigkeit, hatte eine überwältigende Wirkung.

Basil hatte diese Dynamik schon oft beobachtet. Jetzt wiederholte sich die entmutigende Szene, und er konnte nur hilflos zusehen, wie sich das Drama vor seinen Augen entfaltete.

Hubert zog seine Schlittschuhe aus, ließ einen lässig über seinen Arm gleiten und fing ihn am Riemen auf, bevor er den Bürgersteig erreichte. Im selben Moment griff er nach dem Band in Imogenes Haar, riss es heraus und rannte damit davon, wobei er ihr unter den Armen hindurch entwischte. Imogene lachte fasziniert und jagte ihm quer durch den Hof hinterher. Hubert stellte dabei einen Fuß hinter den anderen, tat, als würde er sich an einen Baum lehnen, verfehlte diesen absichtlich und fing sich mit einer anmutigen Bewegung, bevor er fallen konnte.

Die Jungen beobachteten ihn anfangs unverbindlich, doch bald begannen auch sie, eigene Kunststücke und Tricks zu zeigen, so schnell sie sich welche ausdenken konnten. Das Treiben zog selbst die Aufmerksamkeit derjenigen auf der Veranda auf sich. Doch Hubert, unbeeindruckt von seinem eigenen Erfolg, wandte sich davon ab. Er nahm Imogenes Hut und setzte ihn auf verschiedene alberne Arten auf seinen Kopf, was die Mädchen – Imogene eingeschlossen – in Entzücken versetzte.

Basil konnte dieses widerliche Schauspiel nicht länger ertragen. Er ging zur Gruppe hinüber und begrüßte Hubert so beiläufig wie möglich: „Na, hallo, Hube.“

„Na, hallo, der alte – der alte Basil der Boozle“, antwortete Hubert und setzte den Hut wieder anders auf, was Basil ein unwillkürliches Lachen entlockte.

„Basil der Boozle! Hallo, Basil der Boozle!“ Der Ruf verbreitete sich durch den Hof, und Basil erkannte mit wachsendem Groll Riplys Stimme darunter.

„Hube, der Trottel!“, warf Basil schnell ein, doch seine schlechte Laune minderte den Effekt nicht, auch wenn einige Jungen zustimmend nickten.

Düsternis überkam Basil, während er zusah, wie Imogene in der schwindenden Dämmerung einen neuen, beinahe unerreichbaren Reiz erlangte. Er war ein romantischer Junge, und in seiner Fantasie hatte er sie bereits idealisiert. Jetzt hasste er sie für ihre Gleichgültigkeit, doch zugleich konnte er sich nicht von ihr lösen, in der Hoffnung, die verlorene Magie des Nachmittags zurückzuerlangen.

Er versuchte, mit Margaret zu sprechen, doch Margaret reagierte kaum auf seine gespielte Lebhaftigkeit. Währenddessen riefen Stimmen aus der Dunkelheit nach den Kindern, und ihre unwilligen Antworten hallten zurück.

„Alles klar, Mutter!“

„Ich bin gleich da, Mutter.“

„Noch fünf Minuten, bitte!“

Die Gruppe löste sich auf, und Basil nutzte die Gelegenheit, um Imogene zur Seite zu ziehen.

„Ich hab's“, flüsterte er und hielt ihr den Ring hin. „Hier, kann ich dich nach Hause bringen?“

Imogene nahm den Ring, ihre Hand schloss sich automatisch darum. Sie wirkte abwesend. „Was? Oh, ich versprach Hubert, dass er mich nach Hause bringen kann.“ Sie bemerkte seinen verletzten Ausdruck und setzte hinzu: „Ich habe gesehen, wie du mit Margaret Torrence weggingst, als ich hier ankam.“

„Das stimmt nicht. Ich wollte nur den Ring holen.“

„Doch, das hast du! Ich habe es gesehen.“ Ihr Blick wanderte zurück zu Hubert, der sich wieder auf seine Schlittschuhe gestellt hatte und nun rhythmische Sprünge und Drehungen vollführte, wie ein Tänzer, der eine hypnotische Show bot.

Basil sprach weiter, versuchte zu erklären, aber Imogene hörte ihm nicht zu. Sie rief: „Ich muss los! Es ist fast neun.“ Sie winkte ihm flüchtig zu, lächelte geistesabwesend und lief die Straße hinunter. Hubert tänzelte neben ihr her, umkreiste sie mit eleganten Bewegungen und drehte kleine Figuren auf dem Pflaster.

Erst eine Minute später bemerkte Basil, dass Margaret ihn ansprach.

„Was?“, fragte er mechanisch.

„Hubert Blair ist der netteste Junge der Stadt, und du bist der eingebildetste“, sagte Margaret mit Überzeugung.

Basil starrte sie sprachlos an. Margaret rümpfte die Nase und verschwand, um den Rufen auf der anderen Straßenseite zu folgen. Basil sah ihr und dann Imogene und Hubert nach, die gemeinsam um die Ecke verschwanden. Ein leises Donnergrollen erklang am schwülen Himmel, und ein einzelner Regentropfen klatschte vor seinen Füßen auf den Gehsteig. Der Tag würde im Regen enden.

III

Schnell setzte der Regen ein, und Basil war bald durchnässt, als er die acht Blocks zu seinem Haus rannte. Doch der Sturm überwältigte sein Herz mit einer unbändigen Freude. Alle paar Schritte sprang er in die Luft, schluckte den Regen und rief laut: „Juhuu!“, als wäre er selbst Teil der stürmischen, wilden Nacht. Imogene war verschwunden, ausgewaschen wie der Staub des Tages, den der Regen fortgespülte. Ihre Schönheit würde ihn bei schönerem Wetter wieder heimsuchen, doch jetzt gehörte er ganz sich selbst.

Ein überwältigendes Gefühl der Stärke durchströmte ihn, und für einen Moment glaubte er, mit einem seiner Sprünge den Boden für immer verlassen zu können. Er fühlte sich wie ein einsamer Wolf, wild und frei. Erst als er sein Haus erreichte, kehrten seine Gedanken zurück, spekulativ und beinahe leidenschaftslos. Sie richteten sich gegen Hubert Blair, dessen Triumph den Sturm in ihm nicht besänftigen konnte.

Er zog sich um, schlüpfte in Pyjama und Morgenmantel und ging hinunter in die Küche, wo er zufällig einen frisch gebackenen Schokoladenkuchen entdeckte. Ohne lange zu zögern, aß er ein Viertel davon und trank fast eine ganze Flasche Milch dazu. Seine Hochstimmung ließ etwas nach, und er beschloss, Riply Buckner anzurufen.

„Ich habe einen Plan", begann er.

„Worum geht's?", fragte Riply.

„Wie wir mit der SD etwas gegen HB unternehmen können."

Riply verstand sofort, was Basil meinte. Hubert hatte sich an diesem Abend besonders unvorsichtig gezeigt und neben Miss Bissel auch andere Mädchen beeindruckt.

„Wir müssen Bill Kampf aufnehmen", erklärte Basil entschlossen.

„Einverstanden."

„Wir sehen uns morgen in der Pause. Gute Nacht."

IV

Vier Tage später, als Mr. und Mrs. George P. Blair gerade mit dem Abendessen fertig waren, wurde Hubert ans Telefon gerufen. Während er den Raum verließ, nutzte Mrs. Blair die Gelegenheit, um mit ihrem Mann über das zu sprechen, was sie den ganzen Tag beschäftigte.

„George, diese Jungs – oder wer auch immer sie sind – waren letzte Nacht wieder hier."

Mr. Blair runzelte die Stirn. „Hast du sie gesehen?"

„Hilda hat sie gesehen. Sie hätte fast einen von ihnen erwischt. Ich hatte ihr von der Nachricht erzählt, die sie letzten Dienstag gefunden hatte, der ersten Warnung von SD, also war sie vorbereitet. Diesmal klingelten sie an der Hintertür, und Hilda antwortete, während sie Geschirr gespült hat. Wenn ihre Hände nicht voller Seife gewesen wären, hätte sie einen von ihnen geschnappt, aber so ist er ihr entwischt."

„Wie sah er aus?"

„Sie meinte, er könnte ein sehr kleiner Mann gewesen sein, aber sie hielt ihn eher für einen Jungen mit einer Art falschem Gesicht. Er bewegte sich wie ein Junge, sagte sie, und sie dachte, er hätte kurze Hosen an. Die Nachricht war ähnlich wie die vorige. Darauf stand ‚Zweite Warnung, SD‘.“

„Hast du die Nachricht noch? Ich würde sie mir gerne nach dem Essen ansehen.“

In diesem Moment kam Hubert zurück ins Esszimmer. „Es war Imogene Bissel“, berichtete er. „Sie möchte, dass ich zu ihr nach Hause komme. Heute Abend sind viele Leute dort.“

„Hubert“, fragte sein Vater, „kennst du jemanden mit den Initialen SD?“

„Nein, Sir.“

„Überleg genau.“

„Ich kannte mal einen Jungen namens Sam Davis, aber ich habe ihn seit einem Jahr nicht mehr gesehen.“

„Wer war er?“

„Oh, ein ziemlich harter Typ. Er war damals auf Schule Nummer 44, als ich dort war.“

„Hatte er es auf dich abgesehen?“

„Ich glaube nicht.“

„Fällt dir sonst niemand ein? Irgendjemand, der es auf dich abgesehen haben könnte?“

„Ich weiß nicht, Papa. Ich glaube nicht.“

Mr. Blair runzelte nachdenklich die Stirn. „Mir gefällt das alles nicht. Es könnten natürlich ein paar Jungen sein, aber es könnte auch etwas Ernsteres dahinterstecken.“

Er schwieg, betrachtete später jedoch die Nachricht. Sie war in roter Tinte geschrieben, in der Ecke prangte ein Totenkopf mit gekreuzten Knochen. Da sie jedoch gedruckt war, konnte er daraus nichts schließen.

Währenddessen küsste Hubert seine Mutter, setzte seine Mütze keck auf die Seite und ging durch die Küche zur Hintertreppe. Er wollte wie üblich den Weg durch die Gasse nehmen. Es war eine helle Mondnacht, und er hielt kurz inne, um seine Schuhe zuzubinden.

Hätte er nur gewusst, dass der Telefonanruf ein Täuschungsmanöver war – dass er nicht von Imogene Bissel stammte, dass es nicht einmal die Stimme eines Mädchens gewesen war und dass sich in der Gasse direkt vor dem Tor schattenhafte, groteske Gestalten versteckten – dann wäre er nicht so sorglos und elegant mit den Händen in den Taschen die Stufen hinuntergesprungen oder hätte den ersten Takt des „Grizzly Bear" in die vermeintlich friedliche Nacht gepfiffen.

Huberts Pfeifen löste in der Gasse eine Mischung aus Gefühlen aus. Basil hatte seine kühne Falsett-Imitation am Telefon zu früh gebracht, und obwohl die Skandal-Detektive sich beeilt hatten, waren ihre Vorbereitungen nicht vollständig abgeschlossen. Die drei hatten sich strategisch aufgestellt: Basil, aufrecht wie ein Plantagenbesitzer des alten Südens, stand direkt vor dem Tor der Blairs; Bill Kampf, mit einem Balkanschnurrbart, der mit einem Draht an seiner Nase befestigt war, schlich sich im Schatten des Zauns entlang; Riply Buckner hingegen, behindert durch ein wirres Seil, das er aufzurollen versuchte, lag weit zurück. Dieses Seil war ein wichtiger Teil ihres Plans, denn nach intensiver Diskussion hatten sie entschieden, was mit Hubert Blair geschehen sollte: Sie wollten ihn fesseln, knebeln und in eine Mülltonne werfen.

Anfangs befanden sie diese Idee entsetzlich. Sie war grausam, riskant und voller potenzieller Katastrophen: Huberts Anzug würde ruiniert, er könnte sich schwer verletzen oder gar ersticken. Doch je länger sie darüber nachdachten, desto mehr erschien die Mülltonne als Symbol für alles Erniedrigende genau das richtige Ziel. Die Einwände hatten sie beiseitegeschoben: Der Anzug konnte gereinigt werden, und solange der Deckel abblieb, würde er nicht ersticken. Sogar eine Inspektion der Mülltonne der Buckners war vorgenommen worden, wobei sie sich fasziniert vorgestellt hatten, wie Hubert zwischen Abfällen und Eierschalen landen würde. Zwei von ihnen verdrängten diesen Anblick jedoch schnell und konzentrierten sich stattdessen auf den ersten Schritt: Hubert in die Gasse zu locken und dort zu überwältigen.

Huberts fröhliches Pfeifen kam unerwartet und ließ alle drei stocksteif verharren. Basil überkam die Panik, dass Huberts Schreie die Köchin in der Küche alarmieren könnten – die gleiche Köchin, die ihn am Abend zuvor fast erwischt hatte. Ohne Riplys Unterstützung, um Hubert zu knebeln, fühlte sich Basil völlig unsicher.

Genau in diesem Moment öffnete Hubert das Tor und trat in die Gasse hinaus.

Basil und Hubert standen nur fünf Fuß voneinander entfernt. Sie starrten sich an, und plötzlich machte Basil eine überraschende Entdeckung: Er mochte Hubert Blair. Er mochte ihn so sehr wie jeden anderen Jungen, den er kannte. Die Vorstellung, Hubert in eine Mülltonne zu werfen, wurde ihm unerträglich. Als dieser Gedanke die Oberhand gewann, drehte sich Basil abrupt um und rannte aus der Gasse und die Straße hinauf.

Hubert, kurz irritiert, fasste Mut und nahm die Verfolgung auf. Doch nach etwa fünfzig Metern entschied er, es gut sein zu lassen, und kehrte in die Gasse zurück. Er lief geradewegs zum anderen Ende – und stand plötzlich Bill Kampf gegenüber.

Bill, pragmatischer als Basil, hatte keine Zweifel an ihrem Plan. Er empfand keine Abneigung gegen Hubert, aber die Idee, ihn in eine Mülltonne zu stecken, hatte sich in seinem Kopf festgesetzt. Für ihn war Hubert eine Beute, die er jagen musste. Als er Basils Flucht beobachtete, nahm er an, dass Huberts Vater aufgetaucht war. Ohne weiter nachzudenken, drehte er sich um und rannte die Gasse hinunter, wo er auf Riply traf. Riply, der keine Fragen stellte, schloss sich ihm begeistert an, und die beiden verschwanden.

Hubert, erneut überrascht, entschied sich endgültig, die Sache zu ignorieren, und kehrte schnurstracks nach Hause zurück.

Basil hingegen, inzwischen sicher, dass niemand ihn verfolgte, kehrte langsam in die Gasse zurück. Er hatte keine Angst – er war einfach unfähig gewesen, etwas zu unternehmen. Die Gasse war leer. Weder Bill noch Riply waren zu sehen. Basil beobachtete, wie Mr. Blair das Hintertor öffnete, sich umschaute und wieder ins Haus ging. Neugierig schlich Basil näher. Aus der Küche drang lautes Gespräch – Huberts prahlerische Stimme, Mrs. Blairs besorgte Worte und das ausgelassene Lachen der schwedischen Hausangestellten.

Dann hörte Basil Mr. Blair durch ein offenes Fenster am Telefon sprechen: „Ich möchte den Polizeichef sprechen. … Hier ist George P. Blair. … Chief, hier gibt es eine Bande von Schlägern, die …"

Blitzschnell rannte Basil los, riss sich dabei die falschen Schnurrhaare ab und verschwand in der Nacht.

V

Imogene Bissel, gerade dreizehn geworden, war es nicht gewohnt, abends Besuch zu bekommen. Sie verbrachte einen langweiligen und einsamen Abend damit, die verstreuten Rechnungen auf dem Schreibtisch ihrer Mutter zu prüfen, als sie hörte, wie Hubert Blair und sein Vater die Eingangshalle betraten.

„Ich dachte, ich bringe ihn lieber selbst vorbei", erklärte Mr. Blair Mrs. Bissel. „Heute Abend scheint eine Bande von Schlägern in unserer Gasse unterwegs zu sein."

Mrs. Bissel, die mit Mrs. Blair nicht näher bekannt war, war von diesem unerwarteten Besuch eher überrascht und hegte sogar den unbarmherzigen Gedanken, dass es sich hierbei um einen plumpen Versuch handelte, ein besseres Verhältnis aufzubauen.

„Wirklich!", rief sie aus. „Imogene wird sich bestimmt freuen, Hubert zu sehen. … Imogene!"

„Diese Schläger warteten scheinbar auf Hubert", fuhr Mr. Blair fort. „Aber er ist ein tapferer Junge und schaffte es, sie zu vertreiben. Ich wollte jedoch nicht, dass er allein hierherkommt."

„Natürlich nicht", stimmte sie zu, auch wenn sie sich nicht recht erklären konnte, warum Hubert überhaupt gekommen war. Er war zweifellos ein netter Junge, aber Imogene hatte ihn in den letzten Tagen oft genug gesehen. Tatsächlich war Mrs. Bissel etwas verärgert, und ihre Stimme hatte einen frostigen Unterton, als sie Mr. Blair bat, hereinzukommen.

Sie standen noch immer in der Eingangshalle, und Mr. Blair begann zu merken, dass etwas nicht stimmte, als es erneut klingelte. Mrs. Bissel öffnete die Tür, und auf der Schwelle stand Basil Lee, mit hochrotem Gesicht und außer Atem.

„Guten Abend, Mrs. Bissel! Hallo, Imogene!", rief er übertrieben herzlich. „Wo ist die Party?"

Für einen neutralen Beobachter hätte dieser Gruß unnatürlich gewirkt, doch er traf auf eine bereits verunsicherte Gruppe.

„Es gibt keine Party", sagte Imogene verwundert.

„Was?" Basil klappte vor gespieltem Entsetzen den Mund auf, und seine Stimme zitterte leicht. „Du willst sagen, dass du mich nicht angerufen und zur Party eingeladen hast?"

„Natürlich nicht, Basil!"

Imogene, ohnehin aufgewühlt durch Huberts Ankunft, verdächtigte Basil, diesen Vorwand erfunden zu haben, um den Abend zu ruinieren. Sie war die Einzige, die der Wahrheit nahekam, unterschätzte jedoch die Dringlichkeit hinter Basils Auftritt, die weniger aus Eifersucht als aus echter Panik resultierte.

„Du hast mich doch angerufen, oder, Imogene?", fragte Hubert mit einem selbstsicheren Lächeln.

„Nein, Hubert! Ich habe niemanden angerufen."

Unter den verwirrten Protesten klingelte es erneut, und die seltsame Nacht brachte Riply Buckner Jr. und William S. Kampf hervor. Wie Basil wirkten sie zerzaust und atemlos, bestanden jedoch gleichfalls darauf, dass Imogene sie telefonisch zu einer Party eingeladen hatte.

Hubert lachte, und bald stimmten die anderen ein, wodurch die Spannung nachließ. Imogene, die Hubert glaubte, begann nun, auch den anderen zu glauben. Hubert konnte seine Geschichte nicht länger zurückhalten und schilderte mit zunehmendem Enthusiasmus sein angebliches Abenteuer.

„Ich schätze, es gibt eine Bande, die uns alle im Visier hat!", rief er. „Als ich rauskam, warteten ein paar Kerle in der Gasse auf mich. Da war ein großer Typ mit grauen Schnurrhaaren, aber als er mich sah, lief er weg. Dann habe ich noch ein paar andere gesehen – so eine Art Ausländer oder so –, und ich lief ihnen hinterher. Aber sie sind geflüchtet, viel zu schnell für mich."

Hubert und sein Vater waren so fasziniert von der Geschichte, dass ihnen entging, wie Basil, Riply und Bill rot anliefen. Auch das ungläubige Gelächter von Mrs. Bissel wurde überhört, als sie ironisch vorschlug, doch eine richtige Party zu veranstalten.

„Erzähl ihnen von den Warnungen, Hubert", drängte Mr. Blair. „Seht ihr, Hubert erhielt diese Warnungen. Jungs, habt ihr auch welche bekommen?"

Basil zögerte einen Moment, bevor er abrupt antwortete: „Ich habe vor etwa einer Woche so etwas wie eine Warnung bekommen."

Mr. Blair richtete seinen besorgten Blick auf Basil, und ein unbestimmtes Gefühl beschlich ihn. Es war kein direktes Misstrauen, eher ein diffuses Unbehagen. Etwas an Basils Erscheinung – die leicht verrutschten Augenbrauen, an denen noch Krepphaare hingen – verband sich in Mr. Blairs Unterbewusstsein mit der bizarren

Situation des Abends. Er schüttelte etwas den Kopf und richtete seine Gedanken zurück auf Huberts Mut und Geistesgegenwart.

Hubert, der seine Fakten ausgeschöpft hatte, wagte sich nun in das Reich der Fantasie vor.

„Ich sagte: ‚Also bist du der Kerl, der diese Warnungen schickt!‘, und er schlug mit der Linken nach mir. Aber ich wich aus und schlug mit der Rechten zurück. Ich glaube, ich habe getroffen, denn er hat schrie und rannte fort. Meine Güte, hättet ihr ihn sehen sollen – er konnte rennen, Bill, fast so schnell wie du!“

„War er groß?“, fragte Basil und schnäuzte sich geräuschvoll.

„Ja, ziemlich groß – ungefähr wie mein Vater.“

„Und die anderen? Waren die auch groß?“

„Ja, sicher! Sie waren alle ziemlich groß. Ich rief ihnen nur zu: ‚Haut ab, oder ihr kriegt es mit mir zu tun!‘ Und dann erwischte ich einen von ihnen, aber sie wollten nichts mehr riskieren.“

Während Hubert weiter prahlte, stahlen sich Basil und die anderen langsam davon. In ihren Gesichtern spiegelten sich sowohl Erleichterung als auch die peinliche Erkenntnis, dass ihr Plan auf spektakuläre Weise gescheitert war.

„Hubert sagt, er glaubt, es seien Italiener gewesen“, warf Mr. Blair ein. „Nicht wahr, Hubert?“

„Sie sahen irgendwie komisch aus“, erwiderte Hubert. „Einer sah aus wie ein Italiener.“

Mrs. Bissel führte die Gruppe ins Esszimmer, wo sie ein Abendessen mit Kuchen und Traubensaft vorbereitet hatte. Imogene setzte sich neben Hubert.

„Erzähl mir alles noch mal, Hubert“, bat sie und faltete aufmerksam ihre Hände.

Hubert ließ sein Abenteuer erneut aufleben. Diesmal tauchte ein Messer im Gürtel eines der Angreifer auf, und die Konfrontation wurde intensiver. Hubert schilderte ausführlich, wie er die Übeltäter mit klaren Worten eingeschüchtert hatte, woraufhin sie Messer zogen, es sich aber schließlich anders überlegten und flohen.

Während dieser dramatischen Erzählung ertönte ein merkwürdiges Schnauben vom anderen Ende des Tisches. Als Imogene hinsah, war Basil jedoch damit beschäftigt, Gelee auf ein Stück Kuchen zu streichen, seine Augen unschuldig strahlend. Doch eine Minute später wiederholte sich das Geräusch, und diesmal bemerkte sie einen spöttischen Ausdruck auf seinem Gesicht.

„Ich frage mich, was du getan hättest, Basil", sagte sie scharf. „Ich wette, du wärst einfach weggelaufen!"

Basil steckte sich ein großes Stück Kuchen in den Mund und verschluckte sich prompt daran. Der Vorfall löste bei Bill Kampf und Riply Buckner schallendes Gelächter aus. Die allgemeine Heiterkeit nahm mit jeder neuen Wendung von Huberts Geschichte zu. Die Gasse wimmelte inzwischen von Angreifern, und während Hubert tapfer gegen diese Übermacht kämpfte, wirkte Imogene immer angespannter – nicht, weil sie gelangweilt war, sondern weil sie Basil mit wachsender Abneigung beobachtete.

Als sie später in die Bibliothek wechselten, setzte sich Imogene allein ans Klavier, während die Jungen sich um Hubert auf dem Sofa versammelten. Hubert fuhr mit seiner Geschichte fort, und die Jungs hörten begeistert zu. Von Zeit zu Zeit stießen sie seltsame kleine Quieklaute aus, doch sobald Hubert innehielt, forderten sie lautstark mehr.

„Weiter, Hubert. Von wem hast du gesagt, dass er so schnell rennen kann wie Bill Kampf?"

Nach einer halben Stunde war der Abend vorbei.

„Es ist eine seltsame Angelegenheit, von Anfang bis Ende", sagte Mr. Blair. „Mir gefällt das nicht. Ich werde morgen einen Detektiv beauftragen, die Sache zu untersuchen. Was wollten sie von Hubert? Was hatten sie mit ihm vor?"

Keiner der Anwesenden konnte darauf eine Antwort geben. Selbst Hubert schwieg und wirkte einen Moment lang nachdenklich, während er sein mögliches Schicksal in Betracht zog. Zwischen den Erzählungen über Huberts Abenteuer schwenkte das Gespräch auf Themen wie Morde und Geister. Alle Jungen redeten sich in einen Zustand zunehmender Panik. Insgeheim glaubte jeder von ihnen ein wenig an die Vorstellung, dass eine Bande von Entführern in der Gegend ihr Unwesen trieb.

„Das gefällt mir nicht", wiederholte Mr. Blair. „Ich begleite euch alle nach Hause."

Basil war über dieses Angebot erleichtert. Der Abend war zwar ein Erfolg gewesen, doch die Gefahr, dass die Stimmung umschlug, wollte er nicht riskieren. Allein durch die dunklen Straßen zu gehen, kam für ihn nicht infrage.

Im Flur nutzte Imogene den Moment, als ihre Mutter müde Mr. Blair verabschiedete, und winkte Hubert zurück in die Bibliothek. Basil, der immer auf Widrigkeiten eingestellt war, lauschte. Es folgte ein leises Flüstern, ein kurzes Gerangel und schließlich ein Geräusch, das Basil zweifelsfrei als Kuss erkannte. Mit herabgezogenen Mundwinkeln ging er zur Tür hinaus. Seine sorgfältig gelegten Karten hatten nicht gereicht, das Leben hatte einen Trumpf ausgespielt.

Einen Moment später machte sich die Gruppe auf den Weg. Zusammen gingen sie durch die Straßen, warfen vorsichtige Blicke nach hinten und um Ecken. Basil, Riply und Bill spähten in unheimliche Gassen, hinter große, dunkle Bäume und verborgene Zäune – nicht ganz sicher, was sie dort erwarteten. Wahrscheinlich dieselben haarigen und grotesken Gestalten, die angeblich in dieser Nacht Hubert Blair aufgelauert hatten.

VI

Eine Woche später hörten Basil und Riply, dass Hubert und seine Mutter den Sommer an der Küste verbringen würden. Basil bedauerte es. Er hatte gehofft, von Hubert einige jener anmutigen Manieren zu lernen, die seine Zeitgenossen so beeindruckten und die ihm im nächsten Herbst, wenn er zur Schule ging, nützlich sein könnten. Als kleine Hommage an Hubert übte er, sich lässig an einen Baum zu lehnen, ihn absichtlich zu verfehlen und sich dabei einen Schlittschuh über den Arm zu rollen. Auch trug er seine Mütze auf Huberts unverkennbar kecke Weise, schräg an der Seite seines Kopfes.

Doch diese Phase hielt nicht lange an. Bald bemerkte er, dass Jungen und Mädchen ihm zwar aufmerksam zuhörten und ihre Reaktionen seine Worte zu spiegeln schienen, ihn jedoch nie mit der gleichen bewundernden Faszination ansahen wie Hubert. Also hörte er auf, laut zu kichern, was seine Mutter ohnehin irritiert hatte, und setzte seine Mütze wieder gerade auf.

Die Veränderung in ihm ging jedoch tiefer. Zum ersten Mal war er sich nicht mehr sicher, ob er wirklich ein Gentleman-Einbrecher werden wollte, obwohl er weiterhin mit atemloser Bewunderung die Heldentaten dieser Romangestalten verfolgte. Vor Huberts Tor hatte er einen Moment lang das beklemmende Gefühl moralischer Einsamkeit verspürt. Er erkannte, dass er, egal wie er die Materialien des Lebens kombinierte, stets innerhalb der Grenzen des Gesetzes bleiben musste.

Nach einer weiteren Woche stellte er fest, dass der Verlust von Imogene ihn nicht mehr schmerzte. Als er ihr begegnete, sah er nur das vertraute kleine Mädchen, das er immer gekannt hatte. Der ekstatische Moment jenes Nachmittags war eine Frühgeburt, ein Gefühl, das aus einem bereits flüchtigen Frühling überlebt hatte.

Er ahnte nicht, dass er mit seinen Aktionen Mrs. Blair aus der Stadt vertrieben hatte oder dass seinetwegen ein Sonderpolizist viele Nächte lang friedlich Streife ging. Alles, was er wusste, war, dass die vagen, ruhelosen Sehnsüchte der letzten drei Frühlingsmonate nun irgendwie gestillt waren. In dieser letzten Woche hatten sie ihren Höhepunkt erreicht – sie waren aufgeflammt, explodiert und schließlich erloschen.

Mit einem Gesicht, das frei von Bedauern war, richtete er seinen Blick den endlosen Möglichkeiten des Sommers entgegen.

Der seltsame Fall des Benjamin Button

Im Jahr 1860 war es noch üblich, Kinder zu Hause auf die Welt zu bringen. Heute hingegen, so heißt es, bestimmen die hohen Priester der Medizin, die ersten Schreie eines Neugeborenen sollen vorzugsweise in der sterilen Atmosphäre eines Krankenhauses – idealerweise eines gehobenen – erklingen. Deshalb waren Mr. und Mrs. Roger Button ihrer Zeit um ein halbes Jahrhundert voraus, als sie an einem Sommertag des Jahres 1860 entschieden, ihr erstes Kind in einem Krankenhaus zur Welt zu bringen. Ob dieser ungewöhnliche Schritt irgendeinen Einfluss auf die außergewöhnliche Geschichte hatte, die ich Ihnen nun erzählen werde, bleibt für immer ein Rätsel.

Ich werde die Ereignisse schildern, wie sie sich zugetragen haben, und es Ihnen überlassen, ein Urteil zu fällen.

Die Familie Roger Button genoss in der vorbürgerkrieglichen Gesellschaft Baltimores eine beneidenswerte Stellung – sowohl sozial als auch finanziell. Sie waren mit den „So-und-so-Familien" und den „Dies-und-das-Familien" verwandt, was sie, wie jeder Südstaatler wusste, zu Mitgliedern jener einflussreichen Aristokratie machte, die die Konföderation dominierte. Für das Paar war es die erste Erfahrung mit dem freudigen Ereignis der Elternschaft, und Mr. Button war entsprechend nervös. Er hoffte inständig, dass es ein Junge würde, den er eines Tages an das Yale College in Connecticut schicken könnte, wo er selbst vier Jahre seines Lebens unter dem wenig schmeichelhaften Spitznamen „Cuff" verbracht hatte.

An dem Septembermorgen, der für dieses große Ereignis vorgesehen war, stand er bereits um sechs Uhr auf. Nervös zog er sich an, richtete seine makellos gebundene Krawatte und machte sich auf den Weg durch die Straßen Baltimores, um im Krankenhaus zu erfahren, ob die Nacht neues Leben hervorgebracht hatte.

Etwa hundert Meter vom Maryland Private Hospital für Damen und Herren entfernt, erblickte er den Hausarzt der Familie, Doktor Keene, der gerade die Stufen des Gebäudes hinunterstieg. Der Arzt rieb sich die Hände in jener charakteristischen Weise, wie es der unausgesprochene Kodex seines Berufsstandes verlangte.

Roger Button, Präsident von Roger Button & Co., Großhandel für Eisenwaren, eilte auf Doktor Keene zu – weniger würdevoll, als es für einen Südstaaten-Gentleman dieser malerischen Epoche üblich war. „Doktor Keene!", rief er atemlos. „Oh, Doktor Keene!"

Der Arzt hörte ihn, drehte sich um und blieb stehen. Ein seltsamer Ausdruck legte sich auf sein sonst strenges, medizinisches Gesicht, als Mr. Button näherkam.

„Was ist passiert?", fragte Mr. Button außer Atem, kaum dass er den Arzt erreichte. „Wie geht es meiner Frau? Ist es ein Junge? Was —"

„Bitte reißen Sie sich zusammen!", sagte Doktor Keene scharf und sichtlich gereizt.

„Ist das Kind auf der Welt?", flehte Mr. Button.

Der Arzt runzelte die Stirn. „Ja, auf eine gewisse Weise." Wieder huschte ein eigenartiger Blick über sein Gesicht.

„Geht es meiner Frau gut?"

„Ja."

„Ist es ein Junge oder ein Mädchen?"

„Jetzt hören Sie mal!", rief Doktor Keene empört. „Ich rate Ihnen, selbst nachzusehen. Ungeheuerlich!" Das letzte Wort stieß er nahezu in einem Atemzug heraus, wandte sich ab und murmelte: „Glauben Sie, so ein Fall hilft meinem Ruf als Arzt? Noch so einer und ich bin ruiniert – jeder wäre das."

„Was ist passiert?", fragte Mr. Button erschrocken. „Sind es Drillinge?"

„Nein, keine Drillinge!", brauste der Arzt gereizt auf. „Gehen Sie selbst nachsehen. Und suchen Sie sich einen anderen Arzt. Ich habe Sie auf die Welt gebracht, junger Mann, und war vierzig Jahre lang der Arzt Ihrer Familie – aber jetzt reicht es mir! Ich will weder Sie noch Ihre Verwandten jemals wiedersehen. Leben Sie wohl!"

Damit drehte sich Doktor Keene abrupt um, stieg in seinen wartenden Phaeton und fuhr entschlossen davon.

Mr. Button blieb sprachlos und zitternd auf dem Bürgersteig stehen. Was für ein schreckliches Unglück mochte geschehen sein? Plötzlich verspürte er keinerlei Wunsch mehr, das Maryland Private Hospital für Damen und Herren zu betreten – es kostete ihn größte Überwindung, wenige Minuten später die Stufen hinaufzusteigen und durch die Eingangstür zu passieren.

Eine Krankenschwester saß hinter einem Schreibtisch im düsteren Halbdunkel der Eingangshalle. Mit spürbarer Unsicherheit näherte sich Mr. Button ihr.

„Guten Morgen", sagte sie freundlich und sah ihn an.

„Guten Morgen. Ich… ich bin Mr. Button."

In dem Moment erstarrte ihr Gesicht vor Entsetzen. Sie sprang auf, als wolle sie fliehen, hielt jedoch mühsam inne.

„Ich möchte mein Kind sehen", sagte Mr. Button.

Die Krankenschwester stieß einen unterdrückten Schrei aus. „Oh – natürlich!", rief sie hysterisch. „Gehen Sie nach oben… sofort! Direkt nach oben!"

Mit einer fahrigen Handbewegung wies sie ihm den Weg. Mr. Button, dem der kalte Schweiß ausbrach, drehte sich unsicher um und begann langsam die Treppe zum zweiten Stock zu steigen. Im oberen Flur begegnete ihm eine weitere Krankenschwester, die mit einer Schüssel in den Händen herankam.

„Ich bin Mr. Button", sagte er mit brüchiger Stimme. „Ich möchte mein…"

Klirr! Die Schüssel entglitt ihren Händen, schlug auf den Boden und rollte klappernd in Richtung Treppe. Klirr! Klirr! Stufe für Stufe polterte sie hinunter, als sei sie von allgemeinem Entsetzen getrieben.

„Ich will mein Kind sehen!", rief Mr. Button beinahe verzweifelt, seine Stimme brach.

Die Schüssel erreichte das Erdgeschoss mit einem letzten lauten Klirren. Die Krankenschwester, jetzt blass vor Anspannung, fasste sich schließlich und warf ihm einen verächtlichen Blick zu.

„In Ordnung, Mr. Button“, sagte sie tonlos. „Wie Sie wollen. Aber wenn Sie wüssten, was das heute Morgen hier ausgelöst hat! Ungeheuerlich! Das Krankenhaus wird nach diesem Vorfall seinen Ruf verlieren…“

„Beeilen Sie sich!“, rief er heiser. „Ich halte es nicht mehr aus!“

„Kommen Sie mit, Mr. Button.“

Er folgte ihr schwerfällig. Am Ende eines langen Flurs erreichten sie einen Raum, aus dem ein vielstimmiges Schreien drang – ein Raum, der später als „Schreizimmer“ bekannt werden sollte. Sie betraten ihn.

„Nun?“, keuchte Mr. Button. „Welches ist meines?“

„Da drüben“, sagte die Krankenschwester und deutete mit dem Finger darauf.

Mr. Buttons Blick folgte ihrer Hand und was er sah, ließ ihn erstarren: In eine voluminöse weiße Decke gehüllt und in ein Gitterbett gequetscht, saß ein alter Mann, offenbar um die siebzig Jahre alt. Sein dünnes Haar war fast weiß und von seinem Kinn hing ein langer, grauer Bart, der sich im Luftzug des offenen Fensters leicht hin und her bewegte. Der alte Mann blickte Mr. Button mit trüben, fragenden Augen an.

„Bin ich verrückt?“, donnerte Mr. Button, dessen Entsetzen in Wut umschlug. „Ist das ein makabrer Scherz?“

„Uns erscheint das nicht wie ein Scherz“, entgegnete die Krankenschwester kühl. „Und ob Sie verrückt sind, weiß ich nicht – aber das ist zweifellos Ihr Kind.“

Der kalte Schweiß rann Mr. Button über die Stirn. Er schloss die Augen, öffnete sie wieder – doch das Bild blieb unverändert: Ein siebzigjähriger Mann, dessen Beine über die Ränder des Kinderbettchens hinausragten.

Der alte Mann sah ihn für einen Moment ruhig an und sprach dann mit krächzender Stimme: „Sind Sie mein Vater?“

Mr. Button und die Krankenschwester zuckten erschrocken zusammen.

„Denn wenn Sie es sind“, fuhr der alte Mann mit mürrischem Ton fort, „dann wünsche ich, dass Sie mich von diesem Ort fortschaffen – oder mir wenigstens einen bequemen Schaukelstuhl besorgen.“

„Woher kommen Sie? Wer sind Sie?“, brach es verzweifelt aus Mr. Button hervor.

„Das kann ich Ihnen nicht genau sagen“, antwortete der Alte, „denn ich bin erst ein paar Stunden alt. Aber ich bin sicher, dass mein Nachname Button ist.“

„Lügner! Hochstapler!“

Der alte Mann wandte sich erschöpft an die Krankenschwester. „Ein netter Empfang für ein Neugeborenes“, beklagte er sich. „Sagen Sie ihm doch, dass er sich irrt!“

„Sie irren sich nicht, Mr. Button“, sagte die Krankenschwester streng. „Das ist Ihr Kind und Sie müssen das Beste daraus machen. Wir erwarten, dass Sie ihn so schnell wie möglich mit nach Hause nehmen – am besten noch heute.“

„Nach Hause?“, wiederholte Mr. Button ungläubig.

„Ja, wir können ihn hier nicht behalten.“

„Das finde ich hervorragend“, mischte sich der alte Mann ein. „Dieser Ort ist völlig ungeeignet für ein Kind, das Ruhe liebt. Bei all diesem Geschrei habe ich kein Auge zugetan. Und als ich nach etwas Essbarem gefragt habe“ – seine Stimme wurde schrill vor Empörung – „hat man mir eine Flasche Milch gebracht!“

Mr. Button ließ sich auf einen Stuhl in der Nähe seines Sohnes sinken und vergrub das Gesicht in den Händen. „Gütiger Himmel!“, murmelte er erschüttert. „Was werden die Leute sagen? Was soll ich bloß tun?“

„Sie müssen ihn nach Hause bringen“, beharrte die Krankenschwester entschieden. „Sofort!“

Vor seinem inneren Auge formte sich ein Bild, das ihn mit schrecklicher Klarheit heimsuchte: Er selbst, wie er durch die belebten Straßen der Stadt ging, begleitet von dieser unfassbaren Gestalt.

„Ich kann nicht. Ich kann einfach nicht“, stöhnte er.

Die Leute würden ihn aufhalten, ihn ansprechen. Was sollte er dann sagen? Wie sollte er diesen Siebzigjährigen vorstellen? „Das ist mein Sohn, geboren heute Morgen.“ Und der alte Mann würde sich in seine Decke hüllen, während sie gemeinsam weitermarschierten – vorbei an Geschäften voller Menschen, am Sklavenmarkt – für einen kurzen, düsteren Moment wünschte sich Mr. Button, sein Sohn wäre schwarz – vorbei an den prachtvollen Villen des Wohnviertels, vorbei am Altersheim...

„Kommen Sie, reißen Sie sich zusammen“, befahl die Krankenschwester scharf.

„Hören Sie“, meldete sich der alte Mann plötzlich zu Wort,
„wenn Sie denken, dass ich in dieser Decke nach Hause gehe, liegen
Sie falsch.“

„Babys tragen immer Decken“, entgegnete die Krankenschwester.

Mit einem unwilligen Funkeln in den Augen hielt der alte Mann
ein kleines weißes Wickelkleid hoch. „Sehen Sie das?“, krächzte er.
„Das haben sie mir gegeben.“

„Babys tragen immer so etwas“, sagte die Krankenschwester trocken.

„Nun“, fuhr der alte Mann fort, „dieses Baby wird in zwei Minuten gar nichts tragen. Diese Decke juckt. Sie hätten mir wenigstens
ein Laken geben können.“

„Behalten Sie sie an! Behalten Sie sie an!“, rief Mr. Button eilig
und wandte sich dann verzweifelt an die Krankenschwester. „Was
soll ich tun?“

„Gehen Sie in die Stadt und kaufen Sie Kleidung für Ihren Sohn“,
antwortete sie bestimmt.

Die krächzende Stimme seines Sohnes folgte ihm, als er den Flur
hinunterging: „Und einen Stock, Vater. Ich möchte einen Gehstock
haben.“

Mr. Button schlug die Tür hinter sich zu, seine Wut und Verzweiflung kaum unter Kontrolle.

II

„Guten Morgen“, sagte Mr. Button nervös zu dem Verkäufer der
Chesapeake Dry Goods Company. „Ich möchte Kleidung für mein
Kind kaufen.“

„Wie alt ist Ihr Kind, Sir?“

„Etwa sechs Stunden“, antwortete Mr. Button, ohne weiter nachzudenken.

„Die Babyabteilung ist hinten.“

„Nun, ich glaube nicht – ich bin mir nicht sicher, ob das das
Richtige ist. Es ist – er ist ein ungewöhnlich großes Kind. Außergewöhnlich... äh... groß.“

„Wir führen die größten Kindergrößen.“

„Wo ist die Abteilung für Jungen?“, fragte Mr. Button, bemüht, das Gespräch in eine andere Richtung zu lenken. Er hatte das beunruhigende Gefühl, dass der Verkäufer seinem Geheimnis auf die Spur kommen könnte.

„Hier entlang.“

„Nun –“, zögerte Mr. Button. Der Gedanke, seinen Sohn in Männerkleidung zu stecken, widerstrebte ihm zutiefst. Vielleicht, überlegte er fieberhaft, könnte ein übergroßer Jungenanzug die Lösung sein. Er könnte den langen, grauen Bart abschneiden, das weiße Haar braun färben und so das Schlimmste verbergen. Auf diese Weise würde er nicht nur einen Teil seines Selbstwerts retten, sondern auch seine gesellschaftliche Stellung in Baltimore bewahren.

Doch eine hastige Durchsuchung der Jungenabteilung brachte keine passenden Anzüge zutage. Natürlich gab er dem Geschäft die Schuld – in solchen Momenten gibt man immer dem Laden die Schuld.

„Wie alt sagten Sie noch, ist Ihr Sohn?“, fragte der Verkäufer neugierig.

„Er ist... sechzehn.“

„Oh, Entschuldigung. Ich dachte, Sie hätten sechs Stunden gesagt. Die Jugendabteilung ist im nächsten Gang.“

Mr. Button drehte sich frustriert um, blieb dann jedoch abrupt stehen. Sein Gesicht hellte sich auf und er zeigte auf eine Schaufensterpuppe in der Auslage. „Dort!“, rief er aufgeregt. „Ich nehme diesen Anzug, draußen an der Puppe.“

Der Verkäufer starrte ihn verblüfft an. „Aber“, wandte er ein, „das ist kein Kinderanzug. Also, technisch gesehen schon, aber es ist ein Kostüm. Sie könnten es selbst tragen!“

„Packen Sie ihn ein“, sagte Mr. Button nervös. „Genau das brauche ich.“

Der erstaunte Verkäufer gehorchte.

Zurück im Krankenhaus betrat Mr. Button das Kinderzimmer und warf das Paket mit einem verärgerten Schwung zu seinem Sohn. „Hier sind deine Sachen“, knurrte er.

Der alte Mann öffnete das Paket und betrachtete den Inhalt kritisch.

„Das sieht ziemlich lächerlich aus", murrte er. „Ich werde nicht zum Gespött gemacht."

„Du hast mich zum Gespött gemacht!", fauchte Mr. Button. „Es ist mir egal, wie komisch es aussieht. Zieh es an – oder ich… oder ich werde dich bestrafen!" Unsicher bei seinem letzten Wort, spürte er dennoch, dass es angebracht war.

„Wie du meinst, Papi", sagte der alte Mann mit übertriebener Höflichkeit. „Du bist der Ältere, du weißt es besser."

Das Wort „Papi" ließ Mr. Button zusammenzucken.

„Und beeil dich!"

„Ich beeile mich, Papi."

Als sein Sohn schließlich angezogen war, betrachtete Mr. Button ihn mit gemischten Gefühlen. Das Kostüm bestand aus gepunkteten Socken, rosa Hosen und einer Bluse mit Gürtel und breitem weißen Kragen. Darüber wehte der lange, weißliche Bart, der bis zur Taille hing. Der Gesamteindruck war grotesk.

„Warte!"

Mr. Button griff nach einer Schere, die er aus dem Krankenhaus mitgenommen hatte, und schnitt energisch einen Großteil des Bartes ab. Dennoch blieb das Erscheinungsbild seltsam: die struppigen Bartreste, die trüben Augen und die alten Zähne wirkten völlig fehl am Platz zu der bunten Fröhlichkeit des Kostüms. Doch Mr. Button blieb standhaft. Er streckte die Hand aus. „Komm mit!", sagte er in scharfem Ton.

Sein Sohn ergriff vertrauensvoll seine Hand. „Wie wirst du mich nennen, Papi?", fragte er zögerlich, als sie das Kinderzimmer verließen. „Vielleicht erst einmal ‚Baby‘, bis dir etwas Besseres einfällt?"

Mr. Button grunzte unwillig. „Ich weiß nicht", sagte er kurz angebunden. „Wir nennen dich Methusalem."

III

Selbst nachdem Mr. Button das neue Familienmitglied in jeder Hinsicht „verjüngt" hatte – die Haare kurz geschnitten, in einem unnatürlichen Schwarz gefärbt, das Gesicht so glatt rasiert, dass es glänzte, und maßgeschneiderte Jungenkleidung von einem schockierten Schneider besorgt – konnte er nicht leugnen, dass sein

Sohn ein mehr als fragwürdiges Exemplar eines Erstgeborenen war. Trotz seines gebeugten Rückens war Benjamin Button, wie er offiziell genannt wurde, fünf Fuß acht Zoll groß. Seine Kleidung konnte dies nicht verbergen, ebenso wenig wie die gestutzten Augenbrauen die Tatsache verschleiern konnten, dass die Augen darunter trüb und müde wirkten. Tatsächlich kündigte die engagierte Kinderschwester, die nur einen kurzen Blick auf Benjamin geworfen hatte, empört ihren Dienst.

Doch Mr. Button blieb unbeirrt. Für ihn war Benjamin ein Baby und als solches sollte er behandelt werden. Anfangs bestand er darauf, dass Benjamin ausschließlich warme Milch zu sich nehmen durfte – oder gar nichts. Schließlich ließ er sich jedoch überzeugen, dass Brot, Butter und sogar Haferbrei akzeptable Alternativen waren. Eines Tages brachte er eine Rassel mit nach Hause, drückte sie Benjamin in die Hand und forderte ihn auf, „damit zu spielen". Der alte Mann nahm das Spielzeug mit müdem Gesichtsausdruck entgegen und klapperte ab und zu damit, wenn Mr. Button in der Nähe war.

Doch es bestand kein Zweifel daran, dass Benjamin die Rassel langweilte. Er fand andere Beschäftigungen, die ihm weitaus mehr zusagten. Eines Tages bemerkte Mr. Button, dass er in der letzten Woche ungewöhnlich viele Zigarren geraucht hatte – ein Rätsel, das sich wenige Tage später löste, als er unerwartet das Kinderzimmer betrat und es in einer blauen Rauchwolke vorfand. Benjamin stand schuldbewusst da und versuchte, den Stummel einer Havanna zu verstecken. Mr. Button war sprachlos. Obwohl eine strenge Bestrafung angebracht gewesen wäre, brachte er es nicht über sich und warnte Benjamin stattdessen nur davor, dass „Rauchen dein Wachstum hemmt".

Trotz allem hielt Mr. Button an seinen Bemühungen fest. Er brachte Bleisoldaten, Spielzeugzüge und große, freundliche Stofftiere nach Hause. Um die Illusion perfekt zu machen – zumindest für sich selbst – fragte er den Verkäufer im Spielwarengeschäft eindringlich, ob „die Farbe der rosa Ente abgehen könnte, wenn das Baby darauf kaut". Aber trotz all seiner Bemühungen zeigte Benjamin keinerlei Interesse. Stattdessen schlich er die Hintertreppe hinunter, um mit einem Band der Encyclopedia Britannica zurückzukehren, über dem er den ganzen Nachmittag brütete, während die Stofftiere und die Arche Noah unberührt auf dem Boden liegen blieben. Angesichts solcher Hartnäckigkeit musste Mr. Button seine Bemühungen schließlich aufgeben.

Die Aufregung, die Benjamin Button in Baltimore auslöste, war anfangs enorm. Welche gesellschaftlichen Folgen dieser Vorfall für die Familie Button und ihre Verwandten hätte haben können, blieb ungeklärt, denn der Ausbruch des Bürgerkriegs lenkte die Aufmerksamkeit der Stadt auf andere Dinge. Einige besonders taktvolle Zeitgenossen fanden schließlich einen Weg, den Eltern Komplimente zu machen, indem sie erklärten, das Baby ähnele seinem Großvater – eine Beobachtung, die, angesichts des üblichen Zustands siebzigjähriger Männer, nicht von der Hand zu weisen war. Mr. und Mrs. Button waren darüber wenig erfreut und Benjamins Großvater fühlte sich zutiefst beleidigt.

Benjamin, der nun aus dem Krankenhaus entlassen war, nahm das Leben gelassen hin. Einige kleine Jungen wurden hergebracht, um ihn zu sehen, und er verbrachte einen steifen Nachmittag damit, vorzugeben, sich für Kreisel und Murmeln zu begeistern. Er schaffte es sogar, mit einer Schleuder ein Küchenfenster zu zerschmettern – eine Leistung, die seinen Vater insgeheim stolz machte.

Von diesem Tag an zerbrach Benjamin täglich etwas – jedoch nicht aus Übermut, sondern weil es von ihm erwartet wurde und er von Natur aus entgegenkommend war.

Nachdem die anfängliche Abneigung seines Großvaters verflogen war, fanden die beiden große Freude aneinander. Sie saßen stundenlang zusammen – diese beiden, so weit voneinander entfernt in Alter und Erfahrung – und sprachen mit unerschütterlicher Monotonie über die kleinen Ereignisse des Tages. Benjamin fühlte sich in der Gesellschaft seines Großvaters wohler als in der seiner Eltern, die ihm stets mit einer Mischung aus Ehrfurcht und Unsicherheit begegneten. Sie sprachen ihn häufig mit „Mr." an, trotz ihrer elterlichen Autorität.

Wie alle anderen war Benjamin verwirrt über sein offensichtlich vorgerücktes Alter. Er las darüber in medizinischen Zeitschriften, fand aber keinen vergleichbaren Fall. Auf Drängen seines Vaters unternahm er ehrliche Versuche, mit anderen Jungen zu spielen und beteiligte sich gelegentlich an ruhigeren Aktivitäten. Doch Football war ihm zu gefährlich, da er befürchtete, dass seine alten Knochen bei einem Bruch nicht heilen würden.

Mit fünf Jahren wurde er in den Kindergarten geschickt, wo er lernte, grünes Papier auf oranges zu kleben, bunte Karten zu flechten und Papphalsketten zu basteln. Oft schlief er mitten in diesen Aufgaben ein, sehr zum Ärger und Schrecken seiner jungen Erzieherin. Zu seiner Erleichterung beschwerte sie sich bei seinen Eltern und er wurde aus dem Kindergarten genommen. Die Buttons erklärten ihren Bekannten, er sei noch zu jung.

Mit zwölf Jahren hatten sich seine Eltern an ihn gewöhnt. Gewohnheit ist so mächtig, dass sie ihn nicht mehr anders wahrnahmen – bis auf seltene Momente, in denen eine ungewöhnliche Begebenheit sie daran erinnerte. Doch kurz nach seinem zwölften Geburtstag machte Benjamin eine erstaunliche Entdeckung. Täuschten ihn seine Augen oder war sein Haar tatsächlich von Weiß zu Eisengrau geworden? Waren die Falten in seinem Gesicht weniger ausgeprägt? Sah seine Haut straffer und gesünder aus? Er war sich nicht sicher, doch eines wusste er: Er fühlte sich stärker und aufrechter als je zuvor.

„Kann es sein...?“, fragte er sich, traute sich jedoch kaum, den Gedanken zu Ende zu führen.

Er ging zu seinem Vater. „Ich bin erwachsen“, erklärte er. „Ich möchte lange Hosen tragen.“ Sein Vater zögerte. „Nun, ich weiß nicht. Mit vierzehn ist das übliche Alter für lange Hosen und du bist erst zwölf.“ „Aber du musst zugeben“, argumentierte Benjamin, „dass ich groß für mein Alter bin.“ Mr. Button betrachtete ihn mit gespielter Skepsis. „Oh, da bin ich mir nicht so sicher. Ich war genauso groß wie du, als ich zwölf war.“

Das war natürlich gelogen. Mr. Button hatte sich längst mit sich selbst darauf geeinigt, an die Normalität seines Sohnes zu glauben. Schließlich einigten sie sich: Benjamin durfte seinen ersten Anzug mit langen Hosen tragen, unter der Bedingung, dass er weiterhin sein Haar färbte, mit Jungen seines Alters spielte und weder Brille noch Stock trug.

IV

Über Benjamins Leben zwischen seinem zwölften und einundzwanzigsten Lebensjahr gibt es wenig zu berichten. Es genügt zu sagen, dass diese Jahre von einem langsamen, stetigen „Rückwachsen" geprägt waren. Mit achtzehn Jahren sah Benjamin aus wie ein Mann von fünfzig. Sein Haar war dunkler geworden, sein Gang fest und seine Stimme hatte den brüchigen Klang verloren und war ein voller Bariton geworden. In diesem Zustand schickte sein Vater ihn nach Connecticut, um die Aufnahmeprüfungen für das Yale College abzulegen. Benjamin bestand die Prüfungen und wurde in die erste Klasse aufgenommen.

Am dritten Tag nach seiner Immatrikulation erhielt er eine Nachricht vom College-Registrar, Mr. Hart, der ihn zu einem Gespräch über seinen Stundenplan einlud. Benjamin bemerkte im Spiegel, dass sein Haar eine neue Schicht brauner Farbe benötigte. Doch eine Inspektion seiner Kommode zeigte, dass die Dose leer war. Ihm blieb keine Wahl – er musste so gehen, wie er war.

„Guten Morgen", sagte Mr. Hart höflich, als Benjamin eintrat. „Sie sind hier, um sich nach Ihrem Sohn zu erkundigen?" „Nun, ehrlich gesagt, mein Name ist Button—", begann Benjamin, doch Mr. Hart unterbrach ihn.

„Ich freue mich sehr, Sie kennenzulernen, Mr. Button. Ich erwarte Ihren Sohn jeden Augenblick."

„Das bin ich!", platzte Benjamin heraus. „Ich bin ein Studienanfänger."

„Was!"

„Ich bin ein Studienanfänger."

„Das muss ein Scherz sein."

„Keineswegs."

Der Registrar runzelte die Stirn und betrachtete eine Karteikarte vor sich. „Aber ich habe hier notiert, dass Benjamin Button achtzehn Jahre alt ist."

„Das ist korrekt", bestätigte Benjamin und errötete leicht.

Der Registrar musterte ihn misstrauisch. „Jetzt mal ehrlich, Mr. Button, erwarten Sie wirklich, dass ich das glaube?"

„Ich bin achtzehn", wiederholte Benjamin ruhig.

Der Registrar zeigte auf die Tür. „Raus!", sagte er streng. „Raus aus dem College und raus aus der Stadt. Sie sind ein gefährlicher Irrer."

„Ich bin achtzehn."

Mr. Hart öffnete energisch die Tür. „Allein die Vorstellung!", rief er empört. „Ein Mann in Ihrem Alter, der sich als Studienanfänger ausgibt. Achtzehn Jahre alt, ja? Nun, ich gebe Ihnen genau achtzehn Minuten, um die Stadt zu verlassen."

Mit aufrechter Haltung verließ Benjamin den Raum. Ein halbes Dutzend Studenten, die im Flur warteten, beobachteten ihn neugierig. Nachdem er ein Stück gegangen war, blieb Benjamin stehen, drehte sich um und rief mit fester Stimme zurück: „Ich bin achtzehn Jahre alt."

Ein Chor von Kichern brach aus der Gruppe der Studenten hervor, während Benjamin sich wieder abwandte.

Doch es war ihm nicht vergönnt, die Angelegenheit einfach hinter sich zu lassen. Auf seinem Weg zum Bahnhof sammelte sich zunächst eine kleine Gruppe, dann eine Schar, schließlich eine große Menge Studenten hinter ihm. Das Gerücht verbreitete sich schnell: Ein Verrückter hatte die Aufnahmeprüfungen bestanden und sich als Achtzehnjähriger ausgegeben. Die gesamte Hochschule geriet in Aufruhr. Männer rannten ohne Hüte aus den Vorlesungssälen, das Footballteam ließ sein Training stehen und selbst die Ehefrauen der Professoren eilten, mit schiefen Hüten und verrutschten Kleidern, dem Mob hinterher. Immer wieder riefen Stimmen aus der Menge spöttische Bemerkungen, die Benjamin direkt ins Herz trafen.

„Er ist der Wandernde Jude!"

„Er dachte, das hier sei ein Altersheim!"

„Schaut euch das Wunderkind an!"

„Geh doch nach Harvard!"

Benjamin beschleunigte seinen Schritt und begann schließlich zu laufen. Er würde es ihnen zeigen! Er würde nach Harvard gehen und eines Tages würden sie ihre Worte bereuen!

Als er sicher im Zug nach Baltimore saß, streckte er den Kopf aus dem Fenster und rief: „Ihr werdet das bereuen!"

Die Studenten am Bahnsteig lachten nur. „Ha-ha-ha!" Es war der größte Fehler, den das Yale College je gemacht hatte...

V

Im Jahr 1880 wurde Benjamin Button zwanzig Jahre alt und trat an seinem Geburtstag in die Firma seines Vaters ein, Roger Button & Co., Großhandel für Eisenwaren. In demselben Jahr begann er auch, „gesellschaftlich auszugehen", was vor allem daran lag, dass sein Vater darauf bestand, ihn zu den eleganten Bällen der Stadt mitzunehmen. Roger Button war inzwischen fünfzig Jahre alt und da Benjamin aufgehört hatte, sein Haar zu färben, sahen die beiden fast gleich alt aus – sie hätten leicht als Brüder durchgehen können.

Eines Abends im August stiegen sie, in Frackanzügen gekleidet, in ihre Kutsche und fuhren zu einem Ball im Landhaus der Shevlins, das etwas außerhalb von Baltimore lag. Es war eine herrliche Nacht. Der Vollmond tauchte die Straßen in silbriges Licht und die späten Ernteblumen erfüllten die unbewegte Luft mit ihrem süßen Duft, der wie ein leises, fröhliches Lachen wirkte. Das offene Land, mit leuchtendem Weizen bedeckt, schien fast durchsichtig im Mondlicht. Die Schönheit der Nacht war so überwältigend, dass man sich ihrer Wirkung kaum entziehen konnte – fast.

„Das Trockenwarengeschäft hat eine große Zukunft", bemerkte Roger Button nüchtern. Sein Blick war auf die Straße gerichtet und er schien die Atmosphäre um ihn herum nicht wahrzunehmen.

„Alte Leute wie ich können keine neuen Tricks mehr lernen", fügte er bedeutungsvoll hinzu. „Ihr Jungen mit eurer Energie und Vitalität habt die Zukunft vor euch."

Weit oben auf der Straße tauchten die Lichter des Landhauses der Shevlins auf. Bald darauf drang ein leises Säuseln an ihr Ohr, das näherkam – es mochte das zarte Klagen von Violinen sein oder das Rascheln des silbernen Weizens unter dem Mondschein.

Die Kutsche hielt hinter einem eleganten Wagen, dessen Passagiere gerade abstiegen. Eine Dame trat heraus, gefolgt von einem älteren Herrn und schließlich einer weiteren jungen Dame – schön wie die Sünde. Benjamin hielt den Atem an. Eine Art chemische Reaktion durchfuhr seinen Körper, als ob seine Bestandteile aufgelöst und neu zusammengesetzt würden. Ein Schauder erfasste ihn. Das Blut stieg ihm heiß in die Wangen. Es war die erste Liebe.

Das Mädchen war schlank und anmutig, ihr Haar schimmerte aschfarben im Mondlicht und honigfarben unter den flackernden Gaslampen der Veranda. Über ihre Schultern war eine spanische Mantilla aus zartem Gelb gelegt, durchzogen von schwarzen Schmetterlingsmotiven. Ihre funkelnden Schuhe blitzten wie kleine Sterne unter dem bauschigen Saum ihres Kleides hervor.

Roger Button beugte sich zu seinem Sohn hinüber. „Das", sagte er, „ist die junge Hildegarde Moncrief, die Tochter von General Moncrief."

Benjamin nickte kühl. „Hübsches kleines Ding", sagte er gleichgültig. Doch als die Kutsche weiterrollte, fügte er mit gespielter Nonchalance hinzu: „Vater, vielleicht könntest du mich ihr vorstellen."

Als sie sich einer Gruppe näherten, in deren Zentrum Miss Moncrief stand, verbeugte sich Benjamin tief. Nach der alten Sitte machte sie einen Knicks und gewährte ihm einen Tanz. Benjamin dankte und zog sich zurück – oder besser gesagt, er taumelte davon.

Die Minuten bis zu seinem Tanz schienen endlos. Er lehnte an der Wand, stumm und unergründlich, und beobachtete mit brennendem Blick die jungen Männer Baltimores, die sich um Hildegarde drängten. Wie albern sie ihm erschienen, wie grotesk rosig ihre Gesichter! Ihre lockigen Koteletten lösten in ihm eine Übelkeit aus, die fast körperlich spürbar war.

Doch als der Moment gekommen war und er mit ihr zur sanften Melodie eines Walzers aus Paris auf den Tanzboden trat, verschwanden seine Eifersucht und seine Ängste wie Schnee in der Sonne. Blind vor Verzauberung fühlte er, dass sein Leben gerade erst begann.

„Sie und Ihr Bruder sind genau gleichzeitig mit uns angekommen, nicht wahr?", fragte Hildegarde, während sie ihn mit strahlenden Augen ansah, die an blaues Emaille erinnerten.

Benjamin zögerte. Sollte er sie aufklären, dass sie ihn mit dem Bruder seines Vaters verwechselte? Die Erinnerung an Yale ließ ihn vorsichtig sein. Es wäre unhöflich, sie zu korrigieren, und geradezu kriminell, diesen magischen Moment zu zerstören. Vielleicht später. Also nickte er, lächelte und hörte ihr zu, glücklich wie nie zuvor.

„Ich mag Männer in Ihrem Alter", sagte Hildegarde unverblümt. „Junge Männer sind so dumm. Sie prahlen damit, wie viel Champagner sie trinken oder wie viel Geld sie bei Kartenspielen verlieren. Männer in Ihrem Alter wissen, wie man Frauen zu schätzen weiß."

Benjamin war kurz davor, ihr einen Heiratsantrag zu machen. Mühsam unterdrückte er den Impuls.

„Sie sind genau im romantischen Alter", fuhr sie fort. „Fünfzig. Mit fünfundzwanzig ist man zu weltklug, dreißig ist oft blass vor Überarbeitung und vierzig – oh, vierzig ist das Alter der langen Geschichten, die eine ganze Zigarre brauchen, um erzählt zu werden. Aber fünfzig ist das perfekte Alter. Ich liebe fünfzig."

Für Benjamin erschien fünfzig wie das ideale Alter, ein Ziel, das er leidenschaftlich erreichen wollte.

„Ich habe immer gesagt", fügte sie hinzu, „dass ich lieber einen Mann von fünfzig heirate, der mich umsorgt, als einen von dreißig, den ich selbst versorgen muss."

Der Rest des Abends war für Benjamin ein Traum in Honigfarben. Hildegarde schenkte ihm zwei weitere Tänze und sie entdeckten eine erstaunliche Übereinstimmung in ihren Ansichten. Am nächsten Sonntag würde sie mit ihm ausfahren, um ihre Gespräche fortzusetzen.

Auf der Heimfahrt, während die ersten Bienen summten und der verblassende Mond im Tau schimmerte, war Benjamin so in Gedanken versunken, dass er nur vage wahrnahm, wie sein Vater über den Großhandel mit Eisenwaren sprach.

„... Und was, denkst du, verdient nach Hämmern und Nägeln unsere größte Aufmerksamkeit?", fragte Roger Button.

„Liebe", murmelte Benjamin träumerisch.

„Schrauben?", wiederholte Roger Button verwirrt. „Ich habe doch gerade über Schrauben gesprochen."

Benjamin sah ihn mit benebelten Augen an, als der erste Lichtstrahl den östlichen Himmel durchbrach und ein Pirol in den erwachenden Bäumen seinen Ruf erschallen ließ...

VI

Sechs Monate später wurde die Verlobung von Miss Hildegarde Moncrief mit Mr. Benjamin Button bekannt gegeben (oder besser gesagt, verbreitet, da General Moncrief geschworen hatte, er würde lieber sein Schwert verschlucken, als sie selbst zu verkünden). Die Gesellschaft Baltimores war in Aufruhr. Die fast vergessene Geschichte von Benjamins Geburt wurde wieder hervorgeholt und in skurrilen und pikanten Varianten weitererzählt. Manche behaupteten, Benjamin sei in Wahrheit der Vater von Roger Button. Andere glaubten, er sei dessen Bruder, der vierzig Jahre im Gefängnis verbracht hatte. Einige munkelten, er sei John Wilkes Booth in Verkleidung und wieder andere schworen, er habe zwei kleine, kegelförmige Hörner, die aus seinem Kopf wuchsen.

Die Sonntagsbeilagen der New Yorker Zeitungen widmeten dem Fall große Aufmerksamkeit und illustrierten ihn mit faszinierenden Zeichnungen, die Benjamins Kopf auf den Körper eines Fisches, einer Schlange und schließlich einer massiven Messingstatue montierten. Journalistisch wurde er als der „Mysteriöse Mann aus Maryland" bekannt. Die wahre Geschichte jedoch, wie so oft, fand nur geringe Verbreitung.

Alle stimmten General Moncrief zu, dass es „kriminell" sei, dass ein reizendes Mädchen, das jeden Verehrer in Baltimore hätte heiraten können, sich in die Arme eines Mannes warf, der zweifellos wie fünfzig aussah. Vergeblich ließ Roger Button die Geburtsurkunde seines Sohnes in großen Lettern im Baltimore Blaze abdrucken. Niemand glaubte ihm. Ein Blick auf Benjamin genügte, um Zweifel zu säen.

Die beiden Hauptbeteiligten ließen sich davon nicht beeindrucken. So viele Geschichten über ihren Verlobten waren erfunden, dass Hildegarde sich strikt weigerte, auch die wahre zu glauben. Vergeblich versuchte General Moncrief, sie auf die hohe Sterblichkeitsrate bei Männern von fünfzig – oder jenen, die so wirkten – aufmerksam zu machen. Ebenso wenig Erfolg hatte er mit seinen Warnungen vor der Unbeständigkeit des Großhandels mit Eisenwaren. Hildegarde hatte sich entschieden, die Reife zu heiraten – und sie zog es durch.

VII

In einem Punkt irrten sich die Freunde von Hildegarde Moncrief: Der Großhandel mit Eisenwaren florierte erstaunlich. Zwischen Benjamins Hochzeit im Jahr 1880 und dem Ruhestand seines Vaters 1895 verdoppelte sich das Familienvermögen – vor allem dank des jüngeren Firmenmitglieds.

Baltimore akzeptierte das Paar schließlich doch. Sogar General Moncrief versöhnte sich mit seinem Schwiegersohn, als Benjamin ihm das Geld für die Veröffentlichung seiner zwanzigbändigen Geschichte des Bürgerkriegs gab, die zuvor von neun renommierten Verlagen abgelehnt worden war.

Diese fünfzehn Jahre brachten viele Veränderungen in Benjamin selbst mit sich. Er fühlte, wie neues Leben durch seine Adern pulsierte. Er genoss es, morgens aufzustehen, mit energischen Schritten durch die lebhaften, sonnigen Straßen zu gehen und unermüdlich mit seinen Lieferungen von Hämmern und Nägeln zu arbeiten.

Im Jahr 1890 führte er seinen berühmten Geschäftscoup durch: Er schlug vor, dass alle Nägel, die zum Verpacken von Kisten verwendet werden, in denen Nägel verschickt werden, dem Empfänger gehören sollten. Dieser Vorschlag wurde gesetzlich verankert, von Oberrichter Fossile genehmigt und sparte Roger Button & Co. jährlich über sechshundert Nägel.

Darüber hinaus entdeckte Benjamin, dass ihn das gesellschaftliche Leben zunehmend anzog. Seine wachsende Begeisterung zeigte sich darin, dass er der erste Mann in Baltimore war, der ein Automobil besaß und selbst fuhr. Wenn er auf der Straße gesehen wurde, starrten seine Zeitgenossen neidisch auf das Bild von Gesundheit und Vitalität, das er abgab.

„Er scheint jedes Jahr jünger zu werden", bemerkten sie. Und wenn der alte Roger Button, mittlerweile fünfundsechzig Jahre alt, anfangs gezögert hatte, seinen Sohn angemessen willkommen zu heißen, so holte er dies schließlich mit beinahe ehrfürchtiger Bewunderung nach.

Doch es gab ein unangenehmes Thema, das Benjamin belastete: Seine Frau hatte ihren Reiz für ihn verloren.

Hildegarde war nun fünfunddreißig Jahre alt, Mutter eines vierzehnjährigen Sohnes namens Roscoe. Zu Beginn ihrer Ehe hatte Benjamin sie vergöttert. Doch mit der Zeit war ihr honigfarbenes Haar zu einem unscheinbaren Braun verblasst, das Blau ihrer Augen wirkte wie billiges Porzellan. Vor allem aber war sie in ihren Gewohnheiten erstarrt, zu gelassen, zu zufrieden, zu antriebslos in ihrer Begeisterung und zu nüchtern in ihrem Geschmack geworden.

Einst hatte sie ihn zu Bällen und Dinners „geschleppt" – nun war es umgekehrt. Zwar begleitete sie ihn noch gesellschaftlich, doch ohne jede Leidenschaft, bereits ergriffen von jener Lethargie, die eines Tages jeden von uns einholt und bis zum Ende bleibt.

Benjamins Unzufriedenheit wuchs. Beim Ausbruch des Spanisch-Amerikanischen Krieges im Jahr 1898 bot ihm sein Zuhause so wenig Reiz, dass er beschloss, zur Armee zu gehen. Dank seines geschäftlichen Einflusses erhielt er ein Offizierspatent als Hauptmann, bewährte sich schnell und wurde Major, später Oberstleutnant – rechtzeitig, um am berühmten Sturm auf San Juan Hill teilzunehmen. Er wurde leicht verwundet und erhielt eine Medaille.

So sehr hatte Benjamin sich an die Aktivität und Spannung des Militärlebens gewöhnt, dass ihm der Abschied schwerfiel. Doch die Geschäfte erforderten seine Aufmerksamkeit, also kehrte er zurück. Am Bahnhof wurde er von einer Blaskapelle empfangen und bis zu seinem Haus eskortiert.

VIII

Hildegarde, die eine große Seidenfahne schwenkte, begrüßte ihn auf der Veranda. Während er sie küsste, spürte er mit schwerem Herzen, wie die vergangenen drei Jahre ihre Spuren hinterlassen hatten. Sie war nun vierzig, mit einem Hauch von grauen Haaren. Der Anblick deprimierte ihn.

Oben in seinem Zimmer betrachtete er sich im Spiegel. Besorgt studierte er sein Gesicht und verglich es schließlich mit einem Foto von sich in Uniform, das kurz vor dem Krieg aufgenommen worden war.

„Mein Gott!", rief er laut aus. Der Prozess schritt unaufhaltsam voran, das war unbestreitbar – er sah jetzt aus wie ein Mann von dreißig. Statt Freude überkam ihn Beunruhigung. Er wurde jünger. Bislang hatte er gehofft, dass, sobald sein körperliches Alter seinem tatsächlichen Alter entsprach, das groteske Phänomen, das seine Geburt geprägt hatte, enden würde. Doch diese Hoffnung schwand. Er schauderte. Sein Schicksal erschien ihm grausam und unfassbar.

Als er die Treppe hinunterging, wartete Hildegarde auf ihn. Sie sah verärgert aus und er fragte sich, ob sie endlich gemerkt hatte, dass etwas nicht stimmte. Um die angespannte Stimmung zu lockern, sprach er das Thema während des Abendessens auf, wie er meinte, dezente Weise an.

„Nun", bemerkte er beiläufig, „alle sagen, ich sehe jünger aus denn je."

Hildegarde blickte ihn mit Verachtung an. Sie schnaubte. „Findest du, das ist etwas, worauf man stolz sein kann?"

„Ich prahle doch gar nicht", entgegnete er unbehaglich.

„Unfassbar", sagte sie und schnaubte erneut. „Ich hätte gedacht, du hättest genug Stolz, um das zu stoppen."

„Wie soll ich das bitte stoppen?", fragte er.

„Ich werde nicht mit dir diskutieren", erwiderte sie. „Aber es gibt einen richtigen und einen falschen Weg, Dinge zu tun. Wenn du dich entscheidest, anders zu sein als alle anderen, kann ich dich wohl nicht davon abhalten. Aber ich finde wirklich, dass das nicht besonders rücksichtsvoll ist."

„Aber Hildegarde, ich kann nichts dafür."

„Doch, das kannst du. Du bist einfach stur. Du willst nicht wie andere sein. So warst du schon immer und so wirst du immer bleiben. Denk doch mal darüber nach, wie die Welt aussähe, wenn jeder so wäre wie du."

Da diese Argumentation unsinnig und unbeantwortbar war, schwieg Benjamin. Doch von diesem Moment an begann sich ein tiefer Graben zwischen ihnen aufzutun. Er fragte sich, was ihn jemals an ihr fasziniert haben mochte.

Zu allem Überfluss stellte er fest, dass mit dem Fortschreiten des neuen Jahrhunderts seine Lust auf Vergnügungen immer größer wurde. Es gab keine Feier in Baltimore, bei der er nicht anwesend war – tanzend mit den schönsten jungen verheirateten Frauen, plaudernd mit den beliebtesten Debütantinnen und ihre Gesellschaft charmant findend. Seine Frau, inzwischen eine vornehme ältere Dame, saß bei den Anstandsdamen, wechselte zwischen hochmütiger Missbilligung und verwirrter Vorwurfshaltung, wenn sie ihren Blick auf ihn richtete.

„Seht nur!", sagten die Leute. „Wie schade! Ein so junger Mann, der mit einer Frau von fünfundvierzig Jahren verheiratet ist. Er muss mindestens zwanzig Jahre jünger sein als sie." Sie hatten längst vergessen – wie Menschen es gewöhnlich tun –, dass ihre Eltern 1880 dieselben Bemerkungen über dieses ungleiche Paar gemacht hatten.

Benjamins wachsende Unzufriedenheit zu Hause wurde durch seine vielen neuen Interessen ausgeglichen. Er begann mit Golf, in dem er sich schnell hervortat. Er begeisterte sich für das Tanzen: 1906 war er ein Meister des „Boston", 1908 galt er als Experte des „Maxine" und 1909 wurde sein „Castle Walk" von den jungen Männern der Stadt beneidet.

Seine gesellschaftlichen Aktivitäten störten zwar sein Geschäft ein wenig, aber nach fünfundzwanzig Jahren harter Arbeit im Großhandel mit Eisenwaren war er bereit, es an seinen Sohn Roscoe zu übergeben, der kürzlich sein Studium in Harvard abgeschlossen hatte.

Er und sein Sohn wurden oft miteinander verwechselt, was Benjamin gefiel. Er vergaß bald die unterschwellige Angst, die ihn nach seiner Rückkehr aus dem Krieg ergriffen hatte, und begann, naiven Gefallen an seinem jugendlichen Aussehen zu finden. Doch ein Makel überschattete diesen Genuss: Er hasste es, in der Öffentlichkeit mit seiner Frau gesehen zu werden. Hildegarde war fast fünfzig und ihr Anblick ließ ihn sich lächerlich fühlen.

IX

An einem Septembertag im Jahr 1910 – einige Jahre, nachdem Roger Button & Co., Großhandel für Eisenwaren, an Roscoe Button übergeben worden war – schrieb sich ein Mann, der nicht älter als zwanzig schien, als Studienanfänger an der Harvard-Universität in Cambridge ein. Er machte nicht den Fehler, zu verkünden, dass er nie wieder fünfzig sehen würde, und erwähnte auch nicht, dass sein Sohn vor zehn Jahren an derselben Institution graduierte.

Er wurde angenommen und erlangte rasch Bekanntheit in seiner Klasse, teils weil er ein wenig älter wirkte als die meisten Erstsemester, deren Durchschnittsalter bei etwa achtzehn lag.

Doch seinen Ruhm verdankte er vor allem seiner herausragenden Leistung im Footballspiel gegen Yale. Mit beispiellosem Elan und kaltem, unerbittlichem Kampfgeist erzielte er sieben Touchdowns und vierzehn Field Goals für Harvard. Dabei zwang er elf Yale-Spieler nacheinander vom Platz. Er wurde der berühmteste Mann am College.

Seltsamerweise schaffte es Benjamin in seinem dritten Jahr an der Universität kaum noch ins Football-Team. Die Trainer meinten, er habe an Gewicht verloren, und den aufmerksamen unter ihnen fiel auf, dass er nicht mehr so groß wirkte wie früher. Touchdowns erzielte er keine mehr – tatsächlich hielt man ihn nur noch im Team, in der Hoffnung, sein großer Ruf würde das Yale-Team einschüchtern und aus dem Konzept bringen.

In seinem letzten Jahr wurde er gar nicht mehr ins Team berufen. Er war so schmächtig und zerbrechlich geworden, dass ihn eines Tages einige Zweitsemester für einen Erstsemester hielten, was ihn tief demütigte. Er wurde zu einer Art Kuriosum – ein Senior, der nicht älter als sechzehn schien – und oft schockierte ihn die Weltgewandtheit seiner Kommilitonen. Seine Studien fielen ihm zunehmend schwerer, sie schienen ihm zu fortgeschritten.

Er hörte seine Kommilitonen von St. Midas's sprechen, der berühmten Vorbereitungsschule, die viele von ihnen vor dem College besucht hatten. Nach seinem Abschluss beschloss Benjamin, sich an St. Midas's einzuschreiben. Das behütete Leben unter Jungen seiner Größe erschien ihm angenehmer.

Nach seinem Abschluss im Jahr 1914 kehrte er mit seinem Harvard-Diplom nach Baltimore zurück. Hildegarde lebte inzwischen in Italien, also zog Benjamin zu seinem Sohn Roscoe. Obwohl Roscoe ihn grundsätzlich willkommen hieß, war doch klar, dass er keine echte Herzlichkeit für seinen Vater empfand. Es schien vielmehr, als empfände er Benjamin, der melancholisch durchs Haus streifte, als Last.

Roscoe, mittlerweile verheiratet und eine prominente Figur in Baltimores Gesellschaft, wollte jeden Skandal vermeiden, der seine Familie belasten konnte. Benjamin, der in den Kreisen der Debütantinnen und jüngeren College-Studenten nicht mehr willkommen war, fand sich oft allein wieder, abgesehen von der Gesellschaft einiger fünfzehnjähriger Jungen aus der Nachbarschaft. Der Gedanke, die St. Midas's Schule zu besuchen, kehrte immer wieder.

„Sag mal", sagte Benjamin eines Tages zu Roscoe, „ich habe dir schon oft gesagt, dass ich auf die Vorbereitungsschule gehen will."

„Dann geh doch", antwortete Roscoe knapp. Es war offensichtlich, dass er eine Diskussion vermeiden wollte.

„Ich kann nicht allein gehen", sagte Benjamin hilflos. „Du musst mich einschreiben und mich dorthin bringen."

„Ich habe keine Zeit", erwiderte Roscoe scharf. Seine Augen verengten sich. Er sah seinen Vater unruhig an. „Ehrlich gesagt", fügte er hinzu, „solltest du mit diesem Unsinn langsam aufhören. Es ist wirklich genug. Du solltest – du solltest" – er stockte, sein Gesicht wurde rot, als er nach den richtigen Worten suchte – „du solltest einfach umdrehen und in die andere Richtung gehen. Das ist zu weit gegangen, um noch lustig zu sein. Es ist nicht mehr komisch. Du – du benimmst dich!"

Benjamin sah ihn an, den Tränen nahe.

„Und noch etwas", fuhr Roscoe fort, „wenn wir Besuch haben, will ich, dass du mich ‚Onkel' nennst – nicht ‚Roscoe', sondern ‚Onkel', verstanden? Es sieht lächerlich aus, wenn ein Fünfzehnjähriger mich beim Vornamen nennt. Vielleicht solltest du mich immer so nennen, damit du dich daran gewöhnst."

Mit einem harten Blick wandte sich Roscoe ab.

X

Nach diesem Gespräch ging Benjamin niedergeschlagen in sein Zimmer und betrachtete sich im Spiegel. Seit drei Monaten hatte er sich nicht mehr rasiert, doch sein Gesicht zeigte nur einen feinen weißen Flaum, den es nicht wert schien, zu entfernen. Als er aus Harvard zurückgekehrt war, hatte Roscoe ihm vorgeschlagen, eine Brille und falsche Bartansätze zu tragen, die an seinen Wangen befestigt wurden. Für einen Moment schien die Farce seiner frühen Jahre wiederholt zu werden. Doch die Bartansätze juckten und beschämten ihn. Er weinte und Roscoe gab schließlich widerwillig nach.

Benjamin öffnete ein Jugendbuch, Die Pfadfinder in der Bimini-Bucht, und begann zu lesen. Doch seine Gedanken schweiften immer wieder zum Krieg ab. Amerika hatte sich im Vormonat der Sache der Alliierten angeschlossen. Benjamin wollte sich freiwillig melden. Leider war sechzehn das Mindestalter. Er sah nicht so alt aus. Sein wahres Alter von siebenundfünfzig Jahren hätte ihn ohnehin disqualifiziert.

Es klopfte an seiner Tür. Der Butler erschien mit einem Brief, der ein großes offizielles Siegel trug und an „Mr. Benjamin Button" adressiert war. Benjamin riss ihn eifrig auf und las den Inhalt mit wachsender Freude. Der Brief informierte ihn, dass viele Reserveoffiziere, die im Spanisch-Amerikanischen Krieg gedient hatten, zurück in den Dienst gerufen wurden – mit einem höheren Rang. Dem Schreiben lag sein Patent als Brigadegeneral der US-Armee bei, mit dem Befehl, sich sofort zu melden.

Benjamin sprang vor Begeisterung zitternd auf. Genau das war es, was er wollte. Er schnappte sich seine Mütze und zehn Minuten später betrat er ein großes Schneidergeschäft in der Charles Street, wo er in seiner unsicheren hohen Stimme darum bat, für eine Uniform vermessen zu werden.

„Willst du Soldat spielen, Kleiner?", fragte ein Verkäufer beiläufig.

Benjamin errötete. „Hören Sie, es ist egal, was ich will!", entgegnete er wütend. „Mein Name ist Button. Ich wohne am Mt. Vernon Place, also wissen Sie, dass ich zahlungsfähig bin."

„Na gut", gab der Verkäufer zögernd zu. „Wenn Sie es nicht sind, dann ist es sicher Ihr Papa."

Benjamin wurde vermessen und eine Woche später war seine Uniform fertiggestellt. Schwierigkeiten bereitete ihm jedoch, die passenden Generalsabzeichen zu beschaffen, da der Händler darauf bestand, dass ein Abzeichen der V.W.C.A. genauso gut aussehe und viel mehr Spaß mache.

Ohne Roscoe etwas zu sagen, verließ Benjamin eines Nachts das Haus und fuhr mit dem Zug nach Camp Mosby in South Carolina, wo er das Kommando über eine Infanteriebrigade übernehmen sollte. An einem schwülen Apriltag erreichte er den Eingang des Lagers, zahlte das Taxi, das ihn vom Bahnhof gebracht hatte, und wandte sich energisch an den Wachposten.

„Holen Sie jemanden, der mein Gepäck trägt!", forderte er selbstbewusst.

Der Wachposten betrachtete ihn skeptisch. „Sag mal, Kleiner", bemerkte er, „wo willst du mit den Generalsklamotten hin?"

Benjamin, ein Veteran des Spanisch-Amerikanischen Krieges, fuhr wütend herum, doch leider klang seine Stimme hoch und dünn.

„Stillgestanden!", versuchte er zu donnern, doch als er Luft holte, sah er plötzlich, wie der Wachposten strammstand und sein Gewehr präsentierte. Benjamin verbarg ein zufriedenes Lächeln – doch es war nicht sein Auftreten, das Gehorsam ausgelöst hatte. Ein imposanter Artillerieoberst war auf einem Pferd herangeritten.

„Oberst!", rief Benjamin mit schriller Stimme.

Der Oberst hielt an, zog die Zügel an und betrachtete ihn kühl von oben. „Wessen kleiner Junge bist du?", fragte er mit einer Mischung aus Amüsement und Überraschung.

„Ich werde Ihnen gleich zeigen, wessen kleiner Junge ich bin!", entgegnete Benjamin wütend. „Steigen Sie vom Pferd ab!"

Der Oberst brach in schallendes Gelächter aus.

„Du willst ihn, was, General?"

„Hier!", rief Benjamin und reichte dem Oberst verzweifelt sein Offizierspatent.

Der Oberst nahm das Dokument, las es aufmerksam und blickte Benjamin mit wachsendem Unglauben an.

„Woher hast du das?", fragte er, während er das Papier in seine Tasche steckte.

„Von der Regierung, wie Sie bald feststellen werden!", antwortete Benjamin scharf.

„Komm mit", sagte der Oberst schließlich, ein seltsames Glitzern in den Augen. „Wir besprechen das im Hauptquartier."

Benjamin folgte ihm, so würdevoll es ihm möglich war, und schwor sich insgeheim Rache. Doch diese Rache kam nie. Zwei Tage später tauchte Roscoe, gereizt und erschöpft von der hastigen Reise, im Stützpunkt auf und brachte den weinenden Benjamin, ohne Uniform, zurück nach Hause.

XI

1920 wurde Roscoe Buttons erstes Kind geboren. Bei der Feier achtete jedoch niemand darauf, dass der kleine, schmuddelige Junge, der mit Bleisoldaten und einem Miniaturzirkus spielte, tatsächlich der Großvater des Neugeborenen war.

Niemand empfand Abneigung gegen Benjamin, dessen fröhliches Gesicht stets einen Hauch von Traurigkeit zeigte, doch für Roscoe war seine Anwesenheit eine Qual. Für ihn war die Situation „ineffizient", wie er es in der Sprache seiner Generation ausdrückte. Es ärgerte ihn, dass Benjamin sich geweigert hatte, wie ein Sechzigjähriger zu altern, und stattdessen diesen seltsamen und widersprüchlichen Weg eingeschlagen hatte. Roscoe konnte kaum darüber nachdenken, ohne vor Frustration den Verstand zu verlieren.

Fünf Jahre später war Roscoes Sohn alt genug, um mit Benjamin unter der Aufsicht derselben Kinderfrau zu spielen. An einem Tag brachte Roscoe beide Kinder in den Kindergarten. Benjamin stellte fest, dass das Basteln mit bunten Papierstreifen und das Erstellen kurioser Muster das faszinierendste Spiel der Welt war. Einmal war er unartig und musste in der Ecke stehen – da weinte er –, doch meistens genoss er fröhliche Stunden in dem sonnigen Raum, mit Miss Baileys freundlicher Hand, die hin und wieder sein zerzaustes Haar streichelte.

Roscoes Sohn stieg nach einem Jahr in die erste Klasse auf, doch Benjamin blieb im Kindergarten. Er war glücklich. Manchmal, wenn die anderen Kinder davon sprachen, was sie tun wollten, wenn sie groß wären, huschte ein Schatten über sein kleines Gesicht. Irgendwo in seinem kindlichen Bewusstsein ahnte er, dass diese Zukunftspläne nicht für ihn bestimmt waren.

Die Tage vergingen in stiller, gleichförmiger Freude. Benjamin kehrte ein drittes Jahr in den Kindergarten zurück, doch nun war er zu klein, um zu verstehen, wofür die glänzenden Papierstreifen gedacht waren. Er weinte oft, weil die anderen Jungen größer waren als er und er sich vor ihnen fürchtete. Die Erzieherin sprach beruhigend mit ihm, doch Benjamin verstand nicht mehr, was sie sagte.

Er wurde aus dem Kindergarten genommen. Seine Kinderfrau Nana, in ihrem gestärkten Kattunkleid, wurde zum Mittelpunkt seiner kleinen Welt. An sonnigen Tagen spazierten sie gemeinsam im Park. Nana zeigte auf ein großes graues Tier und sagte „Elefant", woraufhin Benjamin das Wort nachsprach. Abends, wenn er fürs Bett ausgezogen wurde, wiederholte er es leise vor sich hin: „Elüfant, Elüfant, Elüfant." Manchmal ließ Nana ihn auf dem Bett hüpfen, was ihm große Freude bereitete, weil er, wenn er genau richtig landete, wieder auf die Füße zurückgeschleudert wurde. Während des Springens sagte er ein langgezogenes „Ah", das in lustigen, unterbrochenen Tönen widerhallte.

Er liebte es, einen großen Stock vom Kleiderständer zu nehmen und damit auf Stühle und Tische zu schlagen, während er rief: „Kampf, Kampf, Kampf." Wenn Besuch im Haus war, schnalzten die älteren Damen missbilligend mit der Zunge, was ihn faszinierte, während die jüngeren Damen versuchten, ihn zu küssen. Diese Zuwendungen ertrug er mit leichter Langeweile. Wenn der lange Tag schließlich um fünf Uhr endete, führte Nana ihn nach oben, wo sie ihn mit Haferbrei und weichen Speisen fütterte, die er mit einem Löffel zu sich nahm.

In seinem kindlichen Schlaf gab es keine störenden Erinnerungen. Nichts rief seine Zeit am College ins Gedächtnis oder die glitzernden Jahre, in denen er viele Herzen eroberte. Es gab nur die sicheren weißen Wände seines Kinderbetts, Nana, die immer an seiner Seite war, und einen Mann, der ihn gelegentlich besuchte. Und es gab die große orangefarbene Kugel, auf die Nana vor dem Schlafengehen zeigte und „Sonne" nannte. Wenn die Sonne verschwand, schlossen sich seine Augen von selbst. Es gab keine Träume, keine Gedanken, die ihn heimsuchten.

Die Vergangenheit – sein heldenhafter Angriff auf dem San-Juan-Hügel; die frühen Jahre seiner Ehe, als er in der geschäftigen Stadt für Hildegarde arbeitete, die er liebte; die langen Abende im düsteren Button-Haus, wo er mit seinem Großvater rauchte – all das war wie ein substanzloser Traum, in seinem Geist verblasst, als hätte es nie stattgefunden. Er erinnerte sich nicht.

Er dachte nicht einmal darüber nach, ob die Milch bei seiner letzten Mahlzeit warm oder kühl gewesen war. Die Tage flossen dahin, ohne dass er sie bemerkte. Es gab nur das vertraute Kinderbett und Nanas tröstende Präsenz. Und dann erinnerte er sich an gar nichts mehr. Wenn er hungrig war, weinte er – das war alles. Die Mittage und Nächte vergingen, während er atmete, umgeben von sanftem Murmeln, schwachen Düften und wechselndem Licht und Dunkel.

Dann wurde alles dunkel. Sein weißes Kinderbett, die verschwommenen Gesichter über ihm, das süße, warme Aroma der Milch – all das verschwand vollständig aus seinem Bewusstsein.

Die besten Kurzgeschichten von F. Scott Fitzgerald –
Drei Bände voller Glanz, Sehnsucht und Illusionen

F. Scott Fitzgerald war als Chronist der „Goldenen Zwanziger",- vor allem auch ein Meister der Kurzgeschichte. Seine Erzählungen fangen die schillernde Oberfläche einer Gesellschaft ein, die sich in Exzessen verliert – und enthüllen zugleich die Melancholie, die sich dahinter verbirgt. In diesen drei sorgfältig zusammengestellten Bänden versammeln sich seine besten Geschichten, die von Glamour und Dekadenz, von unerfüllten Träumen und der Vergänglichkeit großer Gefühle erzählen. Sie zeigen Fitzgerald als einen der größten Erzähler der modernen Literatur – fesselnd, melancholisch und zeitlos aktuell.

Band 1: „Gatsbys Traum"
Geschichten von Menschen, die nach Erfolg und Reichtum streben – und daran zerbrechen; Figuren, die sich in einer Welt der Möglichkeiten verlieren, getrieben von Gier, Ehrgeiz und der Illusion, dass Glück käuflich ist. (ISBN: 978-3-96545-054-7)

Band 2: „Gatsbys Sehnsucht"
Melancholische Erzählungen über verlorene Liebe, verpasste Chancen und das schmerzhafte Bewusstsein, dass das, was einmal war, nie wieder zurückkehrt. (ISBN: 978-3-96545-055-4)

Band 3: „Gatsbys Welt"
Ein Blick hinter die Fassade der funkelnden Partys, wo sich inmitten von Jazz, Reichtum und berauschender Leichtigkeit die Abgründe der High Society auftun. Geschichten von Menschen, die im Scheinwerferlicht glänzen – und sich dennoch verloren fühlen.(ISBN: 978-3-96545-085-1)